역사 in 시사

역사 in 시사

이인경 지음

북하우스

"사냥을 나갔던 왕이 물을 마시려하자 매는 자꾸 날개를 퍼덕거렸습니다. 매가 자신의 말을 듣지 않고 물 잔을 쏟아버리자 화가 난 왕은 자기가 기르고 있던 매를 바위 위에 내다꽂아 죽여 버리고 맙니다. 그 순간, 허겁지겁 달려온 한 신하가 왕에게 그 물을 마시지 말라고 알려줍니다. 떠온 샘물에 독사가 독을 풀어놓았다는 얘기였습니다. 그제야 왕은 샘물에 담긴 진실을 알고 자신을 구하려 했던 매를 죽인 걸 후회했지만 때는 이미 늦었습니다."

위의 이야기는 톨스토이가 쓴 『러시아 민담』에 나오는 한 왕의 이야기입니다. 이야기 속의 왕과 마찬가지로 우리는 수돗물을 틀면 물이 쏟아지는 현실에서 그 물줄기가 어디서 시작된 것인지 별로 신경을 쓰지 않습니다. 하지만 그 수원水源의 중요성을 눈감아 버리면 수질관리는 엉망이 되고 말 겁니다. 그 영향이 어찌될 것인지는 너무나 분명합니다. 이 책의 시작은 이 같은 물의 근원지 찾기에서 비롯됐습니다.

우리 사회의 변화는 하루하루가 숨 가쁠 정도입니다. 매일 새롭게 터져 나오는 사건들은 불과 며칠 전의 일을 아주 오래된 일인 양 아득하게 느껴지게 하고 대부분은 언제 그랬냐는 듯 아예 잊히고 맙니다. 15년 가까이 방송작가로 다큐멘터리와 시사프로그램 제작에 참여해오면서 저는 바로 그 지점에서 언제나 갈증을 느껴왔습니다. 그때 행운처럼 만난 프로그램이 MBC 라디오의 〈타박타박 세계사〉였습니다. 드디어 쏟아지는 뉴스들의 수면 아래 놓인 맥을 찾아나서는 흥미로운 탐구를 할 수 있게 된 겁니다.

물만 전문적으로 파는 카페가 생겼다는 소식을 들으며 언제부터 사람들이 물을 사고팔게 됐을까 궁금해 하고, 연일 쏟아지는 정부의 부동산 정책들을 보며 인류 역사에 부동산 정책이란 것이 등장하게 된 것은 어떤 이유 때문일까 알고 싶어졌습니다. 이런 크고 작은 물음표의 날개를 달고 저는 여행을 시작했습니다. 그 과정은 결코 쉽지 않았고 힘에 부치기도 했지만 매우 유쾌한 경험이었습니다. 정치, 경제, 외교 등의 이름으로 거창하게 포장됐던 사건들은 사실 그 시대를 살았던 이들의 하루하루에 그 면면들이 녹아 있었습니다. 저는 영화 속, 소설 속의 사람들에게 끊임없이 말을 걸었고 그들의 대답은 여행길의 작은 표지판이 돼주었습니다. 이 책은 그 여행 중에 만난 풍경, 사람들에 대한 짤막한 보고서라고 할 수 있습니다.

최근 우리 사회를 보면 역사에 대한 관심이 부쩍 늘어났음을 느끼게 됩니다. 고대 동·서양사로부터 시작해서 근·현대사에 이르기까지 역사 지식에 대한 갈증이 깊었기 때문이라 보입니다. 시사와 역사의 물줄기를 타고 다니며 얻은 크고 작은 깨달음을 하나로 묶어보자고 한 건 저와 같이 역사적 뿌리를 찾고자 목말라하는 분들이 많다는 생각에서였습니다. 또 역사는 딱딱하고 지루하다는 선입견을 갖고 있을지 모르는 중·고등학생들에게 제 짤막한 역사 기행기가 즐거운 여행을 떠날 수 있게 하는 안내서가 될 수도 있겠다고 여겼습니다.

책의 구성은 각 장의 주제가 된 사건들이 역사적으로 어떻게 전개되어 왔는가를 살펴보고, 중요한 쟁점을 정리하면서 우리의 현실에서 어떤 의미를 지니는지를 생각해볼 수 있도록 했습니다. 역사에 등장하는 인물들의 가상 대화를 통해서는 서로 입장이 다른 생각들을 비교해볼 수 있도록 했고, 같은 시기에 동일한 사건이나 변화가 우리의 역사에서는 어떻게 나타났는지도 살펴보았습니다. 각 장에서 다루어진 사건이나 소재를 의인화시켜 자신의 발언을 할 수 있는 무대도 만들어보았습니다. 역사 여행을 위한 준비 운동으로 상상력을 발동시켜보자는 의미에서입니다.

인도판 헬렌 켈러를 다룬 영화인 〈블랙〉에서 청각 장애, 시각 장애라는 이중고를 가진 주인공은 대학 입학 면접에서 지구에 대양은 몇 개냐고 묻는 교수들의 질문에 이렇게 대답합니다. "제게는 물 한 방울도 대양이 됩니다." 이 책에서 만나는 역사적 인물들의 한 마디 한 마디가 여러분들에게 이런 물 한 방울이 되기를 기대합니다. 물 한 방울을 타고 인류의 오랜 시간이 담겨 출렁이는 역사의 푸른 바다로 나아가 헤엄칠 수 있기를 바랍니다. 그렇게 되면 매일같이 새롭게 일어나는 시사적 사건들이 하나하나 역사가 되어가는 순간들을 알아가면서 "역시!"라고 감탄하지 않을 수 없을 겁니다.

이 책을 기획하고 책의 출간에 힘써주신 김소영 팀장님과 북하우스 편집부에게 감사드립니다. 더불어 이 책을 감수해주신 남경태 선생님에게도 깊은 감사를 전합니다. 책을 쓰는 동안 자료를 찾아주면서 함께 역사 여행에 동참해줬던 동생 보경에게도 고맙다 말하고 싶습니다. 그리고 마지막으로 아주 오래전 역사에 눈을 뜨게 해준 저의 은인이자 마음속 연인이 된 체 게바라, 장준하 선생께 존경과 감사의 마음을 하늘로 띄워 보냅니다.

2009년 9월

이인경

언제부턴가 인터넷은 정보의 대명사가 되었다. 공부할 때도, 글을 쓸 때도, 심지어 김치찌개를 끓일 때도 우리는 인터넷을 찾는다. 하지만 인터넷에 있는 정보는 아무리 많아도 구슬일 뿐이다. 구슬을 보배로 만들려면 꿰어야 하듯이 정보도 버젓한 지식이 되려면 체계화되어야 한다.

지식은 그냥 있는 게 아니라 능동적으로 구성하고 만들어내는 것이다. 그렇기 때문에 지식의 요체는 분류다. 단위 요소들(정보도 그중 하나다)을 적절히 분류하고 체계화해서 얻는 게 바로 지식이다. 그렇다면 인터넷을 가장 올바르고 효과적으로 이용하는 방법은 정보를 잘 가공해 지식을 구성하는 데 있을 것이다. 이 책은 바로 그런 안목과 '기술' 을 잘 보여주는 책이다.

여성으로서는 드물게 오랜 기간 방송에서 시사 작가의 경험을 쌓은 저자는 3년 전부터 MBC 라디오의 〈타박타박 세계사〉라는 역사 교양 프로그램을 담당하면서 인문 교양과 시사를 접목시키는 데 관심을 가졌다. 그 프로그램을 통해 방송된 주제들 가운데 몇 가지를 뽑아내고 내용을 보완한 결과로 이 책이 만들어졌다. 도시, 에너지, 기후와 환경, 이슬람 문명 등 시사적이고 사회과학적인 주제가 있는가 하면, 여행, 뮤지컬, 성형수술 같은 문화적 주제도 있고, 주식, 지도, 해적처럼 상식에 속하는 주제도 있다. 방송 프로그램을 모태로 하는 미덕은 무엇보다 이 책의 구성에 고스란히 살아 있다. 저자는 각 주제의 역사를 흥미롭게 제시하고 시사적 현황을 상세하게 소개하는 것은 물론 중간에 역사·시사적 인물들을 동원해 가상 대화를 꾸미고, 군데군데 재미있는 토막상식을 배치했으며, 읽어야 할 책과 영화를 수록하고, 심지어 주제를 의인화시켜 자기주장을 시키기도 한다. 이런 다채로운 구성과 더불어 수백 장의 도판은 단지 읽는 맛을 돋워주는 양념의 기능만이 아니라 주제를 심층적으로 이해하는 데 도움을 주고 있다.

특히 저자의 정성과 친절함이 돋보이는 부분은 각 주제마다 우리 역사와 시사가 관련되는 대목을 챙겨 넣었다는 점이다. 개화기 지식인들이 석유를 "돌을 삶아서 그 물을 받은 것"이라고 여긴 웃지 못할 에피소드가 있는가 하면, 일제 강점기에 한반도의 쌀이 일본으로 실려 가는 길을 '쌀길'이라고 불렀다는 가슴 아픈 이야기도 있다.

이 책의 목적은 물론 독자에게 각 주제에 관한 교양과 지식을 주려는 데 있지만, 독자는 드러난 것 이외에 숨은 것에도 주목할 필요가 있다. 그것은 정보를 가공해 지식을 조리하고 역사와 시사를 버무리는 저자의 노련한 솜씨다. 정보를 다루는 저자의 미덕 혹은 미학이 청소년의 글쓰기에 적지 않은 도움을 주리라고 기대한다.

남경태
『개념어 사전』『종횡무진 서양사』 저자, 번역가

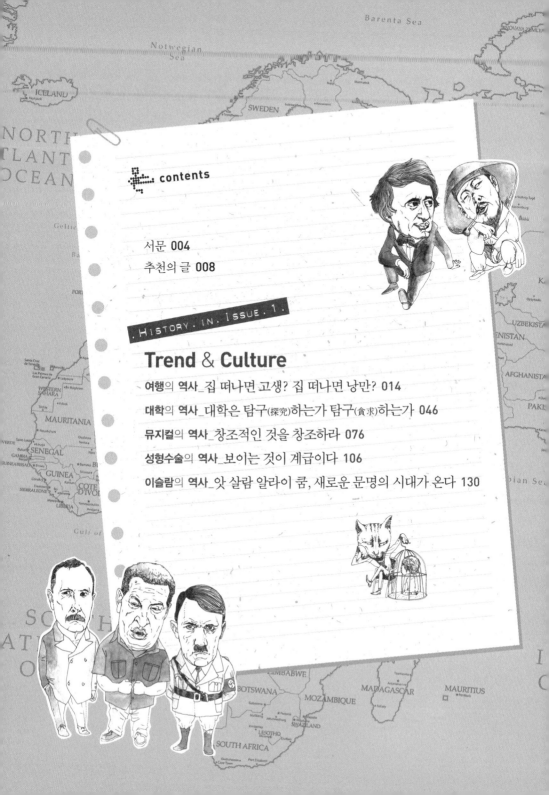

contents

. H I S T O R Y . i N . I S S U E . 1 .

Trend & Culture

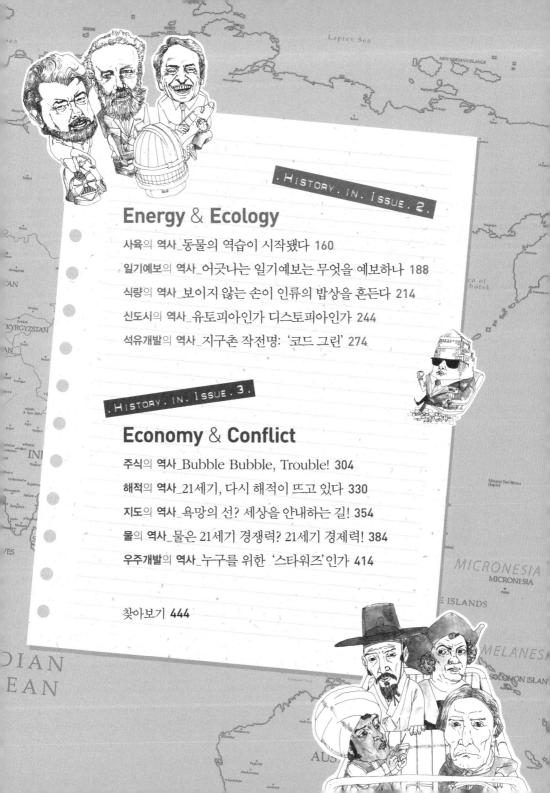

Trend &
Culture

B.C 2세기
한나라 장건
서역 여행으로
비단길 개척

1076년
셀주크 투르크
예루살렘 점령하면서
성지 순례 금지

B.C 5세기
그리스 역사가 헤로도도스
이집트 여행후 『역사』 저술

1299년
마르코 폴로
24년간의 동방 여행을 기술한
『동방견문록』 완성

1788년
독일의 문호 괴테
이탈리아로 여행을 떠남.

1841년
토마스 쿡 목사,
기차로 세계 최초
단체관광 떠남

1989년
대한민국
여행 자유화 실시

1952년
영국, 세계 최초의 여객기
'코멧(Comet 혜성)'을
공중에 띄움

여 행 의 역 사

집 떠나면 고생?
집 떠나면 낭만?

"전 세계 60억 인구 중에
10억 이상이 현대적
노마드nomad＊이다."

＿『노마디즘』의 저자, 자크 아탈리Jacgues Attali

＊**노마드**
특정한 가치와 삶의 방식에 얽매이지 않고 끊임없이 새로운 자아를 찾아가는 것을 뜻하는 철학적 개념으
로 '유목민' '유랑인' 이라는 의미를 갖고 있다.

여행

말 그대로 '길 떠나기'.

평소에 익숙했던 환경을 벗어나 새롭고 낯선 곳으로 가는 일.

여행에서 '여(旅)'는 방향을 뜻하는 '方'자와 사람 '人' 자가 합쳐서 생긴 글자로 인간이 방향성을 가지고 움직인다는 의미를 담고 있다. 여기에 '가다'는 뜻을 가진 '행(行)'이 붙어 여행이라는 말이 탄생했다.

영어 단어, 'travel'의 유래는 크게 두 가지 설이 있는데, 'travail(고통, 고난)'에서 찾기도 하고, 'trouble(걱정)'과 'toil(고생)'이 합친 것이라고 설명하기도 한다. 어느 쪽이든 '힘들다'는 뜻을 담고 있다.

여행과 비슷한 말로 '관광'이란 말이 있다. 관광은 기록상 중국 주나라 시대의 『역경』에서 처음 쓰였는데, '관국지광 이용빈우왕 觀國之光 利用賓于王'이라 하여 '나라의 빛을 본다'는 의미로 사용됐다. 여기서 빛이란 새로운 문명을 의미한다. 따라서 관광은 주로 국가의 관료들이 다른 나라의 풍속이나 문물, 제도 등을 시찰하는 것을 가리켰다.

오늘날 우리가 쓰는 관광의 개념은 유럽에서 왔다고 볼 수 있다. 영어의 'tour'는 라틴어에서 회전을 뜻하는 'tornus'에서 비롯된 말로 짧은 기간의 여행, 즉 집으로 돌아오는 여행을 뜻한다.

여행의 역사

생존과 운명을 건 전설과 신화 속 여행

문화 인류학자 마빈 해리스는 "태초에 두 발이 있었다"고 말한다. 인간이 이동하면서 문명의 길을 개척했다는 말이다. 여행의 역사는 인류의 태동과 함께 시작됐다. 단, 그때는 여행보다 이동이나 유랑이란 단어가 더 적절했을 것이다.

정착 생활을 하기 이전, 사람들은 생존을 위해 움직였다. 조금이라도 사냥감이 많은 곳, 가축을 먹일 새로운 목초지가 있는 좀더 나은 환경을 찾아 길을 떠났다. 수렵·채집 생활을 했던 구석기인들이 사냥감을 찾아 하루에 최고 50킬로미터씩 이동했다는 분석이 있을 만큼 옛날 사람들에게 '길 떠나기'는 일상이었다. 이후 물물교환을 하면서부터 사람들은 더 멀리까지 움직였고, 어떤 이들은 인간의 원초적 호기심을 잠재우지 못해 무작정 떠나기도 했다.

고대의 문학 가운데 『길가메시 서사시 *Gilgamesh Epoth*』는 신화적 서사이긴 하지만 옛날의 여행이 어땠는지를 보여준다. 이 작품은 기원전 3000년경 메소포타미아의 도시 우르크를 통치했던 왕 길가메시가

영원한 삶을 찾아나선 모험담을 담고 있다. 길가메시처럼 옛날 사람들은 운명을 걸고 미지의 세계로 떠났다.

고대 그리스 로마의 심신 건강을 위한 여행

문명의 꽃을 피운 고대 그리스, 로마 시대로 오면 여행의 목적은 좀더 다양해진다.

하지만 누구에게나 여행이 허락된 건 아니었다. 고대 그리스에서 노예와 여자는 함부로 집 밖을 나설 수 없었다. 그리스에서 올림픽 경기에 참가하기 위해, 혹은 신전에 참배하기 위해 길을 떠날 수 있던 사람들은 오직 시민권을 가진 남성으로 종교인이나 군인 같은 특권층 뿐이었다.

로마인들은 그리스인들보다 다양한 여행을 즐겼다. 학자들은 마차를 타고 학술 여행을 떠났고, 어떤 이들은 유적을 찾아 이집트나 그리스로 향했다. 여름이면 피서를 위해 해변을 찾았고, 겨울이면 유황과 철분이 함유된 온천지를 즐겨찾는 등 로마인들은 주로 몸과 마음의 건강을 위한 여행을 계획했다. 오늘날과 크게 다르지 않았던 셈이다. 심지어 현대의 여권과 비슷한 여행증명서는 물론 여행 안내서, 관광상품 같은 것들도 존재했다.

하지만 당시 여행은 오늘날처럼 가방 몇 개만 챙겨들고 떠나는 규모가 아니었다. 학자들은 자신들이 본 것을 직접 구술해 글로 남기기 위해 낭독자와 속기사를 늘 데리고 다녔고, 보통 사람들은 자기 소유의 마차에 휴대용 제단, 금 그릇, 온갖 가정용품들을 모조리 싣고 다녔다. 특별한 경우이긴 하지만 로마 황제 네로의 여행단은 1,000여 대의 마차가 호위했다고 한다. 마차 뒤에는 당나귀 500마리도 따랐는데, 네로의 둘째 부인 포파이아 사비나가 매일 우유로 목욕을 하기 위해서였다고 전해진다.

화려한 제국의 시대에 로마인들의 여행지는 세계적인 규모였다. 오늘날의 영국인 브리타니아Britannia와 지금의 프랑스인 갈리아Gallia, 그리고 에스파냐, 아프리카, 시리아, 이집트, 이라크, 이란에 걸친 거대한 영토가 그들의 지배 아래 있었다.

로마에서 여행이 활발할 수 있었던 것은 그물망처럼 뻗어 있는 잘

■■

기원전 312년에 로마가 만들기 시작한 아피아 가도Via Appia는 세계 최초의 포장도로로 오늘날에도 일부가 사용되고 있다. 수많은 지선 도로들은 로마가 점령한 해외 영토이자 직접 통치하지 않는 속주들까지 뻗어 있었는데, 여기서 그 유명한 격언 '모든 길이 로마로 통한다'가 탄생했다.

닦인 도로 덕분이었다. 도로를 따라 여행자들을 위한 숙박시설이 줄을 이었고, 역마나 역차의 편의를 위한 공용 관사가 들어섰다. 하지만 5세기, 로마가 쇠락의 길을 걷기 시작하자 여행자들의 발길도 점차 줄어들었고, 지중해를 중심으로 화려하게 꽃피던 여행은 내리막길로 접어들었다.

신앙심 고양을 위한 중세 유럽의 성지순례

중세에는 여행도 빛을 잃는다. 당시 교회가 사람들의 절대적인 가치로 자리를 잡고 있었고, 사회적으로도 인간의 쾌락을 죄악시하던 분위기에서 사람들은 휴식이나 즐거움을 찾는 여행을 입 밖으로 꺼낼 수 없었다. 대신 종교의 시대에 맞는 새로운 여행, '성스러운 여행'이 등장한다.

성직자와 평신도들은 오늘날의 단체관광처럼 여행단을 만들어 예루살렘과 로마, 이베리아 반도의 산티아고 같은 곳으로 성지순례 여행Pilgrim tour을 떠났다. 수도원이나 교회는 숙박시설로 사용됐고, 요르단 강물이 들어 있는 물병이나 부적, 기념주화 등은 축복받은 여행의 증거였다. 성자의 무덤을 보면서 사람들은 자신의 죄를 용서받고 구원될 것이라는 믿음을 확인했다. 여행의 1차적인 목적은 속죄에 있었지만 한편으로 성지순례는 새로운 문물과 만나는 경험이자 소중한 일

유대 민족의 신앙의 상징이자 전 세계 유대인들의 성지순례 필수 코스인 예루살렘 통곡의 벽.

■■
십자군 전쟁을 묘사한 그림. 13~15세기에 이루어진 십자군 전쟁을 통해 성지를 사수하고자 했던 유럽인들은
이슬람이라는 또 다른 세계를 만나게 되었다.

탈의 통로이기도 했다.

　그런데 중세 유럽인들에게 이마저 차단되는 비극이 발생한다. 1076년 이슬람 세력인 셀주크 투르크가 예루살렘을 점령하면서 성지 순례를 금지한 것이다. 곧 유럽인들은 기독교의 성지 예루살렘을 되찾자며 십자군전쟁을 시작했고 20여 년 뒤인 1099년에야 예루살렘을 탈환했다.

　이후 성지순례를 떠나는 이들의 마음가짐에는 변화가 생긴다. 개인적인 속죄를 넘어 이교도의 위협으로부터 성지를 지켜야 한다는 의무감을 앞세우게 된 것이다. 당시 여행은 결코 간단치 않았다. 배를 이용한 여행길은 순례자들을 지치게 했고, 한 달 이상 이어지는 여정에서 적잖은 이들이 전염병으로 목숨을 잃었다. 하지만 그 어떤 것도 여행자들의 발걸음을 멈추게 하지 못했다.

한편 1291년까지 200여 년간 이어진 십자군전쟁은 유럽인들에게 성지사수에 대한 의무 외에 또 하나의 전환점을 마련해준다. 이슬람이 구축해놓은 깨끗한 도시와 휘황찬란한 건물, 음악과 미술이 전쟁을 하러 온 병사들의 눈과 귀를 사로잡은 것이다. 귀국한 병사들이 자신들의 눈에 비친 이국적인 풍경들을 쏟아놓으며 인도의 향료나 페르시아의 양탄자를 짐보따리에서 풀어놓자, 여행담에 솔깃해진 사람들은 이내 짐을 꾸려 동쪽으로 떠났다. 이즈음 원나라를 방문했던 마르코 폴로Marco Polo의 여행기 『동방견문록』이 출판되자 유럽인들의 호기심은 한층 더 자극됐다. 동쪽으로 향하는 여행자들의 발길은 곧 동서양을 잇는 다리가 되었다.

■■
마르코 폴로의 『동방견문록』은 유럽인들에게 동양 세계에 대한 호기심과 탐험의 열정을 불러일으켰다.

여행은 교회에 갇혀 있던 유럽이 암흑의 장막을 걷을 수 있도록 만들었다. 고대 그리스 문명을 받아들여 자신들만의 문명으로 발전시켜간 이슬람 문화에 자극을 받은 유럽인들은 인간을 중심에 놓은 자기 혁신의 길로 들어선다. 이것이 바로 14세기에 이탈리아를 중심으로 유럽에서 불꽃처럼 일어난 르네상스다.

18세기 유럽의 교육 여행, 그랜드 투어

엘리자베스 1세 시대를 거치며 유럽의 강국으로 우뚝 선 17세기 영국은 제국으로서의 영광을 누리고 있었지만 뭔가 만족스럽지 못했다. 경제적으로 덩치가 커진 것에 비해 문화적으로 초라하다는 자격지심 때문이었다. 유럽 문명의 변방에 머물 수 없다고 생각한 영국이 선택한 방법은 여행이었다.

영국을 비롯한 유럽의 귀족들은 실력 있는 가정교사와 함께 자식들을 르네상스의 발원지인 이탈리아로 보냈다. 교양 있는 사람으로 가르쳐야 한다는 바람에서다. 이처럼 교육을 목적으로 하는 해외여행을 '그랜드 투어 Grand Tour'라고 불렀는데, 오늘날 학교에서 단체로 떠나는 수학여행의 뿌리라고 할 수 있다. 그랜드 투어는 짧게는 수개월, 길게는 6~7년씩 이어졌다. 아이들은 피렌체, 베네치아, 파리 등을 거치면서 그 지역의 명소와 문화를 온몸으로 느끼고, 어학 실력까지 기르면서 세상을 배워나갔다. 고난이도의 체험학습이었던 셈이다. 이때 다양한 문화를 해설해주고 통역까지 맡았던 가정교사의 역할은 매우 중요했다. 영국의 경제학자 애덤 스미스Adam Smith도 가정교사로 일한

요한 티슈바인이 그린 『캄파냐의 괴테』(1786~1787). 괴테가 약 2년여간 이탈리아 전역을 여행하던 시기에 그려진 그림이다. 자유로운 여행자이자, 작가로서 로마를 비롯한 이탈리아 전역을 둘러본 감회는 『이탈리아 기행』이라는 산문집에 생생하게 드러나 있다. 이 시기를 거치며 괴테는 낭만주의를 넘어 독일 고전주의를 집대성하는 예술적 안목과 힘을 기를 수 있었다.

적이 있었는데, 근대경제학의 초석을 다진 명저 『국부론』은 그랜드 투어 중에 쓴 책이다.

　　18세기에 이르면 아이들뿐 아니라 어른들까지 배움을 위한 여행을 떠난다. 이들을 자극한 건 '배우려는 용기'를 가지라고 외쳤던 계몽주의였다. 독일 사람들은 교양과 예술을 알기 위해 파리로 향했고, 프랑스 사람들은 영국을 여행하다가 발견한 시민사회의 모습을 본국에 가서 알렸다. 독일의 대문호 괴테 ^{Johann. W. Goethe}가 궁정을 탈출한 뒤 정치가로서의 신분을 숨기고 가명을 사용하면서 2년 가까이 이탈리아 전역을 여행한 때도 이즈음이다. 자신이 살던 곳과 다른 세계를 만나면서 그들은 세상을 새롭게 보기 시작했다. 여행을 통해 유럽인들은 서로의 문화와 정치제도를 받아들이고, 자국의 토양에 맞게 발전시켜갔다.

식민지 경영을 위한 예비탐사, 문화유적관광

19세기 여행의 흐름은 문화 유적지 방문으로 쏠렸다. 19세기 말엽 유럽인들에게 특히 인기를 끈 여행지는 이집트였다. 오늘날에는 감히 상상하기도 어렵지만, 당시 이집트를 찾은 여행자들은 여행의 필수 코스처럼 등산하듯 피라미드에 올랐다.

왜 유럽인들은 이집트에 관심을 갖게 됐을까? 이는 유럽 열강의 근대 식민지 경영과 관련이 있다. 1876년 영국은 이집트를 보호령으로 만들고 식민통치를 하기 위해 갖은 노력을 기울였다. 이 때문에 이집트의 지리학, 지질학, 문화인류학적 정보가 절실했다. 서구 열강들에게 여행은 식민통치를 하고 있거나 혹은 향후 식민지로 삼을 나라에 대한 탐사인 셈이었다. 〈인디애나 존스〉는 그런 경험이 영화화된 대표적인 작품이다.

19세기 말에서 20세기 초에 걸쳐 서구의 열강은 너 나 할 것 없이 탐험이라는 이름으로 아프리카, 중앙아시아 등을 여행했고, 유적이나 고분을 파헤쳐 발견한 유물들을 자국으로 실어갔다. 이때 약탈된 문화재와 유물은 현재 영국박물관, 스미스소니언 박물관, 루브르 박물관 등에 진열되어 있다.

한편 아시아인들의 여행은 서구 선진사회를 탐색하는 성격이 강했다. 대표적인 나라가 일본으로, 19세기 말 부국강병과 문명의 개화를 실현하고자 했던 메이지 시대 정치가들은 서구 문명을 직접 눈으로 보기 위해 2년간 시찰에 나섰다. 이토 히로부미伊藤博文가 입헌제도를 자국에 도입한 것은 긴 여행에서 돌아온 이후였다.

일상의 탈출구, 현대 패키지 관광

19세기, 증기기관을 이용한 기차와 증기선은 과거에 감히 꿈꿀 수도 없었던 세계여행을 가능하게 만들었다. 정확한 시간에 도착지에 닿는 건 물론, 한꺼번에 많은 사람이 동시에 이동할 수 있게 된 것이다. 여행 비용이 기존의 10분의 1 정도로 저렴해지면서, 비로소 여행

증기기관과 증기선의 발명은 여행의 대중화를 이끌었다.

근대 국가 건설을 위한
구한말 개화 사절단

미국을 비롯한 서방 세계로 파견된 한국 최초의 사절단이었던 보빙사. 보빙사의 일원이었던 유길준은 미국 보스턴에 남아 유학을 했고, 이후 미국에서 보고 들었던 내용들을 모아 『서유견문』이라는 책을 출간했다.

1895년 명성황후 시해로 일본의 침략 의도를 파악한 조선은 러시아에 주목했다. 이듬해 일본의 위협에서 벗어나고자 러시아 공사관으로 피신한 고종은 마침 러시아 황제 니콜라이 2세의 대관식이 열리자 민영환 등을 러시아로 보내 조선의 우호적 입장을 보여주고, 러시아의 지원을 받아내려 했다. 왕명을 받은 일행은 중국, 일본, 캐나다, 미국, 영국, 독일 등을 거친 50일간의 여정 끝에 러시아에 도착했고, 이후 시베리아 횡단철도를 타고, 러시아 전역을 거쳐 조선으로 돌아온다. 민영환은 204일간 11개국을 돌아본 이 대장정을 '넓은 세상을 향해 나아가다'는 뜻을 담은 여행기 『해천추범』에 담아냈다. 우리나라 역사상 최초의 세계일주기인 셈인데, 이 기록에는 엘리베이터를 두고 '5층인데 방 한 칸만 한 기계 집을 놓아두고 전기를 사용해 마음대로 층마다 오르내리니 참으로 기상천외하다'는 등 세계 최고의 도시를 목도한 조선 지식인의 시각이 담겨 있다. 이외에도 구한말에는 청나라로 파견된 영선사(1881년), 조선 최초로 미국 등 서방 세계에 파견된 보빙사(1882년) 등 근대 국가 건설을 위한 사절단들이 여러 차례 파견되었다.

의 대중화 시대가 눈앞에 다가왔다.

'관광Tourism' 이란 말이 등장해 본격적으로 쓰이게 된 것도 이즈음이다. 단체관광을 처음 기획한 인물은 영국의 토머스 쿡Thomas Cook 목사로 금주 캠페인을 펼치던 그는 1841년 '금주 동맹' 이라는 이름으로 특별한 여행을 계획했는데, 여기에 500여 명이 참가하면서 최초의 단체관광이 시작됐다. 그는 이후에도 끊임없이 새로운 기차 여행을 개발했다. 일하느라 낮에는 여행을 갈 수 없는 노동자들을 위한 '달빛 여행' 은 그의 대표적인 상품이었다. 여행 안내자가 있고 교통과 숙식이 포함된, 패키지 여행 상품은 이렇게 탄생했다.

한편 공장에만 갇혀 있던 도시 노동자들에게 19세기 후반부터 싹

■■■
여행 안내서의 새로운 시대를 연 『배데커 가이드』

트기 시작한 노동자의 권리 찾기 바람은 여행의 역사에 새로운 기류를 형성한다. 1920년대 들어 하루 8시간 노동이라는 기준이 세계적으로 정착되고, 제2차 세계대전 이후인 1948년 〈세계인권선언〉이 채택되면서 노동에 관한 권리와 더불어 휴식과 여가의 권리에 눈을 뜨게 된 것이다. 여행은 고된 일에서 벗어날 수 있는 일상의 중요한 영역으로 자리를 잡는다.

여행의 대중화는 곧 산업화를 이끄는 동력이 되었다. 파리의 그랑호텔 등 과거에는 볼 수 없던 화려한 숙박시설이 도시에 들어서면서 호텔 서비스업이 첫발을 내딛었고, 독일의 출판업자인 칼 배데커Karl Baedeker는 『베데커 가이드』라는 책자를 발행하면서 여행 안내서라는 새로운 장르를 선보였다. '보이지 않는 무역', 관광산업은 미래의 대표적인 성장 산업으로 인정받게 됐다.

동과 서가 만나는 여행

등장인물 : 마르코 폴로, 이븐 바투타, 혜초
배경 : 베네치아 항구

마르코 폴로 여러분, 베네치아에 오신 것을 환영합니다. 혜초 스님이나 이븐 바투타 선생님은 모두 베네치아가 처음이신 걸로 압니다.

이븐 바투타 그렇소이다. 저는 이집트에서 인도에 이르는 길을 다녔습니다. 서로 같은 길을 지났는지는 모르나, 혜초 스님과는 방향이 반대였죠.

혜초 나무관세음보살…… 서방 정토로 이끄는 길을 가느라 그랬던 것이요.

마르코 폴로 스님께서 중국을 거쳐 인도를 지나 중앙아시아와 페르시아에 이르기까지 무려 20여 개국을 다니셨던 것이 아마 800년경이었지요?

혜초 그렇소이다. 그대가 중국까지 와서 동방을 서방에 알린 건, 그보다 약 500년 후라고 할 수 있지요. 자기가 살고 있는 곳에서 멀리 떨어진 지역은 뭔가 신비감을 줍니다. 그래서 먼 곳을 가는 길은 단지 여행이 아니라 구도의 길이나 다름없습니다.

이븐 바투타 명언이로고. 여행은 구도다. 그렇지요. 세상과 인간에 대한 안목도 달라집니다.

혜초 그렇지요. 몸소 겪은 일이 진정한 지식이 됩니다.

마르코 폴로 길도 지금 같지 않고 교통수단도 쉽지 않았을 때, 그런 장거리

혜초(704~787)
통일신라 시대의 승려로 719년 당나라로 건너가 인도 승려 금강지의 제자가 되었다. 스승의 권유로 20살에 여행을 떠나 4년간 20여 개국을 다녔는데, 그의 여행은 바닷길로 약 900킬로미터이고, 육로로는 약 11,000킬로미터에 이르는 대장정이었다. 여행 중 보고 들은 이야기들을 담은 『왕오천축국전』은 우리나라에서 현존하는 가장 오래된 책이다.

프랑스 파리국립도서관에 보관되어 있는 혜초의 『왕오천축국전』 원문

여행을 하셨다는 깃이 놀랍기만 합니다.

혜초 새로운 문물에 눈을 뜨고 싶었기 때문이지요. 불교의 본고장인 인도만이 아니라, 인도와 경계가 맞닿은 중앙아시아나 페르시아를 둘러보면서 고대 불교의 흔적도 보았고 이슬람이 막 피어나는 시기도 목격했답니다. 지금으로부터 약 1,200년 전, 동방의 신라에서 페르시아까지 갔다고 하면 아마 믿기 어려우실 거예요.

마르코 폴로 역사의 아버지인 그리스의 헤로도토스^{Herodotos}도 여행을 통해서 그리스 밖의 세계를 글로 쓰지 않았습니까? 여행이 주는 감동과 기쁨은 인류 전체의 공동 자산입니다.

이븐 바투타 저는 이슬람이 융성했던 시기에 이슬람 제국을 돌아다녔는데요. 여행은 인간이 함께 만들어갈 수 있는 미래를 새롭게 꿈꾸게 하는 것 같습니다. 세계가 서로에 대해 잘 알면 근사한 문명들이 새롭게 탄생할 수 있지 않겠어요?

마르코 폴로 아마 그랬다면 유럽이 다른 나라의 귀한 문명을 파괴하거나 약탈하는 일은 없었을 텐데 아쉽습니다. 거기엔 저도 좀 책임이 있는 것 같습니다. 사실 전 아시아가 얼마나 놀라운 문명을 가진 곳인가를 열심히 말하

마르코 폴로(1245~1324)
이탈리아 베네치아 태생으로 15살의 나이에 동방 여행길에 올랐다. 유럽인으로는 처음으로 극동으로 진출한 그는 베이징을 여행하다가 한동안 그곳에서 살았다. 원나라와 인도를 여행한 뒤 25년 만에 베네치아로 돌아왔는데 얼마 지나지 않아 전쟁에 참가했다가 포로로 갇히게 되었다. 그곳에서 작가 루스티켈로에게

동방에 대해 이야기하는데, 바로 그 기록이 『동방견문록』이다. 극동과 그 문화에 대한 최초의 포괄적인 기록으로 평가되는 이 기록에 근거해 콜럼버스는 여행 계획을 세웠다.

『동방견문록』의 한 페이지

려 했던 거였는데…….

혜초 안타깝게도 당신의 여행기를 읽은 사람들의 생각은 달랐던 것 같습니다. 아시아의 재산을 빼앗아갈 수 있는 기회로 여겼으니까요.

마르코 폴로 어떤 자세를 갖고 새로운 길을 가는가. 그게 문제인 것 같네요.

이븐 바투타 서로에 대한 존중이 있어야지요. 이제는 동과 서가 진실되게 만날 수 있었으면 좋겠습니다.

마르코 폴로 나라와 종족과 문화의 경계선을 넘어 서로의 내면으로 가는 여행, 이것이 우리에게 남겨진 숙제가 아닌가 합니다. 품격이 있는 문화적 여행이 되어야지요.

혜초 그렇지요. '열심히 일한 당신, 떠나라'에서 이제는 '떠나는 당신, 큰 마음을 가져라' 이렇게 말해주고 싶어요.

이븐 바투타(1304~1368)
모로코 출신의 무슬림 법관이자 학자. 21세의 나이에 메카 성지순례에 나섰다가 그 길로 서남아시아, 인도, 중국, 동아프리카 해안, 유럽을 누볐다. 27년간 3대륙 40개국, 여행 거리는 약 12만 킬로미터에 이른다. 그는 여행 길에서 보고 듣고 느낀 것들을 『리흘라』라는 여행기에 남겼다. 그의 기록에는 세계 각지의 풍토뿐 아니라 지배층의 통치방식과 통화, 환율 같은 경제상, 전설과 민담 등도 실려 있다.

세계는 지금
우리는 지금

더 빨리, 더 높이! 여행과 교통기관의 발달

인간의 역사는 '거리 극복'의 역사라고 할 수 있다. 일등공신은 말과 바퀴였다. 바퀴가 마차에 이용되면서 인류는 시속 10킬로미터 남짓한 속도로 세상을 볼 수 있게 됐다. 이 속도감은 2,000년 가까이 변하지 않았다. 그러나 19세기 바퀴가 증기기관과 만나자 상황은 빠른 속도로 바뀌었다. 당시 증기기관차 속도는 마차의 두 배인 25킬로미터 정도였지만 사람들이 체감하는 속도는 그 이상이었다. 안데르센 Hans.C.Andersen은 기차를 처음 탔던 당시의 충격을 '마법의 말을 마차 앞에 끼워넣는다. 그러면 공간은 사라진다. 우리는 구름처럼 폭풍우 속을 날아간다. 마치 철새가 된 것 같다'라고 적고 있다.

곳곳에 철로가 놓이면서 근대의 상징인 기차가 달렸고, 이에 맞춰 유럽의 해외여행은 봇물을 이뤘지만 이도 잠깐, 20세기 초반 두 차례의 세계대전을 겪으면서 여행자들의 발길은 포화에 멈춰서고 만다. 다시 여행자들이 하나둘 짐을 꾸리기 시작한 건 제2차 세계대전의 폐허에서 일어서기 시작한 1950년대. 해외여행에 힘을 실어준 것은 다름 아닌 비행기였다. 전쟁을 거치며 발달한 항공기술이 제트여객기를 탄생시킨 것이다. 1952년 영국이 세계 최초의 여객기 '코멧Comet'을 공중에 띄우면서, 도쿄와 런던 사이의 비행시간은 85시간에서 36시간 으로 절반 이상 단축됐다.

1970년, 어느새 장거리 여행은 자동차나 기차, 배가 아닌 비행기 를 타고 가는 쪽으로 변화하고 있었지만, 사람들은 여기에 만족하지 않았다. '더 빨리' 보다 '더 높이' 가 화두가 되면서 인류의 시선은 우주 로 향했고, 1969년 미국의 닐 암스트롱Neil Armstrong이 인류 최초로 달에 착륙한 지 32년이 지난 2001년, 인류는 민간 우주여행을 실현해냈다.

민간인으로 처음 우주여행에 도전한 인물은 미국의 금융 부자인 데니스 티토Dennis Tito였다(여기서 우주여행이란 지상 100킬로미터까지 우주선을 타고 올라가 무중력을 체험하고 지구를 한눈에 내려다보고 오는 것이다). 그는 2001년 4월 27일 러시아의 소유즈 TM 32호 우주선을

©xxxrmt

세계 최초의 여객기 코멧의 탄생은 활발한 해외여행 시대를 알리는 신호탄이었다.

민간인 최초의 우주여행자였던 데니스 티토(왼쪽)와 영국 우주여행의 선두주자인 '버진 갤럭틱' 사의 웹사이트(오른쪽). 별나라 이야기 같던 우주여행은 이제 꿈이 아니라 현실이다.

타고 미르Mir 국제우주정거장을 다녀왔다. 그가 이 우주여행에 지불한 비용은 우리 돈으로 약 190억 원에 달하는 거금이었다. 부자가 아니면 감히 꿈꾸기 어려운 호화 여행이었던 셈이다.

아직도 대부분의 사람들에겐 꿈 같은 얘기지만, 현실은 빠르게 변해 최근에는 우주여행 상품까지 등장했다. 민간 우주여행의 선두 주자인 영국의 버진 갤럭틱Virgin Galactic사는 20만 달러, 우리 돈으로 약 1억 9천만 원 정도의 '저렴한' 우수여행 상품을 내놓았고, 민간 우주여행 시대에 대비해서 우주공항을 건설하는 등 손님맞이 채비를 하고 있다. 약 200년 사이에 자동차, 비행기에서 우주선에 이르기까지 더 빠르게, 더 높이 이동하려는 인간의 욕구는 가속화되고 있다.

한 걸음 늦추면 다른 세상이 보인다

미지의 세계에 대한 호기심과 교통기관의 발달이라는 두 바퀴 축은 인간을 좀더 먼 곳으로 데리고 갔다. 그런데 최근들어 반대 흐름이 나타나고 있다. 사람들이 비행기를 타지 않고, 차를 버리고, 두 발만 믿고 떠나는 것이다. 바로 도보 여행이다.

도보 여행은 여행의 새로운 흐름을 만들어가고 있다. 프랑스 남단 생장 피에 드 포르St. Jean Pied de Port에서 에스파냐 서북부 산티아고의 야고보 성당에 이르는 800킬로미터의 순례 코스, 일명 '산티아고 순례길'은 도보 여행가들의 성지가 됐다 해도 과언이 아니다.

에스파냐에 산티아고 순례길이 있다면 영국에는 사우스웨스트 해안길이 있다. 이밖에도 독일의 로만틱 가도Romantische Strasse, 프랑스의 랑도네Randonnée, 미국의 국가 트레일 제도, 호주의 워킹트랙 등이 여행자들에게 인기 있는 길로 꼽힌다. 일본의 경우에도 자연과 역사, 문화를 즐기고 배우며 체험하는 다양한 길을 전국에 수십만 킬로미터나 펼쳐놓았다.

국내에서도 2008년부터 본격적으로 걷는 길 조성이 시작됐다. 국내 최초의 장거리 도보 코스로 만들어진 지리산 둘레길을 비롯해 제주에서는 '올레'라 불리는 걷는 길이 주목받고 있다.

이밖에도 국토 생태 탐방로 조성사업을 비롯해 '창녕 우포늪 탐방로' '낙동 정맥 트레킹 로드 조성사업' 등 전국 각지에서 도보 여행자를 위한 길 만들기는 계속되고 있다.

시원하고 편안한 차를 놔두고, 굳이 피로와 배고픔까지 감수해야 하는 '피곤한' 여행을 선택하는 사람들이 늘고 있는 까닭은 무엇일까?

프랑스 언론인 출신으로 은퇴후 4년여간 세계 걷기 여행에 나섰던 베르나르 올리비에Bernard Olivier는 걷기 여행의 매력을 '걷는 것에는 꿈이 담겨 있다'라는 말로 요약한다. 발걸음을 옮기며 자신을 돌아보는 성찰의 시간을 가질 수 있다는 것이다. 그래서일까? 프랑스에는 소년원이나 감옥에 수감된 청소년과 어른 자원봉사자가 짝을 이뤄 100일 넘는 장거리 여행을 하는 교화 프로그램도 진행하고 있다고 한다. 청소년들이 스스로를 돌아볼 수 있도록 돕기 위함이다.

　삶의 속도를 늦추는 여행으로 '템플 스테이Temple Stay'를 찾는 사람들도 늘고 있다. 2002년 한일월드컵을 맞아 외국인에게 한국 고유의 문화를 체험할 수 있도록 하기 위해 마련한 산사 체험이 외국인뿐 아니라 국내 여행자들에게도 큰 호응을 얻은 것이다. 한국불교문화사업단에 따르면 매해 7~8만 명이 산사 체험을 하고, 해마다 이용객이 느는 추세라고 한다. 자기 내면을 돌아보는 일종의 '자아 찾기 여행'이 늘고 있다는 얘기다.

이제 점점 많은 여행자들이 가이드의 깃발을 따라 다니는 여행이 아니라, 스스로 가고 싶은 곳을 선택하고 자신의 취향에 따라 일정을 짜는 여행을 택하고 있다. 정해진 길이 아닌 '의지 있는' 길 떠나기를 하고 있는 것이다. 독일의 문예비평가 발터 벤야민Walter Benjamin은 상품화된 관광이 아닌 자신만의 여행을 '산책'이라 부른다. 그리고 이상적인 산책을 다음과 같이 제안하고 있다.

"위대한 기념물이 자아내는 역사의 전율감은 산책자에게 어울리는 것이 아니다. 산책자는 그런 전율감을 기꺼이 관광객들에게 양보한다. 산책자는 예술가들의 동네와 고향이나 장엄한 왕국에 대한 지식을 쌓는 것보다 비바람에 풍화된 문지방 냄새를 맡고 오래된 기와를 만져보는 것에 더 행복해한다."

나와 세상의 새로운 발견, 책임 여행

비행기를 타고 멀리 가는 여행보다 일부러 기차나 자전거를 타고 가까운 곳을 찾아가는 사람들. 그들은 온실가스를 방출하는 비행기 여행에 대해 다시 생각해보자고 말한다. 이들이 강조하는 것은 지구 환경을 고려한 '윤리적인 여행', 여행지의 환경과 문화를 존중하고 보호하는 '책임 여행Responsible tourism'이다.

2001년 영국에서는 세계 최초로 책임 여행 전문 여행사 responsible travel.com가 문을 열었다. 이곳의 여행상품은 에스파냐의 알리칸테 Alicante 걷기 여행, 앙코르와트 청소 여행, 베트남 요리 배우기 여행

등 여행자의 적극적인 행동이 필요한 수고로운 여행이다. 식민지 지배의 역사와 환경 파괴에 대한 반성이 책임 여행이라는 여행의 신조류를 탄생시킨 것이다.

국내에서는 2007년 겨울, 태안에서 있었던 기름 유출 사고를 계기로 자원봉사와 여행을 함께하는 '볼런투어리즘Voluntourism' (자원봉사자를 의미하는 '볼런티어Volunteer'에 '관광Tourism'을 더한 신소어)이란 말이 생기기도 했다. 기름 유출 사고로 어려움을 겪는 태안반도 지역을 여행하면서 지역사회에 도움을 주는 봉사활동을 병행하는, 책임 여행의 한 방법인 셈이다.

책임 여행과 비슷한 개념으로는 '지속 가능한 관광Sustainable Tourism'과 '생태 관광Eco Tourism'도 있다. 이 개념들은 1992년 리우회담 이후

2001년 세계 최초로 문을 연 영국의 책임 여행 전문 여행사의 웹사이트(왼쪽)와 아프리카의 현지인들과 어울려 자연을 누리고 있는 여행객의 모습(아래).

에 제시됐는데, 최근 들어 많은 주목을 받고 있다. 국제에코투어리즘 협회의 자료에 따르면 생태 관광 시장은 매년 20~34퍼센트 성장하고 있으며, 이는 일반 여행산업보다 세배 이상 빠른 증가세를 보이고 있다. 영국의 유력 일간지 〈더 타임즈〉가 소개한 '2008년 여행의 40가지 트렌드'에서도 가장 눈에 띄는 것은 책임 여행이다.

국내에서는 책임 여행보다는 '공정 여행'이라는 단어에 더 무게를 둔다. 공정 여행이 방점을 찍는 부분은 소통이다. 현지인들의 삶을 파괴하지 않고 현지의 문화를 편견 없이 대하며, 그들의 삶을 적극적으로 만나자는 것이다. 그러기 위해서는 무엇보다 유명 관광지에 대한 정보를 찾는 것만큼 그 나라의 역사, 문화를 공부하고, 간단한 현지어를 익히는 노력 등이 필요하다. 2009년 〈국제민주연대〉에서 한국 최초의 공정여행단을 꾸려 중국 윈난성의 소수민족 마을을 찾은 여행 작가 최정규 씨는 공정여행의 원칙을 다음과 같이 제안하고 있다.

공정 여행을 위한 10가지 제안

1. 현지인을 만날 때는 열린 마음으로 웃는 표정으로 대합니다.
2. 겸손한 마음가짐을 가집니다. 미개하고 불결하다고 무례를 범하지 맙시다.
3. 보디랭귀지를 적극 권장합니다. 통역에만 의지하려 하지 마십시오.
4. 원래부터 음식 장사를 하고 있었던 현지 사람들의 음식점을 찾습니다.
5. 현지인들이 즐기는 군것질을 적극 권장합니다.
6. 공정여행에서는 화석연료를 많이 쓰는 항공 이동을 자제합니다.
7. 현지인들의 경제에 도움을 줄 수 있는 민속공예품들을 삽니다.
8. 현지의 저임금 노동자들을 위해 팁 문화를 권장합니다.
9. 1회용은 쓰지 않습니다. 세면도구는 꼭 준비해가십시오.
10. 내복 등 충분한 속옷을 챙겨 가십시오.

삶은 ‘여행’

prologue | **blog** | photolog

자유로운 영혼

프로필▶   쪽지▶   이웃추가▶

category

■ 책임 여행 매뉴얼

tags

길가메시 서사시 | 아피아 가도
예루살렘 성지순례 | 십자군 전쟁
마르코 폴로 | 동방견문록 | 혜초
이븐 바투타 | 실크 로드 | 우주 여행
데니스 티토 | 코멧 | 배데커 시리즈
제주 올레길 | 지리산 둘레길
템플 스테이 | 책임 여행 | 공정 여행

이웃 블로거

* 우리 같이 제주 올레길 걸어요!
* 태안반도 책임 여행 동행자 모집!

이전글

◀ 역사 속 인물 대화방
  동과 서가 만나는 여행

다음글

▶ Planning!
  산티아고 순례길 여행 계획

목록보기 | blog

나도 할 말 있다

나는 여행자입니다. 바람 따라 구름 따라 떠도는 나그네라고
나 할까요? 내가 머무는 곳이 곧 내 집이라고 생각하며 살고 있습
니다. 저뿐만 아니라 원래 인간에게는 ‘나그네 유전자’가 공통으
로 있는 것 같아요. 300만 년의 인류 역사 가운데 마지막 1만 년을
빼면 전부 이동 인간, 유목 사회 아니었습니까?

이동하는 범위나 속도를 보면 세상 참 많이 달라졌어요. 『80일간
의 세계 일주』를 쓴 쥘 베른은 마차, 기차, 배를 연결해 세계를 일
주할 수 있는 시간을 80일로 잡았는데, 이제는 초음속 비행기로
단 몇 시간이면 충분히 갈 수 있잖아요? 그렇게 남는 시간이 생겼
는데, 이상하죠? 사람들은 오히려 더 여유가 없다고 하니까요.

재미있는 것은 요즘 그 편한 비행기와 자동차를 버리고 굳이 걷겠
다는 사람들이 늘어나는 겁니다. 사실 여행하는 참맛은 걸으면서 세
상과 만나는 데 있지요. 자동차나 비행기로 여행하면, 걸으면서 느
끼는 바람이나 물소리, 해가 뜨고 지는 풍경에 젖어들 수 없거든요.

여행은 일상의 오아시스와 같아요. 여행은 자기 주변의 일상적인
것과 거리를 두고 새로운 인상을 기쁘게 받아들이는 즐거움입니
다. 속도를 얼마나 내서 빠르게 가느냐가 아니라, 존재가 자유로워
지는 게 중요한 거죠. 여행은 길로 나서는 거지만, 그 길은 밖으로
향해 있지 않고 ‘나’를 향해 있습니다. 진정한 ‘나’로 돌아오기 위
해 우리는 자꾸 떠나는 거라구요. 여행을 좋아하는 시인 신경림 선
생께서도 비슷한 말씀을 하셨는데, 그 말을 남기고 여행자는 다시
떠나려 합니다.

“나는 길 속에서 자랐다. 내게는 길만이 길이 아니고 내가 만난
모든 사람이 길이었다. 나는 그 길을 통해 바깥 세상으로 나왔다.”

▼ 덧글 17개 | 엮인 글 쓰기 | 공감 9개

참고 자료

 Books

◉ 『여행의 역사』
빈프리트 뢰쉬부르크 저, 이민수 역, 효형출판, 2003
여행을 통해 발전해온 유럽의 문화와 역사를 일목요연하게 정리했다.

Movies

◉ 〈인디애나 존스-레이더스〉 스티븐 스필버그 감독, 1981
모험심 강한 고고학 교수 인디애나 존스 박사의 모험담. 나치가 맹위를 떨치던 1936년을 배경으로 고대 문명의 보물들을 둘러싼 숨 막히는 모험과 발굴 여행을 다룬다. 19세기 말 제국주의 열강들의 식민지 문화유산 약탈의 잔상을 볼 수 있다.

◉ 〈스탠 바이 미〉 롭 라이너 감독, 1986
4명의 어린 아이들이 철도 어딘가에 숨어 있다는 시체를 찾아 나서며 벌이는 이틀간의 짧은 여행. 비록 어린 아이들이지만 짧은 시간 동안 형의 죽음, 아버지의 무관심, 도둑질을 했다는 누명, 좋지 못한 가정환경 등 자신들이 가진 문제들을 극복해내고 궁극에는 흉악한 악의 무리까지 소탕하는 과정이 천진하면서도 가슴 뭉클하게 그려진다.

4세기
고구려 소수림왕
태학 설립

10세기
이슬람 종합 대학
자미아 설립

B. C. 4세기
플라톤 그리스
아테네 근교에
아카데미아 설립

12세기
이탈리아 등 유럽 전역에
법학, 의학, 신학 중심의
대학 설립 확산

17세기
프랑스 나폴레옹
전문기술학교 설립,
국가적 인재 양성

19세기
독일 학자, 훔볼트 주도
근대적 대학인
베를린 대학 설립

1990년대
산학 협력 모델로
실리콘밸리 가시화

1968년
68혁명 발발

대학의 역사

대학은 탐구 探究 하는가
탐구 貪求 하는가

"대학은 직업을 위한
훈련 학교가 되어가고 있다.
그것은 교양 따위에는
전혀 무관심한
전체주의자들이
요청하고 있기 때문이다."

_영국의 철학자, 버트런드 러셀 Bertrand Russell

대학

교육기관을 초등 · 중등 · 고등으로 나눴을 때 고등교육 전체를 통칭.
학교 제도의 최고로 발달한 형태로 전문적인 교육과 연구를 함께 하는 기
관이다. 교육과 교육 기관의 역사는 인류의 역사와 함께 시작되었다. 중국
주나라의 국학이나 플라톤의 아카데미아를 기원으로 하기도 하지만, 오늘
날과 같은 형태의 대학은 중세 유럽의 산물이라고 할 수 있다.

서구에서 대학은 고등교육기관 중 하나로 특별한 목적을 갖고 자생적으로
발전한데 비해 동양의 경우, 대학은 국가 주도로 생긴 관리양성기관이었
다. 동양에 오늘날과 같은 대학이 세워진 것은 근대 교육이 도입되면서부
터이다.

대학의 역사

유능하고 훌륭한 전인적 시민을 양성하라

서양 역사의 물길을 따라가보면 인류 최초의 대학은 고대 그리스 아테네의 아카데미아Academia일 것이다. 훗날 이 단어는 동서양을 막론하고 '학문의 집'을 뜻하는 보통명사가 되었다.

아카데미아를 설립한 인물은 철학자 플라톤Platon이다. 그는 기원전 387년 아테네 근교에 철학을 가르치는 사설 학원이라 할 수 있는 아카데미아를 설립하고 제자들을 길러내기 시작했다. 원래 정치에 뜻을 두었던 그였지만 스승 소크라테스Socrates가 독배를 마시고 죽는 것을 목격한 뒤에는 정치에 환멸을 느껴, 연구와 교육에 전념했다.

아카데미아에서 가르치는 과목은 철학과 수학, 동식물학, 천문학 등이었는데, 오로지 앉아서 연구만 하거나 스승이 일방적으로 가르치는 방식이 아니었다. 생활공동체였던 아카데미아에서 플라톤과 제자들은 대화와 토론으로 수업을 해나갔다. 플라톤이 심신이 조화된 인간이 교육을 통해 길러낼 수 있는 이상적인 인간형이라고 보았던 만큼, 아카데미아에서는 지식의 습득을 넘어서 인격적인 면모를 다듬는 공부에 무게를 두었다. 학문이 적극적으로 현실의 문제를 풀어나가야 한다고 생각했던 이들은 주변국으로 정치적인 자문을 해주기 위해 파견을 나가기도 했다. 알렉산드로스 왕의 스승으로 유명한 철학자 아리스토텔레스Aristoteles가 바로 이 아카데미아 출신이다.

플라톤은 교육의 목적이 직업교육이나 출세의 발판이 아니라 유능하고도 훌륭한 시민을 키워내는 것, 궁극적으로는 이상국가를 건설할 유능한 인재를 양성하는 것이라고 생각했다. 통치자가 될 만한 사람을 어렸을 때부터 특별하게 교육시켜 더욱 현명하고

■■
라파엘로의 유명한 그림 〈아테네 학당〉은 플라톤이 세운 인류 최초의 대학 아카데미아를 그린 그림이다. 그림 중앙에 하늘을 가리키며 걸어오는 사람이 바로 플라톤이다.

능력 있는 철인哲人으로 완성시키는 데에 중심을 둔 것이다.

이후 그리스의 학문 체계를 그대로 계승한 로마 역시 플라톤과 마찬가지로 전형적인 엘리트 교육에 집중했다. 특히 로마에서의 교육은 정치가를 양성할 목적으로 이뤄졌기에 웅변술이 무엇보다 중시되었다.

우리나라에서 가장 오래된 고등교육기관

고려 말부터 조선 초기까지 최고의 교육기관이었던 성균관의 명륜당. 명륜당은 학생들이 모여 유학을 공부했던 강당이었다. 지금으로 말하면 대형 강의실의 역할을 한 공간이다.

　우리의 전통적인 고등교육은 중국 교육제도에 기초한 소수 엘리트 중심의 교육이었다. 교육의 일차적인 목적이 관리양성과 직결돼 있던 것이다. 『삼국사기』에 따르면 전통적인 고등교육기관은 고구려 소수림왕 2년(372년)에 설립된 태학으로, 이는 중국의 여러 왕조의 학교들을 제외하면 동아시아 지역에서 가장 앞선 교육기관이었다. 관리양성을 목적으로 세워졌기에 상류층의 귀족 자제에게만 입학 자격이 주어졌다. 이후 신라는 삼국통일을 이룩한 문무왕 16년(676년)에 이르러 중국과 교류를 활발히 하면서 당나라의 국자감 제도를 본떠 국학을 설립했다.

　고려 때에는 성종 11년(992년)에 유교적 교양을 철저히 겸비한 인재양성을 위해 국자감을 설립했는데 이는 오늘날의 종합대학과 같은 성격을 띠었다. 국자감은 조선에서 '성균관'(태조 7년, 1398년 설립)이라는 이름으로 계승되었다.

이슬람의 '빛나는 꽃들'이 르네상스의 씨앗을 뿌리다

무슬림들은 지식을 구하는 것이 그들의 의무라고 여겼다. 알라^{Allah}를 이해하려면 알라가 창조한 모든 것을 잘 알아야한다고 여겼기 때문이다. 중세 유럽의 신학이 지적탐구를 가로막은 것과는 대조적이다.

7세기 초 이슬람에서 기본적인 교육은 사원에서 이뤄졌지만 다양한 분야에 대한 관심이 늘어가면서 좀더 전문적인 교육기관이 필요해졌다. 이때 이슬람 교육자들이 만든 것이 '마드라사^{Madrassah}'로 '공부하는 곳'이란 뜻이다. 학생들은 마드라사에 모여 코란 전체를 암기했고, 논리학이나 수사학, 문법, 문학 등을 배웠다.

세월이 흘러 동쪽으로 인도부터 서쪽으로 이베리아 반도에 이르기까지 세력권을 넓혀간 이슬람은 더욱 큰 학문의 용광로를 필요로 하게 된다. 2세기에 걸쳐 고대 그리스를 비롯해 페르시아, 이집트, 인도의 문명을 흡수해나가면서 지식의 규모가 방대해졌기 때문이다. 이때 마드라사보다 규모가 큰 교육기관이 출현하는데 이를 가리켜 '자미아^{Jamia}'라고 불렀다. 980년경 이집트 카이로에 세워진 '알아즈하르^{Alazhr}('빛나는 꽃들'이라는 뜻)'는 세상에서 가장 오

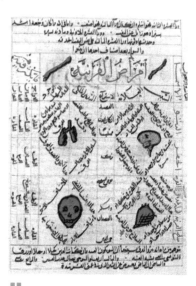

■■
'의학의 아버지' 라 추앙받는 이븐 시나(라틴 이름은 아비세나). 페르시아 제국에서 그와 같은 학자를 배출하고 공공도서관과 천문대, 병원을 최초로 세울 수 있던 것은 학문에 대한 욕구와 열정 덕분이다. 그림은 이븐 시나의 의학 사전의 일부 모습.

래된 종합대학이라고 할 수 있다.

학생들은 공언자(professor, '지식을 공언하는 사람'이라는 의미를 가졌던 이 말이 훗날 교수라는 의미로 바뀌었다)라 불리는 선생들을 중심으로 둘러앉아 강의를 듣고, 강의가 끝난 뒤에는 저마다 자유롭게 공부를 했다. 특히 과학, 수학, 지리학, 의학 분야에서는 고도의 전문적 훈련이 이뤄졌다. 이슬람이 그리스, 로마의 고전 교육을 그대로 진수해 수학과 천문학, 의학, 연금술 등에서 눈부신 업적을 남기던 시기에 대학은 그 중심에 있었다. 빛나는 꽃들, 알아즈하르가 남긴 씨앗들은 유럽으로 전해져 이후 15세기 르네상스로 피어났다.

학문의 열정으로 다져진 중세의 정신적 주체

십자군 전쟁을 통해 이슬람 문명이 세워놓은 거대한 지적 성과물들을 접한 유럽은 충격을 받는다. 이후 유럽은 이슬람 문명이 축적한 고대 그리스 로마 문화를 통해 지적 탐구심을 키워갔다. 그리고 이는 곧 중세 대학의 설립으로 이어졌다.

오늘날 대학의 모습은 중세 대학에서 그 뿌리를 찾을 수 있다. '유니버시티University'란 명칭도 이 시기에 나왔는데, 라틴어 '우니베르시타스Univertas(종합)'가 그 어원이다. 당시 대학은 사회의 요구를 충족시키기 위해서 중세 유럽의 도시에서 자연스럽게 조직된 길드Guild로, 일종의 교육조합이었다.

11세기 초부터 12세기에 걸쳐 유럽의 도시는 빠르게 상업도시로 성장해나갔고, 부를 축적하게 되면서 점차 사람들은 자신의 권리를 인식

■■
13세기 중반에 세워진
영국의 옥스퍼드 대학교(왼쪽)와
케임브리지 대학교(오른쪽)의 모습

하게 됐다. 자연스레 새로운 지식을 가르치고 배우려는 사람들이 모여
들었다. 인쇄술이 발달하지 못했던 시절, 학생들은 강의를 듣고 필기를
하거나 토론을 하며 학문의 열정을 불태웠다.

　당시 학문은 현실적인 필요에 의해 법학, 의학, 신학 이렇게 세 부류
가 중심이 됐다. 북부 이탈리아의 볼로냐 대학은 법학으로 명성을 떨쳤
는데, 이는 볼로냐가 다른 도시들보다 상업이 발달한 도시였다는 사실
과 무관하지 않다. 상업과 무역이 활발해지던 12세기, 경제적 이해관계
를 둘러싸고 예상하지 못한 갈등과 분쟁을 겪자 이를 해결해줄 전문적
인 법률 지식인이 필요했던 것이다.

　의학의 경우도 마찬가지다. 페스트와 같은 전염병과 십자군 전쟁으

로 부상자들이 속출하면서 기후가 온화했던 이탈리아의 살레르노Salerno가 요양도시로 인기를 끌게 됐고, 이후 자연스레 의학 연구의 중심지로 자리 잡았다.

신학의 경우는 당대 세계관에 대한 교육이라는 점에서 학문의 정상을 차지하고 있었다. 신학 대학의 중심지는 프랑스였다.

12세기경 하나둘씩 태동한 대학들은 15세기에 이르러 유럽 전역에 60여 개에 달했다. 어느덧 대학은 교황청, 황제권과 더불어 중세를 형성하는 3대 정신적 주체가 되어 있었다.

'국가의 발전을 위해' 학문에 정진하다

17세기는 근대 과학이 화려하게 꽃피운 시대였지만 대학은 이에 전혀 기여하지 못했다. 대학의 수는 늘어났지만 중세적 길드조직의 한계로 발전이 지체되는 양상을 보였다. 자본주의 체제의 변화와 함께 달라지는 사회적 목표를 이루기 위해 이제 국가가 대학에 대한 주도권을 갖게 되었다.

가장 적극적인 국가는 프랑스였다. 파리 대학이 크게 침체된 17세기, 프랑스는 콜레주 드 프랑스^{Collège de France}, 왕립식물원, 파리기상원 등과 함께, 의학부 대신 위생학교, 교원양성을 위한 고등사범학교 등 전문기술학교를 설립해 새로운 질서에 부응하는 인재들을 양성해나갔다. 이후 나폴레옹은 직업교육기관을 고등교육의 모델로 삼고 제국대학을 설립했다.

한편 나폴레옹 전쟁에서 프랑스에 패한 후 자존심을 회복하고자 했던 독일은 프랑스와는 다른 방향의 대학 개혁을 주도해나갔다. 프랑스가 현실적으로 필요한 전문교육을 강조한 데 비해, 독일은 철학을 구심점으로 근대 대학의 태동을 알린 것이다. 1810년 교육국장관 훔볼트^{Willhelm Humboldt}의 제의로 프로이센에 베를린 대학을 세운 독일이 택한 교육방식의 핵심은 '자유'였다. 강의 위주의 지식 전달이 아니라 학생들이 주체적으로 연구에 참여하도록 한 것이다. 대학은 점차 과학 연구의 중심체로 자리 잡아갔고, 정부는 국가 경쟁력을 높이기 위해 정책적인 지원을 아끼지 않다.

독일에서 불기 시작한 변화의 바람은 바다 건너 아메리카의 신대륙까지 닿았다. 17세기, 설립 당시만 해도 식민지 정착에 필요한 목사와 행정가 들을 키워내는 데 매달렸던 하버드, 예일, 윌리엄즈버그 대학 등은 독일이 구축한 전문교육, 연구 중심의 대학 모델에 눈을 돌렸다.

한편 19세기에는 아시아에서도 근대적인 대학이 모습을 드러낸다. 1894년 청일전쟁에서 패배한 이후 무너져버린 나라를 어떻게 일으킬 것인가 고민했던 중국은 1898년, 한 무제 때부터 이어온 태학과는 다른, '제국 통치에 기여하는 새로운 지식인 양성'을 위한 경사대학당(오

중국은 제국 통치에 기여하는 새로운 지식인 양성을 목표로 경사대학당을 설립했다.

늘날의 베이징 대학)을 설립했다. 일본에서는 1868년 메이지 유신의 교육정책에 힘입어 1877년 도쿄 대학이 문을 열었다. 극소수의 엘리트 교육에 치중했던 도쿄 대학은 이후 국가의 고등교육을 이끄는 구심점으로 자리 잡는다. 결국 중국이나 일본 모두 근대국가건설이라는 목표를 이루기 위한 고등교육기관 설립과 인재 양성이 중요해진 것이다.

학생은 학교의 주인이다!

시간이 지남에 따라 점차 대중들의 지적 욕구는 높아졌다. 하지만 대학은 여전히 소수의 엘리트 위주 교육에 머물고 있었다. 대학의 대중화를 선도한 것은 미국이다. 미국 대학의 학풍이 실용주의와 산업화에 급격히 쏠리게 된 것이다.

한편 대학이 특정한 분야를 연구하는 데 치중하면서 연구소의 집합

우리나라의 근대적 교육기관들

■ ■
한국 최초의 4년제
대학인 숭실학교의
학생들

    대한제국은 1894년 〈홍범14조〉 발표, 1895년 〈교육입국조서〉 발표, 1895년 한성 사범학교 설립 등을 통해 근대적인 교육제도를 만들고자 했다. 하지만 일본에 의한 식민지 지배가 시작되면서 이 계획은 좌절되고 만다. 일본 식민지 치하인 1906년 평양 숭실학교 내에 대학부를 설치한 것이 한국 최초의 4년제 대학이다. 1910년에는 이화학당에 대학부가 설치됐고 세브란스, 보성전문, 이화여전, 숙명여전 등이 전문학교로 문을 열었다. 1924년 조선총독부는 경성제국대학을 설립했는데, 이는 식민지 지배에 필요한 관리와 교원을 양성하기 위해서였다.

    해방 이후에는 미군정이 실시되면서, 일본식 교육제도가 미국식 교육제도로 바뀌었다. 그리고 4년제 대학이 제도화되면서 1946년에는 국립종합대학교 설립안에 의해 서울대학교가 개교했다.

1968년, 프랑스에서 시작된 68혁명의 구호 '상상력에 권력을'은 세계 모든 청년들에게 각성제와 같은 구실을 했다.

체로 변해가자 학생들의 불만은 높아갔다. 학생들의 불만은 1960년대 세계 곳곳에서 저항의 물결을 불러일으켰다. 1964년 버클리 대학교 학생들이 펼친 '언론 자유 운동'은 프랑스 68혁명의 전주곡이었다.

1968년, 프랑스 파리에서는 이성간 기숙사 방문 시간 제한에 항의해 여학생 기숙사에서 밤을 보낸 몇몇 남학생들이 경찰에 쫓겨 강의실로 피신했다가 경찰로부터 구타를 당한 사건이 일어난다. 이를 도화선으로 시작된 대학생들의 시위는 이후 드골 정권과 냉전 그리고 베트남 전쟁 등에 불만을 품고 있던 젊은 세대 전체로 번져 반체제, 반문화 투쟁으로 확대되었다. 이후 프랑스의 이러한 분위기는 미국, 독일, 체코, 스페인, 일본 등 세계 전역으로 확산되었다.

비록 성공하지 못한 미완의 혁명이었지만 68혁명은 '68 이전'과 '68 이후'로 나눌 만큼 프랑스 대학에 새로운 가치와 사고를 부여했다. 이후 학생은 대학 공동체의 주체로 섰고, 학교 운영에 참여하는 권리를 찾았다. 억압된 문화의 상징처럼 자리를 잡았던 대학에 개방적인 분위기가 몰려오면서 대학 내에는 자유로운 학문 풍토가 움텄다. 점차 유럽 전역에서 대학의 서열은 사라져갔고, 대학 자체적으로 학문적 개성을 발전시키려는 노력을 시작하게 됐다.

대학이란 무엇인가?

등장인물 : 에라스무스, 토마스 모어, 후쿠자와 유키치
배경 : 영국 옥스퍼드 대학교의 캠퍼스

에라스무스 모어 경, 그래도 당신이 한때 걸었던 곳인데, 감회가 새롭겠소이다.

토마스 모어 감회라뇨. 하루라도 빨리 결정해서 학교를 그만두길 잘했죠. 생각해보면 에라스무스 당신은 참 용감하더군요. 수도사로 교육을 받았으면서 어찌 가톨릭교회에 큰 소리를 낼 수 있었습니까?

에라스무스 공허한 신학적 논쟁에만 정신이 팔려 진짜 인간이 추구해야 할 '자유'를 잃어버리고 있는 걸 보고 있을 수 없었어요. 당신이 『유토피아』에서 평등한 세상을 얘기한 것도 자유의 정신이 바탕에 있었던 것 아닙니까?

토마스 모어 그렇소. 용기 있게 할 말을 하는 자가 진정한 지식인이지요. 그런데 요즘 대학에서는 소신이나 용기를 지닌 목소리가 나오지를 않으니, 이거 원……

에라스무스 그러게 말입니다. 권력에 비판을 던질 수 있어야 하는데, 정말 안타깝습니다.

후쿠자와 유키치 Dag!(네덜란드의 인사말) 두 분의 고담준론高談峻論에 끼어들어 죄송합니다만, 제 귀엔 두 분의 말씀이 마냥 한가롭게 들리는군요. 대학이라면 국가 발전의 주역을 기르는 일이 우선이어야지요. 안 그렇습니까?

토마스 모어 어허, 후쿠자와 당신도 『학문을 권함』이란 책에서 "하늘은 사람

에라스무스(1466?~1536)
네덜란드에서 태어나 성 아우구스티누스 수도회의 수도사가 되었다. 토마스 모어와는 그의 집에서 『우신예찬』을 집필하는 등 끈끈한 학문적 우정을 이어갔다. 에라스무스는 인간다운 학문, 휴머니즘을 강조했는데, 그의 이런 사상은 유럽의 정신사와 대학교육 방향에 중대한 변화를 가져왔다. 네덜란드 로테르담에는 그의 이름을 딴 에라스무스 대학이 있다.

위에 사람을 만들지 않고, 사람 밑에 사람을 만들지 않았다"라고 쓰지 않았습니까? 나는 국가 중심의 사고방식은 인간의 자유와 평등을 억압한다고 생각합니다.

후쿠자와 유키치 흠흠, 저는 대학이 지나치게 자유를 강조하면 국가의 목표를 이룰 수 있는 교육이 약해질 수 있다는 걸 말하고 싶습니다.

에라스무스 나라마다 형편이 다르니 후쿠자와 선생 말씀이 틀리다고 할 수는 없겠지요. 그래도 처음 대학이 생겼을 때처럼 자유롭게, 학문을 향한 순수한 열정이 바탕이 돼야만 대학은 온전히 제자리를 찾을 수 있지 않을까요?

후쿠자와 유키치 신은 부귀를 그 사람의 활동에 대한 대가로서 주는 것이라는 말을 기억하시는지요? 고로 학문에 힘써야 넉넉한 부자 나라가 될 수 있지 않겠습니까? 일단 나라가 강해져야 공부도 제대로 할 수 있구요.

토마스 모어 후쿠자와 선생님께서는 부국강병에만 관심이 있으신 것 같군요. 한때 이곳 옥스퍼드도 국가를 위해 일할 행정가를 뽑기 위한 곳이었습니다. 이제 시대가 달라진 만큼 변하고 있긴 하지요. 그래도 대학만큼은 '상아탑'이어야 하지 않을까요? 이제는 잊혀진 단어가 되어버린 듯하지만요.

후쿠자와 유키치 이거야 원 답답해서, 쯧쯧. 대학은 현실과 맞닿아 있어야 하

토마스 모어(1477~1535)
법률가의 아들로 태어나 옥스퍼드 대학교에 입학했으나 학교를 중퇴하고 훗날 변호사가 되었다. 영국의 자본주의를 비판하고 사유재산 폐지를 지적한 저서 『유토피아』의 저자로 공평한 재판관이자 빈민들의 보호자로서 시민들의 사랑을 받았다. 영국의 최고 대법관 자리까지 올랐지만 1534년 헨리 8세와 앤 불린의 결혼에 반대하고, 왕위계승법에 서명하길 거부해 런던탑에 감금됐다가, 반역죄로 사형선고를 받았다.

지 않습니까? 기도를 하러 가는 게 아니라면 말이오.

에라스무스　전 대학이 교회의 역할을 수행해야 한다고 봅니다. 기도를 통해 마음을 정화하듯 대학이 우리 사회를 정화시키고, 사회가 올바로 가야 할 길을 제시해줘야 합니다.

토마스 모어　동감이고말고요. 대학은 사회를 끊임없이 비판하면서 그 사회가 새로운 지향점을 찾아나가도록 조언해야 합니다.

후쿠자와 유키치　하지만 오히려 대학은 늘 비판을 받아오지 않았습니까? 그건 바로 대학 스스로가 중심을 못 잡은 탓입니다. 국가가 명분을 주고 강력한 동기부여를 해야 합니다.

토마스 모어　비판이란 것도 사실 대학에 기대하는 게 많아서 생기는 것 아니겠습니까? 미래의 세대가 자라는 곳이기도 하니까요.

에라스무스　얘기할수록 대학에 무거운 짐만 얹어주게 될 것 같군요. 자, 그럼 우리도 그 옛날의 철학자들처럼 천천히 걸어봅시다. 산책을 하다보면 좀더 좋은 생각이 나올 수도 있지 않겠소?

후쿠자와 유키치(1835~1901)
일본의 만 엔짜리 지폐에 새겨진 인물이다. 규슈의 나가쓰번에 있는 하급무사의 집에서 태어나 한학을 공부했다. 네덜란드 어학교인 난학숙을 열고 독학으로 영어를 배웠다. 미국과 유럽을 순방한 뒤에는 게이오 대학을 세워 근대 사회가 요구하는 학문과 학생의 육성에도 힘썼다. 메이지유신의 계몽사상을 대표하는 인물이다.

대학도 멀티플레이를 해야 한다

대학은 전통적으로 엘리트를 위한 곳이었다. 고대 그리스 시대부터 중세를 거쳐 근대까지, 학교 교육은 선택된 그룹에게 주어진 일종의 특권이었다. 19세기 후반 산업혁명과 상업혁명으로 신분 사회가 무너지고 중산층을 중심으로 한 사회가 건설됐지만 중산층은 여전히 옥스퍼드나 케임브리지에 들어가 공부할 기회를 얻지 못했다. 이를 가리켜 미셸 푸코Michel Foucault는 "지식은 그 시대의 지배관계와 권력관계의 산물"이라고 지적하기도 했다.

20세기 들어서 대학은 새로운 패러다임을 요구받게 된다. 전문직에 종사하는 중산층이 체계적으로 지식을 쌓고, 새로운 것을 배우길 원했기 때문이다. 이에 따라 대학은 차차 생물학, 물리학, 공학, 사회과학, 경영학 등의 과목을 개설한다. 시민 모두에게 열린 대학으로 변모하게 된 것이다.

이후 산업화의 바람이 거세지면서 급기야 과거와는 새로운 형태의 대학, 멀티버시티Multiversity로 대학은 변신을 꾀한다. 멀티버시티란 전문적인 직업교육, 산학협력, 사회교육 등 1인 3역의 복합적인 기능을 하는 대학을 말한다. 보편적 진리를 연구하고 교육하는 과거의 '유니버시티'와는 다른 대학이 필요하다는 요구가 이 같은 신조어를 만들어낸 것이다. 미국의 사회학자 데이비드 리스먼David Riesman은 멀티버시티의 탄생을 가리켜 '대학 혁명'이라고 이름 붙였다.

경제성장을 목표로 국가와 대기업이 대학에 손을 내밀고, 대학이 이에 부응하면서 시작된 20세기 혁명의 중심은 단연 미국이었다. 특히 캘리포니아는 멀티버시티를 지향한 대표적인 지역 중 하나였다. 1960년, 캘리포니아 주 정부는 주 예산으로 운영되는 대학들이 그 역할과 전공을 정리하지 못하고 경쟁에만 몰입하자 대대적인 정비에 나섰다. 실용학문은 캘리포니아 주립대학교CSU에서, 연구는 캘리포니아 대학교UC에서, 평생학습 및 성인 대상 재교육은 캘리포니아 커뮤니티 칼리지CCC에서 담당하는, 이른바 3각 구상이 완성된 것이다.

기업의 요구가 반영됐던 만큼 멀티버시티에는 산업화에 필요한 학문을 중심으로 철저하게 분화된 과목들이 많았다. 캘리포니아 대학의 경우, 250종이 넘는 공학부의 교과목 가운데 드라이클리닝 공학이, 220여 종에 달하는 교육학부에는 자동차 운전, 안전 교육 등의 교과목까지 있을 정도였다. 캘리포니아 대학의 초대 총장인 클라크 커는 이를 '이디오폴리스Idiopolis'(두뇌의 도시국가)라는 말로 요약하면서 『미국 고등교육 고뇌의 시대 1990년대와 앞날』이라는 책에서 다음과 같이 기업과 대학의 관계를 정리하고 있다.

"대학을 지원하고 있는 것은 이제 교회가 아니다. 오늘날 대학의 지원자는 다원주의적인 산업화 사회이다. 기업의 연구와 기술 인력은 더

욱너 대학에 의존하게 되고 기의 모든 기초 연구는 대학에서 행해지고 있다. 대학은 인재 획득의 최대의 터전이다."

'대학의 상업화'를 경계하라

"나는 운동장 시설을 확충하고, 고급 의자를 설치하고, 하버드 대학과 고정으로 TV화면에 나오게 하고…… 이해타산적인 기업에 하버드 대학교 생명과학 연구결과를 독점할 수 있는 특권을 제공했다."

이는 1980년대 말에 미국 하버드 대학교의 총장을 지낸 데렉 복Derek Bok 교수가 저서 『파우스트의 거래』에 '꿈이었기에 다행이었다'면서 쓴 문장이다. 그러나 이러한 우려는 이제 현실이 되고 말았다. 『파우스트의 거래』의 원제인 '시장 속의 대학University in the Marketplace'처럼 대학은 이제 시장 한복판에 서 있다. 멀티버시티를 통해 만난 기업과 대학이 더욱 그 관계를 공고히하게 된 것이다.

시장 안에 선 대학의 모습은 흔히 '대학의 상업화' '대학의 기업화'라고 정의된다. 1970년대 미국에서 본격적으로 물꼬를 튼 대학의 상업화는 1990년대 가속 페달을 밟게 된다. 그 대표적인 예가 바로 실리콘밸리Silicon Valley이다.

세계 벤처 산업의 발상지이자 산학협력으로 유명한 실리콘밸리의 중심에는 스탠퍼드 대학교가 있다. 기업은 대학으로부터 기술이나 장비, 인력을 지원받고, 학교는 기업을 통해 현장 교육과 취업 문제를 해결하는 방식을 통해 스탠퍼드 대학교의 연구실은 휴렛패커드, 시스코CISCO, 야후, 이베이, 구글 등 세계적 기업들의 신기술이 탄생하는 산실

산학 협력의 대표적인 공간인 미국의 실리콘밸리에 들어서 있는 세계적인 기업들. 효과적인 기업과 대학의
협동 연구 개발로 실리콘밸리는 신기술의 메카로 떠올랐다.

로 자리매김하고 있다. 국내의 경우에도 경기 시화, 반월 산업단지 내에
자리 잡은 한국산업기술대를 비롯해 울산에 있는 울산대, 카이스트 같
은 곳이 산학협력의 대표적 사례로 꼽힌다.

기업과 대학의 협력 관계는 최근 더욱 가시화되고 있다. 마치 대기업
맞춤형 인력을 길러내듯 반도체학과(학부), 휴대폰학과(대학원)가 등장하
는가 하면, '삼성관' 'LG-포스코관' 등과 같이 회사 이름이나 특정 기업
총수의 이름을 붙여놓은 건물들이 하나둘 등장하기 시작했다.

대학의 상업화는 21세기에 들어서 그 차원이 많이 달라졌다. 대학
이 민간자본을 끌어들여 수익 창출에 적극 나서고 있는 것이다. 2007년
교육부가 사립대의 수익사업에 대한 규제를 대폭 완화하는 내용을 골자
로 한 〈대학 교육력 향상 방안〉을 발표하면서, 기업과 대학 양측의 발걸
음은 빨라졌다. 재정 문제를 호소하는 대학 측과 새로운 시장을 찾는 기
업 측의 이해가 맞아떨어진 셈이다.

이에 따라 서울 시내 사립대에 새로 지어진 신축 건물의 알짜배기
공간에는 커피숍이나 샌드위치 가게 등 각종 프랜차이즈 업체가 들어섰

고, 대형 할인점이 큰 공간을 차지했다. 대학과 민간자본이 손잡는 추세는 전국적으로 더욱 확산되고 있는 현실이다.

대학의 상업화 바람이 가져온 또 다른 풍경은 대학 내의 과목 변화다. 취업률 높이기가 최대의 과제가 되면서, 대학들이 경쟁력 강화를 이유로 철학 같은 인문학과 화학, 물리학 등의 기초과학 학과를 잇따라 폐지하거나 정원을 줄이고 그 대신 취업률이 높은 학과에 그 정원을 넘기고 있는 것이다.

기업들이 원하는 인재를 길러내고, 기업처럼 수익성과 효율성을 따지게 된 대학의 현실을 어떻게 바라봐야할까? 한때 하버드 대학교의 총장으로 상업화를 주도했던 데렉 복은 다음과 같은 경고를 남기고 있다. "대학이 기업 논리에 치우치게 될 경우 대학의 고유한 역할을 위태롭게 만들 수 있다."

열린 마음으로 '사이'를 생각하자

1997년, 미래학자 피터 드러커Peter Drucker는 "30년 후 대학 캠퍼스는 역사적 유물이 될 것"이라고 내다봤다. 과연 그의 말은 실현될까? 피터 드러커가 주목한 것은 통신기술의 발달과 정보화 사회였다. 세계미래의회 의장 겸 국제연합 미래포럼 회장을 맡고 있는 제롬 글렌Jerome C. Glenn의 말도 다르지 않다. 그는 앞으로 "교육이 가장 큰 변화를 겪게 될 것"이라며 사이버 공간이 거대한 교실로 바뀔 것을 예측했다.

오늘날 대학의 또 다른 변혁은 온라인에서 진행 중이다. 국가 경계를 허무는 통합 사이버 대학이 등장하고 있는 것이다. 선두 주자는 미국이다. 21세기에 들어서면서 이미 미국의 대학들은 '열린 대학'에 심혈을 기울여왔다. 매사추세츠공대MIT는 2001년부터 오픈코스웨어Open Courseware 계획을 공개하고 주요 강의들을 온라인으로 제공하기 시작했고, 예일 대학교도 '열린 강의' 운동에 동참하고 나섰다. 1970년대에 개교한 피닉스 대학교는 건물 없는 사이버 대학으로 학생이 20만여 명에 달하는 세계 최대의 유료 사이버 대학이다. 하버드와 스탠퍼드도 이제 온라인 강의만으로 학위를 받을 수 있는 길을 열어놓았다. 온라인 백과사전 위키피디아가 '위키버시티'를 여는가 하면 유네스코는 '유네스코 가상현실통합대학'을 설립했다.

핀란드는 차세대 동력으로 교육을 내세우고 '혁신대학'을 출범시켰다. 서로 다른 여러 대학을 통합해 6년제 국립대학을 새로 만든 것이다. 혁신대학에서는 피아노 전공자와 경제학 전공자, 로봇공학 전공자가 머리를 맞대고 공동 연구결과를 내놓게 된다.

이같은 흐름은 멀티버시티를 향한 비판과 성찰에 맞닿아 있다. 시대

온라인 백과사전인 위키
피디아에서 운영하는 온
라인 대학교 위키버시티
의 웹사이트

세계 최대의 유료 사이
버 대학인 피닉스 대학
교 웹페이지

는 학문간의 융합을 요구하는 데 반해, 대학은 멀티버시티의 틀 안에서
오래된 관성에 안주해 굳건히 자기만의 성을 지키고 있다는 쓴소리가
계속됐기 때문이다. 서울대학교 이상옥 교수는 저서 『문학, 인문학 대
학』에서 "학과들 사이, 단과대학들 사이의 경직된 장벽, 대학인의 관념
속의 문과, 이과나 인문사회학과 자연과학의 높은 장벽이 임의적 구별
이 복잡한 현대사회 문화 현상의 이해를 막고 있다"라고 지적한다.

　21세기 세계 주요 대학들은 '통섭Consilience'이라는 형태로 다양한 시도를 하고 있다. 그 중심축은 인문학이다. 하버드 대학교의 경우에는 20년 만에 핵심 교육과정의 목표를 '각종 기초 학문을 실제 삶의 문제들과 연계하여 통섭적 사고를 요구하는 것'으로 수정했다. 국내의 대학들 역시 지난 2009년 인문학의 체력을 기르는 동시에 학제간 융합과 같은 학문의 경계를 넘어서는 교육과정을 만들어 내고 있다. 21세기 대학은 '시대'와 '삶'의 '소통'이라는 화두를 안고 다양한 가능성을 향해 나아가고 있다.

prologue | **blog** | photolog

목록보기 | blog

대학

프로필 ▶ 쪽지 ▶ 이웃추가 ▶

category

■ 세계 대학 탐방기
■ 산학협력 사례 Case by Case

tags

아카데미아 | 태학 | 국자감 | 성균관
마드라사 | 자미아 | 중세의 대학
우니베르시타스 | 칼리지 | 숭실학교
68혁명 | 멀티버시티 | 에라스무스
토머스 모어 | 후쿠자와 유키치 | 대학
혁명 | 클라크 커 | 파우스트의 거래
실리콘밸리 | 산학협력 | 인터버시티

이웃 블로거

• 열공만이 살 길이다!
• 사이버대학 입학 절차 궁금!

이전글

◀ 역사 속 인물 대화방
  대학이란 무엇인가

다음글

▶ 리뷰 『파우스트의 거래』를 읽고

나도 할 말 있다

"○○는 진리를 탐구하는 일에 종사하는 학자와 학생들의 집단이다."

○○는 누구일까요? 나는 대학입니다. 칼 야스퍼스가 『대학의 이념』이란 책에서 이런 말을 했더군요. 막스 베버도 비슷한 얘기를 했어요. '대학은 학문이라는 유일신을 섬기는 곳'이라고. 그러니 난 진리 탐구와 학문이 태동하는 신성불가침의 공간임이 분명합니다.

과거에는 대학을 다닌다는 배지 하나가 사회의 최고 엘리트, 최고의 지성인임을 말해주었습니다. 그러나 오늘날은 사회적 진출을 위해 지나쳐야만 하는 정거장 같아 보입니다. 나는 무엇이 돼야 할까요?

저는 태어날 때부터 '변화'라는 말을 귀에 못이 박이도록 들어왔습니다. 시대의 요구에 부응하라고 말이죠. 그래서 그때마다 제 삶을 열심히 개척해왔는데요. 이제 삶의 방향을 제 이름에서 찾아보려 합니다.

대학, 큰 대(大)에 배울 학(學)! 한마디로 크게 배운다는 것 아닙니까? 한 가지 지식을 갖고 어떻게 세상을 살 수 있겠습니까? 고대 그리스 때부터 모름지기 교육의 기본은 인간성을 닦는 데 있었습니다. 몸과 마음이 건강하고 지적으로 도덕적으로 문화적으로 모든 면에서 완성된 인간을 지향했지요. 젊은이들을 교육하는 것을 넘어 이제는 사회를 교육하고, 인류를 교육하기 위해 열심히 뛰려고 합니다.

자, 세계인으로 지성인으로 살려는 당신에게 초대장을 보냅니다. 꼭 와주실 거죠?

▾ 댓글 25개 | 엮인 글 쓰기 | 공감 4개

 참고 자료

📖 Books

○ 『대학의 역사』 크리스토프 샤를 등 저, 김정인 역, 한길사, 1999
대학의 탄생과 도약에서부터 근대 대학이 겪은 위기와 개혁까지 대학에 대한 총체적인 내용을 다루고 있다.

○ 『파우스트의 거래: 시장만능시대의 대학가치』
데렉 복 저, 김홍덕 역, 성균관대학교 출판부, 2005
전 하버드 대학교 총장이었던 저자가 미국 대학교들의 상업화 사례를 역사적으로 살피며, 시장과 자본의 힘
이 대학에 가져다줄 수 있는 장점과 단점을 조목조목 비교한다. 저자는 진리 탐구와 같은 대학의 핵심 가치
가 금전적 논리에 의해 한 번 붕괴되기 시작하면 돌이킬 수 없을 것이라고 경고한다.

1866년

미국 뉴욕
〈검은 옷의 괴조〉 상연

1728년

영국에서 대중 노래극
〈거지 오페라〉 인기

1900년

브로드웨이 42번가에
빅토리아 극장 설립

1939년

뮤지컬 영화
〈오즈의 마법사〉 상영

2001년

〈오페라의 유령〉
한국 관객
24만 명 동원

1971년

앤드루 로이드 웨버의
블록버스터 뮤지컬
〈지저스 크라이스트 슈퍼스타〉 초연

뮤지컬의 역사

창조적인 것을
창조하라

"연극은 시다.
뮤지컬은 시의 자연스러운
분출이요, 연극과 오페라의
모든 것을 완벽하게
이용하는 멀티미디어의
총체 예술이다."

_ 연극평론가, 브룩스 앳킨스 Brooks Atkins

뮤지컬

이야기에 노래와 춤이 엮인 공연 양식.

'뮤지컬 코미디' '뮤지컬 플레이' 또는 '뮤지컬 드라마'로 불리다가 점차 '뮤지컬'로 줄여 부르게 되었다.

연극에 노래와 춤을 접목하는 방식은 고대 그리스에서부터 그 기원을 찾아볼 수 있지만 '뮤지컬'이라는 독특한 양식의 탄생지는 미국이다. 유럽에서 오페라, 오페레타, 오페라 코미디 같은 형태로 변화를 거듭해오다가 미국에 와서 하나의 대중 장르로 자리를 잡았다. 속도감 있는 이야기 전개와 듣기 편한 선율이 대중화에 큰 몫을 담당했다. 최근에는 마술적인 연출까지 더해져 쇼와 같은 재미를 더하고 있다.

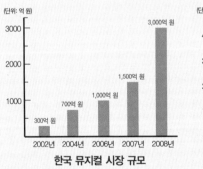

한국 뮤지컬 시장 규모

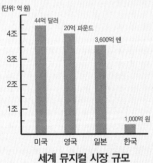

세계 뮤지컬 시장 규모

한국 뮤지컬 시장은 기하급수적으로 증가하고 있다. 그러나 한국 뮤지컬 시장은 세계 시장에 비해 아직까지는 그 규모가 작다.

신과 왕을 위해서

뮤지컬의 역사를 거슬러 올라가면 우리는 고대 그리스와 로마의 무대를 만나게 된다. 그리스 사람들은 야외극장에서 신들을 주인공으로 한 드라마 공연을 즐겨했다. 배우들이 나와 신에 대한 이야기를 풀어나가면 중간중간 악기 반주에 맞춘 합창이 나왔는데 한 배우가 "제우스 신이 어느 날 노하셨는데"라고 하면 합창단이나 다른 배우가 노래로 "무슨 일이었을까?"라고 되받는 형식으로, 일종의 음악극 형태였다.

그리스, 로마 문명의 유산은 16세기 말 영국으로 전해진다. 당시 엘리자베스 1세 여왕은 전 세계를 자신의 무대로 만들기 위해 힘을 다했고, 정치력에 걸맞는 문화적 힘을 키우기 위해 공연 지원을 아끼지 않았다. 영국인들은 그리스, 로마의 고전을 가져와 춤이나 연극, 음악을 따로 구분짓지 않는 새로운 틀 안에서 그들만의 드라마를 짜나갔다. 당시 가장 활발한 활동을 펼친 인물은 극작가 윌리엄 셰익스피어 William Shakespeare였다.

KING LEAR.

『리어왕』, The Literary Digest, Funk & Wagnalls company, New York and London, 1927.

셰익스피어는 그리스 신화에 나오는 신들의 권력욕, 복수, 애증 등 갖가지 무늬의 욕망들을 인간의 운명 속에 새겨넣어 새롭고 독특한 캐릭터들을 창조해냈다. 어떤 이는 셰익스피어를 뮤지컬의 선구자라고 칭하기도 한다.

시민은 다른 걸 원해!

절대왕정 시대에 극장을 드나들 수 있는 사람들은 귀족뿐이었다. 18세기 초반, 영국 귀족들을 사로잡은 이는 독일에서 건너온 헨델^{Georg. F. Händel}이었다. 헨델은 왕립음악원 원장에 재직할 당시 영국에 이탈리아

〈거지 오페라〉(1957년 공연). 귀족 중심의 음악극이 외면받으면서 귀족 사회를 풍자한 발라드 오페라가 서민들의 사랑을 받았다.

오페라를 보급하며 자신의 예술세계를 펼쳐나갔다. 하지만 1728년 왕립음악원이 문을 닫으면서 그의 시대도 막을 내린다. 시민계급이 성장하면서 귀족 중심의 고전적 방식이 외면받게 된 것이다.

사람들은 장엄한 복수를 펼치는 고대 신화 속 영웅들에게 더 이상 열광하지 않았다. 그 자리를 새로운 공연이 대체했다. 바로 존 게이John Gay가 귀족 사회를 뒷골목에 비유해 표현한 노래극 〈거지 오페라Beggar's Opera〉가 그것이었다. 이탈리아 오페라를 절묘하게 비튼 이 작품에 사람들은 기다렸다는 듯 환호했다.

〈거지 오페라〉처럼 유쾌한 분위기를 자아내며 동시에 현실에 맞닿은 내용, 무엇보다 부르기 쉬운 선율을 지닌 발라드 오페라는 산업혁명으로 부를 축적한 서민과 중산층의 감성을 파고들었다. 비슷한 시기 독

한국판 오페라, 판소리

18세기 서양에서 산업혁명으로 인해 새로운 중산층이 등장하면서 발라드 오페라가 인기를 끌었다면, 같은 시기 조선에서는 양반 질서가 차츰 와해돼가면서 경제력을 가진 서민들의 욕구를 대변하는 예술 장르가 탄생한다. 판소리, 탈춤이 대표적인 예다.

18세기 초에 발달하여 19세기 말에 전성기를 이룬 판소리는 이야기를 노래로 부르는 한국 음악의 형식 중 하나다. 광대가 한 손에 부채나 손수건을 들고 몸짓으로 상황을 표현하면 고수는 장단을 맞춰주는데, 〈춘향가〉〈흥부가〉〈수궁가〉 등의 작품을 통해 서민들은 신분 상승에 대한 욕구와 양반에 대한 풍자를 표현했다. 판소리는 1964년 중요무형문화재 제5호로, 2003년에는 유네스코에 의해 '인류구전 및 세계무형유산 걸작'으로 선정된 바 있다.

한편 동리 신재효(1812~1884)가 판소리를 정리해 집대성하자, 이인직은 판소리를 무대에 올려 지금의 창극으로 발전시켰다. 창극은 판소리의 창법과 선율을 바탕으로 했지만 여러 사람이 배역을 나누어 진행된다는 점이 판소리와 달랐다. 서양으로 치면 오페라보다 조금 대중적인 발라드 오페라, 오페레타 정도에 비교할 수 있을 것이다.

신재효의 판소리 사설을
기록한 창본

일에서 탄생한 '징슈필Singspiel' (독일어로 '노래의 연극'이라는 뜻으로 18세기 독일에서 성행한 민속적인 연극), 이탈리아에서 유행한 '코메디아 델라르테Commedia dell'arte' (이탈리아어로 '기교의 코미디'라는 뜻으로 16~18세기 유럽 전역에 번성했던 이탈리아의 극 형식), 프랑스의 '오페라 코미크 Opéra Comique' (프랑스의 오페라 장르) 등 새롭게 등장한 공연은 모두 '대중'을 타깃으로 한 것이었다.

프랑스의 자크 오펜바흐Jacoques Offenbach L. Eberst는 이처럼 다양한 양식들을 1850년경 '오페레타(작은 오페라)'라는 형식으로 정리해내는데, 그의 오페레타는 훗날 수많은 뮤지컬의 전형이 됐다. 뮤지컬 역사의 출발을 1850년경으로 보는 이유가 여기에 있다. 어떤 이들은 1892년 에드워드 G. Edward가 제작한 〈거리에서In Town〉를 뮤지컬의 원조로 보기도 한다.

이제 유럽이 아니라 미국이 중심이야!

19세기 미국 도시들은 유럽에서 건너온 이민 행렬과 산업혁명의 물결로 활기가 넘쳤다. 이때 오페레타와 비슷한 형식의 해학적인 음악극이었던 뮤지컬 코미디는 대중들의 문화적 갈증을 달래주는 청량제가 되었다. 그러나 당시만 해도 미국의 문화는 여전히 유럽의 지붕 아래 있었다. 이런 미국인들에게 자신감을 심어준 작품이 있었으니 바로 남북전쟁 직후인 1866년 뉴욕 무대에 올린 〈검은 옷의 괴조〉였다. 5시간 30분의 긴 공연 시간에도 불구하고 매력적인 프랑스 무희들과 날아다니는 무대 장치에 홀린 관객들은 자리를 뜰 줄 몰랐다. 1년이 지나도 〈검은 옷의 괴조〉를 향한 열기는 좀체 식을 줄 몰랐고, 입소문을 타고 해외 원정 공연

〈검은 옷의 괴조〉는 유럽 문화의 그늘 아래 있던
미국인들에게 자긍심을 준 작품이었다.

을 떠날 정도였다.

자신감을 얻은 미국 뮤지컬은 19세기 중반 이후 날개를 단다. 노예
제도 폐지 이후엔 흑인음악인 재즈가 뮤지컬로 스며들면서, 유럽이 갖
지 못한 독특한 문화를 창출해내기도 했다. 이제 문화의 중심은 유럽이
아닌 미국이었다.

한 시대가 가고 또 다른 시대가 오다

무성영화 시대가 가고 1927년 유성영화 〈재즈싱어 *The Jazz Singer*〉가
성공을 거두자, 뮤지컬은 한차례 탈바꿈을 한다. 소리를 필름에 담을 수
있게 되면서 뮤지컬을 군이 무대에만 올릴 이유가 없어진 것이다. 이후
브로드웨이 뮤지컬은 하나둘 할리우드로 옮겨져 필름에 담겼다. 뮤지컬

영화로 잘 알려진 〈사랑은 비를 타고 Singing in the rain〉, 〈오즈의 마법사〉 등이 모두 이때 제작된 작품들이다.

문화의 축이 무대에서 스크린으로 급격히 옮겨진 배경에는 미국 전역에 휘몰아진 대공황의 영향도 컸다. 지갑이 얄팍해진 서민들은 브로드웨이 극장보다는 상대적으로 값이 싼 영화관으로 발길을 돌렸고, 스크린 위에서 재탄생한 뮤지컬을 보며 불안한 현실을 잊었다.

여기에 텔레비전의 보급으로 관객뿐 아니라 제작자, 연출가, 작가들이 새로운 미디어로 고개를 돌리면서 뮤지컬은 위기의식을 느꼈다. 집에 앉아 브라운관에 빠져 있는 사람들을 브로드웨이 극장으로 이끌어내려면 TV 드라마와는 다른 뭔가가 필요했다. 이때 뮤지컬이 주목한 건 작품성이었다. 예술 장르로서 자신의 존재를 확인하고자 했던 것이다.

뮤지컬 역사를 화려하게 장식하는 거장들과 대작들이 이때 연 이어 등장했다. 콜 포터Cole Poter, 어빙 벌린Irving Berlin에 이어 로저스Rogers와 해머스타인Hammerstein은 〈오클라호마〉(1943) 〈왕과 나〉(1951) 〈사운드

■■
유성영화 〈재즈싱어〉의 성공은 문화의 축이 무대에서 스크린으로 옮겨지는 데 결정적인 역할을 했다.

진화하는 뮤지컬, 무비컬(Movical) 애니컬(Anical)

뮤지컬 〈나인〉의 한 장면

뮤지컬을 영화로 만들기도 하지만 반대로 영화가 뮤지컬로 새롭게 탄생하기도 했다. 이를 무비컬(Movical)이라 부른다. 무비컬은 말 그대로 무비(Movie)와 뮤지컬(Musical)이 합쳐진 단어다.

페데리코 펠리니 감독의 영화 〈8과 $\frac{1}{2}$〉을 무대로 재구성한 뮤지컬 〈나인〉은 초기의 경우이고, 〈포비든 플래닛〉은 〈돌아온 금단의 별〉로, 〈거미여인의 키스〉는 뮤지컬 〈거미 여인의 키스-더 뮤지컬〉로 제작돼 인기를 누렸다. 이 같은 흐름은 21세기 들어서 〈프로듀서스〉 〈헤어스프레이〉를 비롯해 〈반지의 제왕〉 〈바람과 함께 사라지다〉로 이어졌다.

무비컬의 인기는 댄스 뮤지컬이나 만화영화의 영역까지 넘나든다. 2007년 브로드웨이닷컴이 집계한 '베스트셀러 뮤지컬 10' 가운데 절반이 할리우드 영화와 애니메이션을 원작으로 하고 있다.

이러한 경향은 국내에서도 마찬가지다. 이미 영화로 성공을 거둔 〈라디오 스타〉 〈미녀는 괴로워〉 〈싱글즈〉 〈마이 스케어리 걸〉 〈주유소 습격사건〉 등이 영화의 성공을 바탕으로 뮤지컬로 만들어졌으며, 어린이 만화를 원작으로 한 〈내 친구 도라에몽〉 〈마법천자문〉 〈짱구는 못말려〉 〈선물공룡 디보〉 등이 애니컬(애니메이션+뮤지컬)로 시장을 넓혀가고 있는 상황이다.

오브 뮤직〉(1959)으로 이름을 알렸다. 러너$^{Alan\ Lerner}$와 로웨$^{Frederick\ Loewe}$가 조지 버나드 쇼$^{George\ Bernard\ Shaw}$의 『피그말리온』을 〈마이 페어 레이디〉라는 작품으로 재탄생시킨 것도 이때의 일이다. 예술성이 중시된 만큼 기존의 소설 등 원작을 차용한 작품도 많이 나타났다. 1960년대에는 〈지붕 위의 바이올린〉이 뮤지컬로 각색됐고, 『돈키호테』는 〈라만차의 사나이〉로 새롭게 선보여 주목을 받았다. 브로드웨이를 중심으로 한 미

뮤지컬이여, 〈살짜기 옵서예〉

예그린 악단의 〈살짜기 옵서예〉 홍보 포스터

우리나라에 본격적으로 뮤지컬이라는 장르가 나타난 것은 1960년대. 서울시립뮤지컬단의 전신, 예그린 악단의 첫 작품은 〈삼천만의 대향연〉으로 연극에 음악을 접목시킨 형태였다. 1966년, 국내에서 뮤지컬의 시작을 알린 〈살짜기 옵서예〉는 우리의 고전소설인 『배비장전』에 바탕을 둔다. 기생 아랑과 배비장의 이야기로 작품 속 노래가 인기를 끌면서 음반까지 제작됐는데, 패티김이 부른 주제가인 〈살짜기 옵서예〉는 많은 이들의 사랑을 받았다.

1970년대는 우리 이야기를 우리 방식으로 풀어내자는 고민들이 나타난 시기였다. 하지만 탈춤이나 판소리를 이으려는 의미 있는 도전들이 그 맥을 이어가지는 못했다.

한편 비슷한 시기에 유치진의 동랑레퍼토리는 서구의 뮤지컬 〈포기와 베스〉를 들여와 소개했는데, 신구 등이 당시 배우로 참여했다. 이후 극단 가교는 〈판타스틱스〉란 작품을 번안한 〈철부지들〉, 현대극장은 윤복희 주연의 뮤지컬 〈빠담 빠담 빠담〉을 무대에 올렸다.

국의 뮤지컬은 다양한 주제와 음악을 통해 완성도를 높여갔고, 하나의 산업으로 자리매김해나갔다.

왕의 귀환, 뮤지컬의 본류는 우리다

1970년대 승승장구하던 미국 뮤지컬이 주춤하면서, 문화의 시선은 다시 영국, 정확히 말하자면 영국의 작곡가 앤드루 로이드 웨버[Andrew Lloyd Webber]에게로 집중된다.

1971년 〈지저스 크라이스트 슈퍼스타〉로 블록버스터 뮤지컬의 탄생을 알린 로이드 웨버는 에바 페론[Maria Eva. Perón]을 모델로 제작된 〈에비타〉(1978)로 명성을 떨쳤고 3년 뒤인 1981년, 〈캣츠〉로 대성공을 거둔다. 그의 성공은 1986년 〈오페라의 유령〉으로 이어졌다. 로이드 웨버 뮤지컬의 특징은 이야기의 중심을 대화 대신 과감한 선율로 이어가는 것과 동시에 다양한 특수효과를 사용해 뮤지컬을 한 편의 현란한 쇼로

작곡가 앤드루 로이드 웨버는 1970년대 영국 문화의 부흥을 가져온 장본인이자 뮤지컬을 하나의 산업으로 만든 인물이다

창조해낸다는 점이었다. 관객들은 그가 제공한 음악과 볼거리에 끊임없는 찬사로 답했다.

로이드 웨버는 뮤지컬을 하나의 산업으로 만든 인물이다. 그는 1950년 이후 음반 시장의 규모가 커지고 있다는 것을 정확히 꿰뚫고 있었고 작품에 나오는 음악을 먼저 대중에게 알렸다. 〈캣츠〉가 막을 올리기도 전에 라디오 등 다른 매체를 통해 사람들이 이미 노래를 듣고 흥얼거릴 수 있게 만든 것이다. 관객들은 아름다운 음악, 마술 같은 무대에 열광했다. 뉴욕의 일간지 문화면에는 「영국의 습격」이라는 제목의 기사들이 속속 등장했다. 유럽에서 탄생해 미국에서 비즈니스로 꽃피운 뮤지컬은 한 세기만에 다시 뮤지컬의 본류인 영국에서 세계적인 산업으로 부활했다.

세계 4대 뮤지컬

'세계 4대 뮤지컬'은 앤드루 로이드 웨버와 함께 작업했던 프로듀서 카메론 매킨 토시가 자신이 만든 네 작품을 뜻하는 '빅 4'를 일컫던 말이 오늘까지 이른 것이다. 작곡가 앤드루 로이드 웨버와 제작자 카메론 매킨토시는 1981년 〈캣츠〉를 계기로 자신들의 이름을 전 세계적으로 알렸다. 영국은 이 두 사람의 공로를 인정해 기사 작 위를 수여했다.

 ■ **캣츠**Cats T. S. 엘리엇의 『지혜로운 고양이들에 관한 늙은 주머니쥐의 책』이라는 시집을 읽고 앤드루 로이드 웨버가 곡 을 붙였다. 이 작품의 백미라 할 수 있는 음악 〈메모리〉는 바브 라 스트라이샌드를 비롯해 150여 명의 가수들이 불렀다. 1981년 영국 런던에서 초연되었다.

■ **오페라의 유령**The Phantom of the Opera 가스통 르루의 소설을 원작으로 한다. 파리 오페라 하우스 지하에 살고 있는 흉칙한 외모의 유령이 오페라 여가수 크리스틴을 사랑하는 이 야기다. 1986년 처음 무대에 올랐는데, 주연을 맡은 사라 브라 이트만은 단숨에 세계인의 연인이 되었다.

 ■ **레 미제라블**Les Misérables 빅토르 위고의 동명 소설이 원 작이다. 19세기 파리 노동자와 농민들의 저항정신, 인간애를 다룬 이 작품은 예술성과 대중성의 양면에서 좋은 평가를 받 고 있다. 1980년 파리에서 초연된 뮤지컬 〈레 미제라블〉을 카 메론 매킨토시가 작품 전체를 개작하여 1985년 10월 8일 런 던 바비칸 극장에 올리면서 뮤지컬 신화의 탄생을 알렸다

■ **미스 사이공**Miss Saigon 베트남 여자 킴이 베트남 전쟁 중 미군 장교를 만나서 사랑을 나누지만, 결국 사랑을 이루지 못하고 자살한 다는 비극적인 이야기다. 1989년 런던에서 처음 선보였는데, 개막 당시 미국의 베트남 전쟁 참전을 미화했다는 항의를 받기도 했다.

뮤지컬에서 진짜 중요한 게 뭔데?

등장인물 : 줄리 앤드루스, 명창 김소희, 셰익스피어

배경 : 미국 브로드웨이 42번가

줄리 앤드루스 에델바이스~ 에델바이스~ 아침 이슬에 젖어~

셰익스피어 언제나 청순하고 아름다운 노래군요, 줄리!

줄리 앤드루스 호호, 존경하는 셰익스피어 선생님. 어인 일로 여기를 오셨나요?

셰익스피어 어디선가 환한 광채가 있기에…….

김소희 셰익스피어 선생의 표정이 꼭 광한루에서 그네 타는 춘향이에게 반한 이도령 같구려. (판소리 한 대목) "저 건너 화림 중에 울긋불긋 오락가락 언뜻 번뜻한 게 저게 무엇이냐."

줄리 앤드루스 호호. 김소희 선생님 소리는 판타스틱해요. 그 속에서 터져 나오는 곡절 많은 소리, 아, 정말 심금을 울립니다.

셰익스피어 줄리 당신이 주연을 맡은 〈마이 페어 레이디〉야말로 모든 이들의 마음을 움직였다고. 물론 버나스 쇼 선생의 원작이 뛰어났지만 말이오.

줄리 앤드루스 그래요. 음악과 춤이 흥을 낸다하더라도 스토리가 탄탄하지 못하면 대박을 내기 어렵지요.

셰익스피어 그런 셈이죠. 아무리 음악이 있다 해도 뮤지컬이 재미있으려면 애깃거리가 있어야 해요. 어느 곳에 살건 언제 살았건 상관없이 인간들의 가슴을 울릴 수 있는 이야기 말이오.

셰익스피어(1564~1616)
영국의 극작가이자 시인. 25년간 〈햄릿〉 〈리어왕〉 〈로미오와 줄리엣〉 등 37편의 희곡과 장시 2편과 54편의 소네트를 썼다. 그의 작품은 400년이 지난 오늘도 세계 전역에서 재해석되어 무대에 오르고 있다.

셰익스피어가 활동을 하던 시대는 엘리자베스 1세 여왕 치하에서 영국이 최고의 국력을 자랑하던 때였다. 자연스럽게 문화면에서도 창조적인 잠재력이 인정받을 수 있는 시대였고, 그의 타고난 능력은 더욱 빛을 발할 수 있었다.

김소희 그래서 말인디, 뮤지컬인가 뭔가 하는 것, 사실 따지고 보면 우리가 한 수 윈 거 알랑가 모르겠소. 우리에게는 판소리, 마당극 이런 것들이 곧 뮤지컬의 원조되시겠다, 요 말이요.

줄리 앤드루스, 셰익스피어 (어리둥절해하며)……?

김소희 판소리는 어미요, 뮤지컬은 자슥이라, 자 야그 좀 들어보실랑가.
(창 하듯이) 우리네 판소리 무대 솜 보소. 나가 서면 그거이 무대. 일인이역 문제없소, 춘향, 이도령, 혼자 다 혀. 저제서 얼쑤~ 허문 여그서는 좋다! 허네. 얼쑤 좋다~.

줄리 앤드루스 얼쑤 좋다~ 하하!

김소희 역시 자네가 무대에 서 봐서 뭔가 아는구먼, 딱딱 맞아.

셰익스피어 아, 이렇게 배우와 관객이 함께할 수 있겠군요.

김소희 당연하재라. 무대와 객석의 소통 없이 뭐가 되겠소. 안 그려요? 그러고 말여, 셰익스피어 선생의 극허고 판소리가 딱 닮은 게 있소. 장단 척척 맞게 하는 거나 비수처럼 날카로운 풍자 거기다가 꽉 압축된 상징 말이여.

셰익스피어 압축된 상징까지? 으음, 아까 〈춘향전〉이라고 하셨던가…… 얘기 좀 들려주세요.

줄리 앤드루스(1935~현재)
1964년 〈메리 포핀스〉로 데뷔했다. 첫 작품에서 특유의 발랄하고 고운 음색으로 주목을 받아 아카데미 여우주연상을 받았고, 뮤지컬 영화 〈사운드 오브 뮤직〉으로 1966년 제23회 골든글로브 뮤지컬코미디 부문 여우주연상을 수상하면서 세계적인 스타가 됐다.
〈사운드 오브 뮤직〉은 뮤지컬 영화의 대명사로 1959년 11월 브로드웨이 무대에 올려진 후 1,443회나 장기 공연한 작품이다. 트랩 대령의 실화 이야기를 뮤지컬화한 이 영화는 〈에델바이스〉〈도레미송〉과 같은 아름다운 노래와 알프스의 푸른 초원을 배경으로 펼쳐지는 사랑의 메시지로 많은 관객들을 사로잡았다.

김소희 로미오와 줄리엣보다 더 재미있을 턴디…….

셰익스피어 자 그럼…… 먼저 제가 쓴 시를 낭송해드리죠.

"그대를 생각하면, 아! 그때의 내 기분은 새벽녘 어스름, 어두운 땅 위에서 솟아올라 천국의 문 앞에서 노래 부르는 종달새와 같습니다. 그대! 그 고운 사랑 생각하면 내 삶은 부귀에 넘쳐나네. 어느 제왕도 부럽지 않네."

김소희 이 남자, 여인네 마음을 아네 알아.

줄리 앤드루스 "지금까지 내 마음이 사랑을 했다고 할 수 있을까? 내 눈이여, 아니라고 답하라! 나 진정 오늘밤에야 참다운 아름다움을 본 듯하구나." 로미오와 줄리엣 중에서!

김소희 아! 갑자기 〈춘향전〉 얘기가 막 하고 싶어지네.

모두 하하하!

김소희(1917~1995)
판소리의 대가이자 중요무형문화재 제5호이다. 광주여고보 시절인 13세 때 당대의 명창 이화중선의 공연을 보고 소리꾼이 되었고 1972년 미국 카네기홀에서 판소리공연을 하면서 세계적으로 이름을 떨쳤다.

동편제 명인 송만갑 선생 문하에서 〈춘향가〉〈심청가〉〈흥보가〉 등을 사사했다. 판소리 이외의 다른 예능 방면에서도 탁월한 능력을 발휘하여 가야금과 살풀이춤, 승무는 물론이거니와 서화에도 능했다고 한다. 1954년 민속예술학교(현재 국악예술학교)를 설립하여 초대 원장을 역임하였으며 이후에는 국립국극단 부단장, 한국국악협회 이사장 등을 지냈다.

브로드웨이, 오프브로드웨이 그리고 오프오프

뮤지컬의 본고장 하면 떠올리는 곳이 바로 미국 뉴욕의 브로드웨이다. 맨해튼을 서북쪽으로 가로지르는 긴 거리. 브로드웨이의 역사가 막이 오른 건 1900년경 42번가에 빅토리아 극장이 들어서면서부터다.

철도 교통의 중심지였던 이곳은 늘 활기가 넘쳤다. 당시 공연을 볼 만큼 여유가 있는 관객들은 월 스트리트를 중심으로 모여드는 투자자들이었다. 때문에 하나의 작품을 만들어 정기공연을 하고, 이후 지방 순회를 하던 극장들에게도 이곳은 손익을 맞출 수 있는 최적의 조건이었다. 하나둘 들어선 극장들이 한때 80여 개에 달했지만 현재는 40여 개만이 남아 있다. 그래도 여전히 한 집 건너 극장이라고 할 수 있을 정도로 극장 천국이다.

브로드웨이는 규모나 성격에 따라 세 가지로 나뉘는데, 우리가 일반적으로 부르는 브로드웨이는 300석 이상의 객석을 갖추고 상업적인 작품을 많이 선보이는 극장을 말한다. 300석 이하의 소극장 공연이 열리는 곳은 '오프브로드웨이Off-Broadway', 그리고 이보다 작은 규모로 실험극들

브로드웨이는 초창기 극장가 네온사인이 흰색이었기 때문에 백색대로The great white way 로도 불렸다. 지금 브로드웨이의 밤은 형형색색 조명으로 화려하다.

을 주로 올리는 극장은 '오프오프브로드웨이Off-Off-Broadway' 라 부른다.

100년을 훌쩍 넘겼지만 브로드웨이는 여전히 생명력이 넘친다. 매년 200여 편의 작품이 관객과 만나고 있고, 봄에는 그해 6월에 있을 토니상을 노린 야심작들이 쏟아진다. 토니상 발표 후에는 좋은 평가를 받은 작품들을 보기 위해 세계 각지에서 관광객들이 몰려든다. 때문에 브로드웨이를 찾는 관객의 수는 한 해 평균 1,200만 명에 이른다. 브로드웨이의 경제 기여도가 연간 5조 3,000억 원 정도라니 뉴욕은 브로드웨이로 경제의 활로를 열어간다고 해도 과언이 아니다.

'굴뚝 없는' 경제 발전소, 웨스트엔드

뉴욕에 브로드웨이가 있다면 런던에는 웨스트엔드가 있다. 웨스트

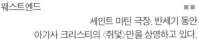

웨스트엔드

세인트 마틴 극장. 반세기 동안
아가사 크리스티의 〈쥐덫〉만을 상영하고 있다.

엔드는 명실상부한 뮤지컬의 본고장이다. 1800년대 후반 영국인들은 이
곳에 밀집된 '뮤직홀'에서 술을 마시며 무희들의 쇼를 즐겼다. 뮤지컬의
중심이 뉴욕 브로드웨이로 넘어가면서 웨스트엔드는 한동안 침체에 빠
졌지만 작곡가 앤드루 로이드 웨버와 제작자 카메론 매킨토시Cameron
Mackintosh의 등장으로 부활의 날개를 달 수 있었다.

　런던의 버킹엄 궁전 서쪽에 위치한 웨스트엔드에는 50여 개의 극장
이 모여 있다. 500석 이상의 좌석을 갖추고 있으며 1년 내내 쉼 없이 연
극을 공연하는 극장을 웨스트엔드라고 하고, 변두리에 위치한 극장 가
운데 어느 정도 규모를 갖추고 있는 곳들을 오프 웨스트엔드Off-West End
라고 부른다.

　브로드웨이 뮤지컬이 볼거리를 중심에 둔다면, 웨스트엔드는 문학
적이고 철학적인 스토리에 무게를 둔다. 전 세계 관광객들로 북적거리
는 이 거리의 경제적 가치는 연간 3조 원이라고 한다. 그야말로 웨스트
엔드는 '굴뚝 없는' 경제 발전소다.

시각과 청각을 동시에 충족시키는 신감성 상품

2006년 삼성경제연구소는 「신감성 상품, 뮤지컬산업이 뜬다」라는 제목의 보고서를 발표했다. 보고서는 향후 국내 뮤지컬 시장이 커나갈 가능성을 2006년에 비해 10배 이상으로 예측했다.

1966년 예그린 악단이 〈살짜기 옵서예〉라는 작품으로 뮤지컬을 선보인지 40년이 지난 오늘, 뮤지컬 산업은 가히 '뮤지컬의 르네상스'라고 할 정도로 폭발적으로 성장했다. 1999년 〈명성황후〉 이후 뮤지컬 전문 극단도 생겨났고, 정식 라이선스 수입도 본격화됐다. 2001년 폭발적인 인기몰이를 한 〈오페라의 유령〉을 비롯하여 〈맘마미아〉는 중장년층의 발길을 이끌었고, 〈노트르담 드 파리〉는 프랑스 뮤지컬 마니아를 탄생시켰다. 이후 영미권 중심에서 벗어나 프랑스, 독일, 체코 등 다양한

'창조적인' 것을 창조하라!

창조산업Creative Industry은 이야기산업을 포괄해 문화 산업 전반을 아우르는 개념으로 영국에서 처음으로 쓰기 시작했다. 뮤지컬 같은 공연예술을 비롯해 디자인, 영화, 애니메이션, 방송, 멀티미디어, 컴퓨터게임, 출판, 광고 등이 여기에 포함된다.

토니 블레어 전 총리는 영국의 창조산업을 육성하기 위한 강력한 정책을 펴왔고, '창조적인 영국Creative Britain'을 정책 슬로건으로 내걸었다. 영국 통계청이 최근 발표한 자료에 따르면 창조산업이 GDP에서 차지하는 규모가 약 9퍼센트에 이른다. 2005년 영국의 경제 성장률이 1.8퍼센트임을 감안할 때, 창조산업 성장률은 3퍼센트에 달했다.

영국 정부가 발간한
Creative Britain 보고서

우리나라는 지난 1999년부터 창조산업의 일부인 문화 산업을 국가정책의 주요 과제로 삼고 정부조직의 개편, 법제도의 정비, 산하기관의 신설, 예산증액 등 다양한 지원을 하고 있다.

나라의 작품들이 수입됐나. 뮤지컬의 성공을 눈여겨보던 대기업들이 공연 산업으로서 뮤지컬의 경제적인 이익에 주목하면서 투자를 늘렸기 때문이다. 물론 뮤지컬에 거품이 있다는 우려도 있고, 창작 뮤지컬로 성공하지 못하는 한계를 지적하는 목소리도 있다. 하지만 뮤지컬이 그 어느 때보다 스포트라이트를 받는 것이 한국 공연계의 현실이다.

그렇다면 뮤지컬을 미래 문화 산업의 중심으로 보는 이유는 무엇일까? 그 바탕에는 이야기 산업의 성장이 깔려 있다.

원 소스 멀티유스는 선택이 아니라 필수

이야기 산업, 다른 말로 스토리텔링 산업은 원 소스 멀티유스One Source, Multi-Use가 가능한 산업이다. 즉 하나의 이야기를 영화나 드라마, 애니메이션 등으로 재가공해 고부가가치를 창출할 수 있다는 것이다. 이를 대변하듯 2006년 디즈니Disney의 매출은 총 353억 달러로 세계 1위의 반도체 기업 인텔Intel의 매출을 추월했다.

"디즈니는 구석기 시대의 원시인부터 안데르센의 동화를 거쳐 인디언 소녀의 삶에 이르는 수없이 다양한 이야기들을 수천 가지 상품으로 만들어 막대한 이윤을 올리고 있다." 덴마크의 미래학자 롤프 옌센Rolf Jensen이 한 이 말은 스토리텔링의 가치를 짚어주고 있다.

톨킨John. R. Tolkien의 판타지 소설 『반지의 제왕』의 경우, 1955년 출간된 책을 바탕으로 2001년 영화 〈반지의 제왕〉이 제작됐고, 브로드웨이는 발 빠르게 이를 뮤지컬로 만들어 전 세계의 관객을 끌어모으고 있다. 이뿐 아니다. 영화 촬영지가 관광 명소로 떠오르면서 약 2만 명의 고용 효과가 창출돼 뉴질랜드에서는 〈반지의 제왕〉 주인공인 프로도의 이름을 딴 '프로도 효과'라는 신조어까지 탄생했다.

〈반지의 제왕〉 도서와 영화 포스터. 원 소스 멀티유스의 대표적인 사례이다.

국내에서는 만화 『아기공룡 둘리』를 예로 들 수 있다. 1983년 잡지에 연재된 이래 현재까지 캐릭터, 애니메이션, 뮤지컬로 제작되었을 뿐 아니라 둘리 박물관 등 다양한 분야에서 성공적인 OSMU 모델을 보여줬다. 『아기공룡 둘리』의 로열티 수입은 매년 20억 원 이상이다.

18세기 산업혁명을 증기기관이 이끌었다면 21세기의 산업혁명은 이야기가 이끈다. 미래를 열어갈 영원한 미개척 분야, 바로 상상력이 '감성 상품'인 것이다.

세월이 담긴 힘, 이야기의 보따리

이야기 산업에서 가장 중요한 것은 무엇일까? 뭐니 뭐니해도 '재미있는 이야기'이다. 16세기를 살았던 셰익스피어가 남긴 작품들이 400년이 지난 오늘까지 사랑받으며 연극과 영화, 뮤지컬로 다양하게 변모할 수 있는 힘도 탄탄한 이야기에 있다.

뮤지컬의 요소를 극본Book, 음악Music, 가사Lyric라고 볼 때 극본이 바로 이야기에 해당된다. 뮤지컬 〈마이 페어 레이디〉의 원작인 버나드 쇼의 희곡 『피그말리온』, 〈라만차의 사나이〉의 원작인 세르반테스의 『돈 키호테』가 여기에 해당한다.

아주 오래 전 옛날 옛날부터 이야기는 있어 왔다. 그러나 오늘날의 이야기는 그냥 이야기가 아닌 금보다 귀한 자원이다. 이야기의 가치를 알아본 세계 각국은 지금 국가의 진두지휘 하에 이 새로운 자원을 찾는 데 엄청난 에너지를 쏟아붓고 있다.

그 선두 주자는 미국이다. 할리우드 영화사들은 오래전부터 아시아 와 유럽의 전설, 민담이나 신화들을 모으러 다녔다. 남의 나라 이야기를 자기들의 작품으로 새롭게 가공해내고 있는 것이다. 세계 시장을 사로 잡은 디즈니 사의 〈뮬란〉은 중국 설화 『목란사』에 뿌리를 두고 있다. 이 밖에 애니메이션 〈백설공주〉, 〈인어공주〉, 〈알라딘〉은 독일의 그림형제 가 지은 동화와 덴마크의 안데르센 동화, 페르시아의 『아라비안나이트』

중국 설화 『목란사』를 재구성한 영화 〈뮬란〉

에서 길어 올린 금쪽 같은 이야기들이다.

　미국과 더불어 세계 이야기 산업을 선도하고 있는 영국의 움직임 또한 만만치 않다. 영국 전역의 3만여 개에 달하는 스토리텔링 클럽에서 매일 재미있는 이야기들이 쏟아지고 있다. 이야기를 만들어내는 힘은 개인의 경험과 상상력에 바탕을 두지만, 입에서 입으로 전해지고 다듬어지는 과정에서 그 사회를 사는 사람들의 육성이 담긴다. 이러한 이야기 모음집의 대표적인 예가 『구약성경』이고 『천일야화』이다. 『천일야화』의 내용은 천 일 동안 이어지지만 실제로 이를 완성시킨 것은 천 년의 힘이다. 이슬람의 가장 화려한 시대를 배경으로 천 년 이상 사람의 입에서 입으로 전해지면서 그 시대의 고민, 사람들의 생각, 문명사가 그대로 압축된 것이다.

　그럼 왜 사람들은 이토록 이야기에 열광하는가? 『스토리텔링으로 성공하라』의 저자인 스티브 데닝Stephen Denning은 이야기가 가진 매력을 이렇게 설명한다.

　"무엇보다 이야기는 빠르고 강력하다. 이야기의 재미와 감동은 호소력이 강해 사람들을 몰입하게 만들며, 아무리 복잡한 아이디어도 이야기를 통하면 쉽게 이해할 수 있다."

　이야기는 유구한 역사가 만들어낸다. 오랜 세월을 살아온 사람들의 슬픔과 기쁨이 담긴 이야기에서 사람들은 자신의 모습을 발견하고 위로를 받는다. 지금 우리에겐 오랜 세월 이 땅을 살다간 할머니, 할아버지들이 남긴 '이야기보따리'가 있다. 우리의 이야기보따리는 앞으로 어떻게 재탄생할 것인가.

친일아화

prologue | **blog** | photolog

목록보기 | blog

이야기보따리

프로필▶   쪽지▶   이웃추가▶

category

- 뮤지컬 리뷰
- 한 페이지 소설
- 혼자 알기 아까운 구전동화

tags

리어왕 햄릿 | 거지 오페라 | 징슈필
코메디아 델라르테 | 오페라 코미크
신재효 | 검은 옷의 괴조 | 재즈 싱어
무비컬 | 예그린 악단 | 살짜기 옵서예
앤드류 로이드 웨버 | 브로드웨이
웨스트엔드 | 원 소스 멀티유스
창조산업

이웃 블로거

• 송앤댄스(Song & Dance)

이전글

◀ 역사 속 인물 대화방
  브로드웨이, 웨스트엔드, 당신의
  취향은?

다음글

▶ 창작 뮤지컬, 〈소나기〉를 보고
  요즘 뮤지컬은 아이돌이 필수!!!

나도 할 말 있다

　난 뮤지컬입니다. 이제 100년이 됐지요. 뭐요? 나한테서 돈 냄새가 난다구요? 맞습니다. 나는 상업성이라는 데서 자유롭지 못해요. 특히 미국으로 건너와 브로드웨이에 정착하면서 경제적으로 성공해야지만 나는 생존할 수 있었으니까요. 브로드웨이의 '엔젤'이라는 분들 때문에 제가 살아남은 거죠(아, 엔젤은 브로드웨이 은어인데, 투자자를 말하는 거예요).

　뮤지컬 다시 말해 '음악적인' ▢. 이 네모 속에 무엇이 오느냐에 따라 저는 무한대로 변신을 할 수 있어요. 내가 꿈꾸는 건 뮤지컬 월드 바로 음악적인 세상입니다. 음악의 리듬처럼 자유롭게 흥겹게 사람들과 호흡하고 싶어요. 나는 사람들이 느낀 삶의 기쁨과 슬픔, 온갖 고난과 우여곡절, 도전과 모험을 담고 있어요. 제 내공은 바로 이야기의 힘인 거죠. 이야기는 말처럼 '금 나와라 뚝딱' 나오는 건 아니지요. 생각의 힘. 바로 창조력에서 나와요.

　난 한국인이 살아온 이야기, 문화적 소재, 가락 등을 담아내는 뮤지컬이 나왔으면 좋겠어요. 홍길동, 심청이, 임꺽정, 토끼의 간과 거북이, 콩쥐와 팥쥐 등을 아주 새로운 시각으로 접근한다면 어렵지 않을 거예요. 인간의 아픔, 절망, 그리고 사랑과 희망을 드러내는 일, 그것이 풍성해질 때 나는 기를 펴고 살 수 있을 거예요.

▼ **덧글 27개** | 엮인 글 쓰기 | 공감 9개

참고 자료

 Books

◉『150년 뮤지컬의 역사』앤드루 램 저, 정영목 역, 풀빛, 2004
1850년대부터 2000년까지 뮤지컬 150년간의 역사를 다뤘다. 거의 알려지지 않은
에스파냐, 이탈리아, 러시아 등의 오페레타 등에 대해서도 풍부하게 다루고 있다.

◉『아이 러브 뮤지컬』김기철 저, 효형출판, 2002
브로드웨이, 웨스트엔드로 떠나는 뮤지컬 기행. 작품 자체를 비롯해서 작품을 둘러
싼 배경지식들에 대한 내용들이 균형을 이루고 있는 뮤지컬 안내서이다.

◉『뮤지컬 드림』박명성 저, 북하우스, 2009
한국의 대표적인 뮤지컬 프로듀서가 〈맘마미아〉〈아이다〉〈렌트〉 등 유명 뮤지
컬 작품들의 제작현장 분투기를 생생히 그려냈다. 다채로운 공연 사진을 수록하고
있는 뮤지컬 안내서.

 Movies

◉〈마이 페어 레이디 My fair lady〉조지 큐커 감독, 1964
버나드 쇼의 작품『피그말리온』이 〈마이 페어 레이디〉라는 제목으로 각색되어 뮤
지컬(1956년)과 영화(1964년)로 재탄생했다. 뮤지컬에서는 주연 배우 엘라이저 역
할을 줄리 앤드류스가 맡았으나, 영화에서는 오드리 헵번에게 돌아갔다. 국내에서
는 2008년 뮤지컬로 무대에 올려졌다.

◉〈춤추는 무뚜 The Dancing Maharaja, Muthu〉
K.S. 라비크마르 감독, 2000
인도 영화 가운데 가장 널리 알려진 작품. 백만장자의 충실한 하인 무뚜가 사실은
그 집안의 아들임이 밝혀진다는 인도판 '왕자와 거지' 이야기. 음악과 춤이 어우러
진 인도 영화에는 오래된 뮤지컬의 전통이 살아 있다.

16세기
유럽 매독 환자 늘면서
코 수술의 수요 증가

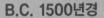

B.C. 1500년경
인도에서 코 성형수술 시작

19세기
마취제와 항생제 발명
성형기술 급속히 발달

1940년대
제2차 세계대전 후
화상 환자들의
흉터 복원 치료 기술 발달

1970년대
지방흡입을 비롯
다양한 분야로
성형 산업 성장

1941년
성형외과,
외과학회에서 분리돼
독자적 분야 개척

성 형 수 술 의   역 사

보이는 것이
계급이다

"성형을 고려 중인 국민들이
많은 국가 상위 10위는
대부분 유럽 국가가 차지했다.
하지만 한국은 아시아의
트렌드에 역행해
28퍼센트가 흥미를
보이는 것으로 나타났다."

_『마이크로 트렌드』 중에서

성형수술

선천적으로 혹은 사고로 인체가 변형되거나 미관상 흉한 부분을 교정, 또는 회복시키는 수술.

성형수술은 그 목적에 따라 크게 재건성형과 미용성형으로 나뉜다. 재건성형은 사고나 질병에 의해 없어진 신체 부분을 원래 모습으로 되돌리는 것이고, 미용성형은 의료상 꼭 필요하지는 않지만 좀더 아름답게 보이기 위한 것이다.

성형수술은 영어로 'plastic surgery'라고 부르는데, 이는 그리스어 'plasti-cos-'(모양을 잘 만드는)에서 유래한 것이다. 미용을 위한 성형수술로 가장 대중화된 용어는 'cosmetic surgery'로 'cosmetic' 대신에 미학적인 접근을 강조하기 위해 'beauty'나 'aesthetic'을 쓰기도 한다.

성형수술의 역사

코를 세워라, 편견에서 자유로워지리니!

성형수술을 현대 의학의 산물이라고 생각하기 쉽지만 성형수술은 고대 인도, 이집트, 로마 시대에도 이미 존재했다. 성형수술의 기원에 대해서는 여러 설이 있지만 기원전 1500년경 인도에서 시작됐다는 설이 가장 유력하다. 인도에서는 아내나 딸이 가문에 부끄러운 일을 저질렀을 때 집안에서 그 벌로 코를 베어버리는 풍습이 있었다. 전쟁 포로나 죄인에게 벌을 가할 때도 코를 잘랐다 .

기원전 500년경 고대 인도의 명의 수쉬루타Susruta는 자신이 행한 성형수술에 관한 기록을 산스크리트어로 남겨 놓았다.

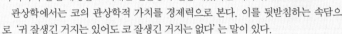

코의 숨겨진 의미

　소설 『작은 아씨들』에서 막내 에이미는 빨래집게로 코를 집으며 이렇게 말한다. "사람들이 전부 몰려와서 손가락으로 집어 올려도 귀족의 코뼈가 되지는 못할 거야."

　영국의 인류학자 앨프리드 해든은 코가 타인에게 성격이나 사회적 지위를 전달한다고 말한다. 코라는 기관이 자신감과 자존심, 더 나아가 출신 배경을 드러내는 신분증 구실을 해왔다는 얘기다.

　관상학에서는 코의 관상학적 가치를 경제력으로 본다. 이를 뒷받침하는 속담으로 '귀 잘생긴 거지는 있어도 코 잘생긴 거지는 없다' 는 말이 있다.

　한편 코는 인간을 다른 동물과 구별 짓게 만드는 가장 확실한 증거이다. 영화에서 지구를 침략한 외계인이나 유전자 변형 괴물을 디자인할 때 제일 먼저 코를 없애버리는 이유가 바로 여기에 있다.

　그러나 '나는 죄인이오' 하고 다닐 수는 없는 노릇이기 때문에 코처럼 보이는 무언가를 만들어야 했다. 당시 이 일을 맡은 건 의사가 아니라 도자기공들이었다. 수술이란 것도 이마에서 화살촉 모양의 피부를 떼어내 코에 붙이는 작업이 전부였다. 인도에서 시작된 이 방법은 점차 페르시아, 그리스, 로마로 전해져 전쟁으로 인한 부상 치료에 적용됐다.

　16세기 매독이 유럽 전역을 휩쓸면서 코 수술의 수요는 증가한다. 페니실린 발견 전에 쓰인 매독 치료제에는 수은 성분이 들어 있어 코가 녹아 내렸는데, 매독 환자임을 감추기 위해 코를 높이는 수술이 필요해진 것이다. 당시에는 기술적인 발전이 이뤄져 팔의 피부를 코에 이식하는 수준까지 도달했다.

　한편 19세기 말 독일에서는 유대인들의 코 수술이 유행이었다. 매부리코라는 유대인 특유의 흔적을 없애고자 코에 칼을 댄 것이다. 그러나 당시는 마땅한 항생제가 없었기 때문에 수술을 받은 뒤 상처부위가 감염 돼 죽는 일이 다반사였다. 그럼에도 불구하고 사람들은 차별받지 않고, 명예를 되찾기 위해 목숨을 담보로 수술대에 올랐다.

전쟁, 성형의학 발전의 산실

의학의 아버지로 불리는 히포크라테스Hippocrates는 '전쟁은 유일무이한 외과 학교'라고 말한 바 있다. 인류에게 재앙과도 같은 전쟁이 오히려 의학의 발전을 가져왔기 때문이다.

제1차 세계대전에 참전한 병사들은 참호 안에서 부상을 당하거나 전사하는 경우가 많았다. 철모를 쓰고 참호에서 얼굴만 내밀고 싸우다 보니 머리와 얼굴, 특히 턱에 큰 상처를 입었는데 당시 부상 치료는 구강외과의사가 주로 담당했다.

한편 제2차 세계대전은 화상을 입은 환자들이 주를 이뤘다. 전쟁양상이 탱크전과 공중전으로 바뀌면서 탱크 안에서 화상을 입거나 공중폭격에 의해 다치는 사람들이 많았던 것이다. 이때문에 화상 치료 기술이 발달할 수밖에 없었고 전후 전쟁에 파견됐던 의료진을 중심으로 전쟁의 비극적인 상처를 치료하는 과정에서 성형외과는 점차 자리를 잡아갔다. 더욱이 19세

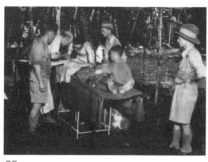

제2차 세계대전은 폭격으로 인한 화상 환자 치료 기술이 발달한 계기가 되었다.

기 중엽 마취제와 항생제의 발명은 성형의 기술을 급속도로 발달시키는 계기가 됐다.

재건에서 미용으로

신체의 훼손된 부분을 복원하는 데 초점이 맞춰져 있던 성형수술은 20세기에 들어서 '아름다움'이라는 화두를 접한다. 타고난 외모보다 더 나아 보이려는 여성들의 요구가 높아졌기 때문이다.

미용성형의 출발점은 가슴 수술이었다. 지금으로부터 약 90여 년 전, 독일의 게일즈니는 파라핀을 주사해서 여성의 유방을 크게 확대하는 데 성공했다. 그러나 1920년대 들어서면서 평평한 가슴이 유행하자 여성들은 앞다투어 가슴을 작게 만들었고, 이후에 미의 기준이 바뀌면서 또다시 큰 가슴 만들기가 인기를 끌었다.

■■
미스 아메리카 선발대회는 TV로 중계되면서 매년 최고의 시청률을 자랑했지만 1960년대 후반 여권운동가들의 반발을 샀다.

우리나라 최초의 미인대회

'大韓女性(대한여성)의 진선·미(眞善美)를 세계(世界)에 자랑할 미스코리아 選拔(선발)'

1957년 봄, 전국 곳곳에 이런 포스터가 나붙었다. 국내에서 처음 열린 미인대회는 시작부터 말이 많았다. 여성이 무대에 올라 몸을 드러내고 아름다움을 겨룬다는 것이 당시로선 문화적 충격이었다. 대회의 목적이 미스 유니버스에 내보내기 위해서였기 때문에 '큰 눈과 오똑한 코, 늘씬한 다리' 같은 서구적 미의 기준을 앞세웠는데 아래의 기사는 당시의 일반적인 미의 기준이 어떠했는지를 보여주고 있다.

"전원이 수영복으로 등장해서 백옥같이 빛나는 흰 살결과 오동포동 탄력 있는 육체를 자랑했고, 또 다시 전원이 퇴장했다가 개개인이 나와서 풍만한 육체를 자랑했다."_〈한국일보〉 1958.05.26.

1950년대는 우리나라에 성형수술이 본격적으로 도입됐던 때이다. 이는 한반도에 주둔하게 된 미군 군의관들에 의해서였다. 당시 성형수술은 일반 개원의가 쌍꺼풀을 만들고 코 또는 가슴에 이물질을 주입하는 정도에서 벗어나지 못했다. 대한성형외과학회가 창립된 것은 1960년대 중반에 이르러서였다.

칼을 대지 않는 성형수술도 있다?

고대부터 인류에겐 '칼을 대지 않는' 성형수술 방법이 있었다. 『삼국지』『위지 동이전』에는 '어린아이가 출생하면 돌로 머리를 눌러 납작하게 만들려고 하기 때문에 지금도 진한 사람의 머리는 모두 납작하다'라는 부분이 나온다. 이처럼 대여섯 살의 어린아이 머리를 인위적으로 만드는 걸 '편두偏頭'라고 하는데, 오늘날로 말하자면 짱구 머리를 만드는 것이다.

가야인의 유골 사진. 납작하지만 위로 봉긋 솟아오른 머리뼈의 모양이 독특하다.

경상남도 김해시 예안리 가야인들의 집단 무덤에서 발굴된 특이한 인골에는 바로 이 편두의 흔적이 남아 있다. 왜 이마를 뒤로 젖히고 뒷머리를 위로 솟게 만들었을까? 여기에는 여러 가지 설이 있는데, 선택받은 귀족층임을 드러내는 관을 쓰기 좋게 하기 위해서라는 주장이 유력한 가운데, 코를 높여 얼굴을 입체적으로 보이려는 것이 아닌가 하는 추측도 나오지만 정확한 근거는 없다. 편두는 아프리카를 비롯해 고대 마야나 이집트 등지에서도 찾아볼 수 있다.

1921년 시카고에서는 3명의 의사들이 새로운 외과 과목의 이름을 정하기 위해 모임을 갖는다. 이는 훗날 성형학회의 결성으로 이어지는데, 인위적으로 아름다움을 만들어내는 것도 의료의 한 분야가 될 수 있음을 보여주는 상징적인 사건이었다. 당시만 해도 성형외과는 외과학회에 속해 있었는데, 점차 미인대회를 통해 대중들이 눈이 크고, 얼굴이 작고, 마른 체형이 아름답다는 의식을 갖게 되면서 미용성형이라는 전문 영역을 확보하게 되었다. 1941년 성형외과는 외과학회에서 분리되어 독자적인 분야를 개척해갔다.

아름다운 몸을 만들어라! 성형의 산업화

얼굴의 생김새에 초점이 맞춰져 있던 미인의 기준은 점차 몸으로까지 확대된다. 시대에 따라 미에 대한 인식은 물론 달라졌다. 1950년대의 내표적인 미인은 육김적인 매력을 보여주던 마릴린 먼로Marilyn Monroe였다. 그러나 자유로움을 추구하는 1960년대의 히피 운동과 1970년대의 경제부흥기를 겪으면서 미의 기준은 '날씬함'이 되었다. 이 시대를 대표하는 미인은 말라깽이 패션모델 트위기Twiggy였다.

몸에 대한 관심은 몸 만들기 열풍으로 이어졌고, 다이어트 산업을 탄생시켰다. 사람들은 더 빨리, 더 효과적으로 살을 빼는 방법을 찾아나섰다. 지방흡입술이 주목을 끌게 된 것도 이러한 다이어트 열풍 때문이었다. 1960년경 심각한 부작용으로 외면받았던 지방흡입술은, 1977년 프랑스 의사 일루즈가 지방을 녹인 뒤 긴 관을 통해 빼내는 방법을 개발하면서 다시 주목받았다.

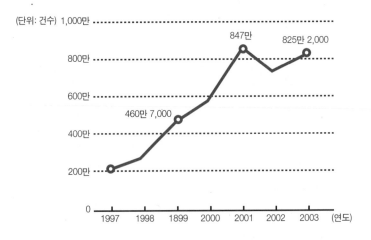

■■
날로 증가하는 미국 성형수술 건수. 한국의 상황도 이와 크게 다르지 않다.

눈이나 코, 가슴 등 특정 부위만 집중되었던 성형외과는 얼굴의 윤곽을 바꾸고, 배나 엉덩이의 지방을 빼고 머리털을 새로 심는 등 다양한 분야로 영역을 넓혀나갔다. 성형이 산업화되는 가운데 사람들은 점점 자신의 몸을 옷처럼 디자인할 수 있다고 생각하기 시작했다.

전 세계 성형 시장 규모는 300억 달러(약 37조 원)을 넘어 해마다 늘고 있다. 국내의 경우 비의료보험 영역으로 그 수치가 명확히 공개되지 않고 있지만 연간 7조 원 이상으로 추산되고 있다.

아름다움이란 무엇인가

등장인물 : 강한나, 바비 인형, 프란츠 파농
배경 : 피트니스 클럽

바비 안녕하세요! 〈미녀는 괴로워〉라는 영화에 출연하신 강한나 씨 맞죠? 정말 예쁘시네요.

강한나 예쁘긴요. 바비의 발뒤꿈치도 못 따라가죠. 다들 제 뚱뚱한 모습을 부담스러워하길래 성형수술을 한 겁니다.

파농 그럼 어디를 수술했어요? 얼굴?

강한나 전부 다요. 얼굴, 몸 전부요!

바비 뚱뚱했다는 모습보다 한나 씨가 쓴 수술비가 더 부담스럽게 느껴지는데요. 어쨌든 그래서 만족하세요?

강한나 그럼요…… 예전엔 뚱뚱하고 못생겼다고 무시하던 사람들이 쳐다보는 눈빛 자체가 달라졌어요. 음, 저 얼마 전에 직장도 구했어요. 정말 대만족입니다.

바비 몸이나 얼굴이 바뀐다고 운명이 바뀔 거라 생각하세요?

강한나 글쎄요……하지만 운명을 바꾸려는 의지는 생긴다고 봐요.

파농 음, 그렇게 생각할 수 있지만 정작 진정한 자신은 어디로 갔죠?

강한나 이게 저의 진정한 모습이죠.

파농 과연 그럴까요? 한때 흑인들도 백인처럼 되고 싶어했지만 그건 결국 검

프란츠 파농(1925~1961)
프랑스 식민 치하의 작은 섬에서 태어나 청년 시절 프랑스 리옹 대학에서 의학 공부를 시작으로 심리학, 정신분석학을 전공했다. 알제리에서 정신병리학 과장으로 일하던 중 알제리 독립전쟁이 터지자 직장을 내던지고 알제리 민족해방전선에 참여했다. 27살에 쓴 『검은 피부 하얀 가면』라는 저서에서 그는 백인과 프랑스에 대한 콤플렉스가 어떤 식으로 흑인들의 의식과 삶에 영향을 미치는지를 분석했다. 누군가는 이 책을 두고 '이후에 쓰인 모든 책은 이 책의 주석에 불과하다'는 평가까지 내린다. 그의 사상은 세계 민권 운동과 탈식민주의 운동의 길잡이가 됐다.

은 피부에 흰 가면을 쓰고 사는 격이니 미친가지인 짓을 깨닫게 되었잖아요. 깅한나, 딩신도 사실은 서양 사람들 기준으로 자신을 조각한 셈이잖아요?

강한나 (버럭 하며) 무슨 말씀을! 저는 저만의 아름다움이 있어요!

파농 알제리 여성들도 한때 피부는 하얗게, 코는 높게, 곱슬머리는 직모로 만들려고 했지요. 하지만 서서히 자신만이 가진 아름다움에 눈을 뜨게 되었답니다. 세상에 이처럼 많은 종족들이 있는 건 다양한 아름다움을 보라는 신의 뜻이 아닐까요?

바비 백번 동감이에요. 전 예쁘다는 말보다 개성이 있다, 인간적이다, 이런 말을 듣고 싶어요. 제 표정은 차갑기만 해요. 혹시 성형미인들도 자신의 희로애락을 자연스럽게 얼굴에서 드러내는 일이 어색하지는 않을까 걱정이 되네요.

강한나 목소리도 그렇죠. 예쁜 목소리보다 나만의 색깔을 가진 목소리로 노래를 부르기가 어렵거든요. 연습도 중요하지만 노래가 담고 있는 얘기를 내 마음이 진심으로 받아들이고 있는가가 중요해요. 사랑을 잃고 나면 이별 노래에 절실함이 느껴지는 것처럼요.

파농 1960년대 흑인들은 열등감에서 벗어나 자신 있게 '검은 것이 아름답다'고 외쳤습니다. 전 아름다움은 자신에 대한 존중, 즉 자존감에서 나온다고 생

강한나
영화 〈미녀는 괴로워〉의 주인공. 169센티미터, 95킬로그램의 건장한 체격을 가졌다는 이유로 무대에 나서지 못하는 '얼굴 없는 가수'다. 어느 날 자신이 짝사랑하는 음반 프로듀서의 생일파티에 참석했다가 아름답지 않은 외모로 인해 수치스런 일을 당한 뒤 대대적인 성형수술을 감행한다. 이후 모두의 눈을 휘둥그레 만드는 미인으로 다시 나타나 '제니'라는 이름의 신인 가수로 무대에 서게 되지만, 결국 자신의 정체성으로 혼란스러워한다. 〈미녀는 괴로워〉는 겉으로 보이는 외모만으로 한 사람의 모든 것을 판단해버리고 마는 현대의 외모지상주의를 코믹하게 그려내고 있다.

각해요. 자신감은 자신과 세상을 사랑하는 데서 비롯된다구요.

바비 마흔 살에는 자기 얼굴에 책임을 져야 한다는 말이 그래서 나왔겠죠. 호호호! 참, 말씀하신 대로 검은 것이 아름답다는 것을 보여줄, 이란에서 온 쌍둥이 남매 사라와 다라를 소개해드릴게요. 얼마나 예쁜지 몰라요.

강한나 사라와 다라, 이름부터 귀여운걸요. 그러고보니 제 이름도 아주 의미심장하네요. 강한나……. 그런데 사실 여태까지 강한 척만 했을 뿐 진짜 강한 나의 모습은 없었군요. 파농 선생님이 말씀하신 대로 나와 세상을 사랑하면서 살아야겠어요. 진정 강한 것은 사랑에서 나온다. 아자! 마리아~~!

바비 인형
제2차 세계대전 이후 베이비 붐으로 인해 완구 산업이 급성장하던 1959년, 인형봉제업자 루스 핸들러의 손에서 태어났다. 바비 인형은 지금까지 지구촌 140여 개국에서 총 10억여 개가 팔렸고, 지금도 1초에 2개꼴로 세계 어딘가에서 팔리고 있다.

사라와 다라
30센티미터 크기의 여덟 살짜리 이란 어린이 모습을 한 인형. 갈색 눈, 검은 머리에 피부색이 짙고 의상은 흰색과 검은색으로 검소하다. 이란 정부는 서구 중심으로 아름다움의 기준이 고착되는 것을 우려하며 2002년 장난감 가게에서 바비 인형을 몰수하고 그 대신 이란의 전통 의상을 입힌 '쌍둥이 다라와 사라'라는 인형을 출시했다. 그러나 사라와 다라가 바비의 인기를 끌어내리지는 못했다고 한다.

세계는 지금
우리는 지금

이제는 아름다움도 세계화 시대?

신윤복의 〈미인도〉를 보고 '이건 미인이 아닌데?' 의문을 가졌던 이들도 적지 않을 것이다. 하지만 한때 동그란 얼굴에 둥근 아래턱, 좁고 긴 코, 가느다란 눈썹에 쌍꺼풀이 없는 눈이 아름답다고 칭송받던 때가 있었다.

인도 사원의 벽에 새겨진 부조나 우리나라 사찰 벽화에 등장하는 인물은 어떤가? 풍만한 몸매에 도톰한 입술이 강조된 모습은 수세기 전에 살았던 사람들의 안목을 드러내고 있지만 우리 눈에는 그저 지나간 시대의 유물일 뿐이다.

그럼 오늘날 현대인들에게 미인의 조건을 말해보라면 어떤 대답이 나올까? 아마 동서양할 것 없이 대다수가 크고 둥근 눈에 계란형의

신윤복의 〈미인도〉. 과거의 미인은 현재의 미인과 사뭇 다른 느낌이다. 오늘날의 현대인들이 생각하는 미인은 서구의 기준과 유사하다.

얼굴, 마른 몸매를 미인의 대표적 조건으로 손꼽을 것이다. 조용진 한서대 얼굴연구소 소장은 해방 이후 1960~1970년대에 서양 문화를 동경하는 가치관이 사회 전반에 형성되면서 서구적 외모가 미인의 기준으로 자리 잡게 됐다고 분석한다. 지난 2003년 미국의 시사주간지 〈뉴스위크 Newsweek〉는 세계 여러 나라의 미의 기준이 하나로 통일되고 있다고 진단하면서, 이를 '미의 글로벌 스탠더드화'라고 명명하기도 했다.

카이스트의 정재승 교수는 「생물학적 계급사회」라는 칼럼을 통해 미의 기준이 획일화된 세태를 다음과 같이 꼬집고 있다. "진화생물학적인 관점에서 보자면, 대한민국 연예인 집단은 비정상적인 진화 속도로 동질화되고 있는 획일 군집이다. 가장 개성적이어야 할 이 집단의 구성원들은 하나같이 쌍꺼풀을 가지고 있으며, 입술은 콜라겐 주사법을 통해 일정 크기로 도톰해지고 있다 (중략) 로봇공학의 관점에서 보자면, 대한민국 연예인들은 사이보그다."

아름다움을 어떻게 몇 가지 조건으로 규정할 수 있는가? 프랑스의 행위예술가 생트 오를랑 Sainte-Orlan은 "현재 미의 기준은 과거 서구의 남성 화가들이 여성의 몸을 그리면서 만들어낸 것이다."라며 자신의 작업은 서구 중심, 남성 중심적으로 사회가 규정한 정형화된 아름다움

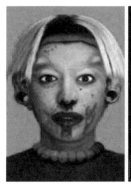

■■
자신의 얼굴을 성형수술하는 퍼포먼스로 유명한 프랑스 행위예술가 생트 오를랑의 모습

에 대한 도전이라고 설명한다. 보디첼리Sandro Botticelli가 그린 비너스의 턱, 다빈치Leonardo da Vinci가 그린 모나리자의 이마, 장 레옹 제롬Jean-Léon Gérôme이 그린 프시케의 코를 갖고 있다는 오를랑은 십여 차례의 성형수술을 통해 아름다움의 전형은 없다는 메시지를 전하고 있다.

더 젊게! 더 예쁘게!

성형수술 최다 기록 보유자로 기네스북에 오른 신디 잭슨Cindy Jackson은 최소 50회의 성형수술을 통해 얼굴은 말할 것도 없고, 무릎, 허벅지, 가슴 등 전신을 계속해서 고치고 있다. 그녀를 가리켜 사람들은 '인간 바비 인형'이라고 부른다.

배우나 가수들 중에서도 영화나 음반보다 성형수술로 언론에 오르내리는 인물들이 있다. 피부색과 코를 백인처럼 바꾸려 했다가 심각한 후유증을 앓았던 마이클 잭슨Michael. J. Jackson이나 과도한 성형수술로 과거의 아름다운 모습을 잃은 왕년의 섹시 스타 멜라니 그리피스Melanie Griffith가 대표적이다.

더 젊고 예뻐지려는 욕망은 누구에게나 자연스러운 일이다. 외모의 결점을 고쳐서 자신감을 가지게 되는 긍정적인 효과도 무시할 수 없다. 그러나 〈더타임즈〉를 비롯한 해외 언론이 '성형 왕국'이라는 말로 비아냥거릴 정도로 한국의 성형 열풍은 간과할 수 없는 사회 문제다. 경희대 의상학과 엄현신 씨의 박사학위 논문「얼굴에 대한 미 의식과 미용성형수술에 대한 인식」에 나온 자료들은 이를 실증적으로 보여준다. 2006년 서울·경기지역의 18세 이상 여성 810명 중 47.3퍼센트인 383명이 성형을 받은 적이 있다고 답했고, '외모 때문에 스트레스를 받은 적이 있느냐'는 물음에 69.9퍼센트가 '그렇다'라고 대답했으며 특히 연령이 낮아질수록 외모 스트레스가 심한 것으로 나타났다. 신경정신과 전문의 김병후 박사는 우리 사회의 성형 열풍은 "우리 사회가 정상적이지도 공정하지도 않다"는 것이며, 과도한 성형 열풍은 타인이나 스스로에게 들이대는 복수의 칼날이기도 하다는 분석을 이끌어낸다.

전 생애에 걸쳐 50회 이상 성형수술을 감행하여 최다 성형수술 미인으로 기네스북에 오른 미국의 신디 잭슨의 모습

이제 성형은 여성만의 전유물은 아니다. 지난해 광고기획사 대홍기획이 15~39세 남성 500명을 대상으로 실시한 설문조사에서는 전체 응답자의 86퍼센트가 '외모는 남성의 경쟁력을 높일 수 있는 수단'이라고 응답했다.

보이는 것이 계급이다, 성형수술=귀족수술

성형수술을 하려는 욕망 속에는 다른 구성원과 크게 다르지 않은 외모로 집단의 일원이 되고 싶은 욕구가 자리하고 있다. 유대인이 특유의 매부리코를 수술해 독일인처럼 보이고 싶어했듯, 성형수술은 신체적 추함을 벗어나는 것을 넘어서 사회 속으로 들어가 인정받고 싶은 욕망을 대변한다.

알제리 독립운동에 나섰던 흑인 정신과 의사 프란츠 파농Frantz. O. Fanon은『검은 피부 하얀 가면』에서 자신의 검은 피부가 가진 아름다움을 스스로 경멸하고 있던 사람들의 이야기를 적고 있다. 마틴 루서 킹Martin. L. King과 함께 미국 민권 운동의 이슬람 지도자로 나섰던 말콤 X의 경우, 젊은 시절 백인들처럼 머리를 펴서 빗고 다니는 것을 좋아했다고 한다. 그러던 어느 날 그 약이 눈에 들어가 고통을 느끼면서 자신의 흑인으로서의 정체성을 깨달은 그는 이후 '검은 것이 아름답다Black is beautiful' 라는 구호를 제창했다. 아프리카 흑인들의 문화적, 인종적 주체성을 선포한 것이다.

흑인들이 곱슬머리를 펴고, 낮은 코를 높였다면 21세기 한국 사람들은 좀더 '있어 보이고자' 얼굴을 고친다. 얼굴의 푹 패인 부분에 보형물을 삽입하는 이른바 '귀족수술' 이 유행하는 세태는 외모가 곧 그 사람의 경제력을 보여준다는 의식을 반영한다. 이란의 수도 테헤란의 젊은 남녀 사이에서 인기를 끈다는 코 성형수술은 성형수술이 부의 상징으로 작용하는 단적인 예이다. 이들은 성형수술을 한 뒤 일부러 코에 반창고를 붙이고 외출을 한다. '나는 돈이 많소' 라는 메시지를 말 없이 외칠 수 있기 때문이다.

미국의 미래학자 페이스 팝콘은 이처럼 돈으로 미모를 사고 있는 현실에서 '성형 하층민Cosmetic Underclass' 의 출현을 내다보고 있다. 그가『미래생활사전』에서 언급한 성형하층민이란 경제적 여유가 없어 외모에 투자하지 못하는 사람들을 일컫는다. 소득의 양극화가 외모의 양극화로

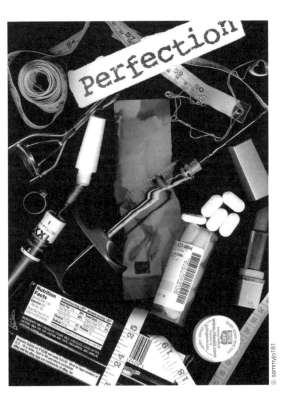

■■
아름다움을 살 수 있는 시대. 이
제 아름다움은 얼마든지 획득
할 수 있는 '투자의 대상'이다.

나타나고 있다는 얘기다.

과거에 아름다움은 타고나는 것이지, 쟁취하는 것은 아니었다. 하지
만 오늘날 사람들은 말한다. 아름다움은 얼마든지 획득할 수 있는 '투자
의 대상'이라고. 돈만 있으면 아름다움을 살 수 있는 시대. 아름다움이
곧 능력이라고 서슴없이 말하는 시대. 전북대학교 강준만 교수는 오늘
날의 이런 한국 사회를 이렇게 정리했다. '억울하면 출세하라'에서 '억
울하면 고쳐라'로.

마음이 예뻐야 진짜지!

prologue | **blog** | photolog

목록보기 | .blog

나도 할 말 있다

메스의 피눈물
프로필   쪽지   이웃추가▶

category
■ 몸짱, 얼짱을 찾아라!
■ 집에서 예뻐지는 셀프 비법!

tags
프란츠 파농 | 검은 피부 하얀 가면
히포크라테스 | 미녀는 괴로워 | 미인도
신디 잭슨 | 바비 인형 | 루키즘 | 편두
생트 오를랑 | 성형수술 | 몸짱 | 얼짱
미스 코리아 | 미스 아메리카 |

이웃 블로거
● 성형 부작용을 고발합니다!
● 미인대회를 반대합니다!

이전글
◀ 역사 속 인물 대화방
　아름다움이란 무엇인가

다음글
▶ 리뷰 〈미녀는 괴로워〉를 보고

　나는 메스, 수술칼입니다. 제가 비록 '피 보는 일'을 하고 있지만 참 보람이 큽니다. 목숨도 살리고, 외모 때문에 속상한 분들의 마음도 달래주고 말이지요. 그런데 언제부터인가 제 마음에 멍이 듭니다. 자꾸만 수술을 해달라면서 불행해지는 분들이 많아서예요.

　성형외과에서 메스로서 생활을 한다는 것은 인간의 속을 훤히 들여다보는 일이나 마찬가지입니다. "예쁘게 해주세요." 뒤에는 "나 폼 나게 살고 싶어요."가 담겨 있지요. 어쩌면 정말 고치고 싶은 건 얼굴이 아니라 운명 아닌가요? 사실 사람들에게만 뭐라고 할 건 아니지요. 조금이라도 예쁘고 잘 생겨야 취직도 잘 되고, 돈도 잘 번다는데 제가 뭐라고 하겠어요.

　그런데 얼굴이 왜 얼굴인지 아세요? '얼'이 서려 있는 '골' 짜기에서 온 말이라구요. 얼굴은 당신의 영혼을 보여줍니다. 제가 나서서 영혼을 예쁘게 만들 수 있으면 좋으련만 거기까지는 의학이 발달하지 않았네요. 성형수술을 하겠다는 걸 굳이 말리고 싶지 않아요. 하지만 제가 당신의 모든 걸 바꿔줄 수 있으리란 기대는 버리세요.

▼ **덧글 40개** | 엮인 글 쓰기 | 공감 25개

참고 자료

Books

○『비너스의 유혹: 성형수술의 역사』 엘리자베스 하이켄 저, 문학과지성사, 2008
성형수술을 통해 인종 문제와 젠더 문제를 살핀다. 의학(성형의학)으로 대표되는 기술문명과 사회와의 관계를 논하는 문화 비평서이다.

○『맞춤육체: 성형수술 세계로의 여행』 노엘 샤틀레 저, 박은영 역, 사람과책, 2002
생생한 묘사와 깊이 있는 통찰로 인간의 욕망과 정체성을 파헤친다. 외모 중심주의에 사로잡혀 획일적인 미의식을 강요하는 사회에 대해 날카롭게 비판하고 있다.

○『검은 피부 하얀 가면』 프란츠 파농 저, 이석호 역, 인간사랑, 1998
식민지인들의 다양한 심리적 양상을 분석한 임상적 경험이 녹아 있는 책. 프란츠 파농은 이 책을 통해 백인에 대한 신체적 콤플렉스가 정신적으로 어떤 영향을 미치는지에 대해 고찰했다.

Movies

○〈미녀는 괴로워〉 김용화 감독, 2006
뛰어난 가창력을 지녔지만 거구의 몸매로 얼굴 없는 가수였던 주인공은 뼈를 깎는 다이어트와 성형수술을 통해 미모의 여성으로 탈바꿈한 뒤 새로운 일상을 맞이한다. 만화를 원작으로 한 드라마틱한 이야기 구조에 외모지상주의로 물든 사회에 대한 날카로운 비판이 더해져 600만 명의 관객을 모았으며 2008년 뮤지컬로도 제작되었다.

661년

이슬람 제국
우마이야 왕조 등장

622년

이슬람력으로 원년
무함마드,
메카에서 메디나로 탈출

1096년

이슬람과 유럽의
성지탈환을 목표로 한
십자군 전쟁 시작

1453년

오스만 투르크
동로마제국 비잔틴 정복

1798년

나폴레옹의
이집트 원정 시작

1919년

제1차 세계대전 후
이슬람제국은
유럽의 식민지로 전락

2002년

미국,
이라크 공격 개시

2001년

9 · 11 사태

이 슬 람 의   역 사

앗 살람 알라이 쿰, 새로운 문명의 시대가 온다

"인류에게 절실하고
유용한 것은
여러 문명의 공통점과
공감대를 찾는
대화와 협력이다."

_국제관계 전문가, 하랄트 뮐러 Harald Müller

이슬람

아랍어로 '순종'과 '평화'를 의미.
인간이 알라에게 절대적으로 순종함으로써 진정한 평화에 도달할 수 있다는 의미다. 이슬람은 단순한 신앙체계가 아니라 사람들의 생활양식과 문화 속에 종교가 함께 있는, 신앙과 실천의 체계이다.

이슬람 문명권은 7세기 초반 이슬람교의 출현과 함께 형성되었다. 이슬람교도들은 이슬람이라는 보편 종교는 알라가 우주를 창조했을 때부터 존재해왔으며, 무함마드에 의해 비로소 인간 세계에 완전하게 계시되었다고 믿었다. 신은 오로지 알라뿐이고, 무함마드는 알라가 보낸 사람이라는 것이다.

이슬람 신자를 가리켜 '무슬림'이라고 한다. 지구 상에 무슬림은 13억 명으로 기독교 인구 다음으로 많다. 이슬람 중 국제연합에 가입한 나라는 57개국으로 지구촌의 4분의 1이 이슬람 문명권이다. 무슬림들은 모두 아랍인일 것으로 인식하고 있지만 실제로 무슬림 가운데 아랍에 사는 신도는 전체의 5분의 1 수준이다. 이슬람은 중동뿐 아니라 동남아시아와 동유럽 일부, 아프리카, 카리브 해에 걸쳐 있다. 세계 최대 무슬림 국가는 인도네시아다.

이슬람의 역사

이슬람 이전의 문명교류

이슬람이 시작된 것은 기원후 7세기다. 하지만 이슬람의 문명 교류가 무에서 시작된 것은 아니었다. 이슬람이 태동한 지역이 오늘날 중근동Middle East, Near East이라고 부르는 지역, 즉 문명사의 보고이자 문명교류사의 중심에 있던 곳이기 때문이다.

기원전 5000년경 중근동 지역에 처음으로 자리를 잡았던 문명은 고대 이집트나 수메르였다. 나일 강 유역을 중심으로 하는 이집트 문명과 티그리스-유프라테스 강 중심의 메소포타미아 문명은 시기마다 패권을 쥔 세력이 교체되면서 하나의 문명권으로 이어져나갔다. 기원전 900년경 아시리아가 제패했을 때 고대 중근동 지역은 하나의 세계로 합쳐질 수 있었다. 아시리아는 바빌론에서 페르시아로 이어졌다.

여기서 우리는 문명사 교류에 획기적인 역사를 열었던 한 인물을 만날 수 있다. 기원전 4세기에 등장한 알렉산드로스 왕이다. 20세에 왕이 된 알렉산드로스는 그리스 북쪽 마케도니아에서 갠지스 강 유역까지, 고대 페르시아 제국이 지배했던 지역 모두를 점령했다. 알렉산드로스의

■■
알렉산드로스 왕

원정을 통해 지중해에서 성장한 그리스 문명과 메소포타미아 동서지역을 중심으로 한 페르시아 문명이 하나가 되는 헬레니즘 시대를 맞이한 것이다.

이를 이어받은 것은 기원전 3~2세기 등장한 로마였다. 이 시기에 지중해 서쪽의 로마와 그리스, 지중해 동쪽의 이집트, 메소포타미아, 페르시아, 인도 문명은 하나의 문명이 되어 이른바 문명의 세계화가 완성된다. '동서의 다리'라는 지정학적 위치에서 탄생한 이슬람 문명은 문명 교류의 운명을 타고났다고 할 수 있다. 로마가 동과 서로 분열되고 서로마가 지중해 서쪽으로 자신의 영역을 제한하면서, 문명 교류는 차단되었지만 실크로드의 중심부를 장악하게 된 이슬람 세력은 끊어진 문명의 길을 복원하는 기능을 맡았다. 7세기 이슬람의 등장은 문명 교류의 부활을 알리는 신호였다.

아라비아 반도를 하나로 통일하다

이슬람 문명이 태동한 것은 610년경. 무함마드는 첫 계시를 받은 뒤 고향 메카Mecca에서 이슬람 포교를 시작했다. 그는 유일신 알라 앞에서

인가이 모두 평등하다고 주장했다. 무함마드의 주장은 경제적으로 어려운 하층민과 중소상인들의 마음을 사로잡았고, 곧 그를 추종하는 이들이 늘어났다.

세력이 커지는 만큼 메카의 기득권 계층이었던 쿠라이시족의 박해는 거세졌다. 622년, 무함마드는 신으로부터 이주를 하라는 계시를 받고 추종자 70명과 함께 메카에서 메디나^{Medina}로 목숨을 선 탈출을 감행한다. 이를 '히즈라'(아랍어로 '도주', '이주'라는 뜻)라고 한다. 622년을 이슬람력의 원년으로 할만큼 히즈라는 이슬람사의 큰 전환점이다.

무함마드는 이후 10여 년간 메디나를 중심으로 이슬람 공동체 움마^{Ummah}를 세우고, 주변 부족에게 이슬람을 알리며 세력을 확장해나갔다. 630년 메카를 함락시켜 무혈입성한 무함마드는 2년 뒤인 632년, 이슬람의 교리를 요약한 알라의 계시를 전달하고 세상을 떠난다. 무함마드 사후에도 이슬람교의 영향력은 줄어들지 않았다.

선지자 무함마드의 시대

당시 오랫동안 비잔티움에 근거를 둔 동로마제국과 페르시아 두 제국의 착취에 시달려온 사람들로서는 인간이 평등하고 존중받아야 한다는 이슬람교가 충분히 매력적인 종교였을 것이다. 이슬람은 수입 중 일부를 의무적으로 가난한 자에게 나눠주는 것으로 부의 분배를 실현했고 이교도의 종교를 인정해주는 관용정책을 펼쳐나갔다. 이슬람 공동체는 만들어진

지 30년이 채 안 되어 아라비아 반도 전역을 껴안게 된다.

동서 문명을 잇는 다리가 되다

무함마드 이후 누가 새로운 지도자가 될 것인가? 공동체의 원로들은 회의를 통해 공동체를 이끌 최고의 권위자 칼리프Caliph를 선출했다. 무슬림들은 칼리프의 지휘에 따라 시리아, 이라크, 중동, 북아프리카를 거쳐 에스파냐, 페르시아, 인도를 차례로 정복하며 세력을 넓혀나갔다. 그 결과 역사상 가장 큰 제국을 형성했는데, 대표적인 이슬람 제국으로 꼽히는 것이 우마이야 왕조(661~750년)와 아바스 왕조(750~1258년)이다.

██ 634년까지 확장된 이슬람의 영토 ── 610년경 비잔티움 제국
██ 656년까지 확장된 이슬람의 영토 ── 610년경 사라센 제국
██ 756년까지 확장된 이슬람의 영토 ── 610년경 프랑크 왕국

■■
이슬람은 이베리아 반도에서 인도 인더스 강에 이르는 광활한 영토를 차지했다. 이슬람은 같은 시대 다른 제국이나 왕국들과 비교하여 엄청난 영토 확장을 이루었다.

■■
아바스 왕조

이슬람은 영토를 확장함에 따라 당대의 문명이란 문명은 모두 흡수해나갔다. 서아시아 지역은 페르시아 문명을 비롯해 그리스 로마 문명, 인도 문명 등이 망라된 헬레니즘 문화가 꽃핀 곳이었다. 7세기경 우마이야 왕조는 고대 그리스 로마 문명의 소산인 의학, 수학, 천문학 서적을 아랍어로 번역했고, 이어 아바스 왕조는 9세기에 '지혜의 집'을 지어 외국의 철학, 과학, 의학 서적을 번역했다. '지혜의 집'은 학자, 의사, 천문학자, 수학자 등 서로 다른 분야의 학자들이 오가는 광장 역할을 했다. 그 결과 대수학이나 동물권리 헌장, 천문대, 병원, 공공도서관 등 인류사에 화려한 유산을 남겼다. 다른 문화권에 대한 호기심과 포용, 관용이 있었기에 가능한 일이었다.

중세 이슬람은 그야말로 동서 문명을 이어주는 다리이자 용광로였다. 실크로드를 따라 중국의 화약과 나침반이 이슬람 세계를 거쳐 유럽에 전파됐고, 유럽 가톨릭 선교사가 중국 원나라로 향했다. 이슬람으로부터 지리학, 수학, 천문학, 의학 등의 새로운 자연과학이 중국으로 전해졌다. 중국은 직물, 도자기, 회화 등 미술 공예품과 인쇄술 등을 이슬람 세계에 전했다. 동아시아의 문명은 곧 유럽으로 전파되었다. 『동방견문록』을 남긴 베네치아 출신 마르코 폴로Marco Polo와 이븐 바투타Ibn Battūtah 같은 여행가들은 중국을 방문한 후 여행기를 남겨 동양에 대한

고려와 이슬람

■■■
『고려사』

원나라가 고려 조정에 간섭하기 시작한 1273년 이전부터 이슬람과 고려의 교류는 이미 활기를 띠고 있었다. 태조 왕건이 무역을 통해 나라를 부강하게 해야 한다는 생각을 갖고 있었기 때문이다. 당시 무역의 중심은 고려의 수도인 개경 가까이 있던 벽란도. 예성강 하류의 국제적인 무역항 벽란도에는 송나라를 비롯해 거란, 여진, 일본과 함께 아랍 상인들도 와서 수은, 향료, 산호 등을 팔았다. 이때 고려는 아랍 상인들에 의해 서방 세계에 '코리아'로 알려지게 되었다. 페르시아의 역사가 라시드 앗딘은 세계통사 격인 『집사』에서 고려를 'Kao-li'라고 지칭하고 있다.

고려 말, 원의 간섭 하에 있던 고려 조정에는 몽골 관리뿐 아니라, 중앙아시아계 무슬림들이 대거 진출했다. 『고려사』 등에 '회회인(回回人)'으로 적혀 있는 이들은 투르크계의 위구르 무슬림들이었다. 고려속요 『쌍화점』에도 무슬림 이야기가 나온다. "쌍화점에 쌍화를 사러 가니 회회아비가 내 손목을 잡았다. 이 소문이 상점 밖으로 퍼진다면 조그마한 새끼광대인 네가 퍼뜨린 줄 알리라."

이들은 당시 수도 개성을 중심으로 공동체를 형성했고 이슬람 사원도 세웠다. 고려에 이슬람 문화를 전파한 회회인, 이들이 바로 오늘날 덕수 장씨, 경주 설씨, 임천 이씨 등의 시조이다.

호기심을 자극하였다.

　유럽이 깊은 어둠 속에 빠져 있을 때 이슬람은 그리스 로마의 유산에 동양의 문물을 받아들여 그들만의 화려한 문명의 꽃을 피워냈다. 그러나 영원히 지속될 것 같았던 아바스 제국도 1258년 칭기즈 칸이 이끄는 몽골 군대에 무너지고 만다. 5세기에 걸친 화려한 제국의 시대가 끝난 것이다.

르네상스의 젖줄로 성장하다

　이슬람 문명의 주도권은 아라비아에서 다른 민족으로 넘어갔다. 그 문을 연 주인공은 셀주크 투르크였다. (돌궐과 위구르는 투르크 족이란 이름으로 중앙아시아와 서아시아, 터키까지 광범위하게 뿌리를 내렸다.)

■■
십자군 전쟁을 통해서 유럽은 이슬람 문명을 받아들이게 된다.

　예루살렘을 정복한 이후 셀주크인들은 유럽인들의 예루살렘 성지순례를 금지했다. 이에 반발한 유럽인들은 급기야 셀주크 투르크라는 이슬람 세력으로부터 기독교 성지인 예루살렘을 탈환해야 한다면서 십자군 전쟁에 나섰다.

　200여 년간 8차례나 이어진 전쟁에서 유럽인들은 오직 단 한 번, 첫 번째 전쟁에서만 승리했다. 전쟁에서 패배했지만 유럽은 십자군 전쟁을 통해 중요한 깨달음을 얻는다. 유럽이 중세 암흑기에 그리

조선과 이슬람

무슬림과의 교류는 조선 초기에도 변함없이 계속됐다. 『조선왕조실록』 중 특히 세종 때의 기록에는 무슬림들이 자주 등장하는데, 궁중의 공식행사에 무슬림 대표나 종교지도자들이 초청됐고, 이들은 궁 안에서 코란을 낭송하며 임금의 만수무강과 국가의 안녕을 기원했다 한다.

'예조가 아뢰길 회회의 무리가 의관이 달라 이질감을 느끼는 바 이미 우리 백성이 되었으니 마땅히 우리 의관을 따라 차이를 없애야만 자연스럽게 혼인하게 될 것이다' 라는 부분도 있다. 이는 무슬림들이 정통 복장을 입고 그들 방식대로 살았음을 보여주는 대목이다. 그만큼 그들의 존재를 인정해줬다는 말일 것이다.

세종 때 이뤄진 과학적 성과 가운데는 이슬람 문명에 기댄 것이 적지 않다. 대표적인 것이 역법이다. 세종의 명령 하에 정인지, 이순지 등 학자들은 이슬람력법을 중심으로 역법을 연구해 〈칠정산내외편〉을 제작했다. 또한 아라비아 상인들을 통해 회청이라는 청색 안료를 가져와 18세기 국내산 안료가 개발될 때까지 사용했다.

그 밖에도 조선 초기에 발명된 다양한 과학기기와 과학서적은 이슬람 문화의 직·간접적인 영향을 받았다.

〈칠정산내외편〉은 한문으로 된 이슬람 천문역법 중 가장 훌륭한 책으로 손꼽힌다.

스, 로마 문명을 내동댕이친 사이, 고대 문명을 수용해 살지운 이슬람 문명에 충격을 받은 것이다. 유럽은 13세기 르네상스 시기에 이슬람의 지적 유산들을 고스란히 받아들여 15세기까지 아라비아 책들을 번역해 나간다. 이슬람이 중세의 긴 잠에 빠져 있던 유럽을 흔들어 깨운 것이다.

한편, 셀주크 투르크가 유럽과 수차례 전쟁을 하던 13세기 말, 새로운 세력이 흑해 연안에 출현한다. 바로 오스만 투르크였다. 15세기 비잔티움 제국을 멸망시킨 후 이란, 시리아, 이집트까지 세력권에 두었던 오스만 투르크는 유럽과 아시아를 잇는 중계무역으로 경제적 번영을 누렸다. 그 힘은 아시아, 아프리카, 유럽까지 삼대륙에 뻗어 있었다.

유럽의 식민지로 전락하다

16세기에 이르러 유럽이 성장하면서 문명의 교류 역할을 하던 이슬람의 입지는 점점 좁아진다. 나폴레옹의 이집트 원정을 계기로 열강들의 압력은 거세졌고, 그 결과 오스만 투르크 제국은 사실상 이집트, 리비아, 알제리, 튀니지 등 북아프리카의 지배권을 잃게 되었다. 발칸 반도와 동유럽 국가들이 독립하고, 러시아가 성장하면서 압박은 더욱 거세졌다. 남은 것은 중동 지역과 소아시아뿐이었다.

설상가상으로 상황은 더욱 악화돼 제1차 세계대전 당시 독일 편에 선 이슬람제국은 패전국이 되어 전후 처리를 위해 열린 파리강화회담이 끝난 뒤에는 유럽의 식민지가 된다. 당시 '유럽의 병자'로 불리던 오스만 투르크 제국은 해체됐지만 제국의 지배하에 있던 이슬람 부족들은 독립하지 못한채 주인만 바뀐 꼴이 돼버렸다.

이스라엘과 팔레스타인을 가로막는 장벽. 이스라엘과 팔레스타인의 분쟁은 오늘날까지도 이어지고 있다.

제2차 세계대전이 끝난 후인 1947년, 국제연합은 이스라엘과 팔레스타인의 분할안을 통과시켰다. 그 결과 이슬람 국가들은 나라를 빼앗긴 팔레스타인과 남시리아 지역 아랍인들을 지원하면서 이스라엘에 맞서 1948년 중동 전쟁을 일으켰다. 이것이 오늘날까지 이어지는 전쟁의 시작이었다.

문명 충돌의 중심축으로 부상하다

냉전이 끝난 20세기 후반, 이슬람은 영국이나 프랑스가 아닌 미국과 맞서게 된다. 하지만 제2차 세계대전 후만해도 미국은 이슬람이 지배하는 중동 지역에 대해 상당히 호의적이었다. 한때 미국은 탈레반Taliban

대한민국과 이슬람

1920년, 일군의 무슬림들이 한반도를 찾아왔다. 그들은 소련 치하에 있던 투르크계 무슬림으로 대부분 볼셰비키 혁명 이후 삶의 터전을 잃고 만주를 거쳐, 당시 일제 치하에 놓여 있던 한반도에 망명한 사람들이었다. 이들은 주로 상업과 국제무역을 통해 돈을 벌었고, 서울 시내 요지에 민족학교와 이슬람사원을 건립했다. 약 30년간 그들이 한반도에 심어놓은 이슬람의 씨앗은 한국 전쟁에 참전한 터키인 무슬림들에 의해 전쟁의 참화 속에서 다시 발화되었다. 이후 한국에는 이슬람교 협회가 발족됐다.

1970년대에 이슬람 문명권은 경제를 살리는 돈줄이었다. 오일쇼크로 경제가 휘청거리던 당시 국내 건설업계가 사우디아라비아 등에 진출해 '중동 특수'를 이끈 것이다.

이후 2003년, 이라크전이 발발한 뒤 미국의 파병 요구에 동의한 한국은 자이툰 부대를 이라크에 보냈고, 이듬해 2004년 김선일 씨가 피랍, 살해되는 비극이 일어났다. 2007년에는 아프가니스탄 탈레반에 23명이 납치됐다가 2명이 희생됐고 나머지 인질은 42일 만에 풀려났다.

미국이나 일본과 달리 이슬람권에 대한 전문가 부재와 이슬람권과의 유기적인 정보 공유가 이뤄지지 못하고 있는 상황에서, 현재 한국에 상주하는 무슬림은 10만 명에 달한다. 대부분이 파키스탄이나 방글라데시 등 동남아시아에서 온 이주노동자들이다.

의 막강한 후원자이기도 했다.

이슬람의 미래를 이끌어갈 청년 지식인 계층을 말하는 탈레반이 주목을 받은 것은 1979년 소련이 아프가니스탄을 침공해 꼭두각시나 다름없는 카르말 정권을 세우고 이에 저항하는 이슬람의 청년들이 반소反蘇 무장 독립운동에 나서면서부터였다. 당시 탈레반은 미국중앙정보국CIA의 도움을 많이 받았다. 그러나 탈레반 정권이 들어선 후, 미국이 한때 지원을 했다는 이유로 내정간섭을 하려 하자 탈레반은 소련을 향했던 총구를 미국으로 돌렸다. 곧 미국은 탈레반을 적으로 규정했고, 2001년

9·11 사태의 주동자 오사마 빈 라덴을 보호하고 있다는 이유로 아프가니스탄을 침공해, 무력으로 그들을 권좌에서 내쫓았다.

　　미국과의 전쟁에서 패한 뒤 전범재판에 회부돼 2006년 형장의 이슬로 사라진 이라크의 후세인Saddam Hussein 역시 한때 미국이 키운 지도자였다. 미국은 1차 걸프전쟁(1980~1988년)에서 이란에 맞서는 이라크의 사담 후세인을 전폭적으로 지원했다. 그러나 후세인이 점차 독자노선을 걷자 2002년 9·11 사태의 책임과 대량살상무기 소지를 이유로 미국은 총구를 돌려 이라크를 공격했다. 전면적인 이슬람 적대정책을 펼친 것이다. 미국의 중동 지배 전략이 결과적으로 이슬람 전체와 맞서는 상황으로 이어지면서 "미국에 대항하는 세력은 테러리스트, 미국은 대테러 전쟁의 선두"라는 공식이 생겨났다. 반면에, 정규군 규모로 미국과 투쟁하기 어려워진 이슬람은 침략 세력을 축출하는 '성전聖戰'의 명분을 내걸고 테러를 감행하게 된다. 문명의 교류를 맡아왔던 이들의 생존방식이 공존보다 대결로 기울고 만 것이다.

한 지붕 두 가족-기독교와 이슬람

등장인물 : 새뮤얼 헌팅턴, 아브라함, 신밧드, 이븐 바투타

배경 : 양탄자를 타고 구름 위를 천천히 날며

신밧드 저의 양탄자에 여러분을 모시게 되어 영광입니다.

이븐 바투타, 헌팅턴 무슨 말씀을! 이런 재미있는 경험을 하게 될 줄이야!

헌팅턴 아, 이 익사이팅한 경험을 수첩에 적어놔야겠군.

이븐 바투타 으흠~(헛기침하며) 아, 헌팅턴 선생. 그 종이 말인데, 서구 사람들이 종이란 걸 알게 된 게 우리 이슬람 사람들을 통해서였다는 건 알고 계시죠? 내가 선생과 만나면 이 이야기를 꼭 하고 싶었는데 말이오. 『문명의 충돌』을 잘 읽어보았습니다만, 그거 좀 문제가 많은 책이더군요.

헌팅턴 아니, 나 같은 석학이 쓴 책을 보고 뭐라구요?

이븐 바투타 내가 세계여행을 했던 14세기만 해도 미국은 존재도 없었고, 유럽인들은 이슬람 문명 베끼기에 바빴지 않습니까?

헌팅턴 내가 말하고자 하는 것은 서구와 이슬람의 대결이 공격적인 이슬람 측에 책임이 있는 것이 아닌가 하는 점이오. 비잔티움 제국을 중심으로 서구를 먼저 공격한 것은 8세기 이슬람 제국이었소. 서구는 이슬람 문명의 팽창이라는 도전 앞에서 결국 십자군 전쟁으로 맞선 것이고.

이븐 바투타 그렇게 따지면 페르시아가 그리스를 공격하고, 알렉산드로스가 중동 지역을 헬레니즘으로 지배하고 로마와 오늘의 중동 지역이 서로 팽팽하게 맞서고 했던 것 모두가 다 문제가 되겠군요. 당신의 논리는 서구와 미국의 책임을 은폐하기 위한 것에 불과해요.

헌팅턴 전 세계를 여행해 본 분이 그런 말씀을 하시다니…… 문명이 다르면 서로 관점도 다르고 그러다보면 충돌도 생기게 되고, 이게 오늘날처럼 세계가 하나가 된 현실에서는 더욱 큰 문제가 되겠다 하는 걱정이 앞선단 말이오.

이븐 바투타 당신 말이 백번 옳다 합시다. 그럼 문명의 충돌을 말할 것이 아니라 문명의 교류와 조화를 말해야 하는 것 아니겠소?

신밧드 제가 끼어들어 죄송합니다만…… 제가 나름 모험이라는 걸 해보니까요. 이쪽 세계 저쪽 세계가 서로 만나고 섞이면서 발전하는 것 같더라구요.

헌팅턴 오늘날 서구 자본주의 문명은 인간에게 최대의 혜택을 주고 있어요. 그건 인정해야지요. 결국 서구 문명이 중심이 되어 세계질서가 만들어져야 하는 것 아닐까요?

이븐 바투타 그게 이슬람이 있었기에 가능했던 서요. 동서양 문명의 젓줄이 바로 이슬람 아닙니까? 이슬람이야말로 오늘날 인류가 겪고 있는 개인주의와 탐욕의 문제를 해결할 수 있는 대안이오.

헌팅턴 글쎄, 당신 말을 듣고 있으면 이슬람은 미국의 발전을 시기하는 것 같습니다.

아브라함 두 사람의 이야기를 듣고 있다가 더는 침묵하지 못하겠기에 나섰소. 나는 아브라함이오. 유대교나, 기독교, 그리고 이슬람교 모두가 나를 공통의 조상으로 삼고 있는 것은 알지요?

바투타, 헌팅턴 네, 잘 알고 있습니다.

아브라함 서로가 같은 뿌리에서 나온 것을 마음에 새기고 있으면 종교적 갈등이나 문명 차이는 극복될 수 있을 겁니다. 서구 열강이나 미국은 이슬람 문명

새뮤얼 헌팅턴(1927~2008)
미국의 군사정치학자이자 비교정치학자. 베트남 전쟁 당시 '전략촌' 정책을 수립했으며, 국방, 군비 감축 민주당 자문회의 의장을 지냈다. 카터 행정부 때는 국가안전보장회의 안보기획조정관을 지내는 등 현실정치에 적극 참여했다. 동서 냉전 종식 이후 달라진 세계정치의 성격을 규명하려는 시도로 '문명 충돌론'을 제기했다.

아브라함
구약성서 《창세기》에 기록된 이스라엘 민족의 조상이자 중근동 지역의 조상인 이스마엘의 아버지이기도 하다. 유대교에서 잉태된 기독교 역시 아브라함을 믿음의 조상으로 여긴다.

이 있는 곳을 군사적으로 지배하려는 생각을 버려야 해요.

이븐 바투타 헌팅턴, 거 보시오. 아브라함 할아버지께서 저렇게 말씀하지 않으시오?

헌팅턴 …….

아브라함 누가 잘못했는지 지적하고 싶지는 않습니다. 서로 대립하는 일을 그만둬야 평화가 오지요. 자, 어디 신밧드, 이 할아버지 바람 좀 쐬어주겠어? 양탄자 타고 신나게 한 바퀴 돌아보자고!

모두 : 좋습니다, 어서 출발~.

신밧드
〈신밧드의 모험〉의 주인공. 〈아라비안 나이트〉 속에 들어 있는 이야기 중 하나이다. 상인으로 아버지가 물려준 막대한 재산을 가지고 있던 신밧드는 남은 재산을 정리하여 배를 타고 여행을 떠나는데, 가는 곳곳마다 이색적인 경험을 한다.

이븐 바투타(1304~1368)
모로코 명문가 출신의 아랍인 여행가. 1325년, 21세의 나이에 동방을 향해 떠난 그는 30년간 아시아, 아프리카, 유럽 3대륙 40여 개 나라를 여행해 장장 10만여 킬로미터를 누볐다. 유라시아 대륙을 동서로 6번 걸은 거리이다. 마르코 폴로보다 3배가 넘는 거리를 여행한 셈이다.

문명의 충돌 vs. 문명의 공존

서구 기독교 문명권과 이슬람 문명권의 대립은 십자군 전쟁으로 거슬러 올라간다. '한 손에는 코란, 다른 손에는 검'이라는 말은 마치 이슬람의 폭력성을 대표하는 표현처럼 쓰이지만 이는 13세기 중엽 십자군이 이슬람 원정에서 패배했을 때 이탈리아 성직자인 토마스 아퀴나스Thomas Aguinas가 한 말이다. 이후 1990년대 들어 정치학자 새뮤얼 헌팅턴은 이 대립의 구도를 '문명의 충돌'이라 칭했다.

1980년대 말 공산주의가 붕괴하고 탈냉전 시대가 오자 사람들은 이데올로기 중심의 세계질서가 어떤 양상을 띠게 될지 궁금해했다. 이때 헌팅턴은 냉전이 종식된 뒤의 세계를 '다극화'와 '다문명화'로 특징지으면서 세계질서의 가장 핵심적이고 위험한 변수는 상이한 문명을 가진 집단들 사이의 갈등이 될 것이라고 예측했다. 그는 서구, 라틴아메리카, 아프리카, 이슬람, 중화, 힌두, 정교, 불교, 일본권 등 주요 문명권으로 세계를 구분한 뒤 국가들이 문명을 중심으로 재편될 것임을 강조했다. 또한 서로 다른 문명 간의 갈등이 발생할 것이라면서 그 갈등의 전선은

문명 간의 갈등은 이슬람 문명에 대한 극단적인 왜곡과 적대감으로 발전해갔다.

서구 문명과 유교 문명 및 이슬람 문명 사이에 그어진다고 보았다. 헌팅
턴은 그 대표적 사례로 걸프전과 유고슬라비아 내전을 예로 들었다. 특
히 이슬람 진영과 유교권이 손을 잡는 상황에 이르면 서구 사회는 심각
한 위기를 맞게 될 것이라고 보았다.

　이같은 헌팅턴의 시각에 대한 비판도 적지 않다. 21세기 경제의 중
심이 아시아와 태평양으로 옮겨질 것이 확실한 상황에서 동아시아 문명
의 종주국을 자처한 중국이 서구 문명에 맞서는 강자로 부상하는 것을
견제함과 동시에 만일의 충돌을 합리화하려는 데서 나왔다는 것이다.

　한편 '후기산업사회' 라는 말을 만들어낸 세계적인 미래학자 대니얼
벨Daniel Bell은 헌팅턴의 이런 시각이 문화를 정치로 착각한 데서 온 오류
라고 비판했다. 그는 21세기 경제의 중심이 아시아, 태평양이 될 것은

확실하지만, 교통과 통신의 발달로 인해 어느 한 나라, 한 지역의 문화가 지배적일 수 없다고 주장했다.

또한 독일 프랑크푸르트 대학 교수이자 헤센 평화 및 갈등 연구소 소장인 하랄트 뮐러는 헌팅턴의 『문명의 충돌』이 선과 악의 이분법적 도식에 억지로 사실을 끼워맞춘 이론이라고 강하게 비판하면서 그 대안으로 '공존'을 제시했다.

그는 세계의 문명권을 대결구도의 이분법적 논리가 아닌 상호보완적 관계라고 말하면서 "강자인 서구 사회가 먼저 약자에게

하랄트 뮐러. 문명 충돌 대신 문명의 공존을 주장한다.

다가가야 한다. 세계의 협력은 '중국의 도전'이나 '이슬람 근본주의'에 달린 문제라기보다 서구 사회에 달린 문제다. 지금 서구에 필요한 것은 폐쇄가 아니라 개방이며, 서구는 다른 문명에 대해 더 많이 배워야 한다. 전쟁이 아니라 대화만이 세계 공동체의 평화로운 미래를 보장해줄 수 있다"라고 주장했다.

그러나 뮐러가 말하는 '문명의 공존'이란 주장도, 그 중심에는 여전히 서양의 역할이 존재한다. 문명 간 상대성을 인정하고 다양성을 존중한다기보다는, 세계화에 의해 전 문명이 서구화되고 있음을 전제한다는 점에서 뮐러의 대안도 비판에서 자유롭지 못하다.

오리엔탈리즘 vs. 옥시덴탈리즘

미국의 문명비평가 에드워드 사이드Edward Said는 1978년『오리엔탈리즘』을 통해 '문명의 충돌'은 서양이 이슬람 문명, 즉 동양 사회를 제대로 이해하지 못한 데서 비롯된 '무지의 충돌'이라고 비판했다. 서구인들이 말하는 동양의 이미지는 그들의 편견에서 비롯된 허상에 불과하다는 것이다.

본래 오리엔탈리즘Orientalism이란 '동양에 대한 경외심'을 의미했다. 문학이나 예술작품에서 보이는 동방적인 풍조로서 주로 터키나 아라비아의 이국적인 느낌을 좋아하는 걸 가리켰지만 지금은 동양에 대한 서양의 왜곡된 시각을 뜻한다.

사이드는 오리엔탈리즘 안에 이슬람 문명에 대한 비하가 내포돼 있음을 생각하는 것도 꼬집으면서 서구 사회가 이슬람교도들을 폭력적이고 비합리적이라고 생각하는 것도 왜곡된 허상에서 비롯된 편견임을 지적했다. 이는 서구의 제국주의적 지배를 정당화하는 과정에서 나온 것이라는 분석이다. 이슬람 테러리스트들의 반대편에는 미국의 중동 지역에 대한 군사적 침략과 정복의 현실이 있음을 함께 봐야 한다는 것이다.

■■
에드워드 사이드의 『오리엔탈리즘』. 동양에 대한 서구의 왜곡된 시각을 비판하고 있다.

오리엔탈리즘이 서양 중심의 왜곡된 동양관이라면, 옥시덴탈리즘Occidentalism은 동양 중심의 서양관, 동양의 눈으로 보는 왜곡된 서양관이라 할 수 있다. 오리엔탈리즘이 동양을 비합리적이고 열등한 어린아이로 비하한다면, 옥시덴탈리즘은 서양을 물신주의와 기계문명에 물든 타락한 인간형으로 형상화한다. 미국의 저널리스트 이언 부루마Ian Buruma와 예루살렘 히브리 대학 교수인 아비샤이 마갤릿Avishai Margalit의 저서 제

『옥시덴탈리즘』은 서양 중심의 세계관을 전복시키고 동양의 주체적 세계관을 형성했다는 평가를 받았다.

목이기도 한 옥시덴탈리즘은 서양 중심의 세계관을 전복시키고 동양의 주체적 세계관을 형성했다는 점에서 긍정적 평가를 받기도 한다.

하지만 옥시덴탈리즘 역시 오리엔탈리즘이 갖고 있는 이분법적 구도에서 벗어나지 못한다는 한계를 지니고 있으며, 오리엔탈리즘의 사고 체계를 그대로 가져와 서양의 자리에 동양을 바꿔치기한 것에 불과하다는 비판적 평가를 받기도 한다.

그러나 다행히도 과거에는 서로 등을 돌리고 적으로 규정했던 대립의 질서에 조금씩 변화가 움트고 있다. 오바마 대통령은 2009년 취임 직후 아랍어 뉴스 채널인 알아라비야 TV와 가진 인터뷰에서 "미국은 무슬

림의 적이 아니다. 이란과 같은 나라
들이 주먹을 편다면 우리는 손을 내밀
것"이라고 힘주어 말했다.

이슬람에 대해 미국 못지않은 경
계심을 갖고 있던 영국에서도 이전과
다른 기류가 조성되고 있다. BBC 다
큐멘터리인 〈이슬람 바로 알기〉 시리
즈가 선풍적인 인기를 끈 것이다. 최
근 세계 곳곳에서는 더 이상 문명의
충돌이나 격돌이 아니라 서로가 서로
를 배워가는 흐름이 조성되고 있다.
이슬람은 21세기 또 하나의 새로운 문
명의 진화를 촉진하는 흐름의 가운데
서 있다.

■■

BBC 다큐멘터리인 〈이슬람 바로 알기〉는 공
존과 충돌을 넘어 '이해' 라는 새로운 접점을
제시하고 있다

prologue | **blog** | photolog

목록보기 | blog

무함마드
프로필▶ 쪽지▶ 이웃추가▶

category

- 코란 바로 알기
- 무슬림의 일상
- 이슬람 음식 기행
- 신비로운 아라비아 국가

tags

이슬람 | 이집트 문명 | 메소포타미아 문명 | 무함마드 | 움마 | 이븐 쿠르다지바 | 아바스 | 고려사 | 셀주크 투르크 | 오스만 투르크 | 십자군 전쟁 | 이스라엘 팔레스타인 분쟁 | 탈레반 | 이븐 바투타 | 새뮤얼 헌팅턴 | 문명의 충돌 | 문명의 공존 | 하랄트 뮐러 | 에드워드 사이드 | 오리엔탈리즘 | 옥시덴탈리즘

이웃 블로거

* 지저스 크라이스트

이전글

◀ 히잡을 쓴 패션 피플-
무슬림의 여심을 잡아랏!

다음글

▶ 이슬람 최대 명절
'하리 라야 하지'

나노 할 말 있다

　저는 무함마드입니다. 나는 아라비아의 사막을 가로질러 낙타를 타고 먼 거리를 오가며 상거래를 하던 부족이었습니다. 전 부자가 되고, 힘이 강해질수록 정신이 타락해가는 현실을 보면서 누구나 평등하게 존중하며 사는 사회를 꿈꿨어요. '움마' 라는 공동체를 통해 그 꿈을 실현하려고 했죠. 움마는 영토를 중요시하는 게 아니라 다양한 언어와 문화를 품에 끌어안았습니다. 그러고보니 참 이상하게도 이슬람이 탄생한 곳도 '중동' 이네요. 중간 지역이었지만 저희는 중간자 역할을 참 잘한 것 같습니다. 이슬람이 있어서 동양, 서양의 문명이 활발하게 오갈 수 있었던 거니까요.

　한국에서는 관용을 뜻하는 '톨레랑스' 란 말이 한창 유명세를 탔다면서요? 이슬람에도 이와 비슷한 말이 있어요. '와싸튀야' , 중용이란 뜻이지요. 저는 통합되고 어울리는 세계가 되길 바라고 있습니다. 그러기 위해선 관용, 포용이 참 중요해요. 그래서인지 이슬람이 최근 들어 미래의 대안문명이라는 얘기까지 듣고 있더군요.

　한국에도 다른 문화를 적극적으로 이해하려는 분위기가 있다고 들었습니다. 한국에도 이슬람계 이주노동자가 10만여 명이라면서요? 정부에서도 다문화 가족, 다문화 사회를 화두로 던지면서 정책을 만든다고 하구요. 한반도와 이슬람은 이미 실크로드를 따라 1,000년 전부터 교류해왔습니다. 오랜 친구인 거예요. 자, 이제 마음을 열고 21세기 새로운 문화의 실크로드를 만들어봐요. 앗 살람 알라이쿰(당신에게 평화가 있기를)!

▼ **덧글 14개** | 엮인 글 쓰기 | 공감 10개

참고 자료

 Books

◉『고대문명교류사』 정수일 저, 사계절, 2001

서양 중심의 역사관을 탈피하고 문명교류사의 관점에서 세계사를 서술한 국내 학자의 책이다. 실크로드와 한국사를 연결하려는 시도 등 역사 해석의 참신함이 돋보인다.

◉『이슬람』 지아우딘 사르다르 저, 박지숙 역, 김영사, 2002

이슬람의 기원인 마호메트의 탄생과 생애에서부터 이슬람 문화, 이슬람 역사, 이슬람 철학, 십자군 원정, 그리고 이슬람의 여성까지 이슬람 세계를 이해할 수 있는 풍부한 내용을 담고 있다. 저학년들이 읽기 쉬운 구성이다.

◉『이슬람: 9·11테러와 이슬람 세계 이해하기』

이희수, 이원삼 등저, 청아출판사, 2001

12명의 현지 박사가 생생한 체험을 바탕으로 50년 동안 서구의 제국주의적인 시각에 묻혀버린 중동과 이슬람의 참모습을 말한다. 이슬람에 관한 간단한 소개에서부터, 한국과 이슬람의 고대 문화 교류에 이르기까지, 방대한 주제들을 다양한 사례 인용을 통해 서술했다.

◉『이슬람주의?』 알브레히트 메츠거 저, 주정립 역, 푸른나무, 2008

중동과 이슬람에 대한 이해를 돕는 입문서. 서구식 정치·경제 질서와 세속주의에 반대하는 모든 이슬람 운동을 일컫는 이슬람주의의 본질과 실체, 논점을 살펴보고 있다.

Movies

◉〈말콤 X〉 스파이크 리 감독, 1993

감옥에서 이슬람 교도가 된 말콤 X가 이슬람 전도사가 되어 평화를 부르짖게 되는 과정을 그리고 있다.

◉〈반두비〉 신동일 감독, 2009

이슬람교도인 방글라데시인 이주노동자와 한국인 여고생이 서로를 알아가는 영화로 이주노동자 문제를 흥미롭게 다룬 영화이다.

사육의 역사

○

일기예보의 역사

○

식량의 역사

○

신도시의 역사

○

석유개발의 역사

Energy&
Ecology

B.C. 8,000~9,000년
양과 염소, 돼지의
가축화 시작

B.C. 10,000년
개가 늑대와
다른 모습으로
인간 사회에 적응

B.C. 4,000년
수메르인들
전차에 소 이용

B.C. 2,000년
기마기술을 터득한
전투 부대 등장

1980년대
영국의 한 목장에서
광우병 발병

1993년
영국, 인간광우병
첫 발병

1960년대
축산업 대규모
기업화, 산업화

사 육 의   역 사

동물의 역습이
시작됐다

"광우병은 마치
의학을 다룬 과학소설 같았다.
인류 곁에서 가장 흔히 볼 수 있는,
유순하다고 널리 알려져 있고
시와 그림에도 자주 등장하는
가축인 젖소가 자신을 돌보는
사람에게 치명적인 새 질병을
전파했다니 말이다."

_『에코데믹, 새로운 전염병이 몰려온다』의 저자,
마크 제롬 월터스Mark Jerome Walters

가축

인간의 사육으로 야생동물에서 유전적으로 개량한 동물.

이용 목적에 따라 젖이나 고기를 먹기 위한 식용동물, 농사를 위해 사용하는 농용동물과 애완동물, 실험동물로 나눌 수 있다. 가축은 대개 농용동물을 가리킨다.

인류가 야생의 동물을 길들이는 데 성공한 것은 지금으로부터 약 1만 년 전으로 추정된다. 인류 최초로 신석기 농경문화를 이룩한 서아시아 지역의 수렵채집민들은 인구 증가로 동물 사냥이나 채집이 어려워지자 순화된 동물을 기르거나 작물을 재배하기 시작했다. 인간은 수없는 시행착오 끝에 몇몇 동물을 인간사회에 길들이기 시작했는데 최초로 인간과 인연을 맺은 동물은 개, 염소 그리고 양 등이었다.

야생동물을 인간의 목적에 맞게 순화시키는 과정은 쉽지 않았다. 동물의 타고난 생활양식을 그 근본에서부터 변화시키는 것이기 때문에, 대다수의 동물은 가축화에 성공하지 못했다. 1만 년 동안 지구 상에는 4천여 종의 포유류가 서식했지만 이중 인간이 길들여 가축으로 만든 동물은 개, 고양이, 산양, 소, 돼지, 말, 낙타 등 10여 종이다.

사육의 역사

야생을 가축으로

25만 년간 인류가 겪은 변화는 엄청나다. 인구는 300만 명에서 1700배에 가까운 50억 명으로 증가했고, 30세도 채 안 되던 평균수명은 70세가 되었다. 인구 증가는 빙하기 마지막부터 나타났는데, 이때 인간은 동굴에서 살면서 불을 사용할 줄 알게 되었고, 집단생활이라는 사회적 관계망 속에서 빙하기에 살아남을 수 있었다. 인간이 개의 선조 격인 늑대와 인연을 맺기 시작한 것이 이때쯤일 거라 추측된다(개와 늑대는 실제로 치열이나 장기 구조, 번식 방법, 전체 골격 등이 모두 같다). 개는 야생의 늑대, 들개와 같은 상태에서 가축화가 완전히 진행되지 않은 야생견으로, 그리고 점차 사냥을 함께 하는 사육된 개로 천천히 인간의 곁으로 들어왔을 것으

■■
최초의 집개 화석
이스라엘의 원형 집 자리에서 발견된 최초의 집개 화석.

우리는 언제부터 개를 기르기 시작했을까?

한반도의 구석기 문화는 약 60만 년 전부터, 신석기 문화는 약 8,000년 전부터 시작됐다고 알려져 있다. 개가 가축으로서 인간과 함께 살기 시작한 시기는 정확하지 않지만 구석기 시대의 유적인 동래 패총에서 발견된 개의 유골은 구석기 말부터 우리 선조들이 개고기를 먹었음을 보여주고 있다. 그 이후로 삼천포 늑도(1세기), 해남 군곡리(1~3세기), 경산 임당동(3~5세기), 경주 안압지(8세기) 등에서도 개의 유골이 발견됐다.

조선일보 2008년 4월 22일자 「윤희본의 개 이야기」에서 윤희본은 1세기경으로 보이는 삼천포 늑도 고분의 개의 유골에서 흥미로운 점이 발견되었다고 말한다. 삼천포 늑도에서 여섯 마리 이상의 개 전신 유골이 발견되었는데 모두 주인과 함께 순장되었다는 것이다. 개가 순장되었다는 것은 이들이 식용이 아니라 애완동물 또는 반려견으로서의 위상을 가지고 있었다는 것을 의미한다.

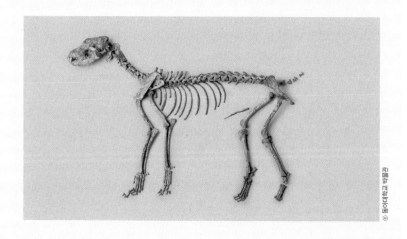

© 국립중앙박물관

로 보인다.

개의 유골이 발견되는 유적지로 가장 오래된 것은 이라크의 팔레가
우라Palegawra 동굴이다. 대략 1만 2천 년 전의 것으로 추정되는데, 여기
에 남은 개의 유골은 야생 늑대와는 다른 모습을 보인다. 늑대에 비해
뇌의 용량이 5분의 1 정도 줄어들었고, 늑대의 공격본능은 사그라들었
으며 주둥이가 짧아지는 대신 귀가 커졌다.

개는 사냥을 돕고 집을 지킬 뿐 아니라, 식량으로서 중요한 역할도 했
다. 중국인들은 일찍이 개를 식용으로 먹었으며 제사를 지낼 때도 개고기
를 사용했다. 『논어』에도 '제사에는 반드시 개고기를 쓴다'라는 구절이 나
온다. 한편 고대 로마인들은 개량을 거쳐 말티즈 같은 애완견 품종을 보
유하고 있었다.

식용으로 길들이다

처음부터 인간이 식용을 목적으로 길들인 동물로는 양과 염소가 있
다. 양과 염소의 가축화가 시작된 것은 기원전 8000년경이었는데, 이 두
동물은 인간의 영역으로 끌어들이기 어렵지 않았다. 성질도 온순했고
사슴이나 영양처럼 빨리 달리지 못했으며, 행동하는 영역이 넓지 않았
기 때문이다. 사람들은 양과 염소에게서 젖과 고기, 털과 가죽을 얻을
수 있었다. 인간의 품 안에 들어오면서 양과 염소도 유전적 변화를 겪게
되는데 숫양의 경우에는 뿔이 없어졌고, 발뼈가 짧아짐과 동시에 털이
덥수룩해졌다.

돼지의 경우는 어떨까. 집돼지는 모두 야생 멧돼지의 후손이다. 서

아시아만큼이나 중국에서도 일찍부터 돼지를 가축으로 길들이기 시작했는데, 그 시기는 대략 9000년 전으로 짐작하고 있다. 돼지는 고기를 제공할 뿐 아니라, 가죽은 방패로, 뼈는 도구와 무기로, 털은 솔을 만드는 데에 쓰였다. 돼지 역시 자신의 생존이 아닌 인간에게 필요한 형질이 선택적으로 유전되었다. 피하지방을 축적하게 된 것이나 입 부위가 짧아진 것, 꼬리를 말게 된 것 등이 그 단적인 예다. 몸의 형태만 달라진 게 아니라 한 번에 낳는 새끼 수도 많아졌다.

처음부터 양과 염소는 식용을 목적으로 인류에게 길들여졌다.

닭의 가축화에 대해서는 다양한 의견들이 존재한다. 다만 1만 년경 아시아에서 처음으로 닭을 키우기 시작했다는 설이 가장 설득력 있게 받아들여지고 있다. 유럽에 닭이 소개된 것은 그로부터 수천 년 뒤인 기원전 500년 무렵 고대 그리스 시대에 이르러서다.

농경의 조력자로 이용되다

소는 양이나 염소보다 약 3천 년 늦게 인간의 울타리 안으로 들어왔다. 덩치가 큰 동물일수록 먹이에 대한 부담도 컸기 때문으로 보인다.

가장 오래된 집소의 흔적은 이라크 모술Mosul 근처의 알파차에서 발견뒐 것으로 기원전 4500년경으로 추정된다. 메소포타미아 문명이 시작된 이곳에서 사람들은 농사에만이 아니라 짐을 나르거나 전차를 끄는 데에도 소를 이용했다.

고대 농경사회에서 소는 신성한 동물이었다. 이는 소의 힘이 농경사회의 기본 에너지였기 때문이다. 페니키아인들이 발명한 알파벳의 첫 글자인 알파(α)의 옛 형태도 소머리를 형상화한 것이었다. 그리스나 로마 사람들은 소를 신들의 사자使者로 여겼고, 고대 이집트에서는 소를 풍년을 가져오는 결실의 여신, 이시스Isis의 신성한 짐승으로 숭배했다. 전국의 소 중 한 마리를 선발해 여신의 신전에서 일정 기간 사육했고, 여신에게 제사를 지낼 때 제물로 바쳤다. 불교, 자이나교, 힌두교 등 고대 인도 종교

'칡소'를 아세요?

"송아지 송아지 얼룩송아지,
엄마소도 얼룩소 엄마 닮았네."

동요 〈송아지〉는 1930년대에 나왔는데, 젖소가 보급된 건 1970년대 이후였다. 따라서 여기서 얼룩송아지는 젖소가 아니다. 동요에 등장하는 이 소의 종류는 이름도 생소한 '칡소'다. 토종 소인 칡소는 고구려 벽화에도 등장한다. 우리의 토종 소는 칡소, 흑소, 황소로 모두 세 종류가 있다.

조선 초기인 1399년 발간된 우리나라 최초의 수의학서 『우의방』에도 칡소가 나오는데 조선시대 임금의 수라상에 올랐을 정도로 육질이 좋았다고 한다.

그러나 1920년대 일제가 일본 소를 개량하기 위해 칡소를 일본으로 데려 가면서 칡소는 이 땅에서 사라지기 시작했다. 이후 일제가 조선 소 등록사업 때 검은소는 일본 소, 누렁소는 조선 소(한우)라고 못 박으면서 한우는 '누렁소'로 굳어지고 말았다. 현재 칡소는 전국적으로 100여 마리가 있다. 환경단체 '풀꽃세상을 위한 모임'은 2008년 제14회 풀꽃상 수상자로 토종 한우 '칡소'를 선정했다.

가 쇠고기를 금한 이유가 여기에 있다. 이들은 소에 상처를 주는 일조차 꺼릴 정도였다.

고구려에서도 소의 도살은 절대금지 사항이었다. 우리가 소고기를 먹기 시작한 건 고려 후기 원나라의 간섭을 받으면서부터였다.

물자 수송을 담당하다

말은 뒤늦게 인간과 함께 생활하게 되었지만 인간 역사에 엄청난 변화를 몰고 왔다. 말 덕분에 인간의 행동반경은 늘어났다. 말이 없었다면 알렉산드로스와 칭기즈 칸^{Chingiz Khan}은 제국을 꿈꾸지 못했을 것이다. 말은 증기기관이 실용화되기 전까지 인류에게 중요한 동력원이자 운송수단이었다.

말이 인간에 의해 길들여진 건 기원전 3000년경 우크라이나에서부터 투르키스탄에 걸친 초원에서였다. 풀만 먹는 초식동물이라 초지를 벗

■■
고구려 벽화에서 볼 수 있는 말을 탄 무사들의 모습. 고구려인들이 대륙을 정복할 수 있었던 힘은 기마술에서 나왔다.

어나기는 어려웠기 때문에 처음에는 식용으로, 이후에는 일을 시키면서 소를 대신해 수레를 끄는 데 이용됐으며 나중에는 기마용으로 사용됐다.

유목민들은 기원전 2000년경 기마 기술을 터득한 이후 전쟁터로 나갔다. 전차와 기마병으로 이뤄진 전투부대는 세계의 권력지도를 새로 그려냈다.

그렇다면 왜 말 가운데에서 유독 얼룩말은 가축이 되지 못했을까? 19세기 후반 유럽에서는 얼룩말 길들이기가 유행한 적도 있다. 그러나 얼룩말은 말과^科의 동물 중 가장 사납고 예민한 성격을 가졌다. 이로 인해 스트레스와 질병으로 인해 죽는 경우가 많아 가축이 되기에 적합하지 않았다.(현재 콰가 얼룩말, 그레비 얼룩말 등 일부 얼룩말 종들은 멸종 위기에 처해 가축으로 길들이는 것이 금지돼 있다.)

한편 말이 가축이 되었을 비슷한 시기에 안데스 산맥에 사는 사람들은 라마, 알파카 등의 낙타류를 길들여 타고 다녔다. 고산지역인만큼 물자를 운송할 가축이 필요했던 것이다. 이외에 당나귀, 코끼리 등도 인간의 고단한 길을 함께해줬던 가축 중 하나였다.

애완동물? 반려동물!

애완동물은 기원전 3000년경 고대 이집트 역사에 처음 등장했다. 특히 이집트인들의 고양이 사랑은 대단했는데, 풍요를 상징하는 여신 바스트^{Bast}가 고양이 형상을 하고 있는 것은 고양이의 다산능력을 상징적으로 표현한 것이다. 중국의 많은 왕족 또한 애완용으로 개를 길렀으며 심지어 강아지에게 유모의 젖을 먹이기도 했다. 그리스나 로마 시대의 귀족들 가운데서는 원숭이를 길렀다는 기록도 전해지고 있다.

애지중지 사랑받던 애완동물은 중세 유럽에서 고난의 시대를 맞는다. 교회는 애완동물들에게 먹일 음식이 있으면 차라리 가난한 자들에게 주라고 비판했지만 정작 그들이 애완동물을 기르는 것에 반대한 것은 동물과의 친밀한 관계를 우상숭배로 보았기 때문이었다. 애완동물을 키운다는 이유만으로 중세의 동물애호가들은 재판을 받았고, 사람들은 동물과 친한 것이 간악한 마녀의 행위라고 생각했다.

오른쪽이 고대 이집트의 사랑의 신이자 고양이의 신 바스트. 바스테트라고도 한다. 나일델타 지역의 부바스티스의 수호신으로 고양이나 암사자의 머리를 하고 있다.

애완동물을 기르는 것에 대한 사회적 인식이 긍정적으로 바뀐 건 17세기 말에 이르러서였으며 중산층에서 애완동물을 기르는 것이 보편화된 것은 18세기 말이었다.

오늘날 많은 사람들은 자신의 시간과 돈과 정성을 투자하면서까지 애완동물을 자신의 가족처럼 여기며 기르고 있다. 그러나 일각에서는 '애완동물'은 인간중심적 사고를 바탕에 깔고 동물은 주인의 소유물이라는 뜻을 담고 있는 단어이므로, 사람과 동물의 동반자 관계를 뜻하는 '반려동물'을 쓰자고 제안하고 있다.

인간을 가축화하다

등장인물 : 고양이 (『나는 고양이로소이다』 주인공), 미노타우로스, 인간, 적토마.
배경 : 동물과 인간이 완전히 바뀐 상황, 인간이 가축우리 속에 들어가 있다.

고양이 요사이 인간들이 사료를 너무 축내요. 이거 쥐를 잡아다 먹이는 것도 하루 이틀이지.

적토마 품종개량 좀 해봐. 인간들이 피부색도 다양하던데 적당히 교배하면 여러 가지 형태로 나타나지 않겠어?

고양이 꼴에 또 이거 서로 떼어놓으면 울고 불고 야단이야. 암컷이랑 수컷이랑 다양한 방식으로 교배하면 되긴 하는데… 음, 좀더 실험해보고 나서 알려주지.

적토마 아, 예전에 우리 조상들이 남겨놓은 기록을 보면 이 인간들이 우리 적토마를 개량하겠다고 그리 난리를 쳤다고 하더군. 기운 안 좋은 것들은 죄다 일만 시키다가 죽이고, 힘 좋은 종마만 남겨서 적토마 개량을 했다나 어쨌다나.

미노타우로스 인간들은 자신의 욕망을 동물에 투영하지. 내 몸이 이렇게 황소의 모습 반, 인간의 모습 반으로 된 것도 다 그들의 헛된 욕망 탓이라네.

적토마 그런데 왜 인간들이 요새 이런 꼴이 되었을까?

고양이 광우병이다 조류인플루엔자다 뭐다 난리를 치더니, 인간 종자가 이상하게 비실비실대면서 두뇌도 작아지고 면역력도 약해져 도태됐다고 하더군. 우리 고양이 학교에서 가르치는 인류학 시간에 배운 거라네.

「나는 고양이로소이다」
일본의 소설가 나쓰메 소세키의 1906년 작품. 고양이를 탐정과 같은 역할로 설정해서 메이지 시대의 고등교육을 받은 사람들의 말과 행동을 관찰, 보고하고 있다. 이 작품은 고양이의 눈을 통해 인간의 우열, 추악상을 통렬히 비난하고 조소한 것으로 호평을 받았다. 금권주의, 근대문명 비판 등 특유의 풍자성이 살아 있다.

미노타우로스
미노타우로스는 '미노스의 소'라는 뜻이다. 크레타의 왕 미노스는 포세이돈에 대한 약속을 지키지 않아 그의 노여움을 사고 말았다. 화가 난 포세이돈은 미노스의 왕비 파시파에가 자신이 보낸 황소

미노타우로스 그것 역시 자연을 자연 그대로 두지 않아 생긴 것 아니겠나. 동물을 우리 안에 가둬서 자기네 마음대로 만들어냈듯, 인간도 스스로를 우리 안에 가둬서 길들여버렸어. 자연을 거스른 벌이지.

적토마 아니 인조인간, 복제인간 만든다고 큰소리 칠 땐 언제고, 이 모양 이 꼴인거야!

미노타우로스 내 말이. 세상에 혼자 잘난 척 하더니만 제 발등을 도끼로 찍은 꼴이 된 거지.

고양이 내가 관찰한 바에 따르면 인간들은 참 어리석고 불쌍해. 내가 소설에도 그런 말을 썼지. "무사태평으로 보이는 사람들도 마음을 두드리면 어딘가에서 슬픈 소리가 난다"고.

적토마 그건 그렇고. 이거 사료 값이 자꾸 올라서, 곡물 사료는 더이상 감당이 안 되겠어. 늙고 병들고 하는 인간들 모두 폐기처분해서 사료로 적당히 섞어 쓰면 안 될까?

고양이 으음, 그건 좀 잔인하지 않을까? 인간이 원래 잡식이기는 하지만 그래도 그건 좀 어쩐지……

적토마 좀 그렇기는 하지만, 이 인간들도 옛날에는 그런 일을 저질렀다는데

와 사랑에 빠지도록 하여 괴물을 낳게 한다. 그 괴물이 바로 머리는 황소이고 몸뚱이는 사람의 모양을 한 미노타우로스이다. 미노타우로스가 태어나자 미노스 왕은 건축과 공예의 명장 다이달로스에게 명령하여 미궁을 만들게 하고 미노타우로스를 그곳에 가두었다. 훗날 아테네의 영웅 테세우스의 손에 죽는다.

적토마

「삼국지」에 등장하는 붉은 몸체에 토끼처럼 날쌘 말. 동탁, 여포, 조조 등으로 주인이 자주 바뀌다가 조조가 관우에게 선물함으로써 관우의 애마가 되었고 주인을 따라 수많은 전쟁에 참여하였다. 관우가 손권에게 체포되어 처형된 후에는 마충에게 주어졌으나 사료를 일체 먹지 않음으로써 주인의 뒤를 따랐다. 적토마는 온몸이 붉은 털로 뒤덮여 있어 위용이 있으며 하루에 천 리를 달릴 수 있다고 전해진다.

다 제 복 아니겠나?

미노타우로스 인간들이 한 짓을 우리가 똑같이 하면 안 되는 것 아닌가. 우리가 인간들에게 보복을 한다고 해서 달라지는 것은 없어.

고양이 아냐, 인간들도 한번 매운맛을 봐야 한다고. 그래야 세상이 달라지지. 으으음, 이것들이 집도 잘 지키고 도둑도 잘 잡고 그러긴 하는데 식량으로 대량생산하려면 그 방법밖에 없을까? 에라 모르겠다, 저기 저 늙은 놈부터 어떻게 좀…….

인간 으으악! 아, 꿈이었구나, 이런 악몽을 꾸다니. 우리 인간이 이렇게 동물들에게 했단 말이지.(옆에 있던 고양이가 손을 핥자 꼭 껴안으며) 미안해, 으흐흑.

피터 싱어(1946~현재)

2005년 〈더 타임즈〉지에서 선정한 '세계에서 가장 영향력 있는 100인' 중 한 명이다. 저서인 『동물해방』(1975)에서 인간의 행복과 기쁨과 쾌락을 위해 가혹한 실험실 속에서 죽어가는 수많은 동물들, 인간의 미각을 돋우기 위해 '대량가축공장'에서 사육되다가 고깃덩어리로 전락되는 동물의 고통을 이야기하면서 동물 윤리 문제를 제기했다.

피터 싱어의 『동물해방』

산업화된 동물 사육

돼지의 수명은 얼마나 될까? 닭은 몇 년을 살 수 있을까? 선뜻 대답하기 쉽지 않다. 자연 상태에서 돼지는 10년 이상, 닭은 20년 이상 살 수 있다. 소의 수명도 20년 정도 된다.

그럼 축사에 갇힌 가축은 얼마나 살 수 있을까? 돼지의 경우 길어야 6개월, 닭은 한 달 남짓, 소는 길게 잡아 20개월이다. 사람의 입맛에 맞춘 가축의 수명이다.

1960년대부터 축산업은 기업화, 산업화로 치달았다. 예전처럼 집 마당이나 목초지에 소, 돼지, 닭, 염소 몇 마리를 키우던 목가적인 풍경은 사라진 지 오래고, 공장이나 다름없는 축사에서 움직일 틈도 주지 않고 사육하는 것이 현실이다.

양계장으로 옮겨진 닭들은 가로세로 30센티미터 크기의 닭장 안에 갇혀 지낸다. 일반적으로 무리생활을 하도록 진화된 닭들은 쪼기 서열을 통해 사회적 위계질서를 형성하지만 좁은 곳에서 생활하면서 상대방의 영역을 침범하지 않기란 불가능하다. 이를 막기 위해 사람들은 태어난 지

■■
양계장에서 대량으로 사육되는 닭들은 한두 달 뒤 바로 도축된다.

얼마 안 됐을 때 아예 닭의 부리를 잘라버린다.

이런 상황이니 배설할 공간도 따로 주어질 리 없다. 닭장 위로 배설물이 차곡차곡 쌓이면서 닭은 암모니아 냄새로 인한 호흡기 질환에 시달리게 되고 운동 부족으로 다리를 절게 된다. 저항력은 당연히 약해질수밖에 없다. 때문에 아예 미리 사료에 항생제를 섞는다. 그렇게 한두달을 살고 닭장을 나서면 바로 도계장이다.

대규모 축산이 이루어지는 대표적인 가축은 소다. 원래 아메리카 대륙에는 소가 없었다. 소가 북아메리카에 상륙한 것은 지방질 많은 고깃덩어리나 스테이크를 좋아하는 유럽인의 입맛을 맞추기 위한 목축업자들의 장삿속 때문이었다. 그들은 소를 키울 목초지를 차지하기 위해 아메리카 원주민과 버펄로를 몰아냈고 우리는 이들 미국인을 카우보이^{cowboy}라 부른다.

농경을 위해 사용되던 소가 오늘날에는 인류가 생산한 곡물을 먹는다. 심지어는 동물들의 살과 뼈로 만든 육골분 사료들도 먹는데, 이것은 광우병 등과 같은 질병의 원인으로 의심된다.

기름이 적당히 섞인 맛 좋은 스테이크 재료를 생산해야 하는 목축업자들에게 하루 종일 돌아다니며 풀을 뜯는 소들은 비효율적이었다. 그들은 19세기 말부터 소들을 축사에 가두고 사료를 주기 시작했다. 마침 대공황과 녹색혁명의 영향으로 곡물가격이 떨어지게 되자 이후 가축들의 사료는 으레 곡물이 차지했다. 이는 저렴한 방법으로 빨리 살찌우는 데 가장 적합한 방식이기도 했다. 현재 가축들에게 제공되는 사료는 지구상에서 생산되는 곡물의 3분의 1에 이른다. 한때 인류의 농경을 위해 가축이 된 소가 6천여 년이 지난 오늘 인류가 생산해낸 곡물을 먹고 있다.

1980년대부터는 초식동물인 소들이 동물의 살과 뼈가 섞인 사료까지 먹어야 하는 운명에 처한다. 정육업체를 손아귀에 쥐고 있는 다국적 기업들의 독과점으로 소값 낮추기 경쟁에 들어간 목축업자들이 고기를

1,100파운드 크기의 소 한 마리가 만들어내는 오염물질은 매년 14.6톤이다. 이는 도요타 자동차 10대가 배출하는 오염물질의 양과 맞먹는다.

미국 아이오와 주의 돼지 축사들은 매년 5,000만 톤 규모의 오염물질을 배출한다. 이를 돼지 한 마리로 따지면 도요타 자동차 11.4대가 배출하는 오염물질과 맞먹는다.

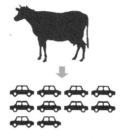

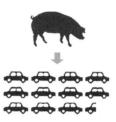

■ ■
공장식 축산업은 환경오염, 식량위기 등의 예상치 못한 문제들을 발생시킨다. (출처:뉴욕타임스)

싼값으로 생산하기 위해 육골분 사료를 먹인 것이다. 고기 외에 버려지는 뼈, 머리, 내장 등을 어떻게 재가공할 것인가를 고민하던 이들에게 육골분 사료는 새로운 판로의 개척이나 다름없었다.

사람들은 대량생산으로 돼지고기나 소고기가 싼값에 보급되면 삶의 질이 높아질 것이라고 생각했다. 그러나 공장식 축산업은 식량위기, 환경오염이라는 예상치 못한 비극을 낳고 있다.

동물학자 피터 치키Peter Cheeke는 『축산업의 최근 쟁점』에서 공장식 축산업의 문제를 이렇게 제기한다.

"현대 축산업을 위해서는 고기가 접시에 오르기 전에 어떤 과정을 거쳤는지 소비자들이 적게 알수록 좋다. 현대 축산업의 가장 큰 행운 중 하나는 산업화된 국가들의 국민이 몇 세대 동안 농촌과 동떨어져 살아오면서 가축들이 어떻게 길러지고 처리되는지 제대로 모른다는 사실이다."

동물의 역습?

#1. 1730년대

1730년대 유럽에서는 양들이 이상한 병에 걸려 쓰러져갔다. 병에 걸린 양들은 벽에 몸을 문지르고 발작 증세를 보이다가 죽었다. 양에게서 나타난 이 괴질에 '스크래피'라는 병명이 붙여졌다. '문지르다'는

■■
스크래피로 피부가 벗겨지는 양의 모습

뜻의 'scrape'를 차용해 지어진 명칭이었다. 원인은 우량종의 양을 생산하기 위해 좋은 품종의 양끼리 교배한 데 있었다. 동종교배가 사라지자 스크래피도 자취를 감췄다.

#2. 1980년대

1984년 영국의 한 목장에서 이상한 소가 발견되었다. 스크래피가 나타난 지 200년이 더 흘러서였다. 소는 미친 듯이 경련을 일으켰고, 비

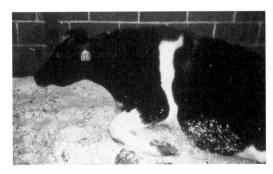

■■
경련을 일으키며 쓰러지는 소.
이런 증상을 보이는 소들의 뇌를
해부한 결과, 광우병의 실체가
밝혀질 수 있었다.

틀거리다가 죽어버렸다. 이듬해까지 비슷한 증상으로 죽은 소는 130여 마리. 그렇게 죽은 소의 뇌를 해부해본 결과, 스크래피로 죽은 양처럼 뇌 조직이 녹아내려 스펀지같이 구멍이 송송 뚫려 있었다. 2년 뒤 밝혀진 이 질병의 공식 명칭은 '우형해면상뇌병증BSE', 바로 광우병이었다.

소가 차례로 죽어나가는 것도 문제지만 그보다 더 큰 문제는 왜 이러한 현상이 발생하는가 하는 것이었다. 의심을 받은 건 사료였다. 1980년대 초반부터 영국에서는 소를 살찌우기 위해 양과 소의 사체를 갈아서 만든 사료를 먹이기 시작했다. 광우병이 나타난 시기는 이런 변형사료를 먹인 시기와 때를 같이한다.

#3. 1990년대

광우병이 발병한 지 10여 년이 지난 1993년, 영국에서는 소 떼를 휩쓴 광우병이 종의 경계를 뛰어넘어 사람에게까지 나타났다. 이 병의 이름은 크로이츠펠트-야콥병Creutzfeld+Jakob Disease. CJD는 독일의 신경과학자인 크로이츠펠트와 야콥에 의해 1920년대에 처음 보고된 질환으로, 급성 치매와 같은 증상을 보였다. 그러나 1990년대에 나타난 CJD 환자는 이전과 다른 점이 있었다. 과거엔 60대 이상의 환자가 대부분이었는데, 새롭게 생긴 환자들의 평균 연령은 20대 후반이었던 것이다. 중요한 건 이들 거의 대부분이 소를 기르는 농부였고, 그들이 기른 소 중에는 예외 없이 광우병에 걸린 소가 있었다는 사실이다. 영국 정부는 1996년 소의 광우병이 인간에게 전파되어 새로운 형태의 CJD를 발생시켰다는 결론을 내렸다. 그리고 이를 인간광우병, 변종 크로이츠펠트-야콥병 Variant Creutzfeld+Jakob Disease 이라 이름지었다.

vCJD가 소의 광우병에서 비롯되었는지는 아직까지 확실하게 규명되지 않고 있다. 하지만 『에코데믹』의 저자 마크 제롬 월터스는 동물의 잔해로 만든 사료에서 광우병에 걸린 소를 거쳐 그 고기를 먹은 사람으로 이어지는 고리에 필연적인 연관 관계가 있다는 것을 누가 부정할 수 있겠느냐고 의문을 제기한다.

원인이 밝혀졌다면 그 원인을 없애는 것이 우선이다. 하지만 육골분 사료가 문제의 원인이라는 것을 알고서도 육골분 사료를 돼지와 닭의 사료로 쓰지 못하게 금지하는 조치는 1990년에야 취해졌고, 소의 부산물을 사람이 먹지 못하도록 한 1989년의 조치도 강제사항은 아니었다. 지금까지도 완전금지 조치는 취해지지 않고 있다.

광우병 공포는 21세기 들어서도 이어졌다. 2000년 말에는 광우병의 안전지대라고 생각한 독일, 이탈리아에서 광우병에 감염된 소가 발견되면서 광우병 문제가 전 유럽을 휩쓸었다. 2003년 겨울에는 미국산 젖소의 광우병 감염으로 전 세계가 법석을 떨었으며, 2007년 미국은 세 번째 광우병 발생을 확인했다.

지금까지 광우병에 쓰러진 소는 80여만 마리, 인간은 200여 명에 이른다. 광우병에서 비롯된 경제적 손실은 60조 원에 이르며 직접적으로 광우병 대책에 들어간 돈은 11조 원을 뛰어넘는다.

에코데믹, 누구를 탓할 것인가

전문가들은 인간이 동물을 공장에서 대량 생산되는 상품마냥 사육하고 이익에 맞게 이용하기 시작하면서 정체불명의 바이러스가 급속도로 증가했다고 전한다. 소나 돼지, 닭들이 인간을 위한 식량으로 생산되는 과정에서 스트레스를 받아 면역력이 약해지고 질병이 발병할 경우 전염의 우려가 커지게 됐다는 것이다. 2007년 5월 30일 KBS 〈환경스페셜〉은 스트레스를 받는 환경에서 이에 대처할 수 있는 대응 호르몬이 공장식 축산업의 닭에게는 거의 나오지 않는 데 비해 자연 상태의 닭들은 9배에 가깝게 분비되는 것을 보여주기도 했다. 그러나 생산량을 높이는 데 더 관심을 갖고 있는 공장식 축산업은 동물의 자연치유력에 의존하기보다는 살균 소독과 항생제에 의존하고 있다. 철학자 마크 롤랜즈Mark Rowlands는 "세계를 뒤흔들고 있는 구제역, 광우병, 조류인플루엔자 파동은 동물을 상품으로 취급해 일어난 당연한 현상이다"라고 간파한 바 있다.

1997년과 2003년 위세를 떨친 조류독감에 이어 2009년에는 신종 플루가 전 세계를 강타했다. 4월 멕시코에서 신종 플루로 첫 사망자가 발생한 이후 한 달이 채 지나지 않아 신종 플루는 전 세계로 들불처럼 퍼져나갔다.

신종 플루는 사람과 돼지, 조류 인플루엔자 바이러스가 섞여 변이를 일으킨 새로운 바이러스다. 초기엔 바이러스의 진원지가 돼지 농장이었다는 점을 들어 돼지 인플루엔자(Swine Influenza, SI) 바이러스라고 불렀지만 돼지 인플루엔자(SI)라는 표현이 돼지에 관한 잘못된 인상을 주고 있어 경제적으로 타격을 받고 있다는 축산업자들과 일부 과학자들의 의견을 반영해 SI라는 용어를 인플루엔자A(H1N1), 또는 신종 플루라는 말로 바꾸어 사용하기 시작했다.

조류 인플루엔자이나 돼지 인플루엔자은 사실 요즘 들어 갑자기 생

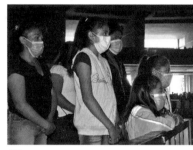

신종 플루, 광우병 등과 같은 전염병의 창궐과 확산을 막기 위해 다양한 백신 개발과 예방도 중요하지만 무엇보다 생태계의 교란, 자연의 파괴라는 근본적인 원인부터 치료해나가야 하지 않을까?

긴 병이 아니다. 조류 인플루엔자는 100년 전부터 나타났고, 돼지 인플루엔자도 이미 1930년대에 보고된 바 있다. 그러나 지금까지 조류 인플루엔자와 돼지 인플루엔자는 그저 새나 돼지, 그 종에 한정된 문제였을 뿐 사람과 사람 사이에서 옮겨지지 않는 것으로 알려져 있었다. 하지만 이번 신종 플루의 경우는 달랐다. 조류 인플루엔자와 돼지 인플루엔자, 인간 인플루엔자가 변이를 일으키면서 넘어서는 안 될 벽을 넘어서버렸다. 사람이 다른 사람에게 바이러스를 옮기는 일이 벌어지고 만 것이다.

무엇이 바이러스의 변신을 가능하게 했을까? 국제연합환경계획UNEP은 2005년 전염병 증가에 관한 보고서를 통해 무분별하게 도시를 개발하는 과정에서 동식물의 보금자리가 파괴되고 있다는 점을 지목했다. 이에 덧붙여 미국의 사회학자 마이크 데이비스Mike Davis는 『전염병의 사회적 생산 : 조류 인플루엔자』에서 공장 같은 축산업이 인간, 조류, 돼지 간 인플루엔자의 유전자 조합을 혼란스럽게 했다고 진단하고 있다. 신자유주의 바람으로 공공보건기관들의 역할이 축소된 것도 한 원인이다. 이로 인해 지역사회에서 바이러스의 공격에 대항할 체제를 제대로 갖추지 못하게 된 것이다. 북미자유무역협정 체제에서 성장한 멕시코의 대규모 농장에서 신종 플루가 처음 모습을 드러낸 건 우연이 아닌지 모른다.

최근 발병하고 있는 전염병에서 유독 두드러지는 현상은 병의 퍼지는 속도가 점차 빨라지고 있다는 점이다. 외국과 교류가 자유로워지면서 감염 질환에 노출될 기회가 많아졌기 때문이다.

이런 가운데 조류 인플루엔자나 신종 플루는 앞으로 인류에게 다가올 바이러스 공포의 서막이라는 전망도 나오고 있다. 20세기에 들어서면서 과학자들은 다양한 백신을 개발하고 있지만 이를 비웃기라도 하듯 바이러스는 모습을 달리하며 인류 역사에 출몰하고 있다. 그럼 우리는 신종 플루, 그 다음 인플루엔자는 '신新 신종 플루'라 불러야할까?

인류가 지구환경과 자연의 순환과정을 무시하고 환경을 대규모로 파괴한 결과 나타난 전염병을 미국의 수의학자이자 언론학 교수인 마크 제롬 월터스는 '에코데믹'으로 정의한다. 이 개념을 통해, 그는 자연에 급격한 변화를 일으킨 우리 인간이야말로 새로운 질병의 출현과 확산을 부른 주범이라는 사실을 다시 한 번 확인시킨다. 새로운 치료법 개발에만 골몰할 것이 아니라 인간의 탐욕과 지구환경의 파괴라는 근본적인 원인을 치료해야만 인류가 전염병의 재앙에서 벗어날 수 있다는 말이다.

나도 할 말 있다

　나는 소입니다. 나도 한때 세상을 주름잡은 때가 있었소이다. 보시오, 저 먼 옛날 고대문명의 흔적에서 나를 얼마나 떠받들었는지 말이오. 나는 기운이 장사고, 무적이었소. 내가 뿔을 곧추세우고 달리면 모든 동물이 벌벌 떨고 나를 막을 것이 없었다오.

　하지만 〈워낭소리〉라는 영화를 통해서 많은 사람들이 내 온순한 성격을 봤겠지만, 어떤 동물이 나처럼 우직합니까? 내게 가족을 뜻하는 구(口)자를 붙여서 생구(生口)라고 부른 것도 다 이 소의 성품을 인정했기 때문이 아닙니까?

　내가 당신 인간들에게 내 가진 걸 주는 것이 아깝다고 여겨서가 아니오. 호랑이는 죽으면 가죽을 남기고 인간은 죽으면 이름을 남긴다고 합디다만, 우리 소야 뭐 뿔 말고 남길 것은 없고 모두 아낌없이 주고 가는 것, 그리 아쉽지 않소. 하지만 목숨이 붙어 사는 동안에 나도 소의 우격(牛格)이 있지, 그거 좀 생각하면 안 되는 것입니까?

　소가 사는 동안에 초원에서 풀을 뜯고, 한가롭게 지내는 모습을 보는 것은 인간들에게도 좋소. 아, 나보고 경을 읽어주면 우이독경(牛耳讀經), 쇠귀에 경 읽기라고 하는데 내 말 이렇게 열심히 하는데도 알아듣지 못하면 그야말로 인이독경(人耳讀經)이니 이는 우이독경보다 못하오. 알것소?

▾덧글 **14개** | 엮인 글 쓰기 | 공감 4개

참고 자료

📖 Books

◉『에코데믹, 새로운 전염병이 몰려온다』 마크 제롬 월터스 저, 이한음 역, 북갤럽, 2004

광우병, 에이즈, 사스, 조류독감 등 지난 수십 년 사이에 출현한 질병들에 대한 보고서. 저자는 생태 변화와 밀접하게 연관된 새로운 전염병들을 에코데믹, 즉 생태병으로 부를 것을 제안한다.

◉『육식의 종말』 제레미 리프킨 저, 신현승 역, 시공사, 2002

인간의 식생활을 현대문명의 위기를 초래한 원인 중 하나로 지적한다. 미국 곡물 소비의 70퍼센트를 차지하는 '배부른 소 떼'로 인해 파괴되는 환경과 굶주리는 사람들을 이야기한다. 국내에서 광우병 논쟁이 벌어졌을 당시, 많은 화제가 되었던 책이다.

◉『인간과 가축의 역사』 J. C. 블록 저, 과학세대 역, 새날, 1996

동물이 야생상태에서 가축이 되었을 때, 인류는 위대한 진보를 이루었다. 이 책은 인간과 동물의 오래된 관계를 묘사한다.

◉『총, 균, 쇠』 재레드 다이아몬드 저, 김진준 역, 문학사상사, 1998

1998년 퓰리처상 수상작. 진화생물학자인 저자는 대륙 간에 문명 발달의 속도 차이가 나는 이유를 환경의 영향으로 해석한다. 이 책은 유럽인이 아메리카 인디언의 95퍼센트를 멸종시키며 아메리카 대륙을 정복할 수 있었던 이유에 대해 흥미로운 관점을 제시한다.

1863년
프랑스 파리 천문대 대장 르베리에
세계 최초의 일일 일기도 간행

1592년
갈릴레오 갈릴레이
온도계 발명

1960년
인류 최초의 기상 위성
'타이로스 1호' 등장

1964년
미국 시모어 크레이
세계 최초의 슈퍼컴퓨터
CDC 6600 설계, 수치예보 가능

1997년
일본 교토 기후변화협약
'교토의정서' 체결

1992년
브라질 리우데자네이루
'리우환경협약' 발표

일 기 예 보 의   역 사

어긋나는 일기예보는
무엇을 예보하나

"지구가 우리를
버린 것인가,
우리가 지구를
버린 것인가."

_영화 〈불편한 진실〉 중에서

일기예보

날씨의 변화를 예측해서 미리 알리는 일.

대기 중의 기압, 온도, 습도, 풍향 등의 요소들을 일기도에 표현하고, 이것이 시간에 따라 어떻게 변하는지를 분석한 결과로 날씨의 변화를 전망한다.

★ 날씨

어느 특정한 장소, 특정한 시간의 대기 상태.

공기 속에서 바람, 습도, 온도 등이 종합된 형태로 기상 또는 일기라고도 한다. 보통 날씨는 2~3일 정도에 해당하는 짧은 기간의 대기 현상을 일컫는다.

★ 기후

여러 해 동안 측정되고 기록된 날씨의 상태를 통계적으로 분석한 것.

기후의 영어 표현인 'climate'는 경사 또는 기울기라는 뜻의 그리스어 'klima'에서 유래하였다. 이때 말하는 경사는 태양에 대한 지구의 경사면을 의미한다. 즉 지구 상의 위도 및 지형에 따르는 지리적 차이와 시간적 차이가 기후의 변화를 만들어내는 것이다. 기후는 시간적, 공간적으로 일반화된 대기의 평균적인 상태를 나타낸다. 한마디로 지구 상의 특정한 장소에서 매년 순서를 따라 반복되는 대기의 종합상태라고 할 수 있다. 기후는 장소에 따라 달라지지만 같은 장소에서는 일정한 것이 보통이다. 그러나 기후도 자세히 살펴보면 일정한 것이 아니고 수십 년 또는 수백 년이라는 긴 주기를 가지고 변화된다.

일기예보의 역사

눈과 피부로 느끼고 예측하다

날씨가 어떨지에 대한 관심은 어제 오늘의 일이 아니다. 대부분이 농사를 짓거나 배를 띄워 고기잡이로 삶을 유지해나갔던 옛 사람들에게 날씨를 아는 것은 곧 생존의 문제였다. 과학이 발달하기 전, 사람들은 하늘의 별이나 달, 구름의 모양, 바람의 방향이나 피부에 닿는 느낌을 통해 일기예보를 했다. '달무리가 생기면 곧 비가 온다' 라든가 '함박눈이 오면 날씨가 포근해진다' 는 말은 오랜 세월 축적된 경험에서 나온 속담들이다.

사람보다 예민한 동물의 움직임도 날씨 예보에 결정적인 단서를 제공했다. 제비가 낮게 나는 건 비가 올 징조였고, 거미가 거미줄을 치기 시작하는 건 날이 갤 것이라는 메시지였다. 주먹구구식으로 보이지만 이는 몸으로 체득한 고도의 과학적 예보였다.

홍수나 가뭄으로 나라의 존립이 좌우되었던 만큼 하늘의 뜻을 읽고, 하늘과 통하는 사제의 역할은 매우 중요했다. 오늘날 천문학의 뿌리가 별의 운행을 보며 국가와 개인의 운명을 점쳤던 점성술에 맞닿아 있는

이유가 여기에 있다. 비가 오게 해달라고 기원하는 기우제를 드리는 사제를 가리켜 '레인메이커^{rainmaker}'라고 불렸는데, 이는 오늘날 인공강우를 내리게 하는 전문가를 가리키는 말로 굳어졌다.

날씨는 과학이다, 숫자로 측정하라

오랫동안 감각에 의존해 일기예보를 해온 인류는 16세기에 이르러 획기적인 전환점을 맞게 된다. 갈릴레오 갈릴레이^{Galileo Galilei}가 온도계를 발명하면서부터다. 곧이어 이탈리아에서 토리첼리^{Evangelista Torricelli}가 기압계를, 스위스의 과학자 소쉬르^{Saussure}가 인간의 머리카락을 사용한 최초의 습도계를 만들어 내놓으면서 인류 역사는 대기의 상태를 기구로 측정할 수 있는 시대를 열었다.

이어서 19세기에 전신이 발명되고 보급되면서 일기예보는 더욱 과학적으로 변모한다. 다른 지역의 날씨 자료를 전신을 통해 받아 바람의

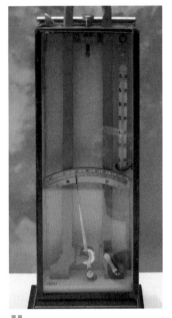

사람의 머리카락을 이용하여 습도를 측정하는 모발습도계.

방향이나 기압 등을 지도 위에 그렸고 사람들은 자신이 사는 지역에 앞으로 비가 올지 날이 갤지를 미리 내다볼 수 있었다.

여기에서 한발 더 나아가 일기예보를 국가 차원에서 대대적으로 지원하게 되는데, 그 계기는 크림 전쟁이었다. 1854년 영국, 오스만 투르크와 연합해 제정 러시아와 크림 반도에서 전쟁을 벌이고 있던 프랑스의 나폴레옹 3세는 당시 최첨단이라고 자부했던 함대가 폭풍으로 난파되었다는 소식에 충격을 받고 곧 파리천문대 대장 르베리에 Le Verrier에게 폭풍에 대한 조사를 명령한다. 이후 르베리에는 유럽 곳곳의 기상 자료를 모아 일기도를 만들어, 폭풍의 진로 예측에 성공하는데 이후 프랑스는 곳곳에 기상관측소를 세워서 여기서 받은 자료를 토대로 매일 일기도를 작성했다. 날씨를 알아야 전쟁에서도 승리할 수 있음을 알게 된 유럽의 다른 나라들 역시 저마다 앞다퉈 일기예보를 국가의 주요 과제로 삼았다.

대기는 움직인다, 높이 올라 관측하라

비가 쏟아지고 바람이 부는 일기 변화가 공기의 흐름과 관련되어 있다는 사실을 알게 된 이후, 사람들은 조금 더 높은 고층의 대기가 어떤

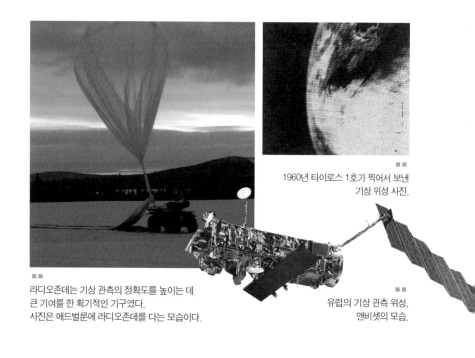

■■
1960년 타이로스 1호가 찍어서 보낸
기상 위성 사진.

■■
라디오존데는 기상 관측의 정확도를 높이는 데
큰 기여를 한 획기적인 기구였다.
사진은 애드벌룬에 라디오존데를 다는 모습이다.

■■
유럽의 기상 관측 위성,
앤비셋의 모습.

시대를 앞서나간 기상예보 기술

고려시대의 관천대   창경궁의 풍기대   금영측우기

세종 23년인 1441년, 장영실은 세계 최초로 비의 양을 재는 철제 측우기를 발명했다. 이는 이탈리아의 가스텔리가 측우기를 발명한 1639년에 비해 200년이나 앞선 일이다.

우리나라의 과학적인 기상관측은 신라로 거슬러 올라간다. 동양 최대의 천문대인 첨성대는 선덕여왕 16년(647년)에 건립되어 춘추분점과 동하지점을 비롯하여 24절기의 정확한 측정을 위한 별자리를 관측하여 천문대와 기상대의 역할을 동시에 수행하였다.

물시계와 해시계도 있었다. 『삼국사기』의 기록을 보면 근대적인 관측기구가 없어도 면밀하게 기상관측을 하면서 생활한 모습이 보인다. 고려시대에는 천문, 측후 등을 맡아보는 서운관이 있었고, 조선시대에는 관상감이 고려의 서운관을 계승해 나갔다.

지를 알아보기 위해 1927년 라디오존데^{Radiosonde}라는 새로운 기구를 만들어낸다. 기구에 기온, 습도 등을 측정하는 센서를 넣은 관측장비를 매달아 하늘로 올려서 고층의 일기 상황을 측정해 그 자료를 지상에 있는 관측소로 보내게 한 것이다.

이어 제2차 세계대전을 치르는 과정에서는 군사용 목적으로 개발한 레이더를 기상 관측이라는 새로운 분야에 응용하기도 했다. 레이더가 쏘아보내는 전파가 구름의 물방울이나 얼음 결정, 빗방울 등에 의해서 반사되는 특징을 이용한 것이다. 이로써 지표면으로부터 70~80킬로미터 상공의 기상 상태까지 알 수 있게 됐지만 제아무리 첨단장치들이 총동원된다 해도 한계는 여전했다. 지구 면적의 5분의 3을 차지하고 있는 바다 위에는 기상 관측소를 세울 수 없었던 탓이다.

이 공백을 메우기 위해 다른 방법을 찾던 사람들은 위성에 주목했고, 1960년 지구 전체의 날씨를 실시간으로 추적해 보여주는 장비가 미국에 등장했다. 인류 최초의 기상위성 타이로스 1호였다. 이로써 인류는 과거에는 상상조차 할 수 없었던 위치에서 지구 전체를 내려다보게 됐다. 위성 관측 시대의 막이 오른 것이다.

더 멀리, 더 정확하게!

"오늘 오후 여의도에는 오후 3시부터 5시까지 10밀리미터의 비가 내리겠습니다."

이렇게 특정 지역의 날씨를 시간대별로 알 수 있게 한 것은 컴퓨터였다. 1946년 미국에서 세계 최초의 컴퓨터 에니악^{ENIAC}이 원자폭탄 개

■■
기상도를 보는 예보관의 모습. 수치예보를 통한 기상예측은 이제 일반화된 일기예보 방식이다.

발, 암호 해독 등 군사적 목적으로 개발된 이후 일기예보에는 이른바 '수치예보'라는 신조어가 탄생했다.

수치예보는 지구 대기 전체를 격자 모양으로 나눠 지점별로 온도, 습도, 기압 등 여러 기상 변수를 숫자나 기호로 표시하고, 이 자료를 토대로 대기의 흐름을 프로그램화해 모델을 만든 뒤, 이 모델의 틀 안에서 계산을 통해 날씨를 예측하는 것이다. 이 과정에서 기상역학, 열역학, 구름물리학, 태양복사 등 다양한 분야의 지식이 동원되고, 운동방정식과 열역학 방정식 등 복잡한 계산이 단시간에 처리되어야 하기에 고성능의 슈퍼컴퓨터가 필요했다.

그러나 지금껏 개발된 가장 빠른 슈퍼컴퓨터를 사용한다고 하더라도 완벽한 일기예보란 불가능하다. 슈퍼컴퓨터는 사람들이 설정해놓은 방정식을 좀더 빠르고 정확하게 계산하는 도구일 뿐 모든 자연현상을 꿰뚫고 예언하는 기계가 아니기 때문이다.

인류의 운명은 기후에 달려 있다?!

등장인물 : 나폴레옹 3세, 아리스토텔레스, 증권업자 Mr. 월 스트리트
배경 : 증권시세판의 조명이 반짝거리는 증권거래소에서

Mr. 월 스트리트 (혼잣말로) 아, 커피 주가가 오르겠구만.

아리스토텔레스 음… 그런가요?

Mr. 월 스트리트 신문을 보니 최근 들어 기후 변화로 아프리카에서 커피 수확량이 줄어들고 있다고 합니다. 30년 내에 사라질 수도 있다는데.

아리스토텔레스 아니, 도대체 커피가 무엇인데 그러시오?

나폴레옹 3세 인류를 매혹시킨 음료라고나 할까요. 아리스토텔레스 선생이 살던 시절에는 아마 마시기 어려웠을 겁니다. Mr. 월 스트리트, 당신 직업은 못 속이겠소. 커피 마시기 힘들게 될 걸 걱정하는 게 아니라 커피 주가가 오르는 것으로 우선 머리가 돌아가니. 쯧쯧.

Mr. 월 스트리트 참, 이보십시오. 한 나라를 이끄신 분이 왜 이리 세상을 좁게 보십니까? 세상은 돈을 중심으로 돌아갑니다. 날씨도 돈 아닙니까? 일기예보를 국가적 사업으로 하셨던 분이 왜 이러십니까?

나폴레옹 3세 내가 일기예보를 나랏일의 중심에 둔 건 전쟁에서 이기려는 목적도 있었지만 전쟁 때문에 농사 짓기 어려워지는 농민들을 생각했던 것이오. 농사를 제대로 짓기 위해선 날씨를 아는 게 중요했으니까. 그런 차원에서 국민들에게 국가가 서비스를 하려 했던 것이지 경제적 목적이 아니었소.

Mr. 월 스트리트 하지만 어디 뭐 그때 프랑스가 가진 실력으로 일기예보를 제대로 했겠습니까?

나폴레옹 3세 허, 그거 무슨 소릴! 도리어 그때 일기예보가 더 잘 맞았다오.

아리스토텔레스 그래요. 구름의 모양, 달의 모양, 바람에 실려오는 비 냄새로 비가 올지 눈이 올지 화창할지를 알 수 있었어요. 자연을 몸으로 느낄 수 있었다니까. 그런데 여기 뉴욕은 어쩐지 자연과 사람의 영혼이 잘 통하지 않는 것 같소.

나폴레옹 3세 요사이 지구온난화다 뭐다 해서 일기가 고르지 않게 되었어요. 계절도 엉망이 되고 있지 않습니까. Mr. 월 스트리트, 자네, 커피 주식 가지고 이럴까 저럴까 하는 모양인데, 그 일기예보 믿다가 쫄딱 망하진 않을까? 껄껄껄.

아리스토텔레스 일기를 내다보는 일이 고르지 않게 되었다? 의미심장한 것 같군요. 모든 위대한 문명은 이 일기예보의 능력에서 나오게 되었는데…….

나폴레옹 3세 백번 지당하신 말씀입니다. 비가 내릴 때 내리고 태양이 쪼일 때 쪼이고…… 그걸 내다보고 농사를 지었던 지혜가 문명을 태어나게 한 것 아니겠습니까?

Mr. 월 스트리트 아, 이거 원 골동품 같은 노인네들이 문명 어쩌구 하시는데, 요새 과학이 얼마나 발전했는지 잘 모르시는군요. 전 세계적으로 주식시장이 돌아가고 있는 세상에 완전히 호랑이 담배 먹던 시절 이야기를 하시다니요!

나폴레옹 3세 우리 때야 나라들끼리 전쟁을 했지만 지금은 인류 모두가 날씨와 전쟁을 하고 있지 않은가?

아리스토텔레스 이럴 때일수록 문명의 길을 어떻게 열어갈지를 생각해야 합니다. 인류가 소위 문명을 이루고 살기 시작한 뒤, 그러니까 산업혁명이 시작되면서 기후 변화란 게 생긴 것 아닙니까? 문명이 자연을 훼손하면서 도리어 기

아리스토텔레스
(기원전 384~기원전 322)
그리스 최고의 사상가로서 철학, 물리학, 화학, 생물학, 동물학까지 다양한 방면에 능통했던 그는 많은 저서를 남겼다. 그 가운데 기원전 350년경에 쓴 『메테오로로지카』는 세계 최초의 기상학 학술서이다. 그는 지상의 수분이 증기와 구름으로 되었다가 다시 강수로 변하며 순환할 것이라는 이론을 완성했다.

나폴레옹 3세(1808~1873)
흔히 알고 있는 나폴레옹 1세의 동생 루이 보나파르트의 셋째 아들이다. 제1제정의 붕괴 이후 오랫동안 망명생활을 했고, 마흔 살에 대통령, 곧 황제로 즉위하였다. 대외적으로는 크림 전쟁에서 러시아를 누르고, 청나라에도 출병했다.

후의 역습을 당하고 있는 것이지요.

Mr. 월 스트리트 음, 전혀 생각해보지 못했던 사실이네요. 증시도 예상이 자꾸 빗나갈 때는 무언가 위기가 있다는 증거죠. 그걸 보면 종횡무진으로 날씨가 변한다는 건 분명 어디에 문제가 있다는 겁니다.

아리스토텔레스 예나 지금이나 세상은 돈이 아니라 물과 바람으로 움직인다오. 기후에 인간의 미래가 걸려 있다, 이 말씀을 아시겠소?

나폴레옹 3세 날씨의 중요성, 앞으로 가볍게 여기지 마시고 그간 번 돈으로 자연을 지켜내고, 아 참! 미국이 그동안 어깃장 내왔던 기후협약을 수호하는 운동에도 좀 기부하시는 것이 어떻소?

Mr. 월 스트리트 아, 네. 요즘 또 상황이 바뀌어서 미국도 기후협약에 서명하리라 봅니다만…….(겸연쩍어 머리 긁는다.)

주가와 날씨
월 스트리트의 주가를 결정할 때 단지 세계경제의 흐름만이 아니라 기후도 매우 중요한 변수가 된다. 기후의 변화에 따라 농작물의 수확고가 정해지는 것을 포함해서, 의류, 관광, 질병, 건축, 환경 등 인간의 삶과 관련된 총체적인 영향이 나타나기 때문이다. 그 결과 이러한 분야와 관련된 기업, 또는 제품의 가격이 변화하고 그에 따라 주가 변동이 일어나게 된다.

예측하지 못하는 날씨, 예측하지 못하는 재앙

과학은 100퍼센트 정확한 일기예보는 불가능하다고 결론을 내렸다. 제아무리 '날고 기는' 슈퍼컴퓨터에 매일 쏟아지는 자료를 넣어 분석하고 연구해도 지구 대기권에서 일어나는 복잡한 기상 현상을 인간이 온전하게 파악할 수 없다는 얘기다.

예측 불가능한 날씨는 자연 자체의 특성에서도 기인하지만 인간 문명이 스스로 자초한 면이 크다. 공장과 자동차에서 대기 중으로 방출한 이산화탄소 같은 여러 기체들이 지구를 둘러싸서 지구는 마치 온실처럼 되어버렸다. 세계의 온실가스 배출량은 급속하게 늘어 1990년대 50억 톤 규모이던 것이 10년 만인 2000년대엔 70억 톤 이상으로 증가했다. 이 여파로 20세기 지구의 평균기온은 0.6도 상승했고, 이 속도라면 앞으로 100년간 6.4도가 더 오른다고 한다. 마크 라이너스가 쓴 「6도의 악몽」에 따르면, 평균기온이 6도 오른다는 것은 곧 인류를 포함한 지구상의 모든 생물이 멸종한다는 것을 뜻한다. 바로 눈앞에 닥친 현실인 것이다.

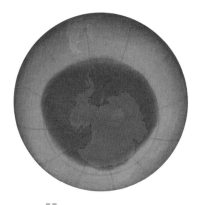

남극 지역의 오존층에 난 구멍
(NASA 위성사진)

빙하가 점차 녹고 있는 북극의 모습

　　지구가 커다란 온실이 되면서 이미 사람들은 곳곳에서 '이상' 계절을 경험하고 있다. 적도에 눈이 쏟아지고, 추워야 할 겨울은 점점 따뜻해지고, 기상이변은 더이상 '이변'으로 여겨지지 않을 정도다. 사실 기상이변이라면 멀리 북극이나 바닷속에서 동물들이 겪는 거라고 생각하던 때도 있었다. 하지만 최근 들어 부쩍 늘어난 게릴라성 폭우나 폭설은 우리의 삶을 위협하고 있다. 현대경제연구원이 내놓은 『기후경제학의 대두와 대응전략』이라는 보고서에 따르면 우리나라가 1997년부터 2006년까지 10년간 기습 폭우나 폭설, 태풍 등 기상재해로 입은 피해액은 19조 6천억 원에 달한다고 한다.

　　이는 우리만이 겪는 현실이 아니다. 21세기 들어 일어났던 굵직한 사건들만 떠올려봐도 2003년에는 유럽에서 세기적인 찜통 더위로 3만 5천여 명이 목숨을 잃었고, 2004년에 서남아시아를 강타한 쓰나미로 22만 명의 생명이 파도에 휩쓸려갔다. 이듬해 2005년 미국을 강타한 초대

■■
쓰나미와 허리케인과 같은 예고되지 않은 기상이
변은 인류의 삶을 더욱 불안하게 만들고 있다.

■■
투발루의 수도 푸나푸티를 찍은 항공사진. 급격한
해수면의 상승으로 파도가 주거지역까지 바짝 근접
하고 있다.

형 태풍 카트리나는 뉴올리언스를 물에 잠기게 했고, 8천여 명의 생명을
앗아갔다.

　지구온난화로 국가 자체가 사라질 위기에 처한 곳도 있다. 태평양에
있는 섬나라 투발루는 지난 2001년 국토 포기 선언을 했다. 섬들이 점점
물에 잠겨가고 있기 때문이다. 지구온난화로 북극의 빙산이 녹아 해수면
이 상승하면서 투발루는 앞으로 50년 이내에 나라 전체가 바다 밑으로

가라앉을 것이라고 한다. 투발루에서는 현재 바닷물이 육지로 밀려들면서 농사 지을 땅이 줄어들어 나뭇가지에 흙을 담은 깡통을 매달아 농사를 짓고 있다. 투발루의 이웃 나라 키리바시 공화국은 이미 섬 두 개가 물에 잠겼고, 인도양의 낙원 몰디브는 100년 안에 지도에서 사라질 것이라는 진단을 받았다.

투발루를 비롯한 국가들은 연맹을 만들어 지금껏 에너지를 아낌없이 쓰며 경제력을 구축해온 나라들이 책임져야 한다고 목소리를 높이고 있다. 하지만 정작 책임을 통감해야 할 OECD로 대표되는 국가들은 귀를 닫고 손을 놓고 있다. 그들이 풍요롭게 살자며 에너지를 쓴 대가를 화석에너지의 '화' 자도 들어본 적이 없는 사람들이 엉뚱하게 치르고 있는 현실이다.

내일이면 늦으리, 기후변화협약

뜨거워지고 있는 지구에 대해 지구촌이 자각하기 시작한 것은 30여 년 전, 과학자들이 경고를 보내기 시작하면서부터다. 이로부터 10여 년이 흐른 뒤에야 비로소 전 지구적인 논의가 시작됐다.

1992년 브라질의 리우데자네이루에서는 전 세계 185개국의 정부 대표단과 환경단체들이 모여 '리우환경협약'을 만들었다. 공식 명칭은 '기후변화에 관한 유엔 기본협약'으로 이산화탄소, 메탄, 프레온가스 같은 온실가스의 배출을 규제해서 지구의 온난화를 막는 것이었다. 문제는 구속력이 없는 만큼 어느 국가도 적극적으로 나서지 않는 데 있었다. 이후 해결의 실마리를 찾은 건 1997년 일본 교토에서 열린 기후변화협

교도의정서

기후변화협약의 구체적인 이행 방안으로, 미국, 일본, 영국 등 38개 국가가 온실가스 배출을 줄이자고 맺은 약속이다. 나라마다 줄이는 양이 조금씩 다른데, 평균적으로 2008~2012년 동안의 배출량을 1990년 수준보다 낮춰 연평균 5퍼센트를 감량하는 것에 맞추기로 했다. 감축 대상 가스는 이산화탄소, 메탄, 아산화질소, 불화탄소, 수소화불화탄소, 불화유황 등이다.

교도의정서는 기후변화에 대한 책임이 지난 200여 년 동안 산업화를 추진해온 서구의 선진국에게 더 크다는 이유로 개발도상국에게는 그 책임을 묻지 않았다. 2005년에 발효됐고, 2008년부터는 나라마다 본격적으로 실천에 나섰다. 이에 따라 2009년 8월 우리 정부는 2020년 온실가스 배출량을 전망치보다 21퍼센트에서 30퍼센트까지 줄이는 내용을 담은 세가지 감축안을 발표했다. 이는 개발도상국에게 요구되는 수준이다.

GDP 규모 세계 15위의 국가로서 한국은 어느 수준으로 공적 책임을 져야 할까? '예일 환경 360'에서 활동하고 있는 프레드 피어스는 영국 가디언 지에 "한국이 부자나라 클럽인 OECD에 가입했으면서도 아직 가난한 나라 틈에 느긋하게 앉아 있다"고 쓴소리를 했다. 2008년 삼성경제연구소가 15개국의 '녹색 경쟁력'을 평가한 결과 한국은 15개 나라 중 11위에 머물렀다.

약 제3차 총회에서였다. 교토의정서를 체결하면서 각국이 온실가스배출 감축량을 정하게 된 것이다.

교토의정서에서 1차로 정한 의무이행 기간은 2012년. 하지만 현재까지 국제사회의 성적표는 형편없는 수준이다. 2006년 국가들의 실적을 살펴보면 배출 감축은커녕 1990년과 비교했을 때 온실가스 배출량이 오히려 9퍼센트 정도가 증가했다. 전 세계에서 이산화탄소의 4분의 1 이상을 배출하고 있는 미국의 경우는 2001년 경제적으로 부담이 된다며 탈퇴를 선언했다. 2009년 오바마 행정부에 들어와서 온실가스 줄이기에 적극 동참하겠다고 했지만 얼마 지나지 않아 복귀하지 않겠다는 뜻을 밝혔다. 경제발전에 여념이 없는 인도, 중국은 계속해서 교토의정서 비준에 난색을 표하면서 발을 빼고 있다.

교토의정서의 시한이 만료되는 2012년, 그 이후에는 어떻게 할 것인가? 2011년 12월, 이를 논의하기 위한 자리가 마련됐다. 남아프리카공화국 더반에서 열린 제17차 유엔기후변화협약 당사국 총회였다. 총회에서 194개 나라에서 온 대표단들은 교토의정서 이후의 온실가스 감축을 놓고 오랜 시간 협상을 했다. 그 결과 진통 끝에 '더반 패키지(Durban Package)'라는 협상 문건을 발표하였다. 이 문건에는 교토의정서 시한을 연장하는 것과 동시에, 2015년까지 선진국과 개발도상국 모두가 참여해 새로운 의정서를 만들어내고, 2020년부터 모든 국가들이 참여하는 새로운 기후변화협약체제를 출범시킨다는 내용이 담겼다. 더반에서의 합의에 따르면 2010년부터 중국, 인도, 한국 등을 포함한 개발도상국이나 미국 등 교토의정서 탈퇴 국가는 모두 예외없이 의무적으로 온실가스를 감축해야만 한다.

과연 더반에서의 성과는 제대로 이어질 수 있을까? 전망은 불투명하다. 2009년 코펜하겐 회의 때부터 세계는 "마지막으로 지구를 구할 기회다"를 줄곧 외쳐왔지만 세계는 그 마지막 기회를 자꾸 미루고 있다.

'지속 가능한 발전'은 지속 가능할까

"우주여행까지 다녀오는 시대가 됐는데 날씨를 미리 알아보는 것이 그리 어려운 일이겠어?"

어쩌면 인간들은 일기예보를 첨단과학으로 정복할 수 있다고 여겼

■ ■ ■
레이첼 카슨과 『침묵의 봄』

■ ■ ■
의제 21 로고

는지 모른다. 하지만 자연은 인간의 오만을 비웃듯 제 모습을 드러내지 않고 있다. 오히려 과학문명의 발전은 인간의 미래를 예측하는 데 걸림돌이 되고 말았다. 정확하게 예측할 수 없는 기후, 예측 불가능한 일기예보는 과학만능주의에 사로잡혔던 인류가 감당해야 할 불안한 미래를 예고하고 있다. 예측 가능한 미래를 위해 지구촌은 21세기에 '지속 가능한 발전Sustainable Development'이라는 화두를 꺼내들었다. 이 개념이 공식적으로 정리된 것은 1987년. 국제연합에 의해 구성된 세계환경개발위원회는 『우리 공동의 미래』라는 보고서에서 지속 가능한 발전이라는 말을 "미래 세대의 욕구를 제약하지 않으면서도 현 세대의 욕구를 만족시키는 개발"이라고 정의내렸다.

'지속 가능한 발전'이란 용어의 뿌리는 1960년대로 거슬러 올라간다. 1962년 해양생물학자 레이첼 카슨Rachel Carson이 『침묵의 봄Silent Spring』이라는 책을 통해 유독성 농약에 의한 생태계파괴의 비극을 파헤

치면서 환경문제를 새롭게 바라보도록 한 것이다. 이후 미국 의회가 '국가환경정책법안'을 통과시키는 등 『침묵의 봄』은 인류가 환경과 문명의 관계를 일깨우는 데 중요한 계기를 마련했다.

1970년대 들어서면서 환경문제에 눈을 뜬 인류가 주목한 것은 환경 보전과 경제개발의 관계였다. 1980년대에는 '지속 가능한 발전'이란 용어가 처음으로 나와 다듬어졌고, 1990년대는 이에 대한 구체적 행동프로그램이 탄생했다. 1992년 브라질 리우데자네이루에서 개최된 환경과 개발에 관한 유엔환경개발회의는 리우선언문과 함께 지속 가능한 발전 행동 프로그램인 '의제21 Agenda 21'을 채택했다. 이 구체적 실천 방식이 각국의 정부 정책으로 안착한 것은 2000년대에 이르러서였다.

21세기에 들어서 지속 가능한 발전은 환경에서만이 아니라 다양한 분야에 적용되고 있다. 2001년 유네스코 세계 문화다양성 선언에서 지속 가능한 발전의 개념을 문화 영역까지 확대한 이후 현재 지속 가능한 발전은 건강, 교육, 인구문제, 지역개발, 농업, 과학 등 다양한 분야에서 쓰이고 있다.

지구온난화로 예상하지 못한 이상 기후를 경험하고 있는 인류는 '지속가능한 발전'으로 '예측 가능한 미래'를 맞이할 수 있을까? 미국 오리건 대학 사회학과 존 벨라미 포스터 John Bellamy Foster 교수는 『생태계의 파괴자 자본주의 Ecology Against Capitalism』라는 책에서 "우리가 겪는 환경문제는 대부분 극복될 것"이라는 희망 섞인 전망을 내놓는다. 단 그의 전망은 한 가지 조건이 충족될 때 가능하다. 인류가 예측 가능한 투명한 미래를 열 수 있는 열쇠는 바로 "근본적으로 사회를 변화시켜 환경과 지속가능한 관계를 맺는 것"이다.

prologue | **blog** | photolog

목록보기 | blog

바람아 불어라

프로필▶ 쪽지▶ 이웃추가▶

category

- 날씨를 미리 알려주는 속담들
- 기후 협약의 역사
- 지속 가능한 개발 아이디어

tags

레이첼 카슨 | 지구온난화 | 오존층
구멍 | 북극의 눈물 | 교토의정서
Agenda 21 | 기상청 | 측우기
일기예보 | 지속 가능한 발전
리우 환경 협약 | 쓰나미 | 카트리나

이웃 블로거

- 미국의 교토의정서 탈퇴를 규탄한다!
- 지구별에서 함께 살아가기

이전글

◀ 역사 속 인물 대화방
   인류의 미래는 기후에 달려 있다?!

다음글

▶ 『침묵의 봄』을 읽고서

나도 할 말 있다

나는 바람입니다. 나는 본래 나의 바람대로, 불고 싶은 대로 붑니다. 그러나 따지고 보면, 사실 꼭 그런 것만은 아닙니다. 차가운 곳에서 더운 곳으로 이동하는 것이 이 바람의 속성이기도 하니까요. 기후 또는 온도에 따라 나의 움직임도 사뭇 달라지곤 하지요.

그런데 이상하죠. 어느 날부터인가 오존층에 구멍이 뻥 뚫리고 온실가스인가 뭔가가 여기저기서 마구 뿜어져 나오면서 나, 바람도 혼란에 빠져버리고 말았습니다. 온도에 따라 길을 바꾸는 나의 본성대로 움직였을 뿐인데 원래 다니던 길도 아니고 또 그 속도나 강도도 달라져서 사람들과 자연이 놀라고 만 것입니다.

사람들은 일기예보 제대로 하라고 호통치지만, 그 사람들만 욕할 일이 아닙니다. 바람이 다니는 길을 엉망으로 만들어버린 인간 모두에게 책임이 있지요.

밥 딜런이 불렀던 〈바람만이 아는 대답*Blowing in the wind*〉이라는 노래가 있지요. 가사 중에 "오, 내 친구여, 묻지를 말아라. 바람만이 아는 대답을(O, the answer, my friend, is blowing in the wind)"이라는 구절이 있습니다. 지구의 미래가 어떻게 될 것인지는 아무도 모른다, 나 바람만 안다, 뭐 그런 이야기겠죠. 그런데요, 사실 나 바람도 내가 어디로 갈지 모른답니다. 오, 여러분들, 나의 길을 찾아주세요. 그리고 자꾸 내게만 묻지 말아요. 인간만이 아는 대답을.

▼ **덧글 30개** | 엮인 글 쓰기 | 공감 21개

 참고 자료

 Books

◉『날씨가 역사를 만든다』얀 클라게 저, 이상기 역, 황소자리, 2004
날씨가 인류에게 어떤 영향을 끼쳐왔는지에 대해 과거와 현재, 그리고 미래의 기후 현상과 과학적 지식, 여러 가지 사건을 통해 들여다본다. 날씨로 인해 향방이 뒤바뀐 다양한 역사의 순간들이 다뤄진다.

◉『일기예보를 믿을 수 있을까?』로베르 사두르 저, 정나원 역, 민음 in, 2006
일기예보를 둘러싼 과학적 질문들을 차례로 다루면서 기상학의 역사, 기상 측정장치, 일기예보의 방법, 일기예보의 미래 등을 전달한다.

◉『기후변화의 경제학』문하영 저, 매일경제신문사, 2007
기후변화에 대한 국제사회의 움직임을 분석하고, 새롭게 떠오르는 저탄소경제시대에 시장을 선점할 수 있는 방법에 대해 논의한다.

Movies

◉〈지구〉알래스테어 포더길, 마크 린필드 감독, 2008
영국 BBC 방송이 150억 원을 들여 4,500일간 촬영해 화제를 모은 작품. 북극에서 적도와 사막을 거쳐 남극까지, 갈수록 더워지고 있는 지구에서 살아남기 위해 처절하게 몸부림을 치는 동물들의 모습을 보여준다.

◉〈나누와 실라의 대모험〉아담 라베치, 사라 로버슨 감독, 2007
아기 북극곰 '나누'와 아기 바다 코끼리 '실라'가 성장해가는 과정의 모험을 담은 다큐멘터리 영화. 지구온난화로 위기를 겪는 북극의 모습을 볼 수 있다.

18세기
인클로저 운동,
농작 기술의 변화

B.C. 8000년경
간석기를 이용한
식량생산

1865년
세계적 곡물 메이저
카길 설립

1966년
국제미작연구소에서
기적의 벼씨 'IR 8'을 개발

2008년
국제연합 지정 '감자의 해',
식량위기를 경고

1996년
유전자 농산물 개발업체
미국 몬산토Monsanto
유전자 변형콩 개발

식 량 의   역 사

보이지 않는 손이
인류의 밥상을
흔든다

"인류는 모두 함께
먹고 살 만큼의
식량을 생산하고 있다.
단지 분배 면에서
문제가 있을 뿐이다."

_미국의 농업학자,
노먼 볼로그Norman Ernest Borlaug

쌀

벼의 껍질을 벗겨낸 알갱이

밀, 옥수수와 함께 세계 3대 곡물에 속한다. '쌀'이라는 명칭은 고대 인도에서 '쌀'을 지칭하는 말로 쓰인 '살리'와 '브리히'가 우리나라의 고어인 '브살'로 변형됐고, 이것이 현대화된 것으로 추정하고 있다.

식물학적으로 볼 때 쌀은 아시아 재배 벼와 서아프리카 재배 벼 두 가지 종류가 있다. 서아프리카 벼는 독자적인 미식 문화를 낳지 못한 반면 아시아는 벼를 중심으로 하나의 문명권을 형성했다. 특히 동아시아 지역은 여름철에 강우가 집중적으로 내리는 몬순기후 때문에 자연생태학적으로 벼농사에 매우 적합하다. 이에 논농사를 근간으로 독특한 농경문화를 발달시킬 수 있었다. 현재 쌀은 일본, 인도, 중국, 동남아시아의 100여 개 나라의 주식이다.

쌀의 품종은 크게 자포니카와 인디카로 나뉜다. 우리가 흔히 먹는 쌀은 자포니카 종으로 짧고 둥근 모양의 쌀이고, 인디카는 인도나 파키스탄 등 동남아 지역에서 주로 재배하는 종으로 길쭉하고 가느다란 모양이 특색이다.

식량의
역사

씨앗을 뿌리니 곡식이 나오더라

　야생하는 동식물을 사냥하거나 채집하던 인류는 기원전 8000년경 새로운 생활방식을 터득하게 된다. 씨앗을 받아 뿌려 이듬해 더 많은 양의 알곡을 얻게 된다는 사실이었다. 사람들은 간석기를 이용해 함께 식량을 생산했고, 공동으로 소유했다. 1차 농업혁명이라고 부르는 이 사건은 인류 역사의 큰 전환점이 되었다. 정착 생활과 함께 문명의 기초를

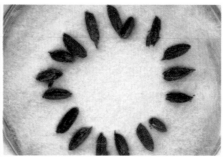

■■
중국의 양쯔 강 하류 허무두 지역에서 발견된 토기와 탄화미. 벼농사의 가장 오래된 흔적이다. 인류는 기원전 8000년경부터 농사를 짓기 시작했다.

다른 곡물은 언제부터 재배했을까?

밀은 그 재배 역사가 가장 오래된 식량 작물로 1만 년 전부터 유프라테스 강과 티그리스 강, 나일 강, 인더스 강, 황허 강 등 인류 문명의 발상지에서 경작됐다. 풍부한 수량과 비옥한 충적토가 확보돼 있었기에 가능한 일이었다.

이집트의 유적을 보면 기원전 5000년에 밀을 재배했고 기원전 2500년에는 발효빵을 만들었음을 알 수 있다. 이집트의 밀은 터키를 건너 그리스로 건너갔고 이는 다시 로마로 전해졌다. 8세기에 빵은 기독교와 함께 로마에서 유럽 전역으로 전해졌지만 오랫동안 특권층만의 음식이었다가 15세기 르네상스 이후에 이르러서야 일반인들의 식탁에 오르게 된다.

한편 동양에서 밀은 기원전 2700년경 중국에서 주요한 작물의 하나로 재배되었다. 우리나라에서는 삼국시대의 유적에서 흔적을 찾아볼 수 있다. 옥수수는 7000년 전 멕시코 고원지대에서 재배되었는데, 콜럼버스가 아메리카 대륙에 도착한 이후 급격히 전 세계로 전파됐다.

마련하게 된 것이다.

그럼 오늘날 주식이 된 쌀은 어디에서 가장 먼저 재배됐을까? 벼농사가 어디에서 가장 먼저 시작되었는가를 두고는 여러 가지 설이 엇갈린다. 현재 남은 유적을 통해 살펴보면, 벼농사의 가장 오래된 흔적은 양쯔 강 하류 허무두河姆渡 지역에서 발굴된 토기이다. 지금으로부터 약 8,000년 전의 것으로 보이는 이 토기에는 탄화미, 즉 탄 벼 이삭이 남아 있는데 동그란 모양과 길쭉한 형태가 섞여 있다. 이중 동그란 자포니카 종은 남중국으로, 기다란 인디카 종은 황허 강을 따라 요동반도 쪽으로 흘러간 것으로 보인다.

이후 볍씨가 한반도에 닿은 것은 양쯔강 허무두 지역에서보다 3천년이 지난 시점으로 추정된다.

농업 기술, 혁명적으로 진화하다

농사를 통해 비교적 안정적으로 식량을 확보하게 된 인류가 그 다음으로 관심을 기울인 건 얼마나 많은 양을 생산하는가였다. 기원전 1550년경 탄생한 중국 최초의 국가 은나라가 벼농사를 잘 짓기 위해 전력을 다해 추진했던 사업은 수리 사업이었다. 벼라는 작물의 특성상 충분한 물이 확보돼야 했기 때문이다.

기원전 8세기 춘추시대에 이르러 중국은 적극적으로 국가 차원의 치수 사업을 전개해나갔다. 여기에 청동기보다 단단한 철기가 발명되고 보급되면서, 농업은 비약적으로 발전했다. 철기의 발명은 오늘날로 치면 트랙터의 발명에 견줄 수 있는 사건이었다. 이후 소를 경작에 이용하는 우경牛耕이 시작되면서 인간의 힘에만 의존하던 농경에 큰 변화가 일었다. 과거에는 황무지나 다름없던 땅이 농지로 개간됐고, 천수답天水畓이 옥토로 변해갔다. 이에 따라 단위면적당 생산량도 크게 증가했다.

■■
청동기보다 단단한
철기의 발명은 농업
의 비약적인 발전을
이끈 원동력이다.

우리나라의 벼농사에 관한 기록

삼한의 부족 연맹이 왕국으로 발전한 가야는 철기와 쌀을 가진 독립된 문화권을 이루었다. 이 지역이 철의 산지라는 점도 철기와 벼농사가 결합하는 데 기여했다. 귀족계급과 왕족은 식생활에서도 특권을 차지하여 쌀을 주식으로 즐길 수 있었고, 서민들은 잡곡이나 야생에서 채취한 식품을 먹었다.

신라, 백제 시대에는 '농업은 정치의 근본이며 식량은 백성에 대하여 가장 고귀한 것'이라고 했다. 당시 쌀은 화폐의 척도였으며, 녹봉의 대상이기도 했다. 『삼국사기』를 보면 신라와 백제가 제방과 저수지를 만들었다는 기록이 있다. 특히 222년에 김제에 만들어진 벽골제는 3,240미터로 당시 최대 규모였다. 이는 호남평야에서 대규모로 벼농사가 지어졌음을 보여주는 증거이다.

사적 제111호인 벽골제는 우리나라 최대의 고대 저수지이다. 약 3킬로미터의 제방이 현재 남아 있다. 벽골제에 관한 최초의 문헌은 『삼국사기』로 신라본기 흘해왕 21년의 기록에 적혀 있다.

땅은 곧 민심이요, 권력이다

국가는 백성을 근본으로 하고, 백성은 먹을거리를 하늘과 같이 여긴다

_고려 성종

백성은 먹는 것을 하늘로 생각한다

_중국 『한서』

왕들은 저마다 벼농사를 우선순위에 놓았다. 통치자들이 백성을 잘 먹여야 한다는 철학을 갖고 있어서이기도 했지만, 기근이 들면 세금이 줄어들 뿐 아니라 민심이 흉흉해져 민란이 일어날 위험이 도사리고 있었기 때문이었다.

중국 역사로 잠깐 거슬러가보자. 은나라에 이어 주나라가 들어선 후 지배계층은 방대해진 영토와 주민을 어떻게 효율적으로 다스릴 수 있을지 고민했고, 그 결과 봉건제도를 탄생시켰다. 왕은 왕실의 혈족이나 공신을 제후로 임명해 그 지역을 다스리게 했는데, 제후는 왕에게 해마다 공물을 바치고 유사시에 병력을 지원했지만, 지역을 통치하는 데는 왕의 간섭을 받지 않았다. 각 지역은 상대적인 독립성을 가지고 토지에 대한 지배력을 행사하여 식량을 생산했던 것이다. 이후에도 토지를 어떻게 관리할지에 대한 군주의 고민은 계속됐다.

세월이 흘러 권력자는 또 다른 세력과 마주친다. 대토지를 바탕으로 성장한 호족들이 향촌의 지배세력으로 등장한 것이다. 이때 통치자는 권력을 안정적으로 유지하기 위해 중앙집권이라는 전략을 펼쳤다. 귀족의 특권을 제한하고, 어려워진 농민들에게는 황무지를 개간한 토지를

나눠주었고, 세금을 감면해주면서 왕이 관리할 수 있는 틀안으로 끌어들였다. 왕이 호적을 만들어 지방의 군현을 직접 지배하려 한 것도 식량의 주도권을 갖겠다는 뜻이었다. 이로써 농민은 귀족이 아닌 왕권에 의해 직접 통제되어갔다.

농업혁명, 과학의 힘을 빌리다

시선을 서양으로 돌려보자. 유럽은 중세 봉건체제의 생산력이 지닌 한계로 인해 혹독한 기근을 경험한다. 이때 유럽을 구한 것은 옥수수라는 새로운 작물이었다. 옥수수는 콜럼버스를 통해 1493년 유럽에 상륙했다.

■■
과학의 힘은 농업의 생산량과 농작 기술에 큰 변화를 가져왔다. 사진은 1920년대, 앨라배마 주의 한 농장에서 트랙터로 밭을 가는 모습이다.

'쌀길'이라고 아십니까?

■■■
군산은 고려 시대부터 쌀을 실어나르던 포구와 조창이 있던 곳이다. 그러나 1899년 군산항 개항 이후 한 해에 200만 석 이상의 쌀을 일본으로 실어나르던 창구 역할을 하면서 군산은 일제 식량 수탈의 가슴 아픈 현장으로 기억되고 있다.

  우리 땅에 대농장이 생기기 시작한 것은 대략 19세기 후반부터이다. 군산항이 문을 열던 1899년 이후 일본인들은 비옥한 전북평야를 손에 넣기 위해 군산을 발판으로 농지 매수에 들어간다. 1902년 풍년이 들자 이곳을 노린 일본인들의 발길이 늘었고, 땅을 산 일본인들은 대농장의 경영자로서, 한국의 농민들을 소작농으로 고용하여 이 땅을 관리하도록 했다.

  일본인들이 경영하던 10여 군데의 대농장에서 수확된 쌀은 군산항으로 집결돼 일본으로 건너갔는데, 쌀을 실어나를 때 편리하도록 일본은 1907년 군산과 전주 사이에 최초로 아스팔트 도로를 깔게 된다. 초기에 수십만 섬이던 쌀은 그 양이 점점 늘어 1923년에는 100만 섬 이상이 일본으로 건너갔다. 애써 길러온 알곡들이 트럭에 실려가는 모습을 보면서 이 도로를 한국의 농민들은 '쌀길'이라 불렀다.

굶주림의 고통을 뼈저리게 경험한 유럽 사람들은 근대에 들어 안정적으로 식량을 생산하기 위해 과학의 힘을 빌리게 된다. 이를 농업혁명이라 부르는데, 그 출발점은 15세기 유럽의 인클로저Enclosure 운동이었다. 말 그대로 울타리 치기 운동인 인클로저 운동은 영국의 모직물 공업이 발전함에 따라 지주들이 양털을 얻기 위해 농지를 목초지로 바꾸면서 시작된 것이었다. 점차 울타리를 치는 지주들이 늘면서 농사지을 땅을 잃은 가난한 농민들은 돈을 벌기 위해 도시의 공장으로 향했고 한쪽에서는 과거의 소작관계가 아닌 임금노동을 기반으로 하는 대농장이 등장했다.

대농장의 출현은 농작기술에 변화를 가져왔다. 수세기에 걸쳐 농사를 지으면서 생명력을 잃게 된 토양을 되살리기 위해 리비히J. F. Liebig 등의 과학자들이 농화학 연구에 몰두한 결과였다. 그 결과 탄생한 화학비료는 부족해진 노동력을 대신해주었고, 식량 증산에 성공한 유럽은 급증하는 인구 증가에 따른 식량 수요를 맞출 수 있었다.

한편, 넓은 토지를 가지고 있던 신대륙(특히 미국)의 경우, 토양의 질은 문제가 되지 않았다. 필요한 것은 오직 노동력뿐이었다. 수확기와 파종기, 콤바인 등의 농기계들이 미국에서 발명된 것은 결코 우연이 아니다. 1884년 농업의 기계화가 본격화되면서 루이지애나, 미시시피 등 남부의 농지에는 밀 대신 볍씨가 뿌려졌고, 미국은 세계에서 가장 큰 쌀 수출국으로 성장해나갔다.

녹색혁명, 지구를 배부르게 만들다

제2차 세계대전 이후 인구가 늘자 인류는 식량 부족을 다시 한 번 절감하게 된다. 이때 식량 증산을 이끌어, 현대판 농업혁명을 주도한 것은 육종학育種學이었다. 인류의 주요 식량이 되는 쌀과 밀의 새로운 품종 개발에 나선 것이다. 1970년, 멕시코 국제 옥수수밀 개량센터의 밀 육종가 노먼 볼로그Norman E. Borlaug 박사는 개량 멕시코 밀을 개발하여 중앙 아메리카, 남아메리카, 인도, 아프리카 등지의 기아 문제를 해결하는 데 큰 공헌을 했다.

이와 비슷한 시기에 아시아에서는 필리핀에 있는 국제벼연구소에서 '기적의 볍씨'로 불리는 품종 IR 8을 개발했다. 새로운 종자의 보급으로 아시아의 여러 나라는 굶주림에서 벗어날 수 있었다. 이렇게 새로운 종자를 개발, 보급해 식량문제를 해결한 것을 가리켜 '녹색혁명Green revolution'이라고 불렀다.

미국의 농학자이자 식물병리학자인 노먼 볼로그 박사는 '고수확 밀품종'을 개발하는 일에 평생을 바쳤다. 1970년 농학자로서는 처음으로 노벨평화상을 받았다.

1970년대 초반에 일었던 세계 식량파동을 겪으며 우리나라는 국제벼연구소에서 개발한 IR8을 들여와 새로운 품종 개발을 서둘렀다. 그 결과 탄생한 것이 '통일벼'이다. 푸석푸석하고 윤기가 없어 맛없는 쌀의 대명사로 불린 통일벼는 굶주림을 해결해준 '구국의 상징'이었다.

통일벼는 농촌진흥청이 실시한 '해방 이후 최고의 농작물' 설문조사에서 1위를 차지했다. 사진은 1972년 통일벼 다수확을 기념하여 찍은 사진이다.

　　녹색혁명을 통해 식량의 대규모 생산이 가능해지자 사람들은 더이상 식량 개발에 돈을 쓸 필요가 없다고 생각했다. 하지만 녹색혁명을 통한 신품종들은 더 많은 관개수로, 농약, 비료의 사용을 필요로 했고, 이것이 환경오염과 더불어 비옥했던 땅을 황폐하게 만드는 결과를 가져왔다. 역설적으로, 녹색혁명의 기술은 녹색운동이라는 새로운 숙제를 인류에게 안겨줬다.

누구를 위한 식량인가?

등장인물 : Mr. 카길, 신농, 이시스

배경 : 수확을 앞둔 논에 앉아서

Mr. 카길 아, 신농 선생이시로군요. 덕분에 이렇게 저도 엄청난 부자富가 되었소이다.

신농 제 덕분에 부자가 되셨다? 전, 누가 농사를 지어서 부자가 되기를 바랐던 것은 아니올시다.

Mr. 카길 허허, 뭘 모르시는 말씀이시군요. 사업 수완이 뛰어나면 본래 뭘 해도 성공하기 마련이지만 쌀, 이거 아시아 전체가 먹고 사는 건데 그 출발이 신농 선생 아닙니까?

신농 나는 백성들이 배를 곯지 않도록 농사법을 가르쳐주고 식량을 구하는 일이 어렵지 않도록 해주려고 했던 것입니다. 어험!

Mr. 카길 저도 그렇지요. 저처럼 큰 부자가 쌀 생산을 맡아 전 세계 인류의 식량 문제를 해결하는 일에 앞장서고 있으니 저로 말할 것 같으면 신농 선생의 가장 충실한 제자가 아니겠습니까?

이시스 (얼굴이 붉어지며) 듣고 있자 하니, 이 여신의 가슴이 답답해집니다. 신농 선생께 무슨 당치도 않은 말씀을 하시는 겁니까?

신농 이시스 여신이여! 풍요의 신께서 오시니 이 앞의 황금 들판이 더욱 춤을 추는 것 같습니다.

신농
고대 중국의 전설에 등장하는 제왕. 태양의 신으로도 불린다. 지상에 인류가 번창하면서 먹을 식량이 부족해지자 태양의 힘을 이용하여 곡식을 재배해서 풍족하게 먹게 했다고 한다. 신농은 인류에게 농기구와 농경법과 교역법을 전수해주었다.

이시스
고대 이집트 및 그리스, 로마 등지에서 숭배된 최고의 여신이다. 이집트 신화를 보면 이시스는 대지의 신 게브와, 하늘과 별의 신 누트의 딸이다. 오빠인 오시리스와 결혼하는데 형을 시기한 동생 세트가 형을 죽이고 그 시체를 조각내 강에 버리자 이시스는 오시리스의 몸을 모두 찾아내 마술의

이시스 호호. 무슨 말씀을요. 하긴 제가 풍요를 기원하는 축제의 신이기도 하지 않습니까?

신농 (정색을 하며) 아참, 카길 선생, 아까 말하다가 말았는데, 내가 언제 매점매석하고 독점하라고 했소? 나는 백성들이 골고루 잘 먹고 잘 살도록 땅의 기운이 우리에게 어떤 은혜를 베푸는지 일깨웠소이다. 그런데 당신은 이걸 이용해서 혼자 배 부르려 하는 것 아니오?

Mr. 카길 아니 신농 선생, 이거 보자 보자 하니 너무 거칠게 나오시는구려. 절 그렇게 오해하지 마시오. 농법을 기계화하니 대량생산이 가능해졌고 대토지에서 쌀을 생산하여 단가도 싸지니 이게 다 인간에게 덕이 되는 것 아닙니까?

신농 인간에게 덕이 된다구요? 노동과 수확의 기쁨을 빼앗긴 사람들을 생각해 보시오. 기계로 편해지고 많이 거두었다면 그만큼 풍요로운 곡식을 나눠야 하는 것 아닙니까?

이시스 그래요. 당신 때문에 아시아의 여러 나라 농민들이 손을 놓고 있지 않습니까? 그 땅에서만 날 수 있는 소중한 신토불이의 식량이 사라졌다구요.

Mr. 카길 (당황스러워하며) 어허험. 누가 그런 괴담을 …….

이시스 저는 풍요로운 수확을 위해 신탁을 내리곤 했는데 요새는 그럴 기분

힘으로 환생시키고, 아들 호루스를 얻는다. 호루스는 훗날 파라오가 된다. 온갖 역경과 고난 속에서도 남편과 자녀를 위해 헌신하는 모습을 보여줘 가정의 신으로도 불린다. 이시스에 대한 숭배는 헬레니즘 시대에 이르러 이집트의 알렉산드리아에서 그리스, 로마 등 지중해 전체로 퍼졌다.

카길

카길은 '종자에서 슈퍼마켓까지'라고 할 만큼 곡물, 면화, 설탕, 사료, 가공육류 등의 생산과 저장, 수송, 수출입을 취급하는 세계 최대의 농식품 복합체이다. 전체 시장의 40퍼센트를 점유하고 있으며 현재 전 세계 곳곳에 카길의 영향력이 미치지 않는 곳이 없다.

이 잘 나지 않습니다.

Mr. 카길 당신의 신탁은 없어도 됩니다! 지금은 과학의 시대라구요. 유전자를 변형해서 만든 농산물이 있으니 당신은 이제 쉬셔도 됩니다. 아주 푹~ 쉬셔도 된다고요.

신농 (단호하게) 그렇지 않소. 국제연합이 2008년을 '감자의 해'로 정한 것만 봐도 식량위기가 심각하다는 것 아니오? 쌀은 단순한 농작물이 아니오. 자연의 생명에 감사하는 소중한 마음에서 태어나는 하늘의 선물이오. 그걸 잊으면 누군가는 돈은 벌지 모르나 인간과 자연은 모두 고통받게 됩니다.

Mr. 카길 당신들 영 말이 안 통하는구먼. 세상이 어떤 세상인데. 글로벌, 모르십니까, 글로벌? (시계를 보며) 아, 이런 비행기 시간 늦겠네. 잘들 계시오……

(Mr. 카길, 황급히 자리를 뜬다)

2008년 '감자의 해'

국제연합은 국제사회가 함께 해결해야 할 과제를 되새기기 위해 해마다 '국제연합이 제정한 해'를 발표하는데, 2008년은 바로 '감자의 해'였다. 개발도상국의 식량 안보와 빈곤 문제를 해결하는 데 감자가 큰 역할을 하고 있다는 의미이다. 인간이 감자를 재배하게 된 것

은, 약 8,000년 전 남아메리카의 안데스 지역에서였다. 한반도에 전래된 것은 조선 시대 순조 때인 19세기 초반으로 기록돼 있다. 감자는 쌀, 밀, 옥수수와 함께 세계 4대 작물로 꼽힌다.

보이지 않는 손이 인류의 밥상을 흔든다

인류는 식량 문제를 완벽하게 해결했는가. 세계적 규모의 식량 기업들은 이를 가능하게 하겠다며 큰소리쳤다. 그러나 실상은 다르다.

세계적으로 곡물 시장은 미국의 카길과 아처 대니얼스 미들랜드ADM, Archer Daniels Midland, 두 회사가 장악하고 있다. 이들의 세계 시장 점유율은 75퍼센트에 이르며, 미국의 콘 아그라ConAgra Foods와 프랑스의 루이 드레퓌스Louis Dreyfus, 브라질의 번기Bunge를 포함한 이른바 5대 곡물 메이저의 시장 점유율은 90퍼센트에 육박한다.

이들은 제2차 세계대진 이후 우리나라를 비롯한 후진국 식량 원조를 통해 성장했다. 미국은 이 과정에서 상대국의 시장 개방을 강요하고 곡물 의존도를 심화시키는 일거양득의 효과를 얻었다. 식량의 무기화였던 셈이다. 특히 1972년의 세계적 식량위기는 미국의 곡물 자본이 세계 시장을 장악하는 절호의 기회였다. 소련이 대대적인 흉작을 겪으면서 국제 곡물가격이 폭등했고, 이 기회를 노려 곡물 기업들은 막대한 이익을 챙겼다. 이를 통해 자연스럽게 세계적인 구조조정은 물론 막강한 과

점 체제가 구축됐다.

　주목할 부분은 이들 회사의 막강한 정치적 영향력이다. 카길의 대니얼 암스터츠Daniel Amstutz 전 부회장은 1987년 '관세 및 무역에 관한 일반협정GATT'의 농업 협상에 제출됐던 미국의 '예외 없는 관세화' 방안의 초안을 작성한 것으로 알려졌다. 더 나아가 카길은 현재 콩과 면화 종자 판매에서 미국 1위 기업인 농업 생명공학 기업 몬산토monsanto와 합작을 맺으며 곡물씨앗부터 육류까지 생산과 가공, 유통을 송두리째 쥐고 있다.

　문제는 이처럼 세계 곡물 시장이 미국을 중심으로 한 일부 다국적 기업에 의해 좌지우지되면서 지구촌 식량위기가 더욱 심각해지고 있다는 사실이다. 카길은 인공위성을 통해 세계 여러 나라의 경작 상황을 점검하고 흉작이라고 판단되면 곧바로 매점매석에 들어가 가격을 끌어올리고 이익을 챙기는 것으로도 유명하다. 그러나 개인기업이라는 이유로 자세한 경영 내용이 공개되지 않아 구체적인 실상은 베일에 가려져 있다.

국제정치 무대에 오른 '식량 안보' 문제

　21세기에 들어 식량 부족 문제는 경고의 차원을 넘어섰다. 2004년 미국 국방성은 비밀 보고서에서 "국제 곡물가 상승과 각 나라의 곡물 수급 불안과 같은 식량, 물, 에너지 부족의 위기가 전 지구적 혼란을 가져올 것"이라고 예측했다. 2006년 하반기부터 시작한 국제 곡물가격과 원유, 원자재 가격의 가파른 상승은 이 보고서의 내용이 현실화되고 있음을 보여준다. 미국 시카고의 상품거래소는 2006년 이후 2년 동안 국제 곡물가격이 평균 2~3배 올랐다고 밝혔다. 곡물가격 폭등은 물가 상승으로 이어지면서 경제에 큰 부담을 주고 있는데, 이 때문에 '애그리플레이션agriflation'이라는 신조어도 탄생했다. 애그리플레이션은 농업을 뜻하는 '애그리컬처agriculture'와 '인플레이션inflation'(물가가 오르고 화폐가치는 떨어지는 현상)의 합성어이다.

고유가로 인해 바이오연료 수요가 증가하자 미국은 바이오에탄올 생산에 옥수수를 대량 사용했다. 이는 전 세계적인 곡물값의 상승을 이끌었다.

식량 민족주의

식량 민족주의란 식량이 부족해진 시대에, 식량을 자국의 자원으로 생각하고 보호하려는 움직임을 말한다. 2008년 곡물값이 급등하자 베트남, 인도를 비롯해 세계의 각국은 곡물 창고의 문을 닫은 바 있다. 특히 세계 1위의 쌀 생산국인 중국은 곡물 수출을 엄격하게 차단했다. "국내의 안정적인 식량 수급을 위해 올해는 식량 수출을 원칙적으로 전면 중단한다"라고 발표하고, 쌀, 옥수수, 밀가루 등의 농산물에 잠정적으로 수출관세를 붙였다. 곡물 수출국들이 수출을 통한 외화획득보다는 자국의 공급량 확보와 식품가격 안정에 주력하기 시작한 것이다.

이같은 식량 민족주의는 곡물 시세의 상승요인이기도 하지만 국제적인 식량 자본으로부터 자신을 지켜내려는 가난한 나라들의 자기 방어적 측면도 존재한다.

이렇게 곡물가격이 가파르게 오르는 이유는 무엇일까? 가장 큰 원인은 미국과 중국이다. 세계 식량 시장을 거머쥔 미국은 고유가로 인해 바이오연료의 수요가 늘어나자 바이오 에탄올 생산에 옥수수를 대량 사용했는데, 이는 결과적으로 곡물값 상승을 이끌었다. 옥수수가 인간의 식량이 아닌 자동차의 연료로 둔갑하면서 나타난 결과이다.

세계 인구의 40퍼센트를 차지하는 중국과 인도의 식생활 변화도 곡물가격 상승의 주요한 원인이다. 경제성장에 따라 입맛이 서구화되면서 육류 소비가 2배 이상 늘어난 것이다. 스테이크 1킬로그램을 먹기 위해 소에게 먹이는 곡물은 3킬로그램 정도가 든다. 육류 생산을 위해 사료로 쓰는 곡물 수요가 급증할 수밖에 없는 것이다.

이밖에 세계적인 기상이변도 빼놓을 수 없다. 특히 지구온난화로 인해 2005년 이후 지속되는 유럽의 흉작과 호주의 가뭄은 식량부족의 큰 원인이다. 기름값 상승으로 농산물 생산비와 수송비가 대폭 늘어나고 있는 점도 간과할 수 없다. 아울러 식량 민족주의도 그 의도와는 달리

■■ 아이티의 진흙쿠키를 만드는 여인(왼쪽). 아이티 국민들은 먹을 거리를 구할 수 없어 허기를 달래기 위해 진흙으로 만든 쿠키로 끼니를 연명하고 있다. 전 세계의 기아 문제의 핵심은 식량 생산의 문제가 아니라 불공정한 분배이다.

국제 시장에서의 수급 불균형을 가져와 쌀과 밀, 옥수수값을 천정부지로 오르게 하고 있다는 분석도 있다.

앞으로 곡물가격은 안정을 찾을 수 있을까? 전문가들은 비관적인 전망을 내놓는다. 곡물값을 끌어올렸던 원인, 즉 에너지 문제, 육류 소비 증가, 기상 이변 등이 쉽게 해결될 수 있는 문제가 아니기 때문이다. 식량 안보가 더욱 중요한 가치로 떠오르는 이유이다. 국제연합의 식량농업기구는 식량 안보를 '모든 사람들이 건강한 삶을 사는 데 필요한 식량에 언제나 접근할 수 있는 상태'로 정의했다. 그럼 우리는 과연 식량 안보를 지켜낼 수 있을까?

우리나라의 곡물 자급률은 2006년 기준으로 28퍼센트이다. 쌀 자급률이 95퍼센트를 넘는다지만, 쌀을 빼고 다른 곡물의 실제 자급률은 5퍼센트에도 미치지 못한다. 매년 1,500만톤 정도, 곡물 전체로는 80퍼센트를 수입에 의존하고 있는 우리는 현재 경제협력개발기구 30개 국가 중 26위로 4번째 식량빈국이다. 외국의 식량자급률과 비교해보면 차이는 확연하다(프랑스는 329퍼센트, 독일은 147.8퍼센트, 미국은 125퍼센트).

우리나라의 식량 안보 미래는 결코 밝지 않다. 1994년 우루과이라운드 협상에서 국내 쌀 시장 개방을 10년간 유예하면서 대신 일정량을 수입하기로 한 결과, 우리는 1995년부터 외국 쌀을 수입하기 시작했다. 그리고 2015년부터 쌀 시장은 완전 개방된다.

그때 우리 땅에는 어떤 일이 일어날까? 여기서 반면교사로 생각해봐야 할 것이 있다. 식량 파동으로 혼돈을 겪는 나라들이 왜 아프리카와 아시아, 남아메리카 대륙의 개발도상국이거나 제3세계 국가들인가 하는 점이다. 오늘날 농업은 정부의 지원이나 투자 없이는 근본적으로 존립할 수 없다. 그런데 이들 국가의 대부분은 재정 상태가 열악하여 농업 부문에 투자하거나 지원할 여력이 없고, 그렇다 보니 농업 부문은 아예 사라졌거나 쇠퇴하고 있다. 뿐만 아니라 WTO 체제 이후 개발도상국의 정부 지원은 줄고 있다. 정부의 농업분야 지원이 공정거래를 해친다는 WTO의 규정 탓이다. 경쟁 자체가 불리해진 것이다.

이에 반해 미국이나 유럽, 캐나다, 호주와 같은 소위 선진국들은 탄탄한 재정을 바탕으로, 이미 과거에 이루어진 막대한 투자와 보조 정책이 뒷받침되어 농업을 유지시켜가고 있다. 그들은 자국의 식량 안보와 식량 주권을 확보함은 물론 세계 식량 독점을 꿈꾸는 원대한 계획을 자국의 다국적 식량 기업들과 함께 진행하고 있다. 식량 파동의 배경은 논밭이 아니다. 치열한 파워게임이 진행중인 국제 정치 무대인 것이다.

식량위기와 유전자 조작 농산물

2008년 6월, 전 세계 40여 개국 정상들과 국제연합 등 국제기구의 대표들은 이탈리아 로마에서 열린 국제연합식량안보정상회의에서 식량 문제를 놓고 논전을 펼쳤다. 식량위기가 눈앞의 현실이 되면서 각국의 입장이 첨예하게 부딪힌 것이다.

최근의 식량위기의 심각싱에 대해 미국의 지구정책연구소의 레스터 브라운 Lester Brown 소장은 1970년 곡물 파동 때처럼 식량 문제는 아프리카 대륙에 제한되어 있는 것이 아니라 이제는 전 세계의 빈곤층이 겪을, 더욱 광범위한 문제라는 사실을 일깨우고 있다.

굶주리는 이웃과 어떻게 함께 살아갈 방법을 찾을 것인가? 국제연합 식량안보정상회의에서 화두가 된 것은 유전자 변형 식품 GMO, Genetically

■■■
2008년 3월 14일 세계 소비자의 날(매년 3월 15일)을 맞아 국제 환경단체인 그린피스는 마닐라에 위치한 필리핀 농림부 건물 앞에서 GMO 농산물 반대 운동 시위를 벌였다. 국제단체들은 안전성이 검증되지 않은 GMO 농산물의 유통과 판매를 적극 반대하는 활동을 전 세계적으로 펼치고 있다.

GMO에 대한 각국의 입장

미국	· 칼진 사가 '무르지 않는 토마토'를 개발하여 처음으로 GMO 를 선보임. · 1994년 GMO 식품 판매 허가. 현재 15개 작물, 70여 종이 유통 중.
유럽	· 유럽연합은 GMO의 유통을 철저히 규제하고 있음. (0.9퍼센트 이상 함유시 표시를 의무화) · 프랑스, 오스트리아 등은 GMO 판매를 전면 금지함.
일본	· 콩, 옥수수, 감자, 토마토 4개 작물을 GMO 표시 의무대상으로 선정함.
중국	· GMO 신품종 육성을 위한 대형 과학기술 프로젝트를 추진 중.
개발도상국과 빈곤국	· GMO 수입을 강력하게 거부 중.
바티칸과 환경단체	· 생명/환경윤리에 어긋난다는 이유로 GMO를 비판하고 있음.
우리나라	· 2001년부터 GMO 표시제를 시행함. (3퍼센트 이상 함유시 표시를 의무화)

Modified Organism이었다. 생명공학 기술을 이용해 인위적으로 유전적 특징을 바꿔 병충해에 강하고 대량 생산이 가능한 유전자 변형 식품이야말로 인류를 굶주림에서 구할 대안이라는 주장을 놓고 찬반 의견이 팽팽히 맞선 것이다.

GMO가 본격적으로 알려진 것은 1996년 세계 최대의 유전자 농산물 개발업체인 미국 몬산토에서 유전자 변형 콩을 개발해 보급하면서부터였다. 콩 외에 옥수수, 면화, 카놀라가 개발돼 재배되고 있고, 쌀과 밀은 유전자 변형 연구가 진행 중이다.

GMO에 대해 각국은 입장을 달리하고 있다. GMO의 종주국이라 할 수 있는 미국 정부와 곡물업체들, 그리고 중국은 GMO 확산에 앞장서고 있는 데 반해, 유럽에서는 GMO의 안전성을 놓고 논란이 검증되지 않은 프랑켄푸드Franken food(괴물식품, 프랑켄슈타인＋푸드)라고 비난해왔다. 그러나 최근 곡물가격이 가파른 상승세를 보이자 그동안 소비자들의 반발을 우려해 수입을 자제해왔던 유럽의 식품업체들도 원가 부담을 이유로 GMO에 시선을 돌리고 있다. 식량위기의 그림자가 깊어질수록 GMO를 둘러싼 논쟁은 한층 뜨거워질 것이다. 하지만 현재까지 논쟁은 여전히 평행선을 달리고 있다.

"GMO는 극빈층을 기아에서 구원해낼 가장 효과적인 수단이다"

- 현재의 식량위기를 극복할 유일한 방법은 GMO이다.
- GMO는 병충해와 잡초에 강해 친환경 농업 방식보다 비료나 제초제를 덜 쓴다.
- 수확량 유지가 가능해 생산단가를 절감하고 저개발국의 식량난을 해결할 수 있다.
- GMO 재배는 연료 소비를 감축하며, 토양을 개선하여 이산화탄소 배출량을 감소시킨다. 에너지 위기와 환경오염 문제를 해결할 수 있다.
- 일부 환경론자들의 GMO 비판은 고의적으로 공포감을 부풀린 것이다.

VS.

"GMO는 결코 기아를 해결하지 못한다"

- 미국 캔자스 대학이 최근 3년간 연구한 결과 GMO 작물의 생산성이 일반 작물보다 오히려 10퍼센트 낮게 나왔다.
- GMO 작물은 날씨에 대한 내성이 떨어져 다량의 살충제를 사용해야 한다.
- GMO 작물은 기아 문제 해결, 식량 증산의 목적보다는 동물 사료나 바이오 연료 제조에 쓰려는 목적이 더 크다.
- GMO의 안전성을 검증할 방법이 없다.
- 세계 식량위기는 생산량의 문제가 아니라 왜곡된 생산구조와 분배의 문제이다. 따라서 식량위기를 해결할 수 있는 근본적인 방법은 GMO가 아니라, 농민과 생태계에 도움이 되는 지속 가능한 농업기술을 개발하는 데 있다.

찬반 논란이 계속되는 가운데 몬산토 사가 경작하고 있는 콩, 면화, 옥수수 등 GMO 농산물의 재배 면적은 GMO가 처음 등장한 1996년과 비교해볼 때 50배 이상 늘었다. 이 중 일부는 우리나라에도 수입되어 식용유나 간장, 된장 등의 원료로 사용되고 있다. 정부는 GMO에 대한 관리를 철저히 하겠다며 목소리를 높이지만 소비자의 불신은 좀처럼 가라앉지 않고 있다.

『유전자조작 밥상을 치워라』의 저자인 원광대학교 법과대학 김은진 교수는 식량 자급률을 높여 식량 주권을 되찾는 것이 GMO가 주는 불안감에서 벗어날 수 있는 유일한 방법이라고 말한다. 이와 함께 그가 주창하는 것은 '토종 씨앗 지키기'이다. 세계 종자 시장에서 몬산토 사의 GMO 종자 점유율이 80퍼센트를 넘기 때문이다.

2005년 전국여성농민회총연합을 중심으로 '우리 씨앗을 보존하자'는 움직임이 시작되었다. 이는 생산자인 농민이 주축이 된 것으로 과거 우리 농촌에서 해왔듯이 가을걷이가 끝나면 다음해 농사지을 좋은 씨앗을 분리해 갈무리하고, 봄이 오면 그 씨앗을 뿌리자는 것이다. 유전자 변형 농산물이 다가올 미래에 어떤 결과를 낳을지 알 수 없는 현실에서 토종 콩 한 알, 볍씨 한 톨을 지키는 일은 우리 밥상을 안전하게 지켜나갈 소중한 씨앗이 될 것이다.

prologue | **blog** | photolog

쌀

프로필▶   쪽지▶   이웃추가▶

category

- 먹을 것에 관한 거의 모든 것의 역사
- GMO Free 운동에 대하여
- 다국적 식량 기업의 횡포를 고발한다

tags

통일벼 | 진흙쿠키 | GMO Free 운동
카길 | 몬산토 | 식량 안보 | 신농 | 이시스
다국적 식량 기업 | 녹색혁명
노먼 볼로그 | 농촌진흥청

이웃 블로거

- 그린피스 GMO 농산물 결사 반대!
- 진흙쿠키 먹는 아이티 아이들을 위한 기부 모임
- 농촌진흥청

이전글

◀ 역사 속 인물 대화방
   '누구를 위한 식량인가?'

다음글

▶ MBC 스페셜 〈밥 한 공기〉 시청 소감

나도 할 말 있다

저는 쌀입니다. 믿으실지 모르겠으나 저는 한때 정말이지 귀하신 몸이었습니다. 예로부터 추수와 함께 거둔 햅쌀을 성주 단지에 넣는 것이 오랜 풍습으로 지켜져왔습니다. 성주는 집안 토지의 신, 이를테면 가정 수호신이지요. 그러니까 저는 신에게 바쳐지는 귀한 제물이었지요. 그 정도로 저는 격이 높았고, 신성한 존재로까지 여겨졌습니다.

'콘 스피리트Corn Spirit' 란 말을 들어보셨습니까? 이 말도 곡식의 정령을 나타내는 말입니다. 한 톨 씨앗에서 한두 잎 싹을 내밀고, 하늘을 바라보며 수개월을 바람과 속삭이는데, 어찌 알곡에 영혼이 없을 수 있겠습니까? 저는 단순한 쌀이 아니라 인간의 '살'이고 인류의 '삶'입니다. 우리의 삶을 근본적으로 유지해주는 토대입니다. 생명 환경의 기반이기도 하구요.

절 무시하는 것은 인류의 영혼과 문화를 잃어가는 것과 같습니다. 식량으로서도 당연히 지켜야 하지만, 제 속에 담긴 자연의 생명력을 지키기 위해서도 저를 소중히 여겨주시면 좋겠습니다. 저를 잃어버리면 다시 되찾기가 어렵답니다. 정말 걱정되어 하는 말이라구요. 저에게 '쌀쌀' 맞게 대하시다가는 아무도 예상하지 못했던 '쌀쌀' 한 계절이 올 수 있습니다. 텅 빈 곳간을 보며 울지 마시고, 지금부터라도 쌀의 힘, 밥의 힘을 기르세요!

▼ 덧글 16개 | 엮인 글 쓰기 | 공감 10개

참고 자료

📖 **Books**

⊙ 『식량대란: 실태와 극복방안』
레스터 브라운 저, 박진도 역, 한송, 1997
미국의 비영리 환경연구단체인 월드워치연구소가 앞으로의 식량 수급에 대한 전망과 그 해결책을 제시한다. 식량 생산이 인구 증가 속도를 따라잡지 못해 곧 식량 부족 시대가 도래할 것이라는 전망과 이를 해결하기 위한 각국 지도자들의 반성과 관심을 촉구하고 있다.

⊙ 『누가 우리의 밥상을 지배하는가』
브루스터 닌 저, 안진환 역, 시대의 창, 2008
전 세계 곡물 시장의 75퍼센트를 차지하고 있는 미국계 곡물 대기업인 카길의 횡포를 고발한다. 우리나라 식량주권의 실상과 식량주권을 상실했을 때 다가오는 암울한 미래에 대해 성찰할 계기를 제공한다.

1284년
프랑스
중세 신도시
몽파지에 설립

B.C. 332년
마케도니아 왕 알렉산드로스,
이집트에 식민도시
'알렉산드리아' 설립

1902년
에베네저 하워드
최초의 전원도시
'레치워스(Letchworth)' 세움

1946년
영국, 세계 최초의
신도시 계획을 담은
'신도시법' 제정

1980년대
미국에서 시작된
뉴어버니즘 운동,
전 세계로 확산

1962년
대한민국 최초 신도시
울산 탄생

신 도 시 의 역 사

유토피아인가
디스토피아인가

"20세기 초 우리 앞에
나타난 두 가지 위대한
발명은 인간에게 날개를
달아준 '비행기'와 더 나은
인간의 주거 장소를 약속한
'전원도시'였다."

_20세기가 낳은 도시 문명 비평가
루이스 멈퍼드 Lewis Mumford

도시와
신도시

★ 도시

사회적·경제적·정치적 활동의 중심이 되는 장소로 사람이 많이 사는 지역.

도시의 역사는 고대 문명의 태동과 함께 시작된다. 인류 최초의 도시가 생긴 곳은 티그리스 강과 유프라테스 강 사이의 메소포타미아, 또는 수메르 문명권이다. 한마디로 도시는 한 문명의 중심에 놓이는 권력의 실체이며 경제 유통 구조의 핵심이고 문화 창출의 근거지였다. 그러나 18세기 이후 산업혁명을 계기로 근대의 도시는 생산과 소비를 주로 담당하는 산업도시 형태로 발달했다. 공장이 늘면서 일자리를 찾아 떠난 농촌의 인구가 도시로 몰리며 도시화가 촉진됐는데, 신도시는 그 부작용을 극복하고자 나온 대안이었다.

★ 신도시

인구과밀, 교통체증, 주택난 따위를 해소하기 위하여 대도시 근교에 계획적으로 개발한 새 주택지.

신도시는 사람들이 모여 자연 발생적으로 만들어지고 성장한 도시가 아니라 계획적·인공적으로 만들어진 도시이다. 흔히 신도시하면 기존의 대도시 가까이에 만들어진 위성도시나 대규모 주택단지를 떠올리지만 엄격한 의미에서 신도시는 생산·유통·소비 기능을 골고루 갖추어 경제적 자급자족이 가능한 독립도시를 의미한다.

신도시의 역사

식민도시, 로마 군대를 유지하라

신도시 개발의 역사는 고대 그리스로 거슬러 올라간다. 산이나 언덕이 많고 넓은 평야가 없는 지형 탓에 농사짓는 데 어려움을 겪었던 그리스의 도시 국가들은 인구가 늘어나면서 식량과 주거지를 둘러싼 다툼이 늘자, 새로운 땅을 찾아 나섰다. 식민지와 같은 식민도시라고 할 수 있는데, 그리스가 선택한 곳은 이탈리아 서남부, 시라쿠사^{Siracusa}나 나폴리^{Napoli} 같은 지역이었다.(나폴리라는 이름도 신도시라는 뜻의 네아폴리스^{Neapolis}라는 그리스말에서 나왔다.) 기후가 좋고 먹을 것이 풍부한 지중해 연안으로 사람들을 이주하게 만들어 인구 증가로 일어나는 갈등을 해결해나간 셈이다. 그리스의 식민도시 찾기는 기원전 8~6세기에 가장 활발했는데 소아시아, 에게 해 지중해 연안으로 발길을 넓혀가면서 그리스가 정복한 신세계는 1,000여 개에 이르렀다.

그리스의 도시국가 가운데 식민도시 찾기의 맥을 이은 곳은 마케도니아^{Macedonia}였다. 마케도니아의 왕 알렉산드로스는 페르시아, 인도까지 말을 달리며 그가 정복한 지역마다 새로운 도시를 만들었다. 알렉산드로스가 이집트에 입성했던 기원전 332년, 자신의 이름을 따서 건설한 알렉산드리아Alexandria는 대표적인 신도시였는데, 33세에 눈을 감기 전까지 이 정복왕이 곳곳에 세운 알렉산드리아라는 똑같은 이름의 식민도시는 70여 개에 달할 정도라고 한다.

이후 알렉산드로스가 다져놓은 식민도시 건설의 전통은 로마가 이어받았다. 새로운 땅을 점령한 뒤 그 일대를 지배하기 위해 도시를 세워나갔던 로마 사람들은 도시를 마치 군사요새처럼 만들었다. 군대 캠프처럼 질서정연한 격자형으로 구획을 나눴고, 중심부에는 행정을 담당할 공간을 배치한 것이다. 로마가 곳곳에 세운 네모반듯한 병영도시들은 군대가 철수한 뒤에도 사라지지 않았고 훗날 유럽 도시들의 한 모델이 되었다.

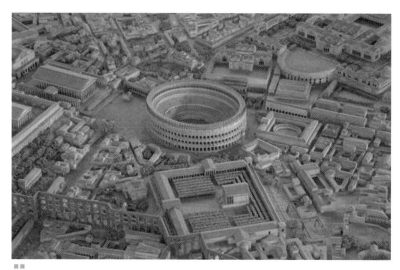

■■
고대 로마인들은 콜로세움을 중심으로 네모반듯한 격자형의 구획을 나누어 도시를 건설했다.

봉건영주의 경제적 이익을 위한 바스티드

중세의 신도시 또한 일종의 요새에서 비롯됐다. 그 중심이 된 이들은 봉건영주와 교회 세력이었다. 권력을 지켜갈 중심 기지이자 영토 확장을 위한 분쟁의 요새로 그들은 높은 성곽과 숲으로 둘러싸인, 폐쇄적인 성격의 도시를 만들었는데, 이를 '바스티드Bastides' (성채도시)라고 불렀다.

바스티드의 중심축은 광장이었다. 백작이나 주교들이 나눠준 땅에서 농민들이 지어 거둬들인 농산물을 팔아 여기서 벌어들인 이익으로 권력이 유지됐던 만큼 광장은 중요한 공간이었다. 고대 그리스의 아고라Agora나 로마의 포럼Forum처럼 중세 유럽의 광장 역시 도시의 중앙에 놓였다. 평민들은 낮이면 이곳에 모여 물건을 사고팔았고, 밤이 되면 이웃들과 어울리며 친교의 시간을 가졌다.

■■
외부의 침입을 방어하는 높은 성곽과 숲으로 둘러싸인 중세의 바스티드 조감도.

그러다가 중세 후기로 들어서면 성채도시 밖에는 또 하나의 새로운 도시가 세워진다. 새로운 땅을 일군 이들은 상공업에 종사하는 시민, 즉 부르주아지Bourgeoisie였다. (부르주아지는 프랑스어로 '성城'을 의미하는 'bourg'에서 유래한 단어로 본래 성의 외곽으로 새롭게 이주해온 상인과 도시민들을 가리켰다.)

상인과 장인들은 베니스, 피렌체, 밀라노 등 무역이 활발하게 이뤄지던 지역에 모여 봉건영주에게 속하지 않는 자기들만의 자치도시를 만들었고, 상업이 번성하는 시대를 열었다. 이들은 힘을 합쳐 왕이나 봉건영주와 싸워 자유를 얻어냈다. 중세후기의 신도시는 봉건제도의 주변부에 있던 시민들이 시민사회라는 역사적 변화를 이끌어내는 주체로 섰던 본거지나 다름없었다.

도시를 개조하라 – 전원도시의 탄생

오늘날 말하는 '신도시'는 지금으로부터 1세기 전 영국에서 싹튼 '전원도시Garden City'에서 그 뿌리를 찾을 수 있다. 전원도시라는 아이디어를 내놓은 인물은 도시계획과는 거리가 멀어 보이는 법원 속기사였던 에베네저 하워드Ebenezer Howard였다.

하워드는 영국의 도시 풍경을 보면서 머릿속에 새로운 이상 도시를 그려나갔다. 당시 영국의 대도시들은 공장마다 기계 돌아가는 소리, 북적거리는 사람들로 활기차 보였지만 어두운 그림자를 안고 있었다. 18세기 산업혁명이 일어나면서 모직물이 발달하자 땅을 가진 지주들은 양털로 돈을 벌겠다며 밭을 모조리 양을 키울 목장으로 바꿔나갔고, 결국 농사지을 땅을 잃은 농민들은 도시로 향했다. 사람들이 몰려들다보니 런던만 해도 화장실 하나를 두고 300여 명이 사용할 정도로 주거 환경이 엉망이었다. 공장에서 내뿜는 연기는 도시를 회색빛으로 채워나갔고, 사람들의 건강을 위협했다. 영국 소설가 찰스 디킨스Charles J. H. Dickens가 『올리버 트위스트』에 담아냈듯이 코흘리개 꼬마들까지 공장에 동원됐고, 돈 있는 사람과 빈민 간의 갈등 그리고 범죄가 나날이 늘어갔다.

로버트 오언의 '이상공장촌'과 샤를 푸리에의 '팔란스테르'

10살부터 공장에서 일해 직물공장을 설립한 로버트 오언은 1820년경 '이상공장촌(뉴라나크)'을 구상하고 미국으로 건너가 실천에 옮겼다. 대지를 확보해 노동자가 자급자족할 경작지와 공동취사장, 학교 등의 시설을 세우고 그 바깥쪽에 공장을 배치하는 형태였는데, 그의 실험은 3년 만에 막을 내리고 말았다.

로버트 오언과 뉴라나크

상인의 아들로 태어난 샤를 푸리에는 1840년경 상업이 존재하지 않는 자유로운 생산자의 협동사회, '팔란스테르'를 계획했다. 공장과 극장, 도서관 등이 갖춰진 건물에서 함께 생활하며, 그들 스스로 자금을 분담 출자하고 이익은 공헌도에 따라 나누는 공동체였는데, 그 꿈을 실행하지는 못했다.

샤를 푸리에와
팔란스테르 구조도

험악한 도시의 현실을 보면서 하워드 이전에 이미 일부 사회개혁가들은 도시를 바꿔나가려는 운동을 펼쳐나갔다. 영국의 로버트 오언Robert Owen과 프랑스의 샤를 푸리에Charles Fourier는 노동자들의 현실을 개선할 이상적인 공동체를 꿈꿨는데, 이들에게 영감을 준 것은 토마스 모어Thomas More의 『유토피아』였다.

어느 곳에도 없다는 유토피아라는 말처럼 이상적인 도시 만들기는 일부 몽상가들의 꿈에 불과했던 걸까? 오언과 푸리에의 새로운 도시 만들기는 실패로 돌아갔지만 하워드는 새로운 도시를 세울 수 있으리라는 믿음을 저버리지 않았다. 하워드는 그만의 구체적인 도시계획을 완성해 가는데, 그 결과물이 바로 전원도시, 말 그대로 전원 속에 일터가 있는 작은 도시였다. 인구를 4만 명 안팎으로 제한하고 도시 주변엔 넓은 녹지를 확보해 도시가 옆으로 커 나가는 걸 막고, 도시인들이 먹고 살 수 있는 산업을 만들어 농촌과 도시의 장점을 조화시키려 한 것이다.

하워드는 이 꿈의 도시를 1902년 영국 런던에서 북으로 50~60킬로미터 정도 떨어진 레치워스Letchworth에 세웠다. 하지만 자체적으로 마련한 산업이 제대로 커나가지 못하면서 사람들이 하나둘 대도시로 일을 찾아 떠났고, 결국 세계 최초의 전원도시 건설이라는 그의 야심찬 계획은 물거품이 되고 말았다. 그로부터 20년 뒤 전원도시가 헛된 공상이 아니란 걸 증명하고자 하워드는 다시 웰윈Welwyn이라는 곳에 두 번째 전원도시를 세웠다. 그러나 이마저 재정 파탄으로 성공하지 못했다. 이를 두고 영국의 『더 타임스』는 "전원도시는 현실에서는 실현이 불가능한 이상주의자의 계획에 불과하다"는 기사를 실었다.

전원도시의 꿈은 현실이 되지 못했다. 그러나 하워드의 시행착오는 충분히 값진 것이었다. 훗날 영국 정부는 하워드의 경험을 디딤돌 삼아 신도시 구상을 구체적으로 다듬어 나갔다.

하워드의 전원도시는 그가 세상을 떠나고 10여 년이 흐른 1940년대에 영국에서 부활한다.

전후 도시를 복구하라 – 신도시의 등장

1940년대 유럽의 도시들은 제2차 세계대전의 포연이 가득했다. 선쟁이 끝나고 폐허가 된 도시를 어떻게 새롭게 정비해야할까, 고심하던 영국은 이 중차대한 과제를 도시계획가 애버크럼비Abercrombie의 손에 맡겼다. 대도시들의 현실을 살피며 애버크럼비는 당시 런던이 제2차 세계대진 때 이느 지역보다 폭격의 피해가 컸던 이유를 인구와 산업이 몰려 있었던 데서 찾아냈다. 그리고 이를 분산시키는 것이 런던 도시계획의 출발점이라는 결론에 이르렀다. 이때 그에게 영감을 준 사람이 바로 10년 전 세상을 떠난 하워드였다. 하워드가 남긴 『내일의 전원도시』라는 책에 적힌 전원도시 구상을 통해 애버크럼비는 런던의 개발제한구역 Green Belt 외곽에 10개의 신도시를 배치하자는 제안을 했고, 영국 정부는 이를 디딤돌삼아 신도시 구상을 구체적으로 다듬어 나갔다. 그 결과 1946년 영국은 세계 최초의 신도시계획을 '신도시법New Town Act'에 담아냈다. 하워드가 그렸던 '내일'의 전원도시가 바로 '오늘'의 전원도시가 되는 순간이었다.

제2차 세계대전 이후 대도시의 상황이 영국과 다르지 않았던 다른 나라들이 신도시 계획을 추진해 나간 것은 이로부터 20년이 흐른 뒤였다. 영국이 앞장서 현실로 만들어 가는 걸 옆에서 예의주시하며 지켜보던 유럽 국가들은 1960년대 이후 점차 '뉴타운'을 도시정책의 중심에 놓기 시작했다. 이 나라들의 신도시 개발은 2000년이 지나서 마무리됐다. 프랑스 세르지 퐁투아즈의 건설은 69년부터 2002년까지 30년 넘게 이뤄졌고, 일본의 다마多摩 신도시 건설은 65년 첫 삽을 뜬 뒤 2001년까지 37년 동안 진행됐다. 이들 도시들은 처음부터 도시의 발전 방향

우리에게도 계획도시가 있었다

유럽에서 도시에 대한 비판과 대안이 나오던 시기, 우리는 이미 새로운 도시를 건설하고 있었다. 바로 수원의 화성이다. 화성은 지금으로부터 약 200여 년 전인 1796년 조선의 22대 임금인 정조대왕이 세운 계획도시였다. 하워드가 '전원도시' 라는 개념을 내놓은 때보다 199년가량 앞선 셈이다.

정조가 건설한 행정도시 겸 상업도시였던 화성

정조가 생각한 '신도시 화성' 은 어떤 모습이었을까? 왜 정조는 화성에 신도시를 만들려고 했을까? 11살의 어린 나이에 아버지 사도세자가 뒤주에 갇혀 죽는 비극을 겪은 정조는 집권 초기부터 정치적 기반을 다지기 위해 치밀한 노력을 기울였다. 정조는 1784년부터 34개월에 걸쳐 화성 축조를 진행시켜나갔다.

정조가 그린 화성은 행정도시이자 상업도시였다. 18세기 당시 조선 사회는 농업에서 상공업으로 산업의 중심이 변화하고 있었다. 정조는 화성이 이러한 변화를 이끄는 도시가 돼야 한다고 생각했다. 그는 화성 행궁에 앞서 서울과 삼남지방을 잇는 교통로를 만들었고, 서울과 개성, 평양의 상인을 유치하여 화성을 상업의 중심도시로 만들었다. 또한 주위의 땅을 개간해서 대규모 농장을 만들어 이를 병사와 가난한 수원 백성들에게 나누어주었다. 군역을 하면서 경제적 이익은 물론 빈민구제사업을 펼친 것이다. 이외에도 화성 주변에 명승지들을 조성해 아름다운 환경을 갖추는 것도 잊지 않았다. 도시 자체적으로 자급자족이 가능한 구조를 만듦과 동시에 대도시 서울과의 연계성을 놓치지 않았던 신도시 화성. 정조의 구상은 여러 모로 하워드의 '전원도시' 와 맞닿아 있었다.

을 치밀하게 예측한 뒤 계획을 짰다. 건설해나가는 가운데서도 중간 점검을 게을리 하지 않았으며 시대 변화를 철저히 반영해나갔다.

대한민국 최초의 신도시는 울산

프랑스나 일본이 신도시 건설을 시작할 즈음 우리나라에서도 역시 처음으로 신도시 건설을 위한 첫 삽을 떴다. 경제개발에 시동을 걸면서 산업을 담당할 기지가 필요했기 때문이다. 이런 목적에서 계획된 최초의 신도시가 1962년 석유화학단지가 들어선 울산이었다. 하지만 이때는 신도시라는 말조차 나오지 않았다. 1970년대 들어서 경남 창원, 전남 여천, 경북 구미에 공단이 들어서면서 비로소 신도시라는 용어가 사용되기 시작했고, 지금과 같이 주거 중심의 신도시가 생긴 건 1990년대에 이르러서였다.

1989년 노태우 정부가 서울 주변에 아파트 단지를 만들겠다고 발표하자 전 국민의 시선이 신도시에 집중됐다. '수도권 5개 신도시 개발계획'은 당시 전국에 휘몰아친 부동산 투기 열풍을 잠재우고 집 없는 서민들의 고통을 달래주겠다며 꺼내든 국가적 사업이었다. 이에 따라 세워진 신도시가 바로 오늘날 분당, 일산, 평촌, 산본, 중동 등이다.

영국 등 다른 나라에서 20~30년에 걸쳐 진행하는 신도시 건설을 우리는 5분의 1도 안 되는 5년이란 시간 안에 속성으로 마무리했다. 그 과정에서 소규모 택지가 마구잡이로 개발됐고, 부실공사가 이어지면서 한때 어느 지역의 아파트는 '모래성'이란 오명까지 얻을 정도였다. 빨리 빨리 성과를 내놓으려다보니, 도시의 기능이나 인구와 고용문제, 환경

등을 꼼꼼히 살피는 건 불가능했다. 사람들이 입주하던 1996년에 신도시는 그토록 우려하던 베드타운이라는 수식어를 갖게 됐다.

수도권에서는 신도시 건설 1막이 막을 내리고 지금은 송파(위례), 판교, 광교, 동탄, 평택, 양주, 파주, 김포, 검단 등이 중심이 된 신도시 건설 2막이 진행 중이다. 전국적으로 보면 신도시 외에도 그의 아류격인 대규모 택지개발지구와 국민임대주택단지 등 미니신도시, 기업도시, 그리고 공공기관 지방이전으로 추진되는 혁신도시까지 각종 개발 사업이 줄을 잇고 있다.

울산이 세워진 뒤 50년이란 그리 길지 않은 역사 속에서 '신도시'는 부동산 정책의 전부인양 단골 메뉴로 올라왔다. 그 뜻은 '새로운 도시'였지만 대한민국에서 태어난 신도시의 운명은 전혀 새로울 수 없었다.

신도시는 유토피아인가?

등장인물 : 마하트마 간디, 정조 대왕, 에베네저 하워드   배경 : 수원 화성 주변을 산책하며

하워드 정조대왕이시군요. 이거 참 만나뵙게 되어서 영광입니다. 그런데 얼굴빛이 좋지 않습니다.

정조 그렇게 칭찬해주니 고맙긴 하오만, 요즈음 이 나라를 보면 참 답답하기 그지없소이다. 신도시라는 이름의 부동산 투기가 횡행하기만 하니 말이오.

간디 꼭 여쭙고 싶었는데, 대왕께서는 어떤 생각으로 당시 신도시 구상을 하셨던 겁니까?

정조 수도라는 것이 본래 모든 권력과 재력이 한데 모이는 곳 아닙니까? 그러다보니 각종 갈등과 대립이 격심해져 정작 백성들의 삶을 제대로 돌아볼 틈이 없게 되는 겁니다. 그래서 전 새로운 도시를 하나 만들어 백성들과 함께 행복하게 잘 살아보고자 했지요. 간디 선생께서 '스와라지' 정신과 마을의 자치를 강조하신 것도 저와 같은 생각 아니었습니까?

간디 그래요. 전 영국의 식민통치하에서 인도 사람들이 노예처럼 사는 걸 보면서 그 원인이 뭘까 고민했습니다. 결국 기계문명에 의존하여 스스로 일어설 수 있는 능력을 잃어버린 거더군요. 게다가 돈의 논리에만 익숙해져서 모든 걸 돈의 관점에서만 보니 인간이란 존재는 사라지고 말입니다.

정조 매일 한두 시간만이라도 물레질을 하라고 하신 것도 사람들이 노동을

마하트마 간디 (1869~1948)
인도 민족운동의 지도자, 비폭력 운동으로 잘 알려진 인물이다. 인도에서 태어나 런던에서 법률을 배우고, 1891년 귀국하여 변호사로 개업하였다. 1893년의 남아프리카 여행에서 백인에게 박해받는 인도인들을 보고 1915년 귀국할 때까지 인도인의 지위와 인간적인 권리를 위해 투쟁을 시작했다.

정조대왕 (1752~1800)
조선 제22대 임금. 아버지는 사도세자, 어머니는 혜경궁 홍씨이다. 부패한 정치를 혁파하고 강력한 왕권을 수립하기 위해 노력한 정조는 모든 백성이 평등한 세상을 꿈꿨으며, 그것을 실현할 공간으로 수원 화성을 지목했다.

하면서 자신이 주체가 되도록 하자는 게 아니었습니까?

간디 잘 알고 계시는군요. 땅이란 것도 사람들이 함께 사는 공간으로 여겨야 하는데, 돈이 중심이 돼 있어요. 땅으로 돈 벌고 장사하는 식이 대세입니다.

하워드 그렇지 않아도 저와 동시대 인물인 미국의 헨리 조지라는 사람은 토지 공개념을 내세웠고, 저는 그걸 차용해서 신도시의 산업시설이나 기타 수입을 그 공동체에 돌려쓰는 방안을 제안하기도 했답니다.

정조 조선도 사실 초창기에 토지 공개념을 가지고 시작했는데, 토지를 특권층의 소유로만 여기기 시작하더니 결국에는 토지제도가 문란해져버렸지요. 공개념의 토지가 있어야 새로운 도시를 만들 때에도 투기가 아니라 모두를 위한 도시 건설이 가능하지 않을까 합니다.

하워드 유토피아^{Utopia}는 '아무 곳에도 없는 장소'라는 뜻에서 유래하지요. 하지만 나는 유토피아를 만들 수 있다는 확신이 있었습니다. 그래서 구상한 것이 전원도시였구요. 알고 보니 정조대왕께서는 헨리 조지나 저보다 훨씬 앞서서 이런 생각을 모두 하셨더군요.

정조 허허. 나 개인의 능력보다는 정약용 같은 훌륭한 선비들이 옆에서 도와 개혁정치를 할 수 있도록 했던 거죠.

에베네저 하워드(1850~1928)
영국 런던에서 태어난 전원도시의 창시자이다. 그는 자신이 건설한 웰윈 전원도시에서 살다 세상을 떠났다. 하워드에게 영감을 준 건 미국의 헨리 조지로 그는 지대조세제를 통해 지대의 사회적 환수를 주창했다. 1881년, 헨리 조지가 쓴 『아일랜드의 토지문제』라는 책의 영향으로 영국 내에 헨리 조지의 주장을 따르는 무리가 생겨나게 되었다.

유토피아
이상사회라는 의미로 쓰이지만 원뜻은 '아무 데도 없는 곳'이다. 16세기 영국의 재상 토마스 모어가 쓴 소설이기도 하다. 책의 원제목은 『가장 훌륭한 사회상태, 새로운 섬 유토피아에 대해서』로 토머스 모어는 '유토피아'를 통해 공업의 발달로 도시 빈민들이 늘어나던 당시 영국 사회를 비판하고, 자신이 구상한 이상사회를 그려냈다. 그 사회는 한마디로 건전한 노동에 기반한 사유재산이 없는 사회였다. 정치가와 사제, 지식인을 제

하워드 그래도 중요한 건 지도자의 생각이죠. 요즘 녹색성장이다 생태도시다 해서 여러 가지 정책을 꺼내놓지만 이미 대왕께서는 200년도 훨씬 전에 환경에 대한 관심이 있었던 것 아닙니까? 미래를 보는 눈을 갖고 계신 거죠.

간디 인간이 자연과 하나가 되어 조화롭게 살면 얼마나 좋을까요? 마을이 세계를 구합니다.

정조 우리말로 '오순도순' 정신이라고 하면 되겠군요.

하워드 금과옥조 같은 말씀이십니다. 아, 오늘의 대화를 좀 적어놔야 했어요. 제가 왕년에 법원에서 발휘한 속기 실력을 보여드렸어야 했는데.

간디 이러고 보니 제가 런던에서 법학 공부할 때 만난 거 같기도 하고……

정조 하하. 우리 인연이 한 번으로 끝날 것 같진 않군요. 자주 만나서 우리의 아름다운 마을 프로젝트를 자세히 만들어봅시다.

외한 모든 사람들이 육체노동을 하는 유토피아는 농사를 공통적으로 하고 그 외에 각자 면직 기술을 익히거나 철공, 목수 일을 배운다. 일하는 시간은 하루에 6시간, 나머지는 학문과 예술과 친교를 즐기는 자유시간을 갖는 말 그대로 이상적인 사회인 셈이다.

암브로시우스 홀바인의 목판화가 실린 1518년의 『유토피아』

세계는 지금
우리는 지금

콤팩트 시티, 환경을 생각하자

　도시 문제로 골머리를 앓던 세계 각국은 한동안 도시 바깥에 다른 공간을 만들어 새로 꾸미는 데 열중해왔다. 그러나 경제협력개발기구 OECD에 속한 대부분의 나라들은 지금 신도시 개발보다 나이든 도시들에게 시선을 돌리고 있다. 새로 짓는 게 능사가 아니라는 걸 깨달은 이후 원래 살고 있던 도시의 소중함을 새삼 느끼게 된 것일까? 도시를 보실피고 단장하셨다는 각국은 겉모습만이 아니라 내부 체질을 바꾸는 것까지 신경을 쓰고 있다. 『도시계획의 신조류』라는 책에서 마쓰나가 야스미쓰松永安光은 이와 같은 도시계획의 변화 흐름을 '콤팩트 시티'라고 이름 붙였다.

　사실 콤팩트 시티, 압축 도시라는 개

마쓰나가 야스미쓰의『도시계획의 신조류』. 환경을 생각한 변화된 도시계획을 바탕으로 건설된 도시를 '콤팩트 시티'라고 명명했다.

넘을 제일 먼저 꺼낸 사람들은 매사추세츠 공과대학교^{MIT}에서 산업공학을 전공한 학자들이었다. 과학자들이 머리를 맞대고 자기 분야도 아닌 도시계획을 연구한 건 1970년대 불어 닥친 석유 파동 때문이었다. 이들은 '어떻게 에너지를 아끼는 도시를 만들 것인가'라는 질문을 골똘히 연구한 결과 이들은 직경 2.66킬로미터의 8층짜리 건물을 짓고 인구 25만 명을 살게 하면 이동 거리도 짧게 만들 수 있고 에너지도 절감할 수 있다고 주장했다. 도시라기보다 차라리 거대한 건물이라고 할 수 있겠는데, 에너지를 가장 효율적으로 쓸 수 있는 공간을 수치로 계산한 데 따른 것이었다. 아이디어는 가상했지만 극단적이었던 만큼 그들의 이론은 곧 반발에 부딪칠 수밖에 없었다.

이후 영국 옥스퍼드 브룩스대학교의 마이크 젠크스$^{Mike Jenks}$ 교수는 콤팩트 시티를 둘러싼 논쟁을 정리하면서, 에너지 문제도 해결하고 사람 살기에 가장 좋은 도시, 현실적으로 실현 가능한 콤팩트 도시의 특징들을 제시한다. 제일 먼저 도심에 관공서나 상가 등을 한군데 모아놓아 사람들의 동선을 짧게 만들어주고, 어디든 손쉽게 갈 수 있는 교통망을 형성하고, 환경을 생각하며 마지막으로 도시에 생명력을 불어넣을 수 있는 경영 노하우까지 필요하다는 내용이었다. 한마디로 요즘 흔히 말하는 '지속가능한 발전'에 입각한 도시의 구체적인 모델을 그린 셈이다.

1990년대에 탄산가스 배출을 규제하는 교토의정서가 체결되고 환경 문제가 전 지구적인 과제로 떠오르자, 유럽의 각국은 이 콤팩트 시티를 국가 정책의 우선순위에 놓았다. 유럽이 환경에 방점을 찍었다면 일본에서는 이를 지방도시 문제를 해결할 출발점으로 받아들였다. 과거처럼 공장을 세우는 식으로 사람을 모을 수도 없고, 인구는 늘지 않으면서 고령화가 심화되는 지방에 또 신두시를 짓는 건 지칫 유령도시를 양산할 수 있다는 생각 때문이었다. 대신 일본 정부는 도시계획의 큰 틀을 '환경과 사람이 호흡하는 콤팩트 시티'라고 간단히 압축시켰다.

생태 도시를 기획하라, 뉴어버니즘

콤팩트 시티라는 추상적인 개념이 세상에 그 모습을 드러내 보인 것은 1990년대 미국과 영국에서 일어난 '뉴어버니즘 운동New urbanism movement'을 통해서였다.(어버니즘이란 도시 생활에 특징적인 생활양식을 구성하는 여러 특성의 복합체를 뜻한다.)

뉴어버니즘 운동의 테이프는 먼저 미국에서 끊어졌다. 도시의 주택지나 공업 지역이 도시 바깥으로 무질서하게 뻗어나가자 1980년대 미국에서는 이를 제한해야할 무언가가 필요하다는 지적이 여기저기서 나오기 시작했다. 거대해지는 도시의 모습을 팔다리를 허우적거린다는 데에 비유해 '스프롤sprawl 현상'이라는 신조어까지 나올 정도로 상황이 심각했는데, 이는 도시계획의 주체가 지닌 성격에서 비롯됐다. 정부가 도시 정책을 주도하며 조율해가던 유럽과 달리 미국에서는 도시계획의 구심체가 지방자치단체와 민간 자본이었다. 개발을 앞세워 민심을 사려는 지방자치단체나 수익을 먼저 따지는 기업들은 환경 보존하자는 목소리를 들으려 하지 않았고 치열한 경쟁에 들어간 지방자치단체 사이의 충돌 또한 적지 않았다. 결국 미국 정부가 앞장서서 도시중심부와 교외를 종합적으로 분석해 관리할 중심체로 '스마트 그로스 네트워크Smart Growth Network'를 만들었는데 여기서 도시를 탈바꿈하기 위한 첫 번째 실

시사이드는 마을 중앙에 상가와 원형 잔디와 극장, 우체국이 놓이게 했고, 주택은 방사형으로 뻗은 도로를 따라 배치했다.

천적 운동으로 꺼내든 것이 '뉴어버니즘New Urbanism' 이었다.

　뉴어버니즘에서 도시를 새롭게 단장하는 데 가장 중심에 둔 것은 '생태도시' 였다. 콤팩트 시티와 마찬가지로 도시의 시설을 한 곳에 정돈해 모아놓고, 녹지는 그대로 보존하고, 걸어서 생활할 수 있는 마을 같은 도시를 구상한 것이다. 기존의 도시 바꾸기와 더불어 뉴어버니즘 주창자들은 그들이 머릿속에서 그렸던 밑그림을 바탕으로 신도시 건설에도 나섰다. 1993년 미국 플로리다 주 서쪽의 해변가 마을에서 모습을 드러낸 '시사이드Sea side' 는 새로운 도시주의가 낳은 상징적인 얼굴이었다.

　한편 대서양 건너 20세기 신도시의 선진국이라 자부하던 영국은 신도시계획이 생각처럼 순탄하게 이뤄지지 않는 걸 보면서 자괴감에 빠져 있었다. 이때 영국의 신도시 역사에 활력을 불어넣은 이가 있었으니 바로 찰스 황태자Prince Charles of Wales였다. 미국 뉴어버니즘의 첫 모델인 시사이드를 보고 자극을 받은 그는 도시 연구를 위한 황태자재단을 설립했고, 도시계획 전문가들과 '어번 빌리지 포럼Urban village forum' 이라는 모임을 결성해 '어번 빌리지Urban Villiage' 의 틀을 짜나갔다. 또한 어번 빌리지라는 이론에 옷을 입혀 영국 왕세자 소유로 계승돼 온 영국 남동부의 작은 도시 도체스터Dorchester 외곽에 '파운드베리Poundbury' 같은 도시도 만들었다.

파운드베리는 오래된 도시처럼 녹지를 울타리 삼고 골목길처럼 굽어진 길을 따라 상가와 주택, 사무실 등이 옹기종기 모여앉아 있다. 다양한 계층의 소통을 유도하고, 공동체 의식을 높이기 위해 마을 중심에는 광장과 상점들을 배치했다. 1993년 공사가 시작된 파운드베리는 100

영국의 신도시 파운드베리의 전경

년 뒤 완공을 목표로 하고 있다.

영국 파운드베리에서 주목할 부분은 마을 전체의 5분의 1을 반드시 저소득층을 위한 임대주택을 세우도록 한 점이다. 그러나 겉으로 봐서는 집에 사는 사람의 소득수준을 알아차릴 수가 없다. 같은 구역 안에 임대주택과 분양주택, 대형주택을 한데 섞어 배치한 까닭이다.

이후 어번 빌리지 운동은 대처 정권에서 야심차게 추진한 도시재생 사업인 '시티챌린지City challenge'와 이를 잇는 블레어 정권의 '어번 르네상스Urban Renaissance'의 이론적 토대가 되어 그 맥을 이어나갔다.

이웃을 만나자, 휴먼 도시

미국의 뉴어버니즘과 영국의 어번 빌리지, 대서양을 사이에 두고 양쪽에서 나온 운동은 신도시 역사에 날개를 달아주었다. 미래도시라고 자랑하는 이 둘은 한결같이 마을의 복원을 내세우고 있다. 첨단도시의 형태를 과거 수세기 전의 전통적인 마을에서 찾는다고 하니 매우 역설적이다.

차가운 철골과 회색빛 콘크리트로 채워졌던 도시가 사람의 온기를 그리워하고 있는 걸까? 오늘날의 도시계획에는 인간의 얼굴을 한 '휴먼 도시'가 빠짐없이 등장한다. 그런 이유로 뉴어버니즘 운동에서는 '열린 공간Open Space'을 강조한다. 열린 공간에서 이웃과 자주 눈을 마주치면서 친근함을 갖게 되고, 이런 정감 있는 커뮤니티가 범죄율 상승 등 도시가 안고 있는 문제를 푸는 열쇠가 된다는 얘기다. '보다 인간적인' 도시는 어떻게 실현되고 있을까? 새롭게 탈바꿈하는 도시들 몇 곳을 만나보자.

한손에 휴대전화 허리엔 삐삐차고
집이란 잠자는 곳, 직장이란 전쟁터
회색빛의 빌딩들 회색빛의 하늘과
회색 얼굴의 사람들 this is the city life

아무런 말없이 어디로 가는가
함께 있지만 외로운 사람들

넥스트N.EX.T가 부른 〈도시인〉이라는 노래 가사의 일부이다. 이 노래가 발표되던
1992년, 우리나라에서는 신도시 건설이 한창이었다.

이웃사촌을 찾아주다 - 미국의 미들턴 힐

위스콘신 주의 미들턴 힐Middleton Hill은 2007년 미국의 경제 전문지 〈시엔엔 머니CNN Money〉가 '미국인이 살고 싶어 하는 마을' 첫 번째로 선정한 곳이다. 플로리다 주의 시사이드와 함께 미국 뉴어버니즘의 선두주자 격인 마을로, 1992년 제2차 세계대전 이후 '잃어버린 이웃을 되찾아 주자'는 취지로 기획됐다.

이 마을의 중심은 주민들의 마을 사랑방과 같은 카페이다. 18만평 규모에 1500여 명의 주민이 사는데, 주민들은 카페에 모여 이야기꽃을 피운다. 일부러 우편함을 집집마다 설치하지 않은 것도 특징이다. 카페에 공동우편함을 만들어 우편물을 찾으러 가면서 자연스럽게 이웃과 만나도록 소통의 창구를 열어놓았다. 주택은 사생활을 침범하지 않는 범위 안에서 최대한 가까이 붙어 있고, 베란다는 길로 열려 있어 지나가는 이웃과 인사를 나눌 수 있게 만들었다.

미들턴 힐의 집 앞 넓은 도로는 이웃과 마음을 여는 소통의 길이 된다.

주민이 직접 만든 살고 싶은 마을 - 일본의 세타가야구

도쿄도 남서쪽에 위치한 자치구, 인구 80만의 세타가야구世田谷區는 일본의 오래된 도시를 재생시키자는 취지의 '마찌즈쿠리(마을 만들기)'가 처음 시작된 곳이다. 1970년대, 낡은 목조주택을 재정비하는 사업을 구청이 추진하려 하자, 주민들이 직접 나서 전문가와 함께 제안서를 만들었고, 구청은 이에 따라 사업을 추진했다. 일방적인 구청의 설계에 따른 것이 아니라 마을 사람들이 옛 추억을 떠올리며 복원에 공을 들인 결과 30여 년이 지난 지금 이 마을은 도쿄에서 가장 쾌적한 주거 환경을 자랑하는 곳으로 탈바꿈했다. 이곳에서는 공원이나 놀이터를 만들 때면 아이들의 의견을 듣고 반영한다. 어릴 때부터 자기가 사는 곳의 환경 문제에 관심을 기울이고, 주체적으로 해결할 수 있도록 가르치고 있는 것이다.

커뮤니티와 전통의 힘 – 영국 런던의 그리니치 밀레니엄 빌리지

템스 강에 인접한 런던 그리니치의 밀레니엄 빌리지GMV는 현대식 아파트이면서 전통적인 영국 마을을 재현해냈다. 과거 100년 이상 영국 가스공장의 부지로 사용됐다가 1985년 공장이 철거되면서 폐허가 됐던 곳이 20여년이 지난 지금 전통과 문화를 살린 런던의 자랑거리로 재탄생했다. 아파트는 대부분 7층 이하로 제한했고, 주민들의 직업과 연령대에 맞춰 다양하게 구성했다. 아파트의 중앙에는 넓은 정원이 꾸며져 있

그리니치 밀레니엄 빌리지의 아파트. 2012년 완공을 목표로 현재 공사가 계속되고 있다. 회색빛 도시가 마치 동화 속 나라처럼 변신했다.

는데, 이는 아파트 주민 모두의 앞마당과 같다. 모든 집의 현관이나 테라스와 연결돼 있기 때문에 책을 보다가 잠시 바람을 쐴 수도 있고, 식사 후 이웃과 함께 차도 마실 수도 있다. 아이들의

놀이터, 교육 공간, 이웃들의 만남 장소로서만이 아니라 동식물이 살아갈 서식지로서 습지를 조성하는 일도 빼놓지 않았다.

　　휴먼 도시, 인간적인 도시는 진정한 인간의 도시다. 우리가 이미 알고 있던, 그러나 잠시 잊었던 도시의 원형이다. 도시는 변하고 또 변하고 있다. 도시가 인류의 가장 위대한 창조물로 불리는 이유는 그 안에 사람이 살고 있어서가 아닐까? 도시철학자 루이스 멈퍼드는 그의 저서 『역사 속의 도시』를 이렇게 마무리하고 있다. "우리는 도시가 모성, 생명을 양성하는 기능과 자발적으로 더불어 사는 공동체를 부활시키도록 해야 한다. 왜냐하면 도시는 사랑의 기관이 돼야 하고, 또한 도시가 가장 신경 써야 할 일은 인간의 보호와 양육이기 때문이다."

도시의 꿈

prologue | **blog** | photolog

목록보기 | blog

신도시

프로필▶   쪽지▶   이웃추가▶

category

■ 도시, 이렇게 변해왔다
■ 신도시 정책 비교
■ 각국 신도시 탐방기
■ 휴먼 도시에서의 일상

tags

뉴 타운 | 나폴리 | 바스티드
에베네저 하워드 | 전원도시 | 뉴라나크
수원 화성 | 그린벨트 | 밀턴 케인스
타마 신도시 | 분당 신도시 | 유토피아
콤팩트 시티 | 뉴 어버니즘 | 휴먼 도시
미들턴 힐 | 파운드베리 | 열린 공간
일산 신도시

이웃 블로거

* 콤팩트 시티, 이젠 환경이 대세다!
* 파운드베리에서의 일상

이전글

◀ 역사 속 인물 대화방
  '신도시는 유토피아인가?'

다음글

▶ 도시의 영화 감상
  〈폼포코 너구리 대작전〉

나도 할 말 있다

　나는 신도시입니다. 뭐라구요? 내 이름이 새롭게 안 들린다
구요? 저 새것 맞거든요. 내 이름에 얼룩이 진 걸 제 탓으로 돌리지
마세요. 도시는 사람들이 만드는 겁니다. 왜 사람들은 땅에 그리
욕심을 갖는 건지. 떵떵거리고 살고 싶은 욕심을 억누를 수가 없는
겁니까?

　사람도 늙지만 도시도 늙습니다. 도시도 한때는 새파랗게 젊은
시절, 새것이었던 시절이 있었어요. 그런데 계속 돌보고 가꾸지 않
으니까 주름이 지고 하는 거 아닙니까?

　저 신도시는 사실 도시의 분신이자 도시의 꿈입니다. 사람들이
도시를 만든 건 옹기종기 살면서, 즐겁게 일하고 공부하고 쉬기 위
해서였잖아요. 그런데 참 이상하게도 '넌 도시적이야' 라는 말이
결코 좋은 말로 쓰이지 않습니다. 무언가 차갑고 비인간적인 느낌
이 나요.

　도시의 본질은 그렇지 않은데, 왜 이렇게 된 거죠? 그건 아마도
도시에 문화가 없어서입니다. 문화가 사라진 도시는 거대한 창고
일 뿐이죠. 집을 보면 그 사람을 알 수 있듯, 도시를 보면 거기 살
고 있는 사람들의 인격이 보입니다.

　아무리 세월이 지나도 저는 계속 헌 도시가 아니라 새 도시입니
다. 그렇다고 영원한 젊음을 위한 불로초 같은 건 필요없습니다.
조화롭게 사는 사람들의 에너지가 저를 새롭게 하니까요. 사람들
과 호흡하면서 늘 그 시대에 맞게 새로워지려는 저의 꿈을 잊지 말
아주세요.

▾ 덧글 **14개** | 엮인 글 쓰기 | 공감 8개

참고 자료

📖 Books

● 『역사 속의 도시』 루이스 멈포드 저, 김영기 역, 명보문화사, 1990
도시 연구에 대한 고전. 신석기 시대부터 현대에 이르기까지 인류가 건설한 도시들의 발자취를 연구했다.
단순한 도시의 문화사를 뛰어넘어 도시에 살았던 인간의 생활과 도시의 구조를 동일한 것으로 보고, 이 둘
의 상호관계에 대해 주목했다. 20세기 최고의 도시계획 이론가 루이스 멈포드의 역작이다.

● 『도시해석』 김인 · 박수진 공저, 푸른길, 2006
자연지리학, 인문지리학, 지리정보시스템과 같이 지리학의 계
통분야가 총망라된 다양한 분야의 전문가들이 서로 다른 시각
에서 '도시'라는 하나의 주제에 대해 풀어내고 있다. 정치, 경
제, 역사, 문화, 관광, 마케팅, 건축, 환경 등 다양한 시각으로
도시가 해석되어 있다.

🎬 Movies

● 〈폼포코 너구리 대작전〉 다카하타 이사오 감독, 2005
도쿄 근방의 타마구릉지에서 평화롭게 살고 있던 너구리 폼포코. 그러던 어느 날 도
쿄의 개발계획으로 숲에 포클레인이 들이닥치면서 생존에 위협을 받자 이에 대항
하기 위해 너구리들은 '인간연구 5개년 계획'을 추진하는 등 숲을 사수하기 위한
대대적인 작전을 시작한다. 이 영화는 1960년대 일본의 다마 신도시 개발계획을
배경으로 하고 있다.

1859년
미국의 석유회사 기사
에드윈 드레이크
최초의 유정 발견

19세기
세계 최초의
휘발유 자동차 발명

B.C. 18세기
석유를
방수제나 치료약으로 활용

1950년대
엑슨 모빌, 걸프, 텍사코, BP 등
석유 메이저의 독점 시작

1938년
미국 듀폰 사
합성섬유 나일론 개발

1960년
산유국 대표
'석유수출국기구' 결성

2003년
미국
이라크 침공

1970년대
제 1, 2차
석유 파동

2009년
석유 없는 미래를 위해
각국 그린 뉴딜 정책 실시

석유개발의 역사

지구촌 작전명: '코드 그린'

"석유에 대한
전 세계의 수요가
공급을 넘어서면서
군대가 동원돼
송유관을 지키는
시대가 올 것이다."

_『자원의 지배』의 저자,
마이클 클레어 Michael T. Klare

석유

나무와 같이 한때 생물체였던 유기물이 농축된 탄소화합물이나 화석에너지. 오래전 지구 상에 살았던 생물이 간직했던 에너지로 현재 인류가 사용하고 있는 에너지 가운데 65퍼센트를 차지한다.

석유라는 말이 처음 나타난 것은 11세기 중국 송나라의 과학자 심괄沈括이 쓴 『몽계필담』에서다. 심괄은 책에서 '석유는 얼핏 옻나무의 진과 비슷해 보이고, 태우면 짙은 연기가 나고 센 불길이 솟는다'라고 적고 있다.

서양의 기록을 보면 이로부터 500년이 지나 1556년, 독일의 과학자 게오르기우스 아그리콜라Georgius Agricola가 『광물들의 본성에 관하여』라는 저서에서 'petroleum'이란 명칭을 최초로 사용했다. 'petroleum'은 '바위, 돌'을 의미하는 라틴어의 'petra'와 '기름'을 의미하는 그리스어 'oleum'이 합쳐져 만들어진 단어로, '돌에서 나는 기름'이라는 뜻을 가지고 있다.

석유는 가열온도에 따라 결과물이 달라진다. 증류탑에 액체인 원유를 넣고 400도 이상까지 가열하면, 끓는점이 낮은 순서대로 다양한 기체가 되는데 이를 따로 모아서 식힌 액체를 우리가 사용하는 것이다.

석유의 역사

방수제로 사용하다

석유는 흔히 근대에 들어와서야 쓰인 것으로 알고 있지만 그 역사는 생각보다 오래되었다. 『구약성경』에 나오는 '노아의 방주' 이야기는 하나의 단서를 제공한다. '전나무로 배를 한 척 만들라. 배 안에는 방을 여러 칸 만들고 안과 밖에 역청을 바르라.'

여기에서 언급되는 '역청' 이 바로 석유, 좀더 정확히 말하자면 석유의 한 종류인 아스팔트asphalt다. 석유는 세상에 나와 다양한 쓰임새를 자랑했는데, 우선 방수도료로 제 역할을 해냈다. 고대 바빌로니아인은 아스팔트를 건축물의 접착제로 사용했다고도 한다.

■■
이라크 텔마마르에서 출토된 장식품.
석회암 액자 테두리에 역청을 두르고
조개껍질을 붙여 장식했다.

석유는 약으로도 쓰였다. 고대 이집트인들은 땅 위로 올라온 석유를 상처에 바르거나 설사를 멎게 하는 지사제로 썼고, 아메리카 원주민들은 백인들이 북아메리카를 점령하기 전부터 석유를 류머티즘 치료약으로 애용했다. 고대 중국의 기록에는 석유가 노인들의 빠진 이를 다시 나게 한다고 적혀 있다. 그야말로 석유는 분야를 넘나들며 일인다역을 해낸 셈이다.

어둠을 밝히다

13세기경 인류가 땅 아래 숨어 있던 석유를 지표면 위로 뽑아올렸다. 그 후 수백 년이 지난 1859년, 미국 석유회사의 기사 에드윈 드레이크Edwin L. Drake에 의해 석유 시추는 다시 추진된다. 드레이크는 펜실베이니아의 한 지역인 티투스빌Titusville에서 굴착기를 만들어 1859년 8월 28일, 깊숙한 우물을 파서 파이프를 연결하는 방법으로 20여 미터 아래에 있던 석유를 땅 위로 끌어올렸다.

드레이크의 시추 성공 소식은 삽시간에 미국 전역에 퍼졌고, 황량하던 땅에는 대박 신화를 꿈꾸는 사람들이 몰려들었다. 드레이크가 석유를 뽑아올리고 1~2년이 지났을까. 남북전쟁이 발발했을 즈음, 한쪽에서는 바로 유전油田이라는 새로운 금광을 찾고자 했

드레이크와 최초의 유정

던 사람들의 '석유 전쟁'이 불붙었다. 들불처럼 일어난 유전개발로 1860년대 초반 미국 전역에는 600여 개의 유정이 뚫렸고, 곳곳에 석유회사가 세워졌다.

이후 경유, 중유 등을 생산하는 현대식 정유공장이 세워져 석유 대량공급 시대가 열리면서 석탄의 그림자 뒤에 있었던 석유는 인류의 삶에 한 발짝 다가서게 되었다. 당시 징제된 석유 가운데 가장 주목받은 것은 램프에 쓰이던 등유였다. 당시 램프에 사용되던 고래기름값이 배럴당 2천 달러를 넘을 정도로 비쌌기 때문에 등유는 밤을 두려워했던 이들에게 구세주와 같았다.

자동차를 달리게 하다

등유의 전성시대는 오래가지 않았다. 1879년 토머스 에디슨이 백열전구를 발명했기 때문이다. 대신 그간 쓸 곳이 마땅치 않아 폐기물로 버려지던 휘발유와 경유의 가치가 새롭게 조명받게 된다. 이는 자동차의 탄생때문이었다. 석유 역사의 제2막이 시작된 셈이다.

19세기 후반, 독일의 고틀리에프 다임러Gottlieb Daimler와 카를 벤츠Karl Benz는 1886년 세계 최초로 휘발유 자동차를 발명한다. 곧이어 1893년 루돌프 디젤Rudolf Diesel이 발명한 디젤기관은 석유 사용에 혁명적인 변화를 가져왔다. 흥미로운 것은 루돌프 디젤은 맨 처음 자신이 발명한 디젤기관의 원료로 땅콩기름을 썼다는 것이다. 요즘 식으로 말하면 바이오 연료였던 셈이다.

처음에 자동차의 연료로 주목받은 것은 상대적으로 가격이 싼 경유

우리나라에서는 언제부터 석유를 썼을까?

"바닷속에서 난다고 하고, 혹은 돌을 삶아서 그 물을 받은 것이라고 해 그 설이 다르다. (중략) 처음에는 그 색깔이 불그스레하고 냄새가 심했으나 한 홉이면 열흘을 밝힐 수 있다."

구한말 학자였던 황현의 『매천야록』은 석유에 대해 이처럼 적고 있다. 이 기록에 따르면 석유는 고종 17년 1880년 우리나라에서 처음 사용됐다. 석유를 소개한 인물은 승려 이동인이다. 개화파 인사들을 따라 일본에 건너갔던 이동인은 석유와 석유 램프, 성냥을 가지고 귀국했다. 사람들은 석유를 '서양 기름'이라고 불렀다.

아주까리기름이나 송진기름으로 등잔불을 밝히던 당시, 석유램프는 상류층에서만 사용할 수 있는 귀한 물건이었다. 그러나 1882년 한미수교가 시작되고 미국 상인과 선교사들이 석유를 대량수입하면서 사정은 달라졌다. 수급이 원활해지면서 저렴한 등유를 사용하는 집이 점차 늘어났다. 다만 석유 등잔이 늘어날수록 송진기름이나 아주까리기름을 팔 수 없게 된 농민들의 원성이 높아졌다고 한다.

구한말 석유램프의 등장으로 전통적으로 사용되던 송진기름이나 아주까리 기름의 수요는 줄어들었다.

■■
세계 최초의 대중차였던 포드의 T모델

였다. 하지만 자동차 산업의 판도가 휘발유 엔진 개발로 쏠리면서 휘발유 수요가 늘기 시작했다. 그 단초를 마련한 것은 포드 자동차 회사Ford Motor Company였다.

20세기 초반 미국 포드 사는 가히 자동차 혁명이라고 할 만한 사건을 이뤄낸다. 컨베이어에 의한 대량생산 방식인 이른바 '포드 시스템'을 개발해 자동차의 생산속도를 크게 높이고, 가격을 낮춰 누구나 쉽게 자동차를 살 수 있게 한 것이다. 당시 휘발유 엔진 개발에 관심이 있었던 헨리 포드Henry Ford는 1908년 세계 최초의 대중차인 T모델을 생산해 자동차의 대중화 시대를 열었다. 휘발유의 수요가 폭발적으로 늘어나면서 석유는 미국 경제의 윤활유가 되었다.

전쟁의 에너지로 사용되다

자동차 이후 증기선이나 군함에도 디젤기관이 장착되면서 점차 선박용 연료는 석탄에서 석유, 좀더 정확히 말하면 중유로 대체됐다. 석탄에 비해 적은 양으로 많은 에너지를 낼 수 있는 석유는 연료로 안성맞춤이었다. 그리고 이를 눈여겨본 인물이 바로 영국의 총리 윈스턴 처칠Winston Churchill이었다.

30대 중반에 해군 장관이 된 처칠은 독일 해군과의 경쟁에서 이기기 위해서는 속도전에서 앞서야 한다고 믿었고 이를 위해 군함의 연료를 석탄에서 석유로 바꿔야 한다고 의회를 설득했다. 석탄에 비해 연료 소모량이 적고, 연기가 적어 적에게 들킬 염려를 줄일 수 있는 석유야말로 최적의 군함용 연료라는 논리였다.

처칠의 선견지명 덕분이었을까. 제1차 세계대전에서 영국군의 전력은 독일 군함을 압도했다. 주요 전함의 연료를 중유로 바꾼 영국군의 종횡무진 활약에 독일의 해군은 맥을 추지 못했고, 결국 독일은 무제한 잠수함 작전을 감행했다. 이는 결과적으로 미국이 전쟁에 참전하는 계기가 되었다. 이후 연합군이 당시 세계 석유 생산의 60퍼센트를 차지하던 최대 산유국인 미국으로부터 석유를 안정적으로 공급받으면서 독일의 상황은 악화일로로 치달았다. 독일의 패배가 결정되자 영국 외무장관 조지 커즌George Curzon 경은 이런 말을 남겼다. "연합국은 석유의 파도를 타고 승리의 해안에 도착했다."

제2차 세계대전에 이르러 석유 쟁탈전은 한층 더 치열해졌다. 제1차 세계대전에서 석유 없이 전쟁에서 승리할 수 없음을 뼈저리게 경험한 독일은 석탄을 이용한 합성석유 추출법까지 개발해냈고, 전쟁 막판에는 유전지역을 염두에 두고 러시아를 침공했다. 일본이 인도네시아 등 동남아시아 유전지역을 공격한 것도 석유 때문이었다. 끝내 두 나라 모두 석유 공급선을 확보하는 데 실패하면서 전쟁에 지고 말았다.

두 번의 전쟁을 통해 석유가 힘이라는 사실을 절실히 느낀 서구 열강들은 앞다투어 석유를 찾아나섰다. 특히 국내에 유전이 적은 영국은 20세기 초반부터 중동에 공을 들였다. 세계를 지배하고자 하는 이들에게 석유는 뺏길 수 없는 권력이었고, 지금까지도 중동은 그 뜨거운 격전지다.

모든 것은 석유에서 비롯된다

제1, 2차 세계대전을 거치면서 석유의 역사에는 두 가지 중대한 사건이 일어난다. 하나는 1940년대 세계 최대의 유전이 사우디아라비아에서 발견된 이후 각국이 중동에서 나오는 석유를 좀더 싼값에 쓸 수 있게 된 것이고, 다른 하나는 석유의 대량공급을 기반으로 석유화학산업이 탄생한 것이다.

석유화학산업이 발전하면서 청동기 시대와 철기 시대에 이어 인류 문명사에 전환점을 가져온 '플라스틱 시대'가 열렸고, 1938년 미국 듀폰 사Du Pont가 최초의 합성섬유인 나일론을 개발하면서 세계 각국에는 합성섬유 연구 열풍이 불었다. '실크보다 질기고 면보다 가벼우며 신축성이 뛰어난 기적의 섬유' 나일론은 세상에 나오자마자 의복혁명을 몰고 왔다. 나일론 스타킹이 판매되는 첫날 미국 전역의 백화점에는 이 소식을 듣고 달려온 여성 고객들로 장사진을 이뤘다고 한다.

석유화학의 발전은 농업에도 일대 변화를 몰고 왔다. 오늘날의 농업

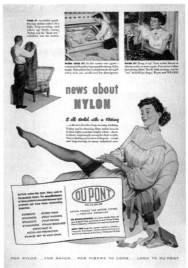

1941년 발행된 듀폰 잡지(왼쪽)와 1948년의 지면 광고(오른쪽).

은 '석유 농업'이라 해도 과언이 아니다. 비닐하우스를 비롯해 각종 농기계, 비료, 농약 등 농사를 짓는 데 필요한 모든 것이 석유에서 비롯되기 때문이다.

우리는 지금 석유로 만들어진 플라스틱 장난감을 갖고 놀고, 석유로 재배한 음식을 먹고, 석유로 만들어진 옷을 입고, 석유로 움직이는 자동차와 비행기를 타고 다닌다. 석유가 대량생산된 지 100여 년이 지난 오늘날 석유는 66억 지구인들의 일상을 잇는 생명줄이 되었다.

검은 황금을 찾아라

등장인물 : 록펠러, 차베스, 후세인, 히틀러
배경 : 베네수엘라 오리노코 강 유역에서

히틀러 여기가 콜럼버스가 낙원의 입구로 착각했다는 그곳 아닙니까? 과연 파라다이스라 할 만하군요.

록펠러 바로 이 강을 따라 그 옛날 에스파냐인들이 전설의 황금도시 엘도라도를 찾았던 거군요. 음… 사방에서 돈 냄새가 진동을 하는데요.

차베스 이 아름다운 풍경을 두고 돈 냄새라니, 너무한 것 아닙니까?

록펠러 부러워서 하는 말이오. 이 주변에 그토록 많은 석유가 흐르고 있다니, 이곳이 바로 황금지대, 엘도라도 아닙니까? 옛 생각이 나는군요. 누런 황금을 찾겠다고 다들 캘리포니아에 몰려들어 야단법석을 떨 때 나는 셰익스피어의 이 말을 떠올렸습니다. "빛난다고 해서 그 모든 것이 다 황금이 아니다." 이걸 뒤집으면 검은 것도 황금이 될 수 있다, 이런 거지요.

히틀러 검은 황금, 석유에 일찍 눈을 떴단 말씀이신데 중요한 건 먼저 손에 넣는 겁니다. 에너지가 있는 곳에 먼저 발을 디밀어라, 이게 나의 전략이었습니다.

차베스 하지만 실제로는 늘 한발 늦지 않았습니까? 영국과 프랑스가 산레모 협정 만들어서 중동을 자기들 것으로 만들 때 히틀러 당신은 뭐하고 있었소?

히틀러 그래서 내가 소련을 침공한 거 아닙니까? 성공하지는 못했지만 말이

존 데이비슨 록펠러(1889~1937)
석유 재벌이자 미국 역사상 최대 갑부로 기록된다. 1870년 29살 때 세운 정유회사 스탠더드 오일이 근대 석유산업 발전에 결정적인 계기를 마련했지만, 1911년 독점금지법인 반트러스트법에 의해 분할됐고, 그 회사들이 합병 과정을 거쳐 오늘날 '엑슨 모빌'에 이르고 있다. 1913년에 인류 복지 증진을 목적으로 록펠러 재단을 설립했다.

사담 후세인 (1937~ 2006)
석유 매장량 3위인 이라크를 1979년부터 2003년까지 통치했다. 이라크 전쟁에서 패배한 후 2003년 미군에 의해 체포, 2006년 12월 처형됐다. 미국은 중동의 민주화를 위해 후세인을 처형했다고 말하지만 많은 국제정치학자들은 그 이면에 석유에 대한 욕심이 숨어 있었다고 해석했다.

오. 날 보고 자꾸 침략자라고 하지만, 중동을 침략한 영국과 프랑스도 오십보 백보 아니오?

록펠러 우리 미국은 전쟁하지 않고 대화로 풀어서 합법적으로 중동의 석유를 가져왔다는 걸 기억해주시오.

후세인 록펠러, 당신이 살아생전에는 그랬는지 모르지만, 당신의 나라 미국이 나의 나라 이라크를 침략했던 데에는 석유를 강제로 자기 것으로 만들겠다는 속셈도 있는 것이었거든요.

차베스 후세인의 말이 옳습니다. 석유 앞에서 강대국들은 모두 이리 떼요. 할 말을 한 것뿐인데, 당신 후세인이 크게 당한 거 아니오?

후세인 뭐 꼭 그래서 당했다기보다는…… 내가 유럽 쪽에 원유 이권을 좀 넘겨주니까 미국이 발끈하고 나선 것이죠. 그나저나 베네수엘라의 원유 국유화 정책은 잘 진행되어갑니까?

차베스 어깨가 무겁습니다. 쿠데타가 일어나서 꼼짝 없이 내쫓길 뻔했을 때 민중들의 성원과 지지로 살아났던 걸 생각하면 잘해나가야지요.

히틀러 차베스 당신의 배짱대로 밀고 나가시오. 신념이 있다면 두려워할 게 뭐 있겠습니까? 국민들은 힘 있는 지도자를 좋아합니다.

아돌프 히틀러 (1889~1945)
1933년 게르만 민족주의와 반유태주의를 내걸어 독일 수상이 되었고 이듬해 총통이 되었다. 석유를 차지하기 위해 중동과 북아프리카에 군대를 보냈으나 실패했다. 제2차 세계대전 당시 전쟁의 승패를 결정짓는 것은 원유라며 러시아의 바쿠를 공격했으나 스탈린이 유전을 폭파시키는 바람에 뜻을 이루지 못했고 패색이 짙어지자 스스로 목숨을 끊었다.

우고 차베스 (1954~현재)
베네수엘라 대통령. 남아메리카의 산유국인 베네수엘라는 미국 석유 수입량의 15퍼센트를 공급하고 있다. 반미 노선과 기간산업의 국유화, 석유 판매 대금의 극빈층 지원정책 등을 펴고 있다. 차베스 정권은 유전 지분 60퍼센트를 베네수엘라 정부에 넘겨준다는 협약에 동의하지 않은 미국 기업 엑스 모빌 사 등 다국적 석유회사들을 오리노코 강 유역에서 내쫓은 바 있다.

차베스 그렇지 않아도 나한테 '차틀러'라고 하는 사람들도 있어서 그다지 기분이 좋지 않소만. 난 가난이 없는 세상, 평화로운 세상을 위해 일하고 있습니다.

록펠러 이야기들을 듣고 있으니 반성이 좀 되기도 하오. 내가 석유로 돈을 벌기는 했지만, 국제정치가 석유로 이렇게까지 엉망진창이 될지는 몰랐습니다.

후세인 황금에만 눈을 뜬 줄 알았는데, 지금이라도 현실에 눈을 뜨니 다행이군요. 어험!

히틀러 나처럼 마냥 '석유 찾아 삼만 리' 하다가 인생을 허비할 생각이오? 내가 이런 말하면 다들 웃겠지만 이제 석유 없는 세상을 준비해야 하지 않겠습니까? 록펠러 재단이 돈을 좀 팍팍 대보시오.

차베스 아니, 죽고 나니 개과천선이요? 어인 일로 훈훈한 분위기? 모두 배를 꼭 잡으시오. 오리노코 강을 달려봅시다. 하하!!!

오리노코 강
길이 2,410킬로미터에 이르는 강. 베네수엘라의 국토를 관통하여 대서양으로 연결되며 남아메리카에서 가장 긴 강 중 하나이다. 오리노코 강 유역에는 2,700억 배럴의 원유가 매장되어 있는 것으로 추정되고 있는데, 이는 단일 지역으로는 세계 최대이다.

세계를 주무르는 일곱 자매들

한때 세상에는 '일곱 자매들Seven Sisters' 이 있었다. 국제 유가를 쥐락펴락하는 이들을 국제 석유시장에선 '석유 메이저Major' 라고 불렀다. 미국계 석유회사인 스탠다드 오일 뉴저지Standard Oil New Jersey (엑슨Exxon의 모태), 스탠다드 오일 캘리포니아Standard Oil California (셰브런Chevron의 모태), 소코니 버큠Socony-Vacuum (모빌Mobil의 모태), 텍사코Texaco.Inc, 걸프 오일Gulf Oil Company, 영국계 석유회사인 브리티시 페트롤리움BP, 그리고 영국과 네덜란드의 합작인 로열 더치셸Royal Dutch-Shell Group, 이렇게 일곱개의 석유 대기업들은 제2차 세계대전 후 50년간 전세계 석유 채굴과 정유, 판매에 대한 독점권을 행사해왔다.

하지만 21세기에 들어서면서 이 일곱 자매의 힘이 약해졌다. 이들 중 살아남은 것은 엑슨 모빌, 브리티시 페트롤리움, 로열 더치셸, 셰브런이고, 이들의 시장점유율도 1970년대 말 50퍼센트 수준에서 최근에는 10퍼센트대로 추락했다.

서방의 석유 메이저 기업들이 쇠퇴하는 이유는 뭘까? 전문가들은 그 원인을 자원민족주의에서 찾는다. '내 땅에 있는 자원은 내가 관리한다'는 자원민족주의는 20세기 초 영국이 주도하던 중동의 유전개발이 점차 미국으로 주도권이 넘어가면서 수면 위로 떠올랐다. 1950년대 후반 메이저 회사들이 시장점유율을 높이기 위해 석유가격을 낮추는 경쟁에 들어가면서 이권료나 조세를 받던 산유국들에게 그 피해가 고스란히 돌아갔고 이런 상황에서 1960년 사우디아라비아, 쿠웨이트, 이란, 이라크, 베네수엘라 등 산유국 대표들은 자신들의 목소리를 대변할 중심체로 '석유수출국기구OPEC'를 결성한다.

네 번째 중동전쟁이 한창이던 1973년 10월, 중동 국가들은 이스라엘을 돕는 서방 국가들에 대한 원유 수출을 중단하겠다고 발표하고, 이스라엘을 고립시키기 위해 석유자원을 무기화하겠다고 선포했다. 이것이 바로 제1차 석유파동이었다.

당시 석유수출국기구가 한 달 동안 올린 국제 원유가격은 무려 기존의 4배나 되는 가격이었다. 석유가 산업의 근간이었던 서방 세계에는 곧 불황과 인플레이션이 휘몰아쳤다. 그리고 석유수출국기구는 '석유 메이

석유수출국기구 회의

우고 차베스 베네수엘라 대통령.
남미 자원민족주의를 이끈 대표적인 인물이다.

저'가 독점하고 있던 원유가격 결정권을 손에 넣게 된다. 이로부터 6년 뒤, 이란혁명의 여파로 잠잠하던 원유가격이 또다시 요동치면서 서구사회는 제 2차 석유파동을 앓았다.

50여 년 선 중동에서 비롯된 자원민족주의는 최근 바다 건너 중남미에서 주목할 만한 흐름을 만들어내고 있다. 베네수엘라의 우고 차베스Hugo Chavez 대통령을 시작으로 에콰도르, 볼리비아 등에서 정권을 잡은 새로운 지도자들이 과거의 유전계약을 무효로 만들거나 국유화하는 정책을 펴고 있는 것이다. 중남미에서 주로 일어나던 자원 민족주의는 최근 태평양을 건너 아시아권과 호주에서도 두드러져, 특히 중국은 정작 자국에서 생산되는 자원에 대해서는 세금을 부과하며 반출을 제한하는 움직임을 보이고 있다.

이런 흐름 속에서 국제 석유시장에서 국영 에너지 기업들이 큰 손으로 부상하고 있다. 대표적으로 베네수엘라 국영석유회사PDVSA, 브라질 국영석유가스회사 페트로브라스Petrobras를 비롯해 사우디아라비아의 국영석유회사인 사우디 아람코Saudi ARAMCO, 러시아의 가즈프롬Gazprom, 이란의 국영석유공사NIOC, 중국의 석유천연가스집단공사CNPC, 말레이시아 국영석유회사 페트로나스Petronas 등이 손꼽힌다. 반세기만의 세대교체라고 해야 할까. '새로운 일곱 자매들New Seven Sisters'이 등장한 것이다.

석유가 세상을 움직인다

2008년 베이징 올림픽의 열기가 한창 달아오를 때, 국제사회의 시선을 끈 나라가 있다. 바로 러시아와 전쟁을 벌인 인구 450만 명 남짓한 작은 나라 그루지야다. 왜 이 작은 나라에 전 세계의 관심이 집중됐을까? 원인은 석유에너지다. 겉으로만 보면 이 분쟁은 그루지야의 자치공화국이었던 남오세티야가 독립하려 하자 러시아가 이를 지지하면서 시작된 것으로 보인다. 하지만 좀더 들여다보면 이 전쟁의 당사자는 사실 그루지야와 러시아가 아닌, 미국과 러시아이다. 미국은 그동안 러시아를 견제하기 위해 그루지야를 조용히 뒤에서 지원해왔다. 그루지야가 러시아로 넘어가게 되면 그루지야의 땅 아래로 흐르는 카스피해의 원유와 천연가스를 러시아에게 내주는 꼴이 되기 때문이다. 러시아의 확장을 경계하는 건 유럽도 마찬가지다. 에너지 공급처인 그루지야가 러시아로

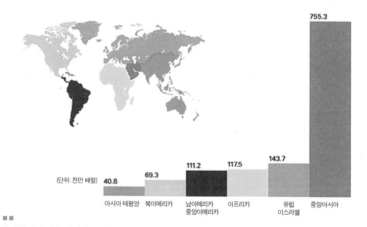

(단위: 천만 배럴)

40.8	69.3	111.2	117.5	143.7	755.3
아시아 태평양	북아메리카	남아메리카 중앙아메리카	아프리카	유럽 이스라엘	중앙아시아

■ ■
현재 확인된 원유 매장량 그래프
2007년 말을 기준으로 석유의 확인매장량은 1조 2,379억 배럴이다. 이는 현재의 석유 생산수준으로 42년간 사용할 수 있는 양이다. 전체 매장량의 70퍼센트 이상은 중동 지역에 집중되어 있다.

미국은 세계 평화를 위협하는 사담 후세인을 제거하고 이르크 국민을 해방한다는 명분으로 이라크를 공격했으나 실상은 중동에서의 석유 주도권을 확보하기 위한 계획이었다.

넘어가면 당장 유럽은 에너지 대란을 마주해야 할 것이기 때문이다. 이런 상황을 알고 있기에 러시아는 그루지야 석유 수출항을 봉쇄하겠다고 큰소리를 친 바 있다.

이처럼 송유관의 가스 밸브를 틀어쥔 국가가 우위에 서는 신조류를 빗대어 〈뉴욕타임스*The New York Times*〉는 '파이프라인 정치학*Pipeline-Politics*'이라고 짚은 바 있다. 지구촌 곳곳에서 석유를 둘러싸고 '총성 없는 전쟁'이 한창인 셈이다. 아니 실제로는 '총성이 있는 전쟁'까지도 낳았다.

2003년 미국은 대량살상무기로 세계 평화를 위협하는 사담 후세인 Saddam Hussein을 제거하고 이라크 국민을 해방시킨다는 명분으로 이라크 공격을 감행했다. 하지만 부시 행정부가 이라크 전쟁을 추진한 것은 석유 때문이라는 설이 지배적이다. 미국의 침공 전, 사담 후세인 전 이라크 대통령이 러시아와 중국, 유럽의 석유 기업들에 440억 배럴의 유전

개발권을 주었고 이는 중동에서 석유 주도권을 확보하려 했던 미국에 위기감을 주기 충분했기 때문이다.

2008년 부시 행정부가 미국의 메이저 석유 회사 간부들과 비밀 회동을 가졌던 사실이 폭로되고, 30년 전 후세인 전 이라크 대통령에 의해 내쫓겼던 메이저 회사들이 속속 이라크로 복귀하면서 석유 이권으로 인한 이라크 전쟁 발발 설은 지지를 얻고 있다.

석유가 세상을 움직이고 있는 현실은 유가 100달러 시대로 들어서면서 더욱 뚜렷해졌다. 최근 석유로 인해 '러브콜' 세례를 받는 지역은 아프리카다. 중국이 아프리카에 각종 지원을 약속하며 공을 들이고 있는 건 검은 황금, 석유에 눈독을 들이고 있기 때문이다.

석유 확보를 둘러싼 싸움은 육지에 국한되지 않는다. 미국의 한 외교전문지 〈포린 폴리시 Foreign Policy〉는 현재 언제 불이 붙을지 모르는 자원 분쟁 지역으로 북극해, 동중국해, 서아프리카 기니 만, 중동 호르무즈 Hormuz 해협의 아부무사 섬, 베네수엘라의 오리노코 강 유역 등 다섯 곳을 지목한 바 있다.

이 가운데 북극해는 어느 지역보다 냉전의 제2막이 치열하게 전개되는 지역이다. 지구온난화의 영향으로 북극의 얼음이 녹으면서 한때 멀리서 바라보아야만 했던 그림의 떡인 천연자원에 접근하기 쉬워진 것에 더욱 주목하고 있다. 미국 지질조사소의 발표에 따르면 북극 지역에는 지구촌

알래스카에 설치된 송유관

■ ■
에너지, 환경, 경제 전쟁
에 둘러싸여 거주지를 잃
어가고 있는 북극곰

이 3년간 쓸 수 있는 900억 배럴의 원유와, 러시아의 총 매장량과 맞먹는 천연가스가 있다고 한다. 러시아, 덴마크, 노르웨이, 미국, 캐나다 등 북극해 연안 5개국이 앞다퉈 외치는 '북극은 우리 것'이라는 주장은 결국 '북극의 자원은 우리 것'인 셈이다.

한편 5천 년 전부터 북극해에 정착해 살아온 이누이트족은 "북극 개발과 북극해 자원 탐사에 반대한다"며 "북극 생태계를 파괴했다"라는 이유로 미국을 국제인권위원회에 제소한 바 있다.

미국의 군수 산업과 국제 정치의 관계를 오랫동안 연구해온 마이클 클레어 교수는 이같이 자원 확보를 둘러싼 국제정치의 현주소를 압축해 '석유 정치학'을 넘어선 '에너지 파시즘'이라고 표현한다. 석유 확보를 명분으로 파시즘이 부상할 것이란 얘기다. 이는 지난 10년간 부시 정부의 대중동 정책을 겨냥한 발언이었다. 오바마 정부는 이 같은 정책에서 선회해 녹색 성장론을 내세우고 있는데 이는 석유를 중심으로 결정돼 온 미국의 대외정책을 변화시키겠다는 메시지이기도 하다.

21세기형 경제개발 정책, '그린 뉴딜'

인류는 언제까지 석유를 쓸 수 있을까? 산유국들이 정확한 석유 매장량을 알려주지 않아서 정확한 예측은 어렵지만 전문가들은 2015년이 되면 인류가 쓸 수 있는 석유의 양이 정점에 이를 것이라고 말한다. 스웨덴 웁살라 대학 셸 알레클렛Kjell Aleklett 교수는 값싼 석유 시대는 이제 끝났다면서 '피크 오일Peak Oil' 시대에 대비할 것을 강조한다.

낙관적인 전망도 있다. 석유 생산의 정점이 적어도 2030년 이전에는 오지 않을 것이며, 채굴 기술의 발전으로 과거에는 접근이 어려웠던 깊은 바닷속 같은 곳에서 석유를 뽑아낼 수도 있다는 것이다. 그러나 석유나 석탄 등 화석연료를 영구적으로 사용할 수 없고, 중국과 인도의 석유 소비량이 가파르게 오르고 있는 점을 감안하면 예상보다 석유는 일찍 바닥을 드러낼 수 있다. 인류에게 석유가 없는 삶에 대한 대비는 이제 선택이 아닌 필수이다.

현재 이를 가장 치열하게 고민하는 곳은 유럽연합으로 석유 없는 미래를 향해 유럽 각국의 지도자들은 '녹색 정치Green Politics' 라는 카드를 꺼내들었다. 정치인으로서의 녹색 이미지를 강조하기 위해 독일의 메르켈Angela Merkel 총리는 자신의 집 백열등을 모두 절전형 백열등으로 바꿨다고 공개했고, 영국의 브라운James. G. Brown 전 총리는 친환경 주택 10만 채를 건설하겠다고 약속했다. 이밖에도 독일은 탄소세, 영국은 기후변화부담금을 도입했고, 네덜란드는 자전거 중심의 녹색교통 정책을 추진하고 있다. 그간 주춤하던 미국도 이 대열에 동참해 버락 오바마 대통령Barak Obama은 취임 후 친환경 산업에 대한 투자를 내세우며 경제 살리기와 온실가스 감축이라는 두 가지 성과를 거두겠다고 공언했다. 이는 21

■■
석유가 없는 삶에 대한 대비는 절실하다.

세기형 경제 부흥정책, 이른바 '그린 뉴딜Green New Deal' 정책이다.

대체에너지 개발은 어디쯤 와있을까? 아직 눈에 띈 성과는 없지만 각국의 노력과 지원은 뜨겁다. 그동안 전력의 80퍼센트를 화력으로 생산하던 터키는 풍력과 태양열 에너지를 적극 활용하려 하고 있고, 에너지 자급국인 덴마크는 2025년까지 신재생 에너지 비중을 전체 에너지 소비의 30퍼센트까지 늘릴 예정이다. 전체 에너지 중 3분의 1을 석유가 차지한다는 스웨덴은 2020년까지 신재생 에너지의 비율을 49퍼센트로 끌어올릴 계획을 내놓았다. 아시아의 사정도 다르지 않다. 에너지 절약의 강국으로 불리는 일본은 2007년 이후 저탄소 사회를 비전으로 제시하고 녹색기술 개발에 주력하고 있고, 중국도 태양열과 풍력 분야에 커다란 관심을 보이고 있다.

중남미 지역에서는 석유 의존도를 낮추기 위한 바이오 연료에 대한 관심이 높아 칠레는 생물체를 분해해 에탄올 등을 얻는 바이오매스Biomass 개발에 주력하고 있고, 브라질은 사탕수수를 원료로 바이오 연료를 생산해 '녹색 사우디'라는 별칭까지 얻었다. 하지만 곡물값의 상승과 환경문제에 대한 우려 때문에 바이오 연료 보급을 낙관하기만은 어려운 상황이다.

그럼 우리는 어떨까? 2008년 세계은행 발표 세계 15위 경제대국이자 2007년 에너지 소비량 세계 9위로 필요한 에너지 자원의 97퍼센트를 수입에 의존하는 나라, 셸 알레클렛 교수가 "유가 상승에 가장 취약한 나라"라고 경고한 우리는 어떤 준비를 하고 있을까?

이명박 대통령은 미래의 성장 동력으로 '녹색 성장'과 '그린 에너지 산업'을 제시한 뒤 곧이어 국가에너지위원회 회의를 열고 원자력 발전의 비율을 대폭 확대하는 것을 골자로 한 '국가에너지기본계획'을 확정했다. 2030년까지 원자력발전소 10기를 신설해 현재 26퍼센트인 원전 비중을 최대 41퍼센트까지 늘리겠다는 것이다. 그러나 과연 원자력이 화석원료 이후의 대안인지에 대해서는 의견이 엇갈린다. 환경단체들은 정부가 표명한 '녹색 성장'이 온실가스 감축 대책이나 국제추세와 역행하고 있다며 비판하고 있다.

석유 탈출 프로젝트에 나선 지구촌의 작전명은 '코드 그린^{Code Green}', 즉 녹색에 맞춰져 있다. 그런데 과연 '초록은 동색'이란 속담처럼 과연 그 '녹색'도 모두 같은 '녹색'일까?

네덜란드에서는 풍력을 이용한 대체에너지 개발이 한창이다.

prologue | **blog** | photolog

목록보기 | blog

블랙골드

프로필▶ 쪽지▶ 이웃추가▶

나도 할 말 있다

난 석유요. 말 그대로 돌기름올시다.

그런데 저는 여러 가지로 불만이 많습니다. 우선 제 이름부터 그렇지요. 참깨에서 나온 기름은 참기름이라고 하고 콩에서 짠 기름은 콩기름이라고 하면서 왜 돌에서 나오지도 않은 나는 돌기름이라고 부릅니까? 자꾸 그러니 '돌'아버리겠어요.

제가 이렇게 투덜이가 된 데는 다 이유가 있습니다. 드레이크가 나를 발견해서 어둠을 밝히는 데까지는 좋았습니다. 인간들이 나를 행복하게 이용하길 간절히 바랐거든요. 어둠도 밝히고, 추울 때 따뜻하게 불도 때우고 오순도순 잘살기를 소망했습니다. 그런데 나의 따뜻한 마음을 외면하고 인간은 나를 두고 전쟁만 하지 않았습니까?

나를 두고 '지킬과 하이드'라고 하는 사람도 있더군요. 축복과 재앙의 두 얼굴을 지녔다고. 자동차를 타고 빠르게 다닐 수 있게 했지만 결국 환경을 오염시켰다. 부자도 만들었지만 가난한 사람들을 더 고통스럽게 만들었다. 근데 뭐 그게 제 탓입니까? 공룡들의 유산을 고이 받들어 만들어진 나를 공룡같이 등장한 기업들이 좌지우지하면서 생긴 일 아닙니까.

자연이 수백만 년을 들여 만든 나를 100여 년 만에 이렇게 만들다니… 나는 당신들에게 있어도 문제요, 없어도 문제군요.

다만 한마디 남기자면, 정말 뜨거운 기름을 맛보기 전에 준비하세요. 나도 이제 점차 수명이 끝나갑니다. 오랜 세월 지구와 함께 살아온 이 늙은 석유 할아버지의 이야기를 부디 잘 새겨들으세요.

▼ **덧글 17개** | 엮인 글 쓰기 | 공감 10개

참고 자료

 Books

●『자원의 지배』 마이클 클레어 저, 김태유, 허은녕 공역, 세종연구원, 2002
갈수록 거세어지는 세계 각국의 자원 경쟁이 국가 안보 정책에 미치는 영향을 고찰한 책. 국제안보전문가이
자 저명한 국방분석가인 저자가 다양한 자료들을 근거로 세계 곳곳에서 현재 벌어지고 있는 분쟁들을 자원
의 소유와 개발 권리의 시각으로 풀어내고 있다.

●『자원전쟁』 에리히 폴라트, 알렉산더 융 공저, 김태희 역, 영림카디널, 2008
전 세계에 퍼져 있는 독일 최고의 시사지 〈슈피겔〉 기자들이 새로운 냉전의 핵이 되고 있는 석유와 가스라
는 자원을 둘러싼 투쟁에 대한 최신 동향과 전망을 제시하고 있는 책이다.

●『파티는 끝났다』 리처드 하인버그 저, 신현승 역, 시공사, 2006
앞으로 다가올 석유자원의 고갈을 전면적으로 다루고 있다. 저자는 석유를 둘러싼 국가간 갈등은 물론 석
유시대의 종말에 대한 논의뿐 아니라 대체에너지가 석유를 어느 정도까지 보완할 수 있는지도 이야기한다.

 Movies

● 시리아나 스티븐 개건 감독, 2006
미국의 중동 개입과 석유를 둘러싼 이권 다툼을 묘사한 영화. 석유 판매 과정에서 발
생하는 지배자들 사이의 거래와 부패, 제국주의적인 개입과 보통 사람들의 고통 등
이 다채롭게 다뤄진다.

주식의 역사

○

해적의 역사

○

지도의 역사

○

물의 역사

○

우주개발의 역사

Economy
&Conflict

B.C. 2세기
고대 로마,
퍼블리카니를 통한 주식거래

1600년
영국 최초의 주식회사
동인도회사 설립

1773년
런던에
'증권거래소' 등장

1817년
뉴욕 증권 거래기구
'뉴욕 스톡 앤드 익스체인지 보드' 설립

1830년
뉴욕 철도회사
주식으로 거래 시작

1997년
아시아 금융위기

1987년
미국 증시 대폭락,
블랙먼데이

2007년
미국의 서브프라임
모기지 사태 시작

주 식 의 역 사

Bubble Bubble, Trouble!

"10년을 바라볼
주식이 아니면
단 10분도
소유하지 마라."

_투자전문가, 워렌 버핏 Warren Buffett

주식과 주식시장

★ 주식과 증권

일종의 회사에 대한 권리의 일부를 가리킨다.

회사가 경영을 하기 위해 필요한 기업의 자금을 자본금이라 하는데, 기업에서는 사람들에게 이 자본금에 투자를 하도록 한다. 그리고 이것에 대한 권리를 보장한다는 의미로 투자자에게 주식을 발행해준다. 주식의 가치는 회사의 경영에 따라 좌우되는데 이 가치를 평가해 사람들은 주식을 사고판다. 증권과 주식을 같은 것으로 혼동하기 쉬운데 증권은 주식보다 큰 개념으로, 갖고 있으면 가치를 평가받아 현금으로 바꿀 수 있는 것을 가리킨다. 증권에는 주식 외에 채권, 선물옵션 등이 있다.

★ 주식시장과 증권시장

주식을 사는 사람과 파는 사람 또는 대리인이 주식 교환을 위해 만나는 장소.

뉴욕 증권거래소 같은 현실공간일 수 있고, 나스닥처럼 가상공간일 수도 있다. 증권시장에서는 채권도 같이 거래되지만, 주로 주식을 사고팔기 때문에 증권시장을 주식시장이라고도 부르는데, 증권시장에서는 통상 채권도 함께 거래된다.

주식의 역사

고대 로마에도 투기꾼이 있었다고?

　주식을 발행하는 주식회사의 원시적인 기원은 고대 로마에서 볼 수 있다. 당시 로마에는 현대 자본주의 금융 시스템과 비슷한 여러 제도들이 도입되어 있었다. 이자를 받고 자유롭게 대출할 수 있었고, 외환거래가 등장해 은행이 발행한 환어음(발행자가 소지자에게 일정한 날짜에 일정한 금액을 지불할 것을 제삼자에게 위탁하는 어음)을 통해 로마 국경 너머까지 자금 결제가 이뤄졌을 정도였다. 금융과 상품의 중심지였던 로마에는 세금을 걷거나 신전을 건립하는 기관인 퍼블리카니 publicani가 있었는데, 이는 오늘날의 주식회사처럼 소유권이 다수에게 분산된 법인체였다. 로마 사람들은 퍼블리카니를 통해 주식투자라는 것을 시작했다.

고대 로마의 주식거래장이었던 공공 광장, 포룸

사람들은 신전 옆 포룸Forum(고대 로마의 공공 광장)에서 주식과 채권을 사고 팔았는데 철학자 키케로Cicero가 "부실한 퍼블리카니의 주식을 사는 것은 도박과 같다"라는 말을 남겼듯 당시에도 투기 과열이 심각한 사회문제였다고 한다.

증권이 일종의 법적 권리증이라는 점에서 최초의 증권은 기원전 3세기, 수메르인이 남긴 흔적에서 발견된다. 쐐기

수메르인들은 점토판에 쐐기문자를 새겨 양을 몇 마리 받았다는 영수증이나 땅을 얼마에 샀다는 계약서 등을 작성했다.

문자를 발명한 수메르인들은 당시 얼마만큼의 땅을 얼마에 샀는지, 양을 몇 마리 주었는지와 같은 거래 내용을 점토판에 새겼다. 점토판 계약서에는 증인과 공증인 이름뿐 아니라 계약을 어길 경우 어떤 조치를 취하겠다는 내용까지 포함돼 있다.

세계 최초의 주식시장이 형성되다

17세기 들어서 네덜란드에는 비로소 근대적인 형태의 주식회사가 등장한다. 동인도회사가 그것이다. 그 토대를 마련한 것은 15세기 인도 항로 개척이었다. 1498년 포르투갈의 항해가 바스코 다가마Vasco da Gama가 인도로 가는 바닷길을 찾아낸 이후 포르투갈, 에스파냐에 이어 영국, 프랑스 등 유럽 열강들은 일제히 인도를 차지하기 위해 각축전을 벌이기 시작했다. 이 치열한 경쟁에서 에스파냐의 무적함대를 격파해 대서양의 패권을 장악한 영국은 1600년 동인도회사를 세워 인도와의 무역독점권

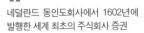
네덜란드 동인도회사에서 1602년에
발행한 세계 최초의 주식회사 증권

17세기 중엽, 네덜란드 무역업은
유럽 해운산업의 75퍼센트를 차지할 만큼 성장했다.

을 먼저 손에 쥐었고, 이에 질세라 네덜란드 또한 1602년 동인도회사를 설립했다. 네덜란드인들이 돈이 되겠다며 탐을 낸 물품은 향신료였다.

희망봉을 돌아 인도로 가서 후추 같은 각종 향신료를 실어와 유럽에서 팔면 한 번에 큰돈을 손에 쥘 수 있었다. 하지만 자칫하면 폭풍을 만나거나 곳곳에서 도사리고 있는 해적들에게 모든 것을 빼앗길 수도 있는만큼 당시의 인도 항해는 위험부담이 큰 일이었다.

또한 인도까지 가는 수백 명의 가까운 사람들과 짐을 실을 큰 배를 구하는 데는 엄청난 규모의 자금이 필요했는데, 당시 네덜란드는 에스파냐나 포르투갈처럼 이런 거금을 댈 만한 국왕이나 영주가 없었다. 따라서 상인들이 자신의 호주머니를 털어 투자 자금을 마련할 수밖에 없었다. 상인들은 항해에 필요한 자금을 모으기 위해 증권을 발행했고, 인도에서 돌아와 팔아서 남은 이익은 보유한 지분만큼 나누어가졌다. 이 거래는 주로 암스테르담의 술집이나 카페에서 이뤄졌다. 1610년 탄생한

세계 최대의 선박 보험회사 로이드는 선원과 여행자를 상대로 운영되던 커피하우스에서 시작됐다. 당시의 커피하우스는 우체국, 주식거래소, 곡물거래소의 역할뿐만 아니라 비즈니스를 위한 사무공간으로서도 한몫을 했다.

이 증권거래소는 오늘날 증권거래소의 시초인 셈이다. 당시 배가 한 번 인도로 갔다와 물건을 팔았을 때 손에 들어오는 돈은 초기 투자 자금의 30배 정도였다고 하니, 당시로선 엄청난 고수익이었다. 하지만 위험을 만나면 별 수 없이 그 손해까지도 나누어 부담해야 했다.

금융업의 태동과 롬바드 거리

무역 독점권을 둘러싼 경쟁이 점점 치열해지면서 이는 영국과 네덜란드 사이의 실제 전쟁으로 이어졌다. 그리고 1652년부터 1674년까지 장기간에 걸친 전쟁은 영국의 승리로 끝이 났다. 이제 힘의 중심은 영국으로 옮겨졌다. 게다가 1757년 플라시 전투Battle of Plassey에서 승리하여 프랑스를 따돌리게 된 영국은 이후 인도 뱅골 지방에서 실어온 면화로 면직물을 만들어 세계 각국으로 수출할 수 있었다.

식민지로부터 강탈한 자원을 바탕으로 산업화해 벌어들인 이윤은 엄청난 규모로 쌓여갔고, 산업자본의 규모가 커지면서 일부는 금융자본이 되었다. 즉 은행이나 보험, 기타 증시에서 유통되는 자본이 그 자체로 독사성을 가지게 된 것이다. 여기에 결정적인 영향을 미친 것은 은행의 발달이었다. 은행에 자본이 집중되자 자본을 빌려주는 것이 곧 사업이 되는 금융체제가 발전하게 된 것이다.

17세기 후반에 설립된 영란英蘭은행이 정부 채권을 발행하면서 증권 거래는 점차 활기를 띠게 된다. 비공식적인 증권시장 역할을 한 곳은 주로 은행 주변의 커피하우스였다. 브로커들은 자신들이 이용하던 카페를 1773년 아예 '증권거래소'로 이름을 붙이고 자치규약을 만들었다. 런던

■■
1694년 설립된 영국의 중앙은행 영란은행의 모습

에 증권거래소가 정식으로 생긴 것은 이로부터 30여 년이 흐른 뒤인 1802년, 550명의 증권업자들에 의해서였다. 이와 동시에 증권거래규칙도 제정됐다.

영란은행을 중심으로 은행들이 늘어선 거리 롬바드 거리^{Lombard Street}는 18~19세기에 국제금융가로 명성을 떨쳤다. 그러나 20세기, 두 차례의 세계대전을 거치고 식민지 독립이 이어지면서 영국 금융계는 몰락하게 된다. 대신 금융업의 중심추는 뉴욕 월 스트리트^{Wall Street}로 옮겨졌다.

20세기 세계 금융시장의 중심지, 월 스트리트

뉴욕 월 스트리트의 역사에 주춧돌을 놓은 것은 17세기 전성기를 구가했던 네덜란드인들이었다. 네덜란드의 동인도회사가 항해 중 맨해튼 섬을 발견했고, 곧 네덜란드 사람들은 이 섬에 '뉴암스테르담'이라는 이름을 붙였다. 또 하나의 암스테르담으로 만들겠다는 의지의 표현이었을 것이다. 당시 네덜란드인은 영국인과의 잦은 분쟁을 겪었는데 이곳도 예외가 아니었다. 결국 이스트 강과 허드슨 강 사이인 맨해튼 남쪽에 나무로 만든 벽을(Wooden Wall) 세우게 된다. 이것이 바로 오늘날 월 스트리트의 시작이었다.

1790년경 월 스트리트에서 거래되던 증권은 두 가지였다. 하나는 각 주가 영국과 독립전쟁을 치르면서 진 빚을 연방정부가 대신 갚아주기 위해 발행한 전시채권이었고, 다른 하나는 첫 국립은행인 미합중국은행의 주식이었다.

당시 주식 중개인과 상인들은 커피하우스나 시장 등에 모여 주로 주

뉴욕증권거래소는 1972년 5월 17일 증권 중개업자들과 상인 24명이 모여 월가 68번지 버튼우드(플라타너스 나무의 일종) 아래에서 증권 거래법, 수수료율 등을 정한 협정에 서명한 것을 시작으로 한다.

식을 거래했는데 거래되는 장소와 시간이 일정치 않다보니 사고파는 데 여러 제약이 많았다. 그 결과 1792년 당시 투자자들이 자주 모임을 갖던 월 스트리트의 한 버튼우드(우리가 플라타너스라고 부르는 나무)의 이름을 딴 '버튼우드 협약Buttonwood Agreement'을 체결한다. 당시 주식투자자 24명이 합의한 내용은 두 가지였다. '주식을 공동사무실에서 사고팔자. 그리고 오직 우리를 통해서만 주식을 매매할 수 있도록 하고 중개수수료를 0.25퍼센트 이상을 받아내자.'

이후 1817년 뉴욕 스톡 앤드 익스체인지 보드NY&EB라는 거래기구가 만들어졌다. 첫 매매는 철도회사의 주식이었다. 1860년대 남북전쟁이 끝나고 재건기를 맞은 미국은 동서를 잇는 철도 건설에 모든 에너지를 쏟아부었고, 당시 주식시장에서 거래된 것도 철도회사 주식이 대부분이었다. 이 과정에서 철강왕 앤드루 카네기, 철도왕 제이 굴드 같은 거부들이 탄생할 수 있었다.

"일제강점기 주식왕은 조선인이었다"

조선증권취인소 전경(왼쪽). 우리나라의 증권시장은 일제강점기 대동아전쟁과 식민지 점령을 위한 자금과 지원 수탈을 목적으로 일본의 주도 아래 시작되었다. 오른쪽은 동양척식주식회사의 증권이다.

우리나라 최초의 증권거래소 '조선증권취인소'는 일제 치하였던 1932년 문을 열었다. 거래소를 세운 사람도 일본인이었고, 증권 발행이나 유통도 일본인들이 담당했다. 주식 종목 역시 일본 주식이 대다수를 차지했다.

정보력과 자금력에서 일본인을 따라잡을 수 없었던 당시 조선인들은 주식 투자를 했다 해도 쪽박을 차기 일쑤였다. 이런 가운데 조준호는 타의 추종을 불허하는 주식 투자왕이었다.

구한말 부잣집 맏아들로 태어나 도쿄와 영국에서 유학을 하고 돌아온 그는 동아증권을 설립한 뒤 주식 중개에 나섰는데, 훗날 직접 투자에 나서면서 큰돈을 벌었다. 당시 그가 벌어들인 돈은 300여 만 원, 오늘날로 치면 3,000억 원이 넘는 엄청난 액수였다. 조준호는 해방 후 이 돈을 밑천으로 사업을 키워 사보이호텔(현재 서울 충무로 1가)을 설립하기도 했다.

역사 속 인물 대화방

투자와 투기의 경계선은 어디인가?

등장인물 : 렘브란트, 조지 소로스, J. P. 모건
배경 : 뉴욕현대미술관 앞에서

모건 아, 소로스, 당신 요새 세계 자본주의가 너무 투기화되었다고 주장하고 다닌다면서?

소로스 그렇소이다, 모건 회장. 아무리 돈이 좋아도 무분별한 투기를 허용하는 건 결국 자승자박이지요.

모건 어차피 큰돈을 벌자면 과감해야 하고 손해도 각오해야 하오. 위험도가 높을수록 이익도 많이 나는 법이니.

렘브란트 그건 아니죠. 겪어보지 않고서는 모릅니다. 1630년, 그때 네덜란드에서는 집을 팔아서 튤립에 투자해도 남는다는 분위기였습니다. 그런데 돈 왕창 벌어보자 했다가 망한 사람이 한둘 아니었다지요.

소로스 쉽지 않지요. 그렇게 위험도가 높은 시장이 일상화되면 투기 거품이 일어날 때 너무 혼란이 큽니다.

렘브란트 잘될 줄 알고 몰려들었다가 꺼지는 폭락의 충격, 무서워요, 무서워. 내 명성이 아래로 푹 꺼졌던, 그때의 기분을 생각하면 충분히 이해가 됩니다.

소로스 그래서 일정한 규제가 필요하다는 겁니다. 저도 예전에는 무슨 규제냐고 했지만 세계경제가 자꾸 위기를 반복하는 것을 보니 이거 영 아니다 싶어요.

모건 간들이 작아. 내가 어떻게 돈을 번줄 아시오? 전쟁 중에도 돈을 벌었소.

JP. 모건(1837~1913)
월 스트리트를 세계 금융시장으로 부상하게 한 금융가. 미국 JP 모건은행의 지배주주였던 그는 뉴욕 월 스트리트에서 '신들의 신', '주피터'로 불렸다. 모건은 당시 미국의 최대산업이었던 철도 산업의 3분의 1을 장악했고 철강 산업의 70퍼센트를 좌지우지했다. 미국에 중앙은행이 없었던 1913년 이전, 모건은행은 중앙은행과 같은 역할을 했다.

조지 소로스(1930~현재)
세계에서 가장 성공한 펀드매니저이자 가장 영향력 있는 갑부. 전 세계 헤지펀드 가운데 절반 이상을 차지하는 조지 소로스의 퀀텀그룹은 유명하다. 1997년 아시아에 금융위기가 발생하자 당시 동남아 통화위기의 주범으로 지목받기도 했다. 이후 그는 후진국 교육을 위해 연평균 4억 달러를 지원하기 시작했다.

남북전쟁 당시 북쪽 정부에 돈을 대주었고 그걸로 한몫 잡았지요. 사실 전쟁에서 지면 몽땅 떼이는 돈이라 거의 도박 내지는 **투기**에 가끼웠지만 어디 결과가 그렇소? 어차피 복불복福不福 아니오.

소로스 전쟁 중에도 돈을 버는 자 있으니 괜찮다? 물론 나도 금융위기가 휩쓸 때 투기자본이니 뭐니 해서 한 소리 들었던 사람입니다. 하지만 증시에도 일정한 규제를 해야 해요. 까딱하다간 망할 수 있어요.

모건 그러니까 과학을 해야지, 과학을. 증시도 자본투자도 다 과학이야. 우수한 수학자 잘 고용하면, 예견할 수 있다구요. 그러면서 돈 버는 거고.

소로스 모건 회장이 활동하던 때와 지금은 다릅니다. 그때는 그야말로 호랑이 담배 피우던 때이지요. 지금은 투기자본의 규모가 세계 자본시장의 90퍼센트가 넘습니다.

모건 그건 나도 알아요. 그러나 투자와 투기를 너무 구별하려고 덤비면 투자자들의 심리가 얼어붙는단 말이오.

렘브란트 그건 그렇지요. 전 그런데 요즘 뭐든지 투자, 투자 하니까 그게 거슬려요. 그림도 그저 즐기는 게 아니라 재산 늘리는 수단으로 여기지 않습니까? 미술품 펀드란 것도 생겼다면서요?

모건 그렇게 해서 예술에 관심을 갖게 되는 게 중요하지 않겠습니까? 렘브란

렘브란트(1606~1669)
1630년대 암스테르담을 대표하는 초상화가. 〈진주귀걸이를 한 소녀〉라는 작품으로 알려진 베르메르 등 네덜란드 화가들의 황금기에 함께 활동했다. 경제적으로 풍요로웠던 시대였던만큼 상류층 후원자가 많아 일찍 명성을 얻었고, 부유한 집안의 딸 사스키아와 결혼해 평탄한 생활을 했다. 그러나 화가로서 그의 명성은 1642년 제작된 〈야경〉을 고비로 내리막길로 접어들어, 말년에 그는 집과 미술품을 모두 경매로 넘기고 파산하고 말았다.

트의 그림이 주목받고 후세에 이어질 수 있던 것도 후원자들과 당신 그림을 샀던 사람들 덕분 아니던가요?

렘브란트 맞는 말입니다만, 그림의 가치가 돈으로만 환산되는 현실이 슬프다, 이 말이오.

소로스 가치가 있으니 돈이 따르지요. 뉴욕을 활기찬 도시로 만든 건 월 스트리트이기도 하지만, 동시에 예술이 살아 있기 때문이기도 합니다. 이 뉴욕현대미술관 건물도 대공황이 시작될 때 문을 연 거잖아요.

모건 암…… 경제적으로 어려워도 예술이 주는 힘이 있지. 이 미술관에서 많은 이들이 반 고흐의 〈별이 빛나는 밤〉을 보면서 마음의 안식을 얻기도 했잖소!

렘브란트 듣자 하니 도대체 어디까지 투자로 봐야하는 거요? 그림 그리듯 밝은 걸 투자, 어두운 걸 투기, 이렇게만 볼 수도 없고.

소로스 빛과 그림자를 구별하는 것보다, 투자와 투기 구별하는 것이 천배는 더 어려울 겁니다.

모건 여하튼 그렇게 이리저리 따지고 재고 있다간 될 일도 안 되겠소. 그래서 돈을 어찌 벌려나?

소로스 렘브란트 …….

튤립 파동
1630년대 네덜란드에서 있었던 역사상 최초의 버블. 당시 튤립 알뿌리는 재산과 같아 은행에 보관됐고, 이를 담보로 엄청난 돈을 대출받을 수도 있었다. 1635년, 튤립의 구근 가격이 천정부지로 치솟아 최고 26배 넘게 뛰는 기현상이 벌어졌는데, 순식간에 투기 자본들이 발을 빼면서 거품이 빠졌다.

블랙먼데이와 세계를 흔든 경제위기

1

1929년 10월 24일 목요일, 뉴욕 주식시장의 주가가 하루 만에 12퍼센트나 폭락했다. 사상 유례가 없던 일이었다. 세계 대공황의 도화선이 된 사건, 바로 1929년 10월의 '검은 목요일'이었다.

제1차 세계대전이 터지면서 일제히 전쟁물자 생산에 뛰어들며 호황을 누렸던 미국 기업들은 종전 선언과 함께 암흑 같은 현실과 마주하게 된다. 투자했던 설비들이 하루아침에 쓸모없게 된 것이다. 곧 소비시장은 얼어붙었고, 투자자들은 증시에서 발을 빼기 시작했다. 주식 폭락을 막기 위해 은행들은 갖은 애를 썼지만 주가는 여지없이 무너져내렸다.

2

1987년 10월 19일 월요일, 뉴욕 주식시장에서는 다우지수(다우-존스 사가 매일 발표하고 있는 뉴욕 주식시장의 평균주가)가 하루 동안 무려 508포인트, 전일 대비 22.6퍼센트가 급락했다. 문제의 진원지는 미국이었다. 뚜렷한 이유 없는 돌발 폭락에 대부분 투자자들은 할 말을 잃었다.

주가 폭락의 먹구름은 전 세계로 퍼져나가, 일본을 비롯해 영국, 싱가포르, 홍콩 시장에까지 미쳤다. 전 세계적으로 증권투자 손실액은 1조 7,000억 달러에 달했다. 언론은 다시 '블랙먼데이'를 헤드라인으로 올렸다. 이후 블랙먼데이는 주가 대폭락이나 증시의 일시적 쇼크를 대변하는 말로 일반화됐다.

3

1997년, 전 세계는 아시아의 금융위기를 경험했다. 위기의 시작은 태국의 수도 방콕이었다. 국제증권 및 외환시장에 투자해 단기이익을 올리는 민간 투자기금 헤지펀드Hedge Fund의 투기적 공격과 단기 외화자금의 대규모 인출 사태로 1997년 7월 바트Baht(태국의 화폐 단위)화는 폭락했고, 위기의 태풍은 곧 8월에 인도네시아와 말레이시아에 상륙했다. 10월 23일 홍콩 증시

1997년 당시 임창렬 경제 부총리와 이경식 한국은행 총재가 IMF의 구제금융관리에 대한 허가 서명을 하고 있다.

의 폭락은 한국 시장에도 치명타를 입혔다. 파장은 즉각 반영돼, 다음날 종합주가지수는 33.15포인트 폭락했다. 외환위기의 시작을 알리는 신호였다.

국내의 외환위기는 1997년 초부터 이미 진행되고 있었다. 한보철강이 5조 원대의 부도를 낸 것을 시작으로 삼미, 진로, 뉴코아 등 대기업들의 부도가 연쇄적으로 이어졌다. 결국 1997년 12월 3일 임창렬 당시 경제부총리와 이경식 한국은행 총재는 서울 세종로 정부청사에서 미셸 캉드쉬Michel Camdessus 국제통화기금 총재가 지켜보는 가운데 국제통화기금IMF 구제금융을 위한 정책이행각서에 서명했다.

#4

2007년 서브프라임 모기지Sub-Prime mortgage의 영향으로 세계의 금융시장은 크게 흔들렸고, 그 영향으로 급기야 미국 정부는 2008년 9월 양대 모기지 업체 패니메이Fannie Mae Company와 프레디맥Freddie Mac Company에 2,000억 달러라는 사상 최대의 공적자금을 투입하기로 결정했다. 하지만 약발은 한 주만에 떨어졌고 이후 미국 4대 투자은행인 리먼브라더스Lehman Brothers의 파산에 이어 메릴린치Merrill Lynch마저 매각되는 사태가 이어졌다. 리먼브라더스 파산을 시작으로 실체를 드러낸 미국발 금융위기는 자동차 빅 3의 경영난과 일부의 파산으로 이어지며 전 세계로 공포를 확산시켰다. 한국 경제도 국내외 자금시장에 몰아친 한파가 기세를 부렸다. 앨런 그린스펀Alan Greenspan 전 미국연방준비제도이사회 의장은 "2008년부터 시작된 경제 위기는 100년 만에 한 번 올까 말까 한 사건"이라고 말했다.

Bubble Bubble, Trouble!, 거품경제와 투기

경제에서 거품Bubble이란 지나치게 오른 자산가격을 의미한다. 주식이나 부동산 가격이 오르기 시작하면, 계속 상승할 것이란 기대심리때문에 투자자들이 몰리면서 가격이 폭등하는데 이는 동시에 급락할 가능성을 내포한다. 이를 가리켜 버블 현상이라고 말하는데, 거품이 걷히고 난 뒤에는 대부분 공황 상태가 나타난다.

2007년에야 수면 위로 떠오른 미국의 서브프라임 모기지 사태도 사실은 2000년대 초반, 멀리는 1990년대 중반 이후 거듭된 투기와 이후의 거품 붕괴에서 그 원인을 찾아볼 수 있다.

이런 부류의 투기와 거품은 결코 어제 오늘 일이 아니다. 근대에 들어 가장 대표적인 버블 경제의 사례를 꼽자면 17세기 네덜란드에서 일어난 '튤립 파동'을 들 수 있다. 당시 튤립 알뿌리 하나는 암스테르담 시내의 집 한 채와 비슷한 가격에 거래됐고, 노동자 1년 수입의 20배에 이르렀다. 그러나 거품이 꺼진 뒤 시장은 붕괴됐고 파산자가 넘쳐났다.

2008년 시작된 세계 경제 위기는 멀게는 1990년대 중반 이후 거듭된 투기와 거품 붕괴에서 원인을 찾을 수 있다.

영국의 경우엔 18세기 전반 라틴아메리카의 개발을 내건 영국의 사우스시 South Sea 주식회사 주가가 특별한 이유도 없이 10배 이상 올랐다. 하지만 곧 500여 일 만에 회사의 실체가 드러나면서 주가는 곤두박질쳤다. 사우스시 사의 주가 폭락 직후 한 일간지는 이런 헤드라인을 달았다. '사우스시의 꿈이 한바탕 거품으로 끝나고 말았다.' 이때부터 거품 경제라는 말이 인류 역사에 등장했다.

19세기 중반 영국에서는 철도기 투기의 대상으로 떠오르기도 했다. 당시 철도가 사람과 화물의 유통 혁명을 불러오자 철도 기업들은 우후죽순처럼 생겨났고, 영국에서는 1,200개의 노선의 철도 계획이 발표되었다. 그러나 막대한 투자자금을 끌어들인 결과는 당초의 예상과는 달랐다. 많은 철도 기업들이 적자를 냈고 도산 직전까지 몰렸다. 철도 기업의 주가가 폭락한 것은 물론이었다.

150년이 흐른 뒤에도 똑같은 일이 전 세계적으로 반복되었다. 이번엔 철도 대신 인터넷이라는 것만 다를 뿐이었다. 오스트리아 경제학자 슈페터Joseph. A. Schumpeter는 이처럼 새로운 산업이나 기술이 나오면 수익에 대한 기대가 커지면서 과도하게 자본이 쏠릴 수 있다면서 투기가 발생할 가능성을 주목했다.

이처럼 자본시장은 투기 논란에서 자유롭지 못하다. 게다가 투기와 투자가 어떻게 구분되는지도 모호하다. 투기는 실패한 투자를 의미하고, 투자는 성공한 투기라 일컫기도 한다.

미국 월 스트리트의 유명한 풍자가 프레드 슈드Fred Schwed가 "투기와 투자를 구분하는 것은, 사랑에 들뜬 10대에게 사랑과 성욕이 어떻게 다른지를 설명해주는 것만큼이나 어려운 일"이라고 했던 이유가 여기에 있다.

우리 같이 '가치투자' 합시다

진정한 투자란 어떻게 해야 하는가? 미국이나 영국 등에서는 주식투자를 하나의 습관이라고 본다. 그래서 부모들은 자녀가 용돈을 받아 돈의 씀씀이를 알게 되는 7~8세쯤이 되면 용돈을 모아 주식을 사도록 가르친다. 아이들이 실생활에서 접하는 코카콜라나 코닥Kodak 등의 주식을 사줘서 어렸을 때부터 자신이 사용하는 물건이 어떻게 만들어지고, 경제와 연관을 갖는지를 몸으로 이해하도록 기회를 주는 것이다. 미국에서 소득 상위 1퍼센트에 해당하는 사람 열 명 중 아홉 명이 어린시절부터 저축과 투자를 하면서 백만장자가 됐다는 건 투자습관의 중요성을 알려주는 단면이기도 하다.

그런데 우리나라는 어떤가. 주식이라 하면 단숨에 대박을 터뜨려 일확천금을 얻든가 한 방에 날려 빈털터리 신세가 될 수 있는 위험자산으로 인식하는 경향이 강하다. 전문가들은 이것이 저축이나 두사습관에 대해 교육받지 못한 결과라고 지적한다.

올바른 투자 습관은 어린 시절부터 길러져야 한다.

1990년대 중반 최고의 펀드매니저로 평가받았던 피터 린치Peter Lynch의 조언에 따르면, 주식투자의 첫째 원칙은 '인내'와 '공부'이다. 좀더 구체적으로 그가 자신의 책『이기는 투자』에서 밝힌 주식투자의 절대원칙을 보면, 주식시장을 떠나지 말고, 주가를 보기 전에 그 기업을 먼저 보라는 것이다. 실제로 그는 시세단말기를 처다보기보다는 좋은 주식을 고르기 위해 연차보고서를 꼼꼼히 검토하고 1년에 200여 개 이상의 기업을 방문했다. 기업분석이야말로 진정한 옥석을 가리는 잣대가 된다는 것을 믿었던 것이다.

"장세가 아니라 업체를 보고 투자하라"는 조언은 피터 린치 혼자만의 얘기가 아니다. 워렌 버핏 역시 기업에 대한 지속적인 관심을 1순위에 두었다. 그는 "정확한 데이터를 기초로 철저한 기업의 내용 분석을 통해 5년 이상 끈기를 갖고 장기투자할 것"을 권하고 있다.

섣부른 예측에 근거한 대박에 대한 환상을 버리고 기업이 갖고 있는 가치를 보고 저축하듯 길게 내다보는 지혜로운 투자자들이 있을 때 주식은 비로소 자본주의의 꽃이 될 수 있다.

피터 린치는 1944년 보스턴에서 수학자의 아들로 태어났다. 가정형편이 어렵게 되자, 11살 때부터 골프장 캐디로 일하던 그는 미국 증권시장이 초호황을 구가하던 시절 골프장 손님들을 통해 주식에 깊은 관심을 갖기 시작했다. 보스턴 대학을 졸업한 뒤 조사분석가로 일했으며, 마젤란 펀드를 운용하기 시작한 1977년부터 그가 공식적으로 은퇴를 선언한 1990년까지 연평균 20퍼센트 이상의 수익률을 기록했다. 미국 전체 100가구 중 1가구는 마젤란 펀드에 투자했을 정도로 큰 인기를 누렸다. 펀드를 담당했던 13년 동안 단 한 해도 손실을 기록하지 않았던 그는 월 스트리트의 전설로 불린다.

워렌 버핏은 세계 2위의 거부이면서 가치투자의 귀재로 불린다. 그가 주식투자를 시작한 것은 11살 때부터이다. 버핏은 19살 때 벤저민 그레이엄의 『현명한 투자자』를 읽고 벤저민 그레이엄 교수에게 직접 배우기 위하여 콜롬비아 경영대학원에 입학했다. 졸업 후에는 스승이 세운 투자조합인 그레이엄-뉴먼에 입사해 본격적으로 일하기 시작했다. 벤저민 그레이엄이 증권분석의 이론을 세웠다면, 그 이론으로 버핏은 45년에 걸쳐 연평균 30퍼센트에 가까운 투자수익률을 올렸다. 워렌 버핏이 사용한 방법을 전문적인 용어로는 '가치투자'라고 한다.

피터 린치와 워렌 버핏의 투자 조언

• 장세보다 기업을 보고 투자하라.
• 모르는 종목은 사지 마라.
• 단기적 변동은 무시하라.
• 연구한 만큼 수확한다.

• 오른다고 무턱대고 사지 마라.
• 스스로 판단하라.
• 시장 예측은 불가능하다.
• 시장에 겸손하라.

prologue | **blog** | photolog

주식시장

프로필 ▶ 쪽지 ▶ 이웃추가 ▶

category

- 오늘의 코스닥 지수
- 워렌 버핏 투자법 따라잡기

tags

퍼블리카니 | 점토판 | 동인도회사
영란은행 | 로이드 커피하우스
롬바드 스트리트 | 월 스트리트
뉴욕증권거래소 | 취인소 | JP 모건
조지 소로스 | 튤립 파동 | 블랙먼데이
IMF | 서브프라임 모기지 | 버블 경제
가치투자 | 워렌 버핏 | 피터 린치

이웃 블로거

* 우리 같이 '가치투자' 해요!

이전글

◀ 역사 속 인물 대화방
   투기와 투자 어디가 경계선인가?

다음글

▶ 탐방기-증권 박물관을 다녀와서

나도 할 말 있다

　나는 주식이오. 애초에 자본을 모아 주식회사의 밭이 된 나는
어느새 독자적인 시장이 되어 참 곡절 많은 역사를 거쳐왔소이다.
게다가 투기니 뭐니하면서 비난도 많이 받았지요. 하지만 내가 없
었다면 자본주의는 여전히 걸음마 단계에서 벗어나기 힘들었을 겁
니다. 1931년 노벨평화상을 받은 교육철학자 니콜라스 버틀러가
이런 말을 했지요. "주식회사야말로 근대사에서 가장 뛰어난 걸작
품이다."
　나, 주식을 산다는 거요? 그건 곧 회사를 사는 것, 회사의 주인이
된다는 말입니다. 1퍼센트의 지분을 갖고 있다면 1퍼센트의 주인
인 거죠. 그런데 여러분들은 나를 살 때 별로 주인이라는 생각을
갖지 않는 것 같습니다. 주식시장에서 보이는 숫자만이 기업의 가
치를 대변하고, 재무제표는 기업의 가치와 상관없다고 생각하니
까요.
　나를 대하는 모습들에는 늘 긴장이 역력해요. 그런데 제발 그렇게
보지 마시오. 내가 위험한 건 알겠지만요. 그게 내 탓이 아니지 않
습니까? 아, 그럼 어디에 언제 투자해야 될지 좀 귀띔해달라구요?
마지막으로 드리고 싶은 말씀을 소설 『톰소여의 모험』을 써서 번
돈으로 주식투자를 했다가 한푼도 남기지 못했다는 마크 트웨인
선생의 말로 대신하겠습니다.
　"주식투자에서 가장 위험한 달은 10월이다. 그 외에 위험한 달로
는 7월, 1월, 9월, 4월, 11월, 5월, 3월, 6월, 12월, 8월 그리고 2월
이 있다."

▼ 덧글 **19개** | 엮인 글 쓰기 | 공감 8개

참고 자료

 Books

○『금융투기의 역사』 에드워드 챈슬러 저, 강남규 역, 국일증권경제연구소, 2001

17세기 튤립 파동에서부터 현재의 주식 버블까지 일확천금을 꿈꾸며 투기를 행하는 인류의 역사를 더듬어보며, 투기와 투자의 올바른 의미를 일깨워준다.

○『보이지 않는 식민지』 김민웅 저, 삼인, 2001

국제 정치와 경제를 주도하는 미국이 대한민국에 미치고 있는 영향과 미래지향적인 대미 관계는 무엇인지에 대해 질문과 해답을 서술하고 있다.

Movies

○〈보일러 룸〉 벤 영거 감독, 2000

'보일러 룸'은 정상적인 주식거래의 규칙 대신 투자가들로부터 거액의 돈을 얻어내어 유령회사나 불안정한 회사의 주식을 사고파는 과정에서 커다란 이익을 남기는 증권사기 브로커 조직을 말한다. 이 영화는 한탕주의의 허망함과 이를 부추기는 브로커 조직의 내막을 적나라하게 드러내고 있다.

○〈겜블〉 제임스 디어든 감독, 2000

1995년, 200여 년의 전통을 가진 영국의 베링스 은행을 파산시킨 20대 젊은 청년의 불법 행위와 사기 조작을 실화를 바탕으로 만든 영화이다.

8세기

북유럽의 새로운 해적 '바이킹',
아시아의 당나라 해적 출현

B.C.8세기

호메로스 『일리아드와 오디세이』에
해적 'Pirate' 이라는 말 등장

14세기

왜구, 한반도 해안에
대규모 침입

1570년대

사략허가증 받은 영국 해적
프랜시스 드레이크,
스페인 무적함대 격파

1492년

콜럼버스의 신대륙 도착
이후 해적을 활용한 약탈 증가

1990년대

인도네시아 말라카 해협,
소말리아 해적 등장

1713년

유럽 각국,
해적 토벌을 위한 협약 체결

2008년

국제연합 안전보장이사회
소말리아 해적 횡포 방지 위한
국제 결의안 채택

History
in Issue 3

해 적 의　역 사

21세기, 다시
해적이 뜨고 있다

"소말리아 해적들의
약탈과 납치는
이미 국제사회의 통제를
벗어났다."

_국제해사국 사무국장, 노엘 충 Noel Choong

해적

배를 타고 바다를 다니며 다른 배를 습격해 재물을 빼앗는 도둑을 말한다.
기록상으로 보면 해적은 고대 그리스 시인 호메로스의 서사시 「일리아스와 오디세이」에 처음 등장했다. 해적Pirate이라는 말은 기원전 140년대에 로마의 역사가 폴리비우스가 처음으로 사용했다고 전해진다.

해적은 바다의 도둑이긴 하지만, 모든 해적을 무도한 집단이라고 단정 짓기는 어렵다. 국가의 폭력과 억압을 피해 무리지어 왕이나 귀족들의 배를 습격하는 경우도 있기 때문이다. 게다가 해상 문명을 이뤄가는 과정에서 치열하게 격돌했던 지역에서는 서로 상대방을 해적으로 부르기도 했다.

오늘날 국제법은 사적인 목적을 위해 약탈과 폭행으로 다른 배의 안전을 위협하는 집단을 해적이라 규정하고 있다. 해적은 국적을 불문하고 '공적'으로 규정돼 있어 어느 나라든지 나포해서 그 나라의 법에 따라 처벌할 수 있다.

해적의 역사

재물의 약탈자, 고대 지중해의 해적

해적은 훔칠 만한 재물이 있어야 나타나기 마련이다. 고대부터 활발한 교역 활동이 이루어진 지중해에서 해적이 처음으로 등장한 것은 우연이 아니다. 특히 에게해는 기원전 2000년 말부터 항해술을 발달시켜 바다를 주름잡은 페니키아인들이 무역을 하던 곳이었다. 페니키아인들이 개척한 항로를 따라 동양의 나무와 기름, 갖가지 사치품과 구리, 주석 등이 오고 갔는데, 이를 호시탐탐 노리는 세력이 늘어나면서 지중해 주변은 다툼이 끊이지 않았다. 기원전 600년경 그리스 사모스 섬의 왕 폴리크라테스Polykrates와 이집트 왕 아푸메네스 2세의 세력은 지중해에서 곧잘 격전을 벌였는데 이들은 서로 상대편을 해적이라 불렀다.

로마가 카르타고를 물리치고 지중해를 손에 넣게 됐을 때도 해적들은 지중해를 떠나지 않았다. 심지어 로마의 영웅 카이사르Caesar도 한때 해적에게 잡혔다가 큰돈을 지불하고서야 풀려날 정도로 지중해 해적은 무소불위의 힘을 자랑했다.

로마와 로마의 식민지인 속주 사이에 운반되던 곡물 등을 가로채고

민심을 동요시키는 해적들은 로마에게는 눈엣가시와 같은 존재였다. 결국 로마 공화정 말기, 폼페이우스Pompeius는 지중해 주변의 해적 소탕에 나섰고 해적들의 활동은 위축되었다. 이후 로마가 몰락하고 해상무역의 길이 끊기면서 지중해에서 해적은 점차 사라지게 됐다.

배고픈 모험가, 중세의 바이킹

8세기경 북유럽에서는 새로운 해적, 바이킹Vikings이 출현한다. 바이킹은 북유럽 지역에서 흔히 볼 수 있는 '바이크vik'(협강)에서 유래한 말로 '협강에서 온 자'라는 뜻이다. 스칸디나비아 반도 일대에 살던 이들

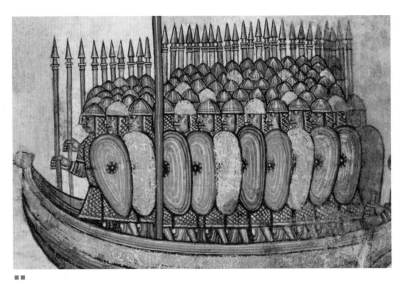

■■
8~11세기 스칸디나비아 반도에서 서유럽으로 내려와 도적 행위를 일삼던 바이킹은 약탈자이기도 했지만, 새로운 항로를 개척해나간 모험가들이기도 했다. 그림은 11세기 당시 프랑스군을 공격하기 위해 대기 중인 바이킹들을 묘사하고 있다.

은 인구가 늘면서 먹을 것이 부족해지자 새로운 정착지를 찾아나섰는데, 그들이 선택한 곳은 바다였다. 이들은 조상 대대로 축적해온 항해술을 바탕으로 유럽의 국가들을 정복하고 약탈하면서 생계를 꾸려갔다. 790년경 영국의 남부 해안에 상륙한 바이킹은 아일랜드의 더블린, 프랑스 등지로 영역을 넓혀갔는데, 그들의 세력 확장은 1050년에 들어서야 마침표를 찍었다.

8세기부터 11세기까지 바이킹은 유럽 사람들에게 공포의 대상이었다. 물론 바이킹만이 유독 이러한 약탈자로 살았던 것은 아니다. 갑작스런 기후 변화나 식량이 부족해지면 어느 지역에서나 강한 힘을 가진 세력이 바이킹처럼 활동했다.

한편 바이킹의 활동은 북부 유럽의 상업 발전을 가져와 도시를 발달시켰다. 이들이 개척한 항로가 훗날 무역항로로 열린 셈이다. 어찌 보면 이들은 바다의 무법자이기도 했지만, 변변한 해양지도 하나 없이 새로운 항로를 개척해나간 모험가들이었다.

제국의 부를 위한 허가받은 해적질

1492년 콜럼버스가 아메리카 대륙에 도착한 유럽인들은 대서양으로 눈을 돌린다. 가장 먼저 대서양을 휘어잡은 나라는 에스파냐였다. 대항해의 돛을 올려 중남미 지역에 넓은 식민지를 확보한 에스파냐는 아메리카 대륙에서 채굴한 금과 은을 본국으로 실어날랐다. 저마다 국가의 부를 축적하는 데 혈안이 되어 있던 영국과 프랑스, 네덜란드가 이 상황을 가만히 지켜보고만 있을 리 없었다. 어떻게 하면 에스파냐의 배

우리나라의 해적 소탕 작전

8~10세기 무렵 동양에서는 당나라 해적들이 대거 등장해 바다를 휩쓸었다. 회유책으로 해적에게 관직을 주기도 했는데, '관리가 되려면 과거 시험을 보는 것보다 해적의 우두머리가 되라' 는 말이 나돌 정도였다. 이 시기에 등장한 이가 장보고이다. 당나라로 건너가 무장으로 출세한 그는 신라인이 해적에 납치돼 노예로 팔려가는 참상을 목격하고 신라로 돌아와 청해진을 세우고 해적을 소탕해나갔다.

왜구 또한 동아시아의 대표적인 해적으로 악명이 높았다. 신라 문무왕이 '내가 죽으면 왜구를 막겠으니 바다에 묻어달라'고 유언을 남겼듯 왜구는 삼국시대부터 골칫거리였다. 『고려사』에는 왜구가 1년에 54번이나 노략질을 했다는 기록이 남아 있다. 왜구의 전성시대는 14~15세기였는데, 이는 일본의 정치적 혼란과 맞닿아 있다. 전통적으로 일본에서는 국왕이 명목상의 존재였는데, 가마쿠라 막부 시대에 일왕 고다이고가 직접 통치를 하고자 하면서 혼란이 발생했고, 이를 틈타 무사와 상인들이 해적으로 돌변하게 된 것이다. 조선시대에는 대마도 왜구의 수장, 즉 도주에게 벼슬을 주어, 해적 관리를 맡겼다고 한다. 그러나 왜구의 침입이 계속되자 세종은 이종무를 총지휘관으로 임명하고 대마도 정벌을 명하기도 했다.

■■
세종의 명을 받고 대마도 정벌에 나선 후 대마도의
왜구에게 항복을 받는 이종무 장군의 모습

에 실린 금은보화를 자기들 것으로 만들 수 있을지 골몰하던 각국의 눈에 들어온 것은 바로 해적들이었다. 해군을 양성하기보다는 바나믈 종횡무진 휘젓고 다녔을 해적들을 활용하는 것이 더 효율적이라 생각했던 것이다.

유럽의 여러 나라는 해적들에게 사략허가증Letters of Marque, 즉 적의 배나 항구를 습격하는 것을 국왕이 허락한다는 내용의 증서를 내주었다. 국가가 지원해줄 테니 마음껏 도둑질을 해오라고 부추긴 셈이다. 국왕의 특명을 받은 해적들은 에스파냐 본토로 돌아가는 상선을 공격해 배에 실린 보물들을 강탈했다. 합법적으로 도둑질을 하고, 조국을 위해 일했다는 공로까지 인정받으니 이보다 더 좋은 일이 있을 수 있을까? 더 나아가 해적은 국민적 영웅으로 대접 받기도 했다. 1570년대에 에스파냐 선박을 공격해 이름을 떨친 프랜시스 드레이크Francis Drake는 엘리자베스 1세에게 기사 작위까지 받아 한순간 귀족으로 등극한 뒤 영국 함대를 이끌고 에스파냐의 무적함대를 침몰시켰다.

사략허가증. 무력을 사용하여 적으로 간주되는 배를 나포해도 좋다는 내용을 담고 있다.

드레이크의 활약이 알려진 이후 영국에서는 해적 지망자가 갈수록 늘어났고, 심지어 해적이 되고자 해군의 지위를 버리는 이들도 생겨났다. 엘리자베스 1세가 통치했던 15년 동안은 그야말로 '해적의 황금기'

였으며 해적이 열어놓은 바닷길을 따라 영국은 점차 거대한 해상 세력
으로 성장했다.

　전성기를 맞은 해적들의 아지트가 된 곳은 아메리카 식민지와 에스
파냐를 오가는 배들의 항로이자 영국과도 가까운 카리브 해였다. 이들
의 항해는 위험했지만 그만큼 엄청난 대가가 있었다. 한 번의 항해로 손
에 쥐는 돈이 금융가나 대지주가 2년 이상 일해야 모을 수 있는 정도였
으니 말이다.

　국가는 해적선이 실어오는 금은보화를 열렬히 환영했고, 곳간 채우
기에 열정적으로 나서는 해적들을 융숭히 대접했다. 그러나 막상 그 재
물로 해군력을 증강시킨 뒤에는 태도가 180도 달라진다. 굳이 해적들의
도움이 필요 없어진데다가 사략허가증의 남용으로 해적이 늘면서 예상
치 못한 혼란을 가져온 것이다. 이에 영국 왕실은 애물단지가 된 해적
소탕 작전에 돌입했다.

　불과 200~300년 전 카리브 해의 복잡한 해안선에 배를 숨기고 있

다가 노략질을 하던 해적들은 18세기에 들어서 자신의 목숨을 지키기 위해 몸을 숨겼다. 그러나 얼마 지나지 않아 유럽 각국이 협약을 맺고 대대적으로 해적 토벌에 나서면서 카리브 해 전역에서 흥청거리던 해적들의 모습은 역사 속으로 사라지고 말았다.

20세기 생계형 해적의 등장

한때 잠잠했던 해적들은 1990년대에 들어서면서 다시 역사의 수면 위로 떠올랐다. 심각한 경제난에 허덕이던 인도네시아와 말레이시아 주변 동남아 일대가 주 무대였다. 특히 1995년 이후 10여 년간 해적 사건의 절반 이상이 인도네시아 말라카 해협에서 일어났다. 말라카 해협은 폭이 좁고 수심도 비교적 얕은 데다가 해안선이 복잡해 해적들에게는 선박을 탈취하기에 안성맞춤인 장소였기 때문이다.

| 해적 공격 지역 | 공격 미수 지역 | 공격 추정 지역 |

■■
위 지도는 국제해사국이 실시간으로 제공하는 해적 공격 및 출몰 지역(2009년 7월 기준)이다. 주로 인도네시아의 말라카 해협, 소말리아 등과 같이 서남아시아와 아프리카 지역 해상에 빈번하게 출몰하는 것을 알 수 있다. (자료출처: 국제해사국)

1990년대 후반 말라카 해적의 악명은 아프리카 해적으로 이어졌다. 소말리아가 위치한 아프리카 동부 인도양 연안, 이른바 '아프리카의 뿔' 지역이 새로운 해적 근거지로 떠오른 것이다. 초기에는 가난으로 인한 생계형 해적이었기에 작은 배로 소형 선박들을 납치하는 수준이었지만, 21세기 소말리아 해적은 망원경, 로켓 추진 수류탄, 기관총으로 중무장한 조직으로 성장했다.

누가 진짜 해적인가?

등장인물 : 실버 선장, 장보고, 프랜시스 드레이크
배경 : 퀸 메리 2호를 타고 대서양을 건너는 크루즈 여행을 하며

드레이크 나 프랜시스 드레이크! 저 대서양 출렁이는 물결을 보니 내 가슴도 출렁이누나.

실버 선장 나도 출렁이누나. "가자 가자 어서 가자 꿈에 본 섬으로!"

드레이크 이 몸은 자네 같은 조무래기 해적과는 격이 달라. 왜냐? 난 우리 대영제국의 영광을 위해 목숨을 걸었던 영웅이니까. 음하하하!

실버 선장 대영제국의 영광 어쩌고 하지만, 사실 프랜시스 드레이크 당신도 남의 보물이나 뺏으려고 기를 썼던 것 아니오?

드레이크 허허, 내가 이래봬도 에스파냐의 무적함대 아르마다와도 상대한 몸이라고!

장보고 두 분의 이야기를 듣고 있자니 조금 가소로운 생각이 드는군요. 해적은 어디까지나 해적이지요, 어험.

실버 선장 아니, 장보고 장군, 초면에 말씀이 지나치십니다.

장보고 실버 선장, 당신은 해적질하면서 악명을 떨치지 않았소? 그 때문에 해상무역의 질서가 엉망이 됐단 걸 알고 있을 텐데…… 낭만이니 뭐니 해서 사람들의 눈을 가리고 말입니다.

실버 선장 내게 죄가 있다면 자유를 찾았던 것뿐! 작가 스티븐슨이 소설 속에

장보고(?~846)
전남 서남해에서 태어났다. 어릴 때부터 무예에 뛰어났던 장보고는 신라의 신분제도인 골품제로 뜻을 펼치기 어려워지자 당나라에 건너가 서주 무령군 소장의 자리에 올랐다. 당나라가 제나라를 멸망시킬 때 공을 세우기도 했지만 신라에서 잡혀간 노비의 비참한 처우에 분개해 사직한 뒤 귀국했다. 이후 왕의 허락을 얻어 1만 명의 군사로 해상교통의 요충지인 청해에 진을 설치하고 수병을 훈련시켜 해적을 소탕했다. 청해진은 신라, 당나라, 일본과 더불어 동남아, 인도, 페르시아 항로가 연결된 국제무역의 허브 역할을 담당했다. 장보고는 동북아의 해상교통권과 무역권을 손에 쥔 해상왕국의 건설자가 됐지만 세력 확대를 경계한 중앙귀족의 견제로 피살되고 만다.

서 하도 낭만을 덧씌워놓아서 나도 할 말이 많습니다. 뱃사람으로 사는게 보통 일인줄 아시오? 그것은 필시 죽음과 맞서는 일이지요. 해적은 억울합니다.

장보고 아! 프랜시스 드레이크, 당신에게도 할 말이 있소이다.

드레이크 어이쿠, 나에게까지 화살이 오는 것이오? 그건 그렇고 당신은 대체 누구요?

장보고 9세기 신라의 서쪽 바다를 혼란스럽게 했던 해적들을 깨끗하게 정리해낸 '해상왕' 이오. 내 이름은 장보고, 인류의 보고인 바다만 보고 살았소, 어험!

드레이크 과연 바다 사나이답구려. 우리 셋 모두 바다 위에서 일생을 보낸 사람들이라니 동지와 다를 바 없는 거군요.

장보고 됐습니다요! 난 당신들과 같은 바다 위에 떠 있었다고 생각하고 싶지는 않소. 당신들의 해적질에 재물과 목숨을 잃은 이들이 한둘입니까? 당신네들은 해적질로 결코 누구의 소유라 주장할 수 없는 바다를 가로채려 하지 않았소?

드레이크 장보고 당신도 중앙정부를 대신해서 해상 권력을 잡으려 했던 거라면 나와 크게 다르지 않은 것 같은데…….

프랜시스 드레이크(1545~1596)
1579년 골든 하인드 호를 지휘하여 에스파냐의 선박을 나포하고 재물을 약탈했다. 엘리자베스 1세를 비롯한 영국인들에게는 영웅이었지만 에스파냐를 비롯한 당시 유럽 대부분의 나라에서는 그를 최악의 해적으로 여겼다. 남태평양과 남대서양 사이의 드레이크 해협은 이 지역을 발견한 그의 이름을 딴 것이다.

실버 선장
로버트 루이스 스티븐슨의 소설 「보물섬」의 주인공으로 선장이자 요리사이다. 지도 한 장을 가지고 보물을 찾아 떠나지만 일행을 이끌던 실버는 나중에 보물의 일부를 훔쳐 행방을 감추고 만다. 데자키 오사무 감독의 손을 거쳐 애니메이션 〈보물섬〉에서 그는 매력적인 바다 사나이로 재창조되었다.

장보고 나는 신라 사람들을 보호했고, 바다의 질서를 세워서 무역의 통로를 연 사람이오. 당신의 도적질과는 차원이 다르단 말이지요.

드레이크 천만의 말씀! 부국강병은 어떤 나라나 다 원하는 법! 해적이건 해상왕이건 해군이건 어느 나라에 충성을 바치는가에 따라 다를 뿐, 결국 종이 한 장 차이 아닙니까?

장보고 그러니 훗날 당신네 영국 해군이 제국주의 침략을 서슴지 않았던 것이겠지요. 쯧쯧. 대서양을 엉망으로 만들던 시절을 그리워하면서 크루즈 여행 같은 거나 만들고 말야. 당신들 그럼 못씁니다!

실버 선장 나도 한마디 좀 합시다. 당신들 진정시키기가 보물섬 지도 들고 보물찾기보다 더 어렵군요. 에이, 그러지 말고 우리 술이나 한 잔 합시다요. 넘실대는 파도가 우리를 부르고 있지 않습니까? 가자 가자 바다로 가자!

해적의 낭만화
해적들의 시대가 가고 난 뒤, 18~19세기에 걸쳐 유럽에서는 해적이 문학 작품의 소재로 큰 인기를 끌었다. 보물 같은 낭만적 요소를 극대화하는 흐름은 「보물섬」에서 바이런이 쓴 서사시 「해적」을 비롯해 베르디의 오페라 〈해적〉, 베를리오즈 서곡 〈해적〉으로 이어졌다. 소설과 연극, 영화를 통해 가공된 낭만적인 해적의 이미지는 영국의 제국주의를 아름답게 포장하는 데 효과적으로 쓰였다.

21세기, 다시 해적이 뜬다

각 국가의 해양 경계선이 뚜렷하고 해군이나 해병대가 철통같이 바다를 지키는 지금도 여전히 해적은 존재한다. 국제해사국[IMB]에 따르면 전 세계 오대양 곳곳에서 신고되는 해적 행위는 연평균 300여 건이다. 그 피해 액수도 매년 130~160억 달러에 이를 것으로 전문가들은 추산한다. 지역별로 보면 아프리카와 동남아 해역에 몰려 있는데, 해적 활동이 활발한 곳으로 꼽혀오던 인도네시아 인근 바다에서의 해적 공격은 2003년 28건에서 2007년에는 7건으로 대폭 줄어든 반면, 아프리카의 해적 출몰은 최근 들어 매년 급승하고 있다. 그중에서 소말리아 해적은 국제적으로 악명이 높다.

소말리아 해적과 우리나라의 악연도 적지 않다. 지난 1996년 이후 10년간 해적으로부터 우리 선박이 당한 피해 건수만 해도 10건에 이른다. 전 국민의 경각심을 불러온 계기는 무엇보다 2006년 동원호 납치 사건이다. 소말리아 인근에서 해적들에게 피랍됐던 동원호 선원 25명은 억류된 지 117일 만에 풀려났다. 석방협상이 장기간 지속되면서 타

■■
국제해사국에 따르면 21세기 들어 전 세계적으로 해적 출몰이 급증했다고 한다. 이들 해적은 주로 아프리카 소말리아 등지를 중심으로 출몰하는 생계형 해적들이다.

결의 기미조차 보이지 않다가 김영미 PD의 현지 취재 이후 급속도로 상황이 진전되었다. 이후 정부가 불행한 사태를 미리 막을 대책을 적극적으로 마련해야 한다는 여론이 높아졌다.

미국의 시사주간지 〈뉴스위크〉는 2008년 6월 12일자에서 소말리아는 해적들이 르네상스를 구가하는 지역이라고 전하면서 "최근 20년간 국제무역의 성장으로 곡물과 석탄, 원유를 실은 선박들이 새로운 유형의 해적을 낳고 있다"고 보도했다. 국제 화물의 80퍼센트가 대양을 가로질러 운송되다보니 그 넓은 바다에도 교통 체증이 생길 수밖에 없고, 이것이 결국 해적의 공격을 불렀다는 분석이다. 재물이 있는 곳에 해적은 있다는 말이다.

국제해사국의 집계에 따르면 20세기형 해적이 말라카 해협에서 출현했던 1990년대 중반과 비교해볼 때 21세기 들어 전 세계적으로 해적들의 공격은 2배가량 증가했다. 실제 공격은 공식적 집계를 훨씬 웃돌 것으로 보고 있다. 오스트레일리아 정부는 보고된 것보다 20배 이상 많을 것으로 추정하는데, 그 이유는 보험료 할증을 우려한 해운회사들이 해적에게 공격당한 사실을 보고하지 않을 수 있기 때문이다. 영국의 외교 전문 두뇌집단 채텀하우스Chathamhouse가 내놓은 보고서에 따르면 해적 출몰 지역을 항해하는 선박에 대한 특별 보험료는 900달러에서 9,000달러로 1년 사이에 10배나 올랐다. 이 때문에 해운회사들은 소말리아 해적을 피하기 위해 멀리 아프리카 최남단인 희망봉으로 우회하는 경로를 검토하고 있다. 해적들이 세계 무역의 지도까지 바꾸고 있는 셈이다.

해적과 정치, 그 묘한 함수관계

해적 출몰의 빈도는 정치적 불안도와 비례한다. 세계 여섯 번째 산유국으로 유전이 밀집된 아프리카 나이지리아의 경우 반군들의 공격이 잇따르면서 정부가 해적에 대한 단속을 못 하자 2006년 12건이던 해적들의 공격 건수가 1년 만에 3배 가까이 늘었다. 소말리아가 해적의 온상이 된 데에도 치안 부재의 현실에 그 원인이 있다.

풍부한 천연 자원의 보고이자 고대 이집트 문명과의 교류지였던 푼트랜드는 1960년 소말리아라는 이름으로 독립했다. 그러나 지금까지도 주변국과의 영토 분쟁은 물론 끊이지 않는 내전으로 안정을 찾지 못하고 있다. 독립 이후 정권을 잡고 있던 모하메드 시아드 바레Mohamed Siad Barre가 군벌세력에게 내쫓긴 1990년대 초반 무정부 상태가 되면서 소말리아 해적은 국제사회에 이름을 알리기 시작한다. 굶주린 어민들이 그

물 대신 총을 들고 도적으로 변해간 것이다.

1990년대 말에는 소말리아에도 잠시 평화의 조짐이 보였다. 이슬람법정연대UIC라는 조직이 흩어진 민심을 아우르고 내전을 정리해가면서, 해적의 활동은 크게 위축된 것이다. 그러나 2001년 9·11 사태 이후 미국이 소말리아를 '대테러 전쟁의 새로운 최전선'으로 지목하면서 상황은 급반전됐다. 조지 부시 미국 대통령이 이슬람법정연대와 알카에다의 연계설을 제기한 이후 이슬람 세력을 경계해왔던 기독교 국가 에티오피아가 미국의 지원을 등에 업고 소말리아에 공습을 단행한 것이다. 전쟁이 끝나고 미국과 국제연합이 지원하는 과도정부 체제를 거쳐 2012년 새로운 연방정부가 출범했지만 소말리아는 여전히 불안하다.

20년만에 무정부상태에서 벗어났지만 국토 대부분이 사막인 데다가 극심한 가뭄이 겹치면서 소말리아를 떠도는 난민들은 점점 늘고 있다. 더 잃을 것이 없어진 사람들이 농사나 고기잡이 대신 인질 사냥에 나서면서 해적의 수는 2005년 100여 명에서 3년 사이 그 10배가 늘었다. 이들은 선진국 선박을 납치해 몸값 흥정을 하는데 아랍계 일간지 〈알 하야트〉에 따르면 해적들이 연간 벌어들이는 수입은 최소 1억5천만 달러에 이른다고 한다.

전쟁과 가난만이 남은 무법천지에서 성장할 수 있는 유일한 산업은 해적질이다. 삶의 기반을 잃은 소말리아 젊은이들에게 해적은 일확천금을 벌 수 있는 꿈의 직업인 셈이다. 소말리아 해적들은 지역 군벌의 비호까지 받고 있기에 처벌 당할 위험도 느끼지 않는다. 해적들의 공격이 점점 대담해지고 있는 가운데 소말리아 해적은 지구촌 전체의 '공공의 적'이 되고 있다.

공공의 적이 된 해적

소말리아 해적의 횡포에 단호히 대처하자며 미국과 유럽연합, 러시아 그리고 인도가 손을 잡았다. 국제연합의 안전보장이사회는 2008년 6월 소말리아 해상에서 해적 행위가 발생했을 때 외국 정부가 소말리아 정부의 사전 승인 없이 영해에 진입하는 것을 승인하는 결의안을 15개 이사국 민장일지로 채택했다. 우리나라는 이 결의안의 공동제안국으로 참여했다.

뜻을 모은 유럽연합은 2008년 12월부터 실질적 행동에 들어갔다. '아탈란타Atalanta' 라고 불리는 군사작전에는 영국을 비롯해 프랑스, 독일 등 유럽연합 회원국들과 해양강국인 노르웨이가 동참했다. 작전 본부는 영국 런던으로 정해졌고, 지휘는 영국의 해군 부총독이 맡았다. 해적을 통해 해양대국으로 떠올랐던 영국이 이번엔 해적을 잡으러 나선 셈이다.

아시아 지역의 공조도 활발하다. 2004년 한국, 중국, 일본 등 아시아 16개국은 지역적 협력을 강화하기 위해 '아시아 해적방지협정'을 체결했고 이에 따라 싱가포르에는 해적정보 공유센터가 세워졌다.

참치를 잡는 원양어선부터 유럽으로 가는 자동차 수출 선적까지 소말리아 앞바다를 지나는 우리

■■
해적들의 횡포에 전 세계는 긴급히 공조를 이루어 군사작전을 감행하고 있다.

나라 선박은 연간 500여 척에 이른다. 2006년 동원호부터 매년 해적들의 공격이 잇따르자 2008년 가을, 정부는 한국 해군의 파병 문제를 검토하기 시작했다. 그리고 2009년 3월 〈국군부대의 소말리아 해역 파견 동의안〉이 국회에서 통과되어 처음으로 소말리아 해역의 해적 퇴치를 위해 청해부대가 파견되었다.

전 세계가 '해적과의 전쟁'에 나선 지금, 과연 해적은 사라질 것인가? 이 물음에 전문가들은 기원전부터 이어져온 해적 행위가 근절되기는 힘들 것이라고 입을 모은다. 역사는 시국이 불안한 시대, 궁핍으로 내몰린 시대에 늘 해적이 있어왔다고 기록하고 있다. 참여연대의 평화군축센터는 국제사회가 군사적인 행동으로 해적을 뿌리 뽑으려는 데에만 관심이 있을 뿐 내전과 기아 때문에 해적질로 내몰리는 소말리아인의 삶을 안정시키는 데에는 관심이 없어 보인다고 지적한다. 해적은 정치 혼란과 빈곤의 양극화를 보여주는 상징인지 모른다.

노엄 촘스키Noam Chomsky는 『해적과 제왕』이란 책에서 다음과 같이 적고 있다.

성 아우구스티누스는 알렉산드로스 왕 앞에 잡혀온 한 해적에 관해 이야기해준다. 알렉산드로스 왕이 그 해적에게 물었다.

"넌 어찌하여 감히 바다를 어지럽히느뇨?"

그러자 그 해적은 이렇게 대답했다.

"그러는 당신은 어찌하여 감히 온 세상을 어지럽히는 건가요? 전 그저 자그만 배 한 척으로 그 짓을 하기 때문에 도둑놈 소릴 듣는 것이고, 당신은 거대한 함대를 이끌고 그 짓을 하기 때문에 제왕이라 불리는 것뿐이외다."

목록보기 | blog

나도 할 말 있다

　나는 해적이올시다. 말 그대로 바다의 도적 떼인 거지. 내 결코 평탄치 않은 삶을 살았지만, 그래도 참 행복한 사람이오. 범법자 가운데 우리 해적처럼 대중들에게 후한 평가를 받는 집단이 또 있겠소? 어차피 하는 짓은 다 같은 도적인데 사람들은 우리 해적에 대해서만큼은 낭만적이라고 하지 않습니까?

　낭만적인 무법자라고 하지만, 그게 법 없이도 살 사람들이라는 뜻은 아니란 걸 나도 압니다. 사실 나는 말 그대로 도적이니만큼 돈 있는 곳, 단속을 피해갈 음지를 따라다녔던 거요. 한마디로 어둠의 세력이지. 허나 그게 꼭 우리한테만 책임이 있는 건 아니오. 편안히 살 수 있었다면 왜 바다로 나섰겠소?

　해적은 영국과 미국보다 앞서 견제와 균형의 원칙, 그러니까 권력분립을 했고 민주적 법체계를 도입한 집단이오. 우리 해적들은 왕이나 함장, 노예 주인 같은 권력의 속성을 경험했기 때문에 캡틴의 권력이 커지는 것을 경계했습니다. 프랑스 혁명이 일어나기 이미 한 세기 전에 자유와 평등의 정신을 몸으로 실천했던 거요.

　마지막으로, 내가 다른 건 몰라도 바다 하나만큼은 안다고 할 수 있는데, 바다는 누가 따로 주인이 있는 것도 아니고 금을 그어놓고 경계선을 표시할 수 있는 것도 아니오. 바다가 한 사람의 소유가 아니듯 자유와 평화란 것도 그렇소이다. 소말리아 해적들에게만 책임을 묻지는 마시란 말씀이오. 해적이라서 해적 편을 드는 게 아니라 균형적인 시각에서 그렇단 말입니다. 아시겠소?

▼ **덧글 34개** | 엮인 글 쓰기 | 공감 18개

참고 자료

Books

● 『낭만적인 무법자 해적: 전설적인 해적들의 모험과 진실』
데이비드 코딩리 저, 김혜영 역, 루비박스, 2007
영국 국립해양박물관의 책임 큐레이터였으며 해양역사학 박사인 저자가 해적에 대한 일반인의 낭만적인
생각을 바탕으로, 17, 18세기 '해적의 황금기'에 관한 매혹적인 이야기를 풀어낸다.

● 『단숨에 읽는 해적의 역사』
한잉신, 뤼팡 공저, 김정자 역, 베이직북스, 2008
대항해시대부터 현대까지 바다를 주름잡은 해적들의 활동상을 상세히 서술했다. 풍부하게 수록된 삽화가
해적의 구체적 생활상을 사실대로 보여준다.

● 『해적과 제왕: 국제 테러리즘의 역사와 실체』
노엄 촘스키 저, 지소철 역, 황소걸음, 2004
세계적인 석학 노엄 촘스키가 국제 테러리즘의 역사와 실체를 고발하는 문제작. 평화를 위한다는 명분으로
행해지는 암살과 테러 등에 대해 비판을 하고 있다.

Movies

● 〈캐리비안의 해적〉 고어 버빈스키 감독, 2003
해적 생활을 그만두고 한적한 삶을 살고 있는 매력 넘치는 해적 캡틴 잭 스패로우가
겪는 스릴 넘치는 활약담을 담았다. 낭만화된 해적의 모습이 잘 드러난 영화이다.

B.C. 2세기

그리스 지리학자 프톨레마이오스
「지리학」 집필

B.C. 2300년경

메소포타미아 문명,
점토판에 쐐기문자로
사유지의 경계 표시

12세기

나침반이 소개되면서
유럽에서 해상지도 제작이
붐을 이룸

16세기

메르카토르 도법 창안,
세계지도 완성

15세기

인쇄술 발달로
지도 대중화

19세기

영국, 독일 대학에
지리학과 개설

1970년대

미국 GPS 위성항법장치 전용위성 발사,
내비게이션 등장

지 도 의   역 사

욕망의 선?
세상을 안내하는 길!

"지도는 단순히 종이 위에 그려진 물체가 아닌, 사회적 사건의 기록이자 증언이며 역사를 품어 안은 공예품이다."

_메릴랜드 대학 지리학과 교수, 존 레니 쇼트 John R. Short

지도

땅의 경계선을 그린 그림.

로마제국이 성립한 시기에 나온 'Mappa mundi'라는 말은 '세계의 헝
겊'이란 뜻으로 세계지도를 가리키며, 영어의 'map'이 여기에서 기원했
다. 당시 지도는 실제를 그대로 옮겼다기보다는 현실 세계를 기호나 문자
를 사용해 축소 표기한 도구라고 할 수 있다.

문자가 있기 전부터 인류는 땅 위에 돌이나 조개껍데기, 나뭇가지 등으로
특정 지역을 표시해왔다. 4만 년 전 호모 사피엔스가 지도를 그려 보존한
건 바위였다. 과일이 많은 곳, 사냥할 동물이 많은 지역을 바위에 새겨놓아
공동생활을 하는 다른 사람들이 볼 수 있게 한 것이다. 바위 다음엔 가죽,
점토판, 종이 등 다양한 곳에 지도를 그렸다.

천문학이 발달하면서 지도 또한 진화하게 된다. 그리스의 수학자이자 천문
학자 에라토스테네스가 기원전 3세기 처음으로 지도 위에 경·위선을 표시
하기 시작한 것이다. 이후 탐험의 시대를 거치면서 인류는 전체 대륙을 파
악할 수 있었고 이로써 세계 지도를 완성해나갔다.

위성 항법 장치(GPS)가 발명되면서 현재 사람들은 자동차 내비게이션에서,
손에 든 전화에서, 인터넷에서, 주변의 정보와 교통 상황, 길 찾기 등이 결합
된 다양한 서비스를 받을 수 있다.

지도의
역사

'이 땅은 내 땅이야', 소유권 관리를 위한 토판 지도

현존하는 지도 가운데 가장 오래된 지도는 지금의 이라크 지역인 티그리스 강과 유프라테스 강 사이, 즉 메소포타미아 문명권에서 발견됐다. 그 시기는 대략 수메르 인을 정복해 처음으로 아카드라는 통일제국을 세운 사르곤 1세의 통치 시기인 기원전 2300년으로 거슬러 올라간다. 이미 기원전 4천년경부터 이곳에 살던 이들은 도시국가를 세웠고 쐐기 문자를 만들어 쓰고 있었는데, 이들의 기록 방법은 주로 점토판에 새기는 것이었다. 날카로운 철심으

■■
현존하는 가장 오래된 세계 지도. 기원전 600년을 전후해 점토판에 그린 바빌로니아 세계 지도로 두 개의 큰 원을 그려 안쪽은 육지를, 바깥쪽은 바다를 나타낸다. 이는 당시 바빌로니아 인들의 자기 중심적 세계관을 보여주는 것이다.

로 점토판에 글씨나 그림을 그려 이를 햇볕에 말리거나 가마에 구워 보존한 것이다. 어른 손바닥만한 크기의 작은 점토판에 그려진 선들을 자세히 해독하기는 어렵지만 학자들은 이 선들이 사유지의 경계 표시라고 보고 있다. 따라서 당시 지도는 정착생활이 안정되어 사적 소유가 발생하고 이들의 소유권이 권력에 의해 보장받았다는 것을 보여준다.

고대 이집트에서도 파피루스에 지도를 그려 보관했다. 이는 나일강 범람으로 인해 자주 바뀌는 경작지의 경계를 명확히하고, 조세를 부과하기 위해서였다. 고대사회의 지도에는 자신들이 정복한 영토를 표시하고 그것을 지켜내고자 했던 권력자들의 의지가 담겨 있다.

최초의 여행 안내도, 로마의 포이팅거 지도

광대한 제국을 건설한 로마는 기원전 100년부터 44년까지 정치가 아그리파를 중심으로 도로 안내도 제작에 들어간다. 1세기 후반 이들은 서쪽의 영국과 에스파냐, 중동부터, 인도에 이르기까지 모든 도로들을 조사했다. 완성한 후에는 대리석판에 지도를 새겨 로마의 공회장 근처에 세워놓았다. 이 지도는 당시 로마의 공무원과 짐꾼, 여행객을 통해 복제되었고, 그 중 하나가 오늘날 전해지는 포이팅거 지도다. 이는 지도의 소유자였던 르네상스 시대 독일 인본주의자인 콘라드 포이팅거 Konrad Peutinger의 이름을 딴 것이다.

포이팅거 지도는 폭이 34센티미터, 길이가 6.8미터인 양피지에 그려졌다. 지도의 중심인 로마는 왕관을 쓰고 왕좌에 앉은 인물로 상징되며 붉은 선은 주요 도로를, 건물들은 호텔이나 온천을 나타낸다. 도로

주변으로는 주요한 기준점인 성이나 교회, 탑 등이 표시되어 있다. 로마의 지도는 이른바 '로마의 평화Pax Romana' 시대를 구가하던 현실의 반영이었다. 최근 네덜란드에서 이뤄진 한 연구에 의하면 포이팅거 지도에 그려진 거리의 축척이 매우 정확했다고 한다.

세계에서 가장 오래된 로마의 포이팅거 지도. 2007년 유네스코의 세계문화유산에 등재됐다.

그리스 로마 시대의 지리학

그리스의 천문학자이자 지리학자인 프톨레마이오스는 150년 무렵 그리스 로마 시대의 지리적 지식을 집대성하여 8권의 『지리학』을 집필했다. 그리고 여행 경험이 많은 상인이나 관리들이 제공한 정보를 이용해 위치를 정하고, 유럽에서 중국까지 세계지도를 작성하였다. 이 지도에는 아메리카 대륙이 존재하지 않고, 아시아와 유럽이 가깝게 그려져 있다. 때문에 콜럼버스는 유럽에서 인도로 가는 길이 멀지 않을 거라 생각하고 항해를 시작했다.

15세기 초반에 출간된 『지리학』의 다양한 판본들 중 하나에서 묘사된 프톨레마이오스의 모습. 천문관측기구인 아스트롤라베를 들고 무언가를 측정하고 있는 모습이 그려져 있다.

종교적 세계관이 투영된 TO 지도

476년 서로마제국이 멸망한 후 중세 유럽에서는 신학이 모든 학문을 지배했다. 세계는 둥근 구형이 아니라 원반으로 생각되었고, 그 중심에 성지 예루살렘이 있다고 믿었다. 이 생각을 단적으로 표현한 것이 TO 지도이다.

TO 지도는 성지 예루살렘을 중심에 두고 나일 강과 돈 강, 지중해에 의해 T자형으로 분할된 세 대륙 즉 유럽과 아시아, 아프리카가 자리하며, 그 주위를 O자형 바다가 감싸고 있는 형태다. 이는 성경의 〈이사야서〉 40장 22절을 그림으로 옮긴 것으로 전해지는데, 지도라기보다 오히려 신앙고백에 가깝다고 볼 수 있다.

한편 이 시기 프톨레마이오스 Ptolemaeos까지 축적돼 있던 그리스 로마의 지적 유산은 이슬람에 전해져 보존되었다. 중세 이슬람은 프톨레마이오스의 세계지도와 지리서를 아라비아어로 번역하여 보전했고, 실크로드를 통해 중국과 교류하면서 아시아 지역을 지도에 표현해나갔다.

TO 지도는 원 속에 T자 모양이 그려져 있는데, 이는 중세의 기독교적 세계관을 반영한 것이다.

탐험과 정복을 위한 항해 지침서, 포르톨라노

중세 후반 십자군 전쟁을 계기로 지중해 무역이 활발해지고, 12세기경 아라비아인들을 통해 중국의 나침반이 소개되면서 유럽에서는 해상지도 제작이 붐을 이뤘다.

해상지도는 항해 지침서인 『포르톨라니Portloani』에서 이름을 따서 〈포르톨라노portolano〉라고 불렀는데, 양이나 염소의 가죽으로 만든 피지에 채색 잉크로 그려졌다. 배를 타고 오가는 길을 그리는 것이 중요했던 만큼 나침반의 중심으로부터 32개의 방위선이 그려졌고, 항해자들은 나침반에서 그어진 방사선을 따라 항로를 계획했다. 지도 제작은 내륙의 지형보다는 해안선을 얼마나 정확하게 그려내느냐에 초점이 맞춰졌다.

해상지도에 표시되는 지역은 초반기에는 지중해, 흑해 지역으로 한정되었으나 점차 대서양 연안에서 인도양, 아메리카 대륙까지 포함하는 형태로 만들어졌다.

15세기 초 포르투갈의 아프리카 항로 개척을 시작으로 15세기 말에는 콜럼버스가 대서양을 횡단해 아메리카 대륙에 도착하고, 16~17세기 초 유럽 각국이 저마다 배를 타고 신세계를 찾아 떠나면서 지도 제작의

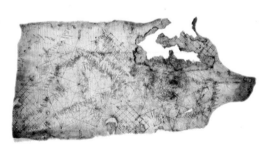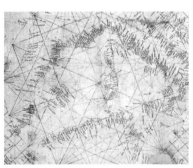

■■
피사 지도Carte Pisane. 현존하는 가장 오래된 포르톨라노로 1300년경 제작된 것으로 추정된다. 현재 파리 국립도서관에 소장되어 있다.

중요성은 더욱 부각됐다. 콜럼버스가 아프리카의 해안이 아닌 대서양을 통해서 아메리카 대륙으로 가게 되자, 세계지도는 엄청난 변화를 겪게 된다. 이후 아메리카 대륙 서쪽과 태평양으로 이어지는 세계가 알려지면서 지도는 또 한차례 혁명적인 변화를 겪는다.

육지와 바다의 분포를 어느 정도 인식하게 되자 지도학자인 네덜란드의 메르카토르Gerhardus Mercator는 1569년 메르카토르 도법을 고안했다. 위도와 경도를 직각으로 표시함으로써 모든 직선이 항상 정확한 방위를 가리키게 만든 것이다. 이 도법은 지도 상에서 출발 지점과 목적 지점을 직선으로 연결하면 곧바로 항해에 이용할 수 있는 손쉬운 안내도나 다름없었다. 네덜란드가 영국보다 앞서 16세기에 세계의 패권을 차지할 수 있었던 것도 메르카토르 도법과 무관하지 않다.

국가 통치와 식민 통치를 위한 지도

16세기부터 18세기까지 유럽에 국왕을 중심으로 하는 절대주의 국가가 들어서면서 관료제와 상비군 등 중앙집권을 유지하기 위해 돈이

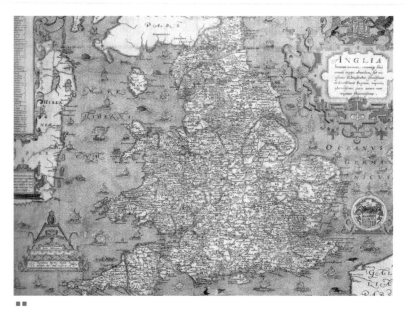

■■
1579년 만들어진 색스턴의 잉글랜드 및 웨일스 지도

필요했다. 세금을 거둬야 했던 것이다. 이때 지도는 더없이 좋은 도구였다. 그들은 지도를 통해 국가, 국민, 국토가 무엇인지를 강조했다. 영국 최초의 근대 지도인 크리스토퍼 색스턴Christopher Saxton이 제작한 〈영국 전도〉는 영국인이라는 정체성을 형성하는 데 기여한 지도로 손꼽힌다. 지도 제작이 국가의 중요한 사업이 되면서 지도 제작 기술도 놀랍게 발전해 네덜란드, 영국, 프랑스, 독일 등 각국은 과학적 측량을 이용해 더욱 정밀한 지도를 제작했다.

한편 18세기 중엽, 유럽 강대국들은 원료 공급지이자 새로운 물건의 판로가 될 시장을 찾아나선다. 아프리카 대륙은 이들이 생각한 최적

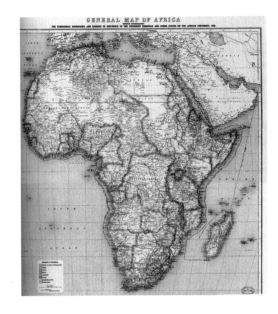

아프리카의 국경선이 반듯한 이유는 19세기 유럽의 제국주의 식민정책에서부터 비롯됐다. 칼로 자른 듯한 직선의 국경선은 유럽인들이 아프리카에 남긴 수탈과 영토 점령의 흔적이다.

의 식민지였다. 마침내 1885년, 유럽 강대국들은 베를린에 모여 자로 줄을 긋듯 국경선을 분할해 아프리카 대륙을 나눠가진다. 이는 그곳에 살던 사람들의 삶, 자연, 문화적 특성 등을 모두 무시해버린 '지배자들의 도면'이었다. 오늘날까지도 이어지는 아프리카의 종족분쟁의 비극은 여기서 시작되었다.

항공 지도에서 구글 어스까지

1903년 항공기를 이용한 유인비행의 성공 이후 시작된 항공 지도 제작은 제2차 세계대전이 끝나고 미국과 소련이 이데올로기적으로 대립하는 냉전시대로 접어들면서 더욱 정밀해졌다. 첨단무기가 성능을 제대

15~18세기는 우리나라의 지도 제작이 가장 왕성했던 시기

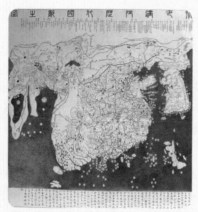

■ ■ ■
동양 최초의 세계지도인 〈혼일강리역대국도지도〉. 15~16세기 초반에 세계를 모사한 지도로 가운데 위치한 중국의 크기가 눈에 띈다. 조선의 크기도 다른 나라에 비해서 크게 그려진 것으로 자국에 대한 자부심이 드러난다.

15~16세기 한문으로 번역된 서양 지리서가 중국을 거쳐 국내에 들어왔다. 프톨레마이오스식, 즉 그리스의 영향을 받은 이슬람의 지리학이 도입된 것인데, 이 영향으로 1402년에 동양 최초의 세계지도인 〈혼일강리역대국도지도混一疆理歷代國都地圖〉가 제작된다.

세종 이후로 지도 제작은 새로운 차원을 맞이하게 되는데, 영토 확장과 중앙집권체제가 강화되어가던 당시, 중앙정부는 전국의 수령으로 하여금 군현도를 그려 바치게 하고, 중앙의 지리 전문 관료와 상지관, 화원 등 전문인력을 파견하여 도별도와 국방요새지를 그리도록 했다. 새로운 지도 제작 시스템의 결과로 1463년 정척과 양성지는 더욱 정확해진 우리나라 전도 〈동국지도〉를 완성했다.

16세기말의 임진왜란과 17세기 병자호란이 이어지면서 조선은 지도 제작의 필요성을 절감하게 된다. 여기에 농지 개간이 활발해지고 상업이 발달하면서 지도는 국가 경영의 중요한 지침서가 되었다.

1861년 제작된 〈대동여지도〉는 김정호 자신이 직접 답사하여 수정·보완한 것으

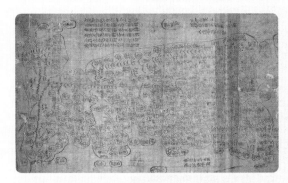

〈동국지도〉 채색 필사본 지도로서 조선 영조 때 정상기에 의해 만들어졌다. 우리나라 최초로 축척이 표시된 지도라는 의미가 있다.

로 22층의 접는 책자로 만들어졌으며, 축척이 약 1 : 162,000이다. 산과 하천을 비롯하여 성의 위치나 군대가 주둔해 있는 변방, 역마를 갈아타는 곳, 나라의 주요 물품을 보관해 두는 곳 등 각종 내용들을 자세히 기록해놓았다. 〈대동여지도〉는 서양 지도학의 직접적인 영향 없이 우리나라의 전통적인 지도학을 집대성한 것으로 높이 평가되고 있다.

김정호의 〈대동여지도〉. 독특하게 표현된 산맥과 산줄기를 연이은 톱니모양으로 그려낸 것이 특징이며 산줄기의 대소를 굵기로 구분하였다. 산맥과 하천을 별개로 보지 않고 통일적으로 파악하려는 전통적인 산수분합의 원리가 지형 인식의 기초를 이루고 있다.

■■ 항공사진

■■ GPS 위성과 구글 어스로 본
한반도의 모습

 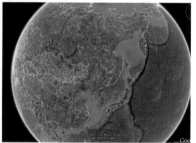

로 발휘하려면 작전 지역에 대한 정확한 지리 정보를 알아야 했던 것이다. 하지만 국가마다 좌표체계가 달라 어려움을 겪자 미국은 1973년부터 개발에 착수해, 1982년 처음으로 GPS 위성을 쏘아올렸다. 당초 미국이 군사적 목적으로 개발한 GPS는 민간에 개방돼 오늘날에는 자동차, 비행기, 선박 등의 운항은 물론 지도 제작과 관련된 측지 및 측량, 우주, 통신, 레저, 기초과학, 긴급구조 등에 활용되고 있다. 인공위성을 통한 원격탐사법이 생기면서 현실을 그대로 보여주는 정확하고 자세한 지도를 갖게 된 것이다.

여기에 세계 최대의 검색 포털 구글Google은 2004년 지도 서비스에 큰 변화를 몰고 왔다. 세계 항공사진을 한데 모아 거대한 지구본을 만든 구글 어스Google Earth와 지도와 생활정보를 결합한 구글 맵스Google Maps를 선보인 것이다.

　　지금 우리는 컴퓨터, 휴대 전화, 자동차 내비게이션을 통해 내가 어디에 있고 내 주변에는 무엇이 있는지를 현실과 거의 똑같이 살펴볼 수 있다. 하지만 이러한 지도 측정과 작성 방식은 하늘에서 모든 것을 감시하는 정보 시스템의 작동이라는 점에서 또 다른 논쟁을 낳고 있다.

지도로 세상을 읽을 수 있을까?

등장인물 : 김정호, 알 이드리시, 제로니모 추장, 콜럼버스
배경 : 제로니모 추장이 모는, 내비게이션이 달린 차를 타고 가면서

제로니모 추장 서로들 인사하시지요. 초면들일 텐데.

콜럼버스 아, 난 버스지요. 콜럼버스. ^^;

모두 썰렁~

콜럼버스 전 배라는 '바다의 버스'를 타고 아메리카 대륙에 당도했던 사람 아닙니까? 그런데, 제가 믿고 있던 지도가 잘못된 바람에 오히려 유명해져버렸지요. 본래 우리가 철석같이 믿고 있던 지도에는 없던 아메리카 대륙이 떡 하니 나타난 셈이니까요.

제로니모 추장 그걸 아메리카 대륙 발견 어쩌구 저쩌구 하지만, 어디 그게 발견입니까? 상륙이지. (콜럼버스, 머쓱해한다.) 그리고 콜럼버스, 당신 본래는 인도에 가려다가 아메리카에 온 것 아닙니까? 그러고는 우리를 보고 '인디안'이라고 부르고 말이지. 우리가 언제 인도 사람이었나요?

김정호 콜럼버스 선생도 그땐 다 잘 몰라서 그랬겠지요. 아무튼 지도란 무릇 정확해야 하거늘, 그렇게 실사 측정을 하면서 지도가 자꾸 올바로 고쳐지는 것 아니겠소이까? 그나저나 추장님, 저 앞에 있는 저건 도대체 무엇입니까?

제로니모 추장 내비게이션이라고 요즘 지도입니다. 어지간해서 요즘 사람들은 종이 지도 안 봅니다. 여기서 다 말로 안내를 해주는걸요.

김정호(?~1864)
호는 고산자. 〈청구도〉〈동여도〉〈대동여지도〉를 만든 조선 후기의 지리학자이다. 특히 〈대동여지도〉는 조선시대에 만들어진 가장 정확하고 정밀한 과학적 실측지도로 평가된다. 19세기 조선의 국토정보를 집대성하여 구축하고 체계화하였다는 점에서 국토정보화의 중요성을 제시하고 실천한 선각자였다.

제로니모(1829~1909)
미국 아메리카 원주민 아파치족의 추장으로 19세기 미국에 맞서 처절한 항전을 펼쳤던 전설적 전사이다. 원래 이름은 'Goyathlay'으로 '하품하는 사람'이라는 뜻이다. 신출귀몰한 게릴라전을 벌이며 적극적으로 투항했으나 결국 기병대에게 항복하고 말았다.

김정호 세상이 이렇게 바뀌다니 (다들 고개를 끄덕이면서 한숨을 들이킨다.) 이런 게 진작 있었으면 그 고생을 하지 않았을 텐데.

콜럼버스 이런 게 없었기에 나나 김 선생 이름이 역사에 남은 것 아니겠습니까?

김정호 정말이지 열정 없으면 어려운 일입니다. 지도 제작이란 상당한 위험부담이 있습니다. 국가가 지도를 국가기밀로 분류해서 자칫 국시범으로 몰릴 수도 있고, 또 전쟁 중에 상대의 손에 넘어가면 무서운 타격을 입기도 하니까요. 참, 알이드리시 선생, 이슬람에서 연구한 지리학이 큰 도움이 됐습니다. 고맙습니다.

알 이드리시 그런가요? 유럽이 그걸 좀 알았으면 좋았을 텐데. 그럼 역사는 엄청나게 바뀌었을 겁니다. 사실 콜럼버스가 그렇게 고생하면서 아메리카 대륙에 간 것이 유럽이 우물 안 개구리처럼 자기들 아는 것 외에는 알려고 하지 않았기 때문이지요. 안 그렇습니까?

제로니모 추장 한 소리 덧붙입시다. 유럽이 아메리카를 비롯해서 오늘날의 중동까지 침략해 들어갔을 때, 식민지를 만들어 지도까지 변형시키고 말았지요. 자기들 마음대로 금을 긋고 말입니다.

크리스토퍼 콜럼버스(1451~1506)
이탈리아의 탐험가. 해상지도를 만드는 일을 하다가 인도에 갈 수 있다는 확신을 갖고 탐험을 결심한다. 에스파냐 여왕 이사벨의 후원을 받아 1492년 아메리카 대륙에 도착한 그는 죽을 때까지 자신이 도착한 땅을 인도라고 생각했다. 콜럼버스가 아메리카 대륙에 도착한 것을 기념해 많은 미국인들이 매년 10월 두 번째 월요일을 기념하지만 진보적인 대학이 위치한 버클리 시에서는 이 날을 '원주민의 날'로 기념한다.

콜럼버스 아, 이거 오늘 제가 크게 혼나는군요. 저도 일이 그렇게까지 크게 될지 몰랐습니다. 허허, 거 참.

제로니모 추장 사실, 바람이나 강이나 산을 지도에 금 긋듯이 갈라버릴 수 있는 것입니까? 지도란 게 사람과 자연을 그대로 담아내는 거 아닌가요?

김정호 그렇지요. 산세와 물세를 깊이 들여다보면서 사람과 자연이 어떻게 어우러질 수 있을지를 생각해야지요.

알 이드리시 이 내비게이션으로 지구를 본 적이 있소이다만, 역시 세계는 하나입디다. 어디에도 따로 무슨 금이 그어져 있지는 않더라구요.

콜럼버스 이걸 보니, 이렇게 지도가 내 앞에 있으면 저 옆에 뭐가 있나? 별로 호기심이 생길 것 같지가 않군요.

김정호 그러게요. 이러다가 자기 발로, 자기 눈으로 세상을 살펴보는 재미를 잃어버리는 게 아닐까 모르겠어요.

제로니모 추장 이 참에, 우리도 차를 버리고 그냥 지도 한 장 들고 걸어가 볼까요?

알 이드리시(1100~1165)
모로코에서 태어난 아라비아의 지리학자. 16세에 안달루스, 프랑스, 영국, 아라비아, 소아시아, 그리스 등을 여행한 후 세계지도 제작 작업에 착수했다. 동양과 스칸디나비아 반도까지 포함한 세계지도를 만들어, 이에 상세한 주석을 단 『로제르의 책』을 펴냈다. 1154년에 그린 한 지도에 그는 신라를 중국 동남해안에 있는 여러 개의 섬나라로 그려넣었다. 이는 우리나라가 표시된 최초의 세계지도이다.

메르카토르에 대한 반격

한 장의 세계지도가 있다. 1979년 오스트레일리아 사람인 스튜어트 매카서Stuart MaArthur가 만든 〈수정본 세계지도〉이다. 아마 많은 사람들에게는 매카서의 지도보다 메르카토르 세계지도가 보다 익숙할 것이다. 이는 메르카토르Gerhardus Mercator가 지구를 원통형으로 묘사한, 이른바 메르카토르 도법이라 불리는 투영법으로 그린 지도로 세계 지리책이나 세계 전도에서 가장 널리 사용되어왔다. 4세기 전에 탄생했으니 지도로서 꽤 오랜 생명력을 갖고 있는 셈이다.

그런데 왜 스튜어트 매카서는 기존의 지도를 뒤집은 걸까? 이 지도는 단순히 거꾸로 놓은 것 이상의 의미를 지닌다. 〈수정본 세계지도 Universal Corrective Map of the World〉라고 이름이 붙은 이 지도에는 북반구와 남반구가 거꾸로 배치됐을 뿐 아니라 대륙의 위치도 다르다. 오스트레일리아가 맨 위에 있고 그 아래 아시아가, 미국은 왼쪽 하단에 유럽은 오른쪽 하단에 그려져 있다. 좀 더 자세히 보면, 지도의 자오선도 그리니치 천문대가 아닌 오스트레일리아의 캔버라다. 그는 왜 이런 지도를

메르카토르 세계지도. 지도를 원통형으로 묘사한 것으로 유럽인들의 항해를 위해 만들어졌다.

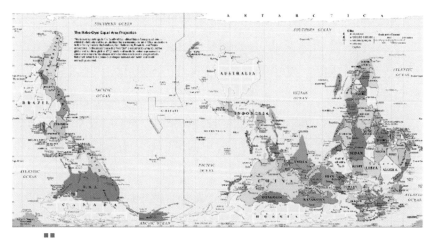

스튜어트 매카서의 수정본 세계지도. 일반적인 세계지도와 달리 북반구와 남반구는 물론 대륙의 위치도 다르다.

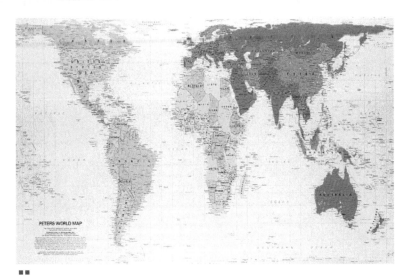

■■
페터스 투영도법을 사용한 지도. 유럽의 크기는 작게 아프리카는 좀더 크게 그려졌다. 페터스 도법은 실제 크기에 충실하다.

만들었을까? 지도의 주석에 적힌 다음과 같은 말이 설명을 대신한다.

　　"남반구는 더 이상 북반구를 어깨에 짊어진 채 비천함의 구덩이에서 허우적거리지 않을 것이다. 이제 남반구가 부상한다. 오스트레일리아 만세!"

　　또 하나의 세계지도가 있다. 제작자는 독일의 역사학자 아르노 페터스Arno Peters. 1980년 페터스는 등면적도법을 이용해 지도상에 있는 모든 지역에 똑같은 축척을 적용해서 지도를 제작했다. 그 결과 지도는 중심을 향해 기다랗게 쏠린 모양이 됐고, 대륙별로 면적에 변화가 생겼다. 기존에 봐왔던 메르카토르 지도와 비교해보면 유럽 대륙의 면적은 줄어들었고, 아프리카 대륙은 커졌다.

왜 이 같은 지도를 제작했는가? 이 물음에 페터스는 진실에 가까운 지도를 만들기 위해서라고 자신 있게 대답한다. 그는 기존의 지도와 지리학을 "새로운 가면을 쓰고 착취를 계속하려는 유럽 제국주의 열강들의 시도"라고 공격했다. 페터스 지도는 400년 이상 세계지도의 정석이라 여겼던 메르카토르의 투영도법에 대한 반격인 셈이다.

애초 항해를 위해 제작된 메르카토르 지도는 국가 간 면적과 거리를 비교하는 지도가 아니기 때문에 적도 부근에서는 현실에 가깝게 표현되지만 극 쪽으로 갈수록 실제 면적과는 다르게 그려져 북아메리카와 유럽이 과장되게 보이는 태생적 한계를 갖고 있다.

그럼에도 두 개의 지도, 지도의 상하를 거꾸로 놓은 매카서의 지도와 실제 면적에 충실하게 만들어진 페터스의 지도는 "지도는 우리가 살고 있는 세계의 반영"이라는 믿음에 의문을 제기한다. 그리고 그 확고한 믿음, 오래된 착각에서 벗어날 것을 우리에게 주문한다.

지도의 시선, 지도의 메시지

냉전시대, 미국의 정치인들이 선호한 지도가 있었다. 바로 메르카토르 지도였다. 소련이 크게 그려졌던 메르카토르 지도를 보면서 미국인들이 소련을 유라시아 대륙 전체를 위협하는 거대하고 위협적인 대상으로 인식하길 바랐기 때문이다.

또한 실제보다 유럽이 크게 그려진 메르카토르 지도는 유럽인들의 유럽중심주의를 강화시키기에 충분했다. 1884년, 유럽은 표준시와 경도 결정의 기준이 되는 경도 0도를 영국 그리니치를 지나는 경선으로 선택해 세계의 중심이 유럽이라는 메시지를 강조했다.

　반면 페터스의 등면적도법 지도는 국제 구호단체의 환영을 받았다. 아프리카 주변이 확대된 지도였던 만큼 제3세계에 관심을 갖고 있는 구호 단체나 교황청에겐 더없이 반가운 소식이었을 것이다. 그들은 "페터스 지도야말로 부유한 나라와 가난한 나라 사이에 존재하는 깊은 거리를 이해하는 데 도움이 될 것"이라며 칭찬을 아끼지 않았다.

　정치적 입장과 이데올로기에 따라 지도를 이용하는 것을 가리켜 페터스는 '지도전쟁'이라 불렀다. 대표적인 예가 독일의 나치다. 제2차 세계대전 당시 독일군은 사방에서 위협받는 독일의 모습을 지도 위에 그렸고 이는 독일인들에게 두려움과 동시에 전쟁의 절박함을 느끼도록 유도했다.

　1930년대에 제작된 〈한 작은 국가가 독일을 위협하고 있다〉는 제목의 지도는 체코슬로바키아가 어떻게 독일 전역을 폭격할 수 있는지를 폭격기 그림을 그려 설명하고 있다. 실제로 체코슬로바키아는 그런 공

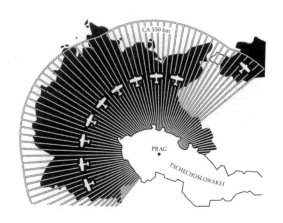

■■
체코슬로바키아의 독일 폭격 상황을 설정하고 그린 가상 지도. 〈한 작은 국가가 독일을 위협하고 있다〉

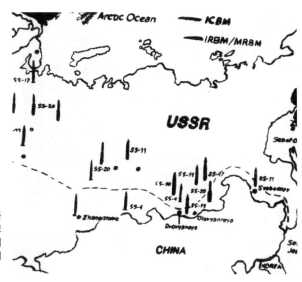

■■
앤드 워홀이 그린 군사
지도. 어떤 광고나 홍보
보다 선동적인 지도의
위험한 속성을 드러내
고 있다.

군을 보유할만한 여력이 없던 상황이었다. 이후 지도를 통한 메시지 전
달이 효과적이라고 판단한 독일은 나치 점령지를 마치 유토피아인 것처
럼 그려 독일 점령을 정당화했다. 지도는 말이 없지만 어떤 광고나 홍보
보다 선동적이다. 지도는 사람들에게 말을 걸고, 사람들은 지도의 목소
리를 듣고 있는 것이다.

　　미국 팝아트의 거장 앤디 워홀Andy Wahole은 이 같은 지도의 위험성
을 꿰뚫어본 후, 냉전이 절정으로 치닫던 1980년대 초반 소련의 미사일
기지를 지도로 그렸다. 지도의 국경선은 모호하고 무기를 표시한 기호
들은 마치 어린아이의 낙서처럼 조잡하고 부정확하다. 왜 앤디 워홀은
전쟁에서 사용할 수도 없는 무용지물의 지도를 그렸을까? 워홀은 지도
를 통해 외치고 있다. "나는 전쟁에 반대한다"고.

지도가 움직인다

인구 2500만 명, 천년이 넘는 역사를 지닌 쿠르드족의 독립 국가 쿠르디스탄을 그린 지도다. 그러나 이 지도에 표시된 쿠르디스탄은 실제로는 존재하지 않는다. 쿠르디스탄은 오직 쿠르드족들이 주장하는, 꿈에 그리는 독립국가일 뿐이다.

쿠르드족들이 주장하는 독립국가 '쿠르디스탄'이 그려진 지도.

수백 년간 유라시아 일대를 헤맨 떠돌이이자 가장 규모가 큰 유랑민족인 쿠르드족은 터키, 이란, 이라크, 시리아 등지에 흩어져 살면서 자기들만의 나라를 세우기를 간절히 바라고 있지만 그들의 독립을 바라는 나라는 그 어디에도 없다.

이번엔 아래 두 개의 지도를 보자. 왼쪽은 팔레스타인 지도이고, 오른쪽은 이스라엘 지도다. 같은 땅을 두고 팔레스타인 측에서는 PALESTINE이라고 표시하고 이스라엘 측에서는 ISRAEL이라고 적고 있다.

전 세계인들이 사용하는 상당수의 지도에서도 이 지역은 이스라엘이라 명명된다. 이스라엘이 점령했고 지금까지도 이스라엘이 강자로 군림하고 있기 때문이다. 만일 누군가가 이스라엘이 그린 지도를 봤다면 독립을 외치는 팔레스타인의 목소리를 '이스라엘 땅을 떼어 달라'는 무리한 요구로 받아들일 것이다. 하지만 팔레스타인 측에서 만든 지도를 본 사람이라면 어떨까? '팔레스타인이 원래 가진 땅을 되찾았구나'로 달라지지 않을까?

지도를 둘러싼 갈등은 우리에게도 현실적인 문제다. 지구촌 어딘가에선 우리가 알고 있는 '동해'를 '일본해'로 적힌 지도를 보고 있고, 이를 당연한 사실로 받아들이고 있을지 모른다. 한일 간 독도 문제가 불거졌을 때, 영국 국립도서관에 소장된 18세기 지도 80장을 조사해 보았더니 독도의 위치를 '한국해'나 '동해'로 적은 것이 71개였고, '일본해'는 6개, '중국해'는 3개였다고 한다. 하지만 19세기 후반에 가면 사정이 달라진다. 일본인들이 영문판 지도를 출판하기 시작하면서 '한국해'라는 명칭 대신 '일본해'라는 명칭이 더 많이 나타나고 있는 것이다.

이렇듯 지도에는 민감한 국제정치적 역학 관계가 복잡하게 얽혀 있다. 『지도와 권력 *The Power of Projections*』을 쓴 아서 제이 클링호퍼Arthur Jay Klinghoffer는 지도를 '제작자의 의도와 관점을 투영하는 정치적 도구'라고 말하면서 지도 속에는 세계를 정복하려는 은밀한 시선이 녹아 있다고 일침을 놓는다. 지금도 세계지도는 각국의 욕망에 따라 그리고 힘에 따라 바뀌고 있다. 지도는 박제된 객관적 도구가 아니라 지극히 주관적이면서 살아 움직이는 생명체인 것이다.

지도

프로필▶ 쪽지▶ 이웃추가▶

category
■ 세계의 지도를 찾아서
■ 탐험의 시대와 지도
■ 우리나라의 지도 제작술

----

tags
알이드리시 | 메르카토르 | 페터스
김정호 | 스튜어트 매카서
포이팅거 지도 | 지리학 | TO 지도
포르톨라노 | 대동여지도
혼일강리역대국도지도 | 동국지도
크리스토퍼 색스턴 | 지리학이 주는
재미 | 구글 어스 | 구글 맵스

이웃 블로거
*〈대동여지도〉따라 국토대장정!
* '구글 어스'로 캡처한 세계

이전글
◀ 역사 속 인물 대화방
   지도로 세상을 읽을 수 있을까?

다음글
▶ 리뷰-『지도전쟁』을 읽고서

나도 할 말 있다

　나는 지도입니다. 아주 오랜 옛날, 사람들은 어떤 곳에 강과 산이 있는지 자기 부족이나 후손들에게 알려주고 싶어 했습니다. 다른 부족과 전쟁을 하거나 영토를 점령하게 될 때 내 것이란 표시도 필요했지요. 나는 그렇게 탄생했습니다.

　그런데 사람들은 자기가 알고 있는 것 이상으로 나를 그려낼 수는 없어요. 그러다보니까 사실과는 다른 엉터리 지도가 나오기도 했지요.

　다행히 용기 있는 사람들의 노력으로 저도 제 모습을 갖추어가게 되었습니다. 저를 믿고 배를 타거나 길을 떠날 수 있게 된 셈이지요. 그러나 지도를 통해서 힘이 있는 사람들은 다른 나라, 다른 종족, 다른 지역을 자신의 것으로 삼기 위한 땅따먹기에만 몰두했습니다. 제가 한낱 전쟁의 길잡이가 되고 만 거예요. 저는 인간의 삶, 자연의 결을 담아내는 모양이 아니라 '욕망의 선'을 표시한 종이로 전락했어요. 전 이런 저의 모습이 너무 못마땅했고 싫었습니다.

　저는 세상으로 안내하는 일을 할 때 가장 기뻐요. 미지의 세계로 떠나는 이들과 함께 있으면 저도 덩달아 가슴이 설레죠. 저는요, 세상의 아름다움을 만들어 낼 수 있는 꿈과 상상력의 세계를 담고 싶어요.

　당신은 어떤 세상을 살고 싶은가요? 당신이 원하는 세상을 저, 지도에 그려보세요.

 참고 자료

📖 Books

○ 『지도와 권력』 아서 제이 클링호퍼 저, 이용주 역, 알마, 2007

유럽이 상단에, 아프리카가 하단에 그려져 있는 지도에 의문을 제기하며 현대의 세계관이 어떻게 지도에 영향을 미치는지 분석하고 있는 책이다.

○ 『지도의 상상력』 와카바야시 미키오 저, 정선태 역, 산처럼, 2006

지도는 인간의 필요에 의해 특정한 세계관을 담아왔다. 이 책은 인간이 지도를 통해 어떻게 세계를 이해해 왔는지, 지도는 어떻게 인간의 생각을 지배해 왔는지 살펴본다.

○ 『지도전쟁』 마크 몬모니어 저, 손일 역, 책과함께, 2006

위도와 경도를 직각으로 표시함으로써 항해에 활용되어온 메르카토르 도법이 인류의 역사에 미친 영향을 담고 있다. 메르카토르 도법으로 인류는 안전하고 빠르게 항해할 수 있게 되었으나 그 결과 근대 이후의 세계사는 유럽 중심이 되었다.

B.C. 1000년경
고대 페르시아 관개시설
카나트 등 이용

B.C. 3000년경
강줄기 중심으로
4대 문명권,
고대 국가 성립

19세기
영국 프랑스
상하수도 정비

B.C. 312년
로마, 인류 최초 수도시설
아피아 수도 건조

1930년대
미국 루스벨트 대통령
테네시 강 유역개발계획(TVA)으로
26개 대형댐 건설

1992년
국제연합 총회에서
'세계 물의 날' 제정

2001년
물의 상품화 반대
'푸른 지구 운동' 결성

1970년대
해양심층수 비롯,
선진국의 물 산업 본격화

물 의 역사

물은 21세기 경쟁력?
21세기 경제력!

"20세기 전쟁이
석유를 차지하기 위한
것이었다면,
21세기 전쟁은
물을 차지하기 위한
전쟁이 될 것이다."

_세계은행 부총재
이스마엘 세라젤딘Ismail Serageldin

물

화학적으로 말하자면 수소 분자 두 개와 산소 분자 한 개의 결합.

자연계에 존재하는 물의 상태는 크게 셋으로 나뉜다. 수증기와 수증기가 응축된 구름, 안개, 비, 눈 등 대기 중의 물과 하천이나 호수의 물과 빙하 같은 지구 표면의 물, 그리고 지구 내부의 흙이나 바위 속에 스며 있는 지하수가 있다. 이 물을 모두 합하면 지구 상에 있는 물은 모두 약 13억 4,000만 세제곱킬로미터. 이는 지구 전체를 3,000미터 깊이로 덮을 수 있을 만큼 엄청난 양이다. 하지만 이중에서 사람이 이용할 수 있는 민물, 즉 소금기 없이 깨끗한 물의 양은 2.5퍼센트밖에 되지 않는다. 여기서 빙하까지 제외하면 양은 더 줄어들어 지구 상에서 인류가 실제로 이용할 수 있는 물은 기껏해야 0.8퍼센트 정도다.

인류의 역사는 물과 더불어 흘러왔다고 해도 과언이 아니다. 물은 인류가 농사를 짓고 갈증을 달래는 것뿐 아니라 교통의 통로가 되기도 했고, 때로는 정서적으로도 중요한 역할을 해왔다. 즉 사람들은 강이나 바다를 찾아 휴식을 취했고, 예술가들은 호수와 강에서 받은 영감을 작품으로 승화했다. 또한 물은 그 자체로 수많은 생명체의 삶의 터전이기도 하다.

물 관리의 역사

신화와 역사 속에서 물을 만나다

물은 인류의 문명을 낳은 어머니와도 같은 존재다. 인류 최초의 문명은 커다란 강이 있는 곳에서 싹텄다. 인류는 이집트의 나일 강 유역, 메소포타미아의 티그리스 강과 유프라테스 강 유역, 인도 북부의 인더스 강과 갠지스 강 유역, 중국의 황허 유역 등에 모여서 물을 이용해 농사를 지었고, 문명을 일궈갔다.

물이 소중했던 만큼 고대 신화에서 물은 중요한 상징으로 등장한다. 고대 메소포타미아의 신화에서 수리 시설을 관장하는 엔키 Enki는 항상 지혜의 신으로 추앙받는다. 또한 각 문화권에는 대홍수에 대한 신화가 존재하는데, 대홍수가 나서 세상 모든 것들이 물속에 잠기지만, 몇 사람만은 살아남아 산 정상에 오르게 되고, 물이 세상의 모든 악을 깨끗이 씻어내린다는 내용을 공통적으로 담고 있다. 구약성경에 나오는 '노아의 방주' 같은 이야기가 중국, 인도, 아프리카, 아메리카 등 세계 어느 지역에나 전해내려오는 것이다. 물은 인류에게 풍요를 주었지만 홍수라는 고난도 안겨주었다. 그러나 사람들은 그 시련을 극복해내면 세상이

■■
물로 인한 재앙의 신화와 정화의 믿음은 전 세계의 신화와 역사 속에서 발견된다. 그림은 미켈란젤로 부오
나로티의 〈노아의 대홍수〉.

깨끗하게 정화될 거라는 확고한 믿음을 갖고 있었다.

치수가 곧 치국이오

깨끗한 물을 어떻게 하면 늘 안전하게 확보할 수 있을까. 치수는 인
류가 숙명처럼 여긴 과제였다. 마을을 이뤄 모여 살기 시작하면서 사람
들은 우물을 팠다. 고대 이집트인들은 이미 기원전 3천 년경 암반층까지
우물을 뚫었고, 중국에서는 우물 굴착기술이 발달해 1킬로미터가 넘는
깊이의 우물을 팠다고 한다.

그러나 무엇보다 농사에 필요한 물을 공급하기 위해 인류가 눈을 돌
린 건 관개시설이었다. 고대 페르시아(오늘날의 이란)의 카나트qanat는 인
류가 개발한 오래된 관개시설 중 하나이다. 3천 년 전 만들어진 이 시설
은 건조한 지역의 지하에서 물을 끌어올리는 우물과 지하로 운반하는
수로로 구성되어 있었다. 카나트가 있었기에 거대한 도시문명 메소포타

■■
1_ 팔레모의 카나트 구조물. 지하수가 흐르는 곳에 수직 20~30미터의 갱을 파서 우물을 끌어낸 다음, 수평으로 지하 수로를 평야까지 연결해 끌어올리게 되어 있다. **2_** 모헨조다로 유적지는 인더스 문명이 물을 어떻게 이용했는지 보여준다.

미아는 탄생할 수 있었다.

　고대 이집트인들은 관개와 교통을 위해 나일 강 줄기를 이끌어 운하를 만들었다. 이 과정에서 나일 강의 물이 언제 넘치고 줄어드는지를 정확히 밝히기 위해 천문역법이, 수로를 내고 제방을 쌓는 등 물을 관리하기 위해 토목, 건축 등이 발달했다.

　인류의 문명을 물과 벌인 투쟁의 역사라고 한다면, 무엇보다 황허 문명을 그 치열한 현장으로 꼽을 수 있다. 황허 유역에 살았던 사람들은 여름이면 강물이 넘치고, 겨울에는 강이 얼어붙는 이중고를 겪어야 했다. 치수의 일인자라 할 만한 전설적인 군주 우왕禹王이 황허 문명권에서 탄생한 것도 이같은 배경에서다.

　치수治水가 치국治國의 근본이라는 말이 있듯, 물을 다스리는 능력은 곧 나라를 이끄는 능력이라고 할 정도로 지도자에게 치수능력은 중요했다. 솔로몬 왕이 "나는 저수지를 만들었고, 숲을 관개해 나무들을 자라게 했다. 그러므로 예루살렘에서 나만한 부자가 없었다"라고 자신 있게 말했듯 치수 능력은 동서양 어디에서나 지도자의 중요한 덕목이었다.

수도시설의 정비는 도시문명의 핵심

　수도시설은 도시의 심장과 같다. 수로가 갖춰져 있지 않고는 도시가 제대로 기능할 수 없다. 로마인들은 수도시설의 대가였다. 로마의 수도 가운데 가장 오래된 것은 기원전 312년에 만들어진 아피아 수도^{Agua} ^{Appia}인데, 이를 시작으로 기원전 226년에 완성된 알렉산드리아 수도까지 합쳐 로마에는 모두 11군데에 수도가 놓였다. 관을 통해 끌어온 로마 주변의 샘물과 호수의 물은 공동 목욕탕과 수세식 변기 등으로 계속해서 흘렀다. 남는 물은 도시의 분수대로 향했고, 이는 도시의 오물들을 껴안고 강으로 운반됐다.

　근대에 와서 수도시설은 진일보한다. 1613년 영국 런던에서 처음 선을 보인 뉴리버 수도회사^{The New River}는 도시 전역에 수도관을 설치해 최초로 집집마다 물을 공급했다. 처음에는 맑은 샘물에서 물을 길어왔지만 산업혁명 이후 도시 인구가 급증하자, 부족한 수량을 채우기 위해 템스 강에서 강물을 끌어왔다.

　17세기 런던이나 파리에서는 화장실이 제대로 마련되지 않아 분뇨를 거리나 하천에 버리는 걸 당연하게 여겼다. 분뇨는 하수도를 통해 하천으로 흘러들었고, 이 물이 식수로 사용됐다. 이렇듯 비위생적인 환경은 급기야 전염병을 불러오기에 이르렀다. 콜레라가 최초로 발생한 1832년, 파리에서만 1만 8천여 명이 목숨을 잃었고 이후 콜레라의 어두

■■
산업혁명 당시 영국의 빈민가에서 사람들이 물을 공급받는 모습을 그린 그림.

운 그림자는 유럽 전역을 뒤덮었다.

콜레라의 원인을 추적하면서 도시의 위생문제에 눈을 뜬 영국과 프
랑스는 상하수도 정비에 적극적으로 나선다. 공중위생의 아버지로 칭송
되는 영국의 채드윅Chadwick은 중앙보건위원으로 〈영국 노동인구의 위생
상태에 관한 조사보고서〉를 발표하여, 정부가 깨끗한 물을 공급해야 한
다고 강조했고, 1848년 〈공중위생법〉을 제정하는데 주도적인 역할을 했
다. 이후 런던에서는 여과기술을 이용한 하수처리가 가능해졌고 정수과
정을 거친 깨끗한 물이 수도관을 통해 공급됐다.

프랑스의 나폴레옹 3세 역시 1852년 상하수도 정비를 중심으로 도
시 개조에 나섰다. 이로써 빅토르 위고Victor Hugo의 작품 『레 미제라블Les
Misérables』에 등장하던 프랑스 파리의 어둡고 지저분한 지하 배수구는 사

'아리수*'를 마시기까지

　　1900년대 초, 당시 서울에서는 물장수가 양 어깨에 물통을 지고 물을 나르고, 아낙네들이 물동이를 머리 위에 이고 물을 길었다. 현대적인 모습의 수도가 나타나게 된 건 고종 때, 서울에 전차를 놓아 이득을 본 미국인 콜브랜Corlbran과 보스트윅Bostwick이 1903년 서울 상수도 부설 경영에 관한 특허를 받으면서부터이다. 브로커나 다름없던 두 미국인은 이를 곧 영국인에게 팔아넘겼고, 영국인은 대한수도회사를 설립하고 뚝섬에 취수시설과 정수장을 만들었다. 서울에 수돗물이 처음으로 공급된 건 1908년이다. 끌어올려진 뚝섬 앞 한강물은 모래와 자갈층을

1910년 당시 물장수

통과한 뒤 간단하게 소독과정을 거쳐 서울 4대문과 용산에 사는 주민들에게 전달됐다. 오늘날처럼 집에서 수돗물을 받아쓰게 된 건 1980년대에 이르러서다. 수돗물 공급이 시작된 지 100년이 지난 오늘날, 서울의 하루 수돗물 생산량은 510만 톤에 이른다. 이는 100년 전에 비해 400배가 증가한 수치다.

***아리수:** 고구려 때 한강을 부르던 말로 서울시 수돗물의 이름이다.

라졌다.

근대에 와서 위생적인 상하수도 시설은 곧 도시문명의 발달 정도를 가늠하는 중요한 기준이 되었으며, 오늘날 상하수도 시설은 깨끗한 물을 공급해 인간의 평균수명을 연장한, 인류의 뛰어난 발명품으로 손꼽힌다.

물은 에너지다

물은 그 자체로 힘이 되기도 한다. 물의 힘을 이용해 에너지를 만들어낸 최초의 기계는 물레방아였다. 그러다가 사람들은 단순히 물의 흐르는 힘을 이용하는 것을 넘어서, 물이 증기로 변할 때 급격히 팽창하면서 나오는 에너지에 주목했다. 그 결과가 증기기관의 발명이다. 이전과는 다른 방식으로 물의 힘, 즉 '수력'을 이용하는 방법을 개발한 것이다.

테네시 강 유역 개발계획은 다목적댐 건설의 출발점이었다.

18~19세기 산업혁명으로 수력발전이 필요해지자, 인류는 댐 건설에 눈을 돌린다. 인류가 댐을 만들기 시작한 건 고대로 거슬러 올라간다. 강의 범람을 막고, 저수지 역할을 할 수 있도록 한 것인데, 주로 흙으로 지어졌다. 기원전 1300년경 시리아에서 자갈과 모래를 이용해 세워진 사력댐은 오늘날까지도 이용되고 있다.

그러나 현대의 댐은 홍수를 방지하는 차원을 넘어 평소에는 물을 저장해 농업이나 공업용수, 생활용수로 사용하고, 전기가 필요할 때는 발전소 역할을 하는 다목적댐이 주를 이룬다. 1930년대 미국의 프랭클린 루스벨트Franklin Roosevelt 대통령이 뉴딜New Deal정책의 일환으로 경제성장의 기폭제 역할을 기대하며 내놓은 테네시 강 유역 개발계획에서 26개 대형 댐을 집중적으로 건설한 것이 그 출발점이 됐다. 20세기 들어서 전 세계에는 80만 개의 소형 댐과 4만 개의 대형 댐이 건설됐다.

1950년 미국에서 작성한 〈국가 기본계획에 있어서의 수자원〉 보고서에서는 경제학적 용어인 '자원'이라는 말을 물에 적용한 '수자원'이라는 말이 처음으로 등장했다.

물을 물로 보지 마시오!

등장인물 : 봉이 김선달, 우왕, 헨리 데이비드 소로
배경 : 양쯔 강 앞에 나란히 앉아서

소로 듣던대로 유장한 강이군요. 저녁 노을이 정말 아름답습니다.

우왕 그렇게 평화롭게 보여도, 저 물이 참 무섭다오. 열 길 물속은 알지만 한 길 사람 속은 모른다 했지요. 하지만 사실 물길이 언제 어떻게 바뀌고 범람할지 아무도 모릅니다.

소로 물이 아무리 무섭다고 해도 이 강물을 팔려는 사람들 욕심만큼 무서울까요. 그렇지 않습니까? 물장사의 원조로서 한 말씀 해주시지요.

김선달 허허, 그 말 속에 뼈가 있는 듯합니다. 제가 그리한 것은, 탐관오리들이 나라의 재산을 모두 제 것인 양 여기고 사고팔았던 세상을 빗대어 풍자했던 것이지요. 생각해보십시오. 강을 팔아먹을 독점권을 국가가 누군가에게 내준다는 것이 말이 됩니까? 그에 비하면 대동강 물 팔아먹는 것은 어린애 장난 같소이다.

소로 음, 선달 양반께서 그렇게 심오한 뜻을 가지고 대동강 물을 좌지우지 하셨다니.

우왕 물의 정령이 있다는 전설을 단지 옛날이야기 정도로 여기는 오늘날의 풍토가 안타깝습니다. 그러니 물을 팔 생각을 하지요. 난 단지 강을 치수의 대상으로만 보지 않았습니다. 물은 살아 있는 숭고한 생명체예요.

소로 백번 동감입니다. 물의 생명력, 영성의 힘, 이런 것을 성찰한다면 오늘날 물을 대하는 자세가 좀 달라질 텐데 말예요.

김선달 아, 선생님이 쓰신 『월든*Walden*』에서 인상 깊었던 구절이 생각나는군요. '물은 새로운 생명과 움직임을 끊임없이 공중에서 받아들이고 있다. 물은 그 본질상 땅과 하늘의 중간이다. 땅에서는 풀과 나무만이 나부끼지만, 물은 바

람이 불면 몸소 잔물결을 일으킨다.'

우왕 과연 명문입니다. 물이 바람결에 잔물결을 일으키듯 물은 그 자체로 생명력을 갖고 길을 열지요. 제가 치수를 하면서 터득한 것도 자연스럽게 물을 받아들이는 일이었습니다. 물길을 거스르고, 물길을 막는 게 아니라 물의 길을 바다로 터주는 일이었습니다.

김선달 제가 문자를 좀 쓰자면, 다스릴 치(治)는 물 수(水), 욕망을 뜻하는 마늘 모(厶), 통로라는 뜻의 입 구(口)로 구성되어 있지요. 즉 꿈이 흐르도록 통로를 열어두는 것이 다스림의 근본이다. 이거 아닙니까? 그 꿈이 백성의 꿈입니다.

소로 선달님의 내공도 만만치 않으시군요. 맞습니다. 시민들의 꿈이죠. 그 꿈을 좌절시키는 권력은 반드시 저항을 받아 망하게 되는 걸 역사가 증명하고 있습니다.

우왕 『시민의 불복종』이란 책을 쓴 분답군요. 음, 저는 물을 다스린다고 해서 치수라고 하는데, 이 표현도 마음에 안 듭니다. 인간 같은 미물이 어찌 자연을 정복해 다스린단 말입니까?

소로 사람들은 꼭 뭔가를 정복하고 소유해야만 직성이 풀리나봅니다. 제가

봉이 김선달
대동강 물을 독점해 팔고 있는 것처럼 연출을 하고 이를 본 한양 상인들이 이 물 흥정에 나서도록 해서 거금을 챙긴 인물로 유명하다. 김선달이 실존 인물인지 아닌지 논란이 있는데, '김인홍'이라는 실존했던 인물이라는 주장도 나오고 있다. 사실 김선달은 어떤 특정한 개인이라기보다는 조선 후기의 역사적 상황을 반영하는 풍자적 인물로 볼 수 있다.

우왕
물을 잘 다스린 전설적인 통치자, 4천 년 전 중국 고대 하나라의 창시자이다. 요순시대에 성공적인 치수사업으로 그 능력을 인정받아 천자의 자리에 올랐다. 왕이 돼서도 우왕은 해마다 황허의 범람으로 재해를 입고 삶의 터전을 잃어버리는 백성들을 구제하기 위해 힘을 썼고, 그 공적은 후대에 길이 전해지고 있다.

아메리카 원주민들의 삶에 관심을 가진 것도 이런 태도를 되돌아보자는 것이었는데, 제 얘기를 귀담아 듣지 않더군요.

우왕 오늘날 치수는 인간의 마음에 일고 있는 욕심을 잘 다스리는 것이 아닌가 합니다. 그러려면 물이 인간의 정신, 감정, 영혼을 위해서 얼마나 소중한 것인지를 깨달아야 할 텐데…… 쯧쯧.

김선달 오랜만에 품격 높은 대화를 나누니, 오랫동안 풀지 못한 지적 갈증이 조금 풀리는 것 같군요. 자, 이제 대동강으로 자리를 옮겨 낚싯대를 드리워보지 않으시려오?

우왕, 소로 아, 좋다마다요. 하하하.

헨리 데이비드 소로(1817~1862)
미국의 자연주의 사상가. 1845년 스물여덟 살에 월든 호숫가에 오두막집을 짓고 2년여 동안 살면서 자연과 호흡하는 삶을 실천했고, 그 삶의 기록을 책 『월든』에 담아냈다. 1846년 노예제도와 멕시코 전쟁에 항의해 인두세 납부를 거부했다는 이유로 투옥되기도 했던 그는 호숫가의 삶을 정리한 뒤에는 노예해방에 관련된 강연을 했고, 국가의 부당한 강요를 시민이 거부할 수 있는 권리를 지닌다는 시민불복종론을 주장했다.

'블루 골드'를 둘러싼 전쟁이 시작되다

20세기가 석유로 인한 전쟁의 시대였다면 21세기에는 분쟁의 씨앗이 물로 대체될 것이라는 예측이 나오고 있다. 물이 석유만큼, 아니 석유보다 더 귀해진다는 것이다. 국제연합UN의 보고서는 물 오염이 지금과 같이 계속되면 2025년에는 전 세계 인구 3명 중 1명이 물 부족으로 어려움을 겪게 된다고 경고한다. 환경단체들에 따르면 어린이와 어른을 포함해 현재 1년에 500만 명이 물 부족 혹은 수질오염으로 목숨을 잃고 있으며 이는 전쟁으로 인한 사망자보다 10배가량 많은 수이다.

물은 소모되지 않고 순환한다. 따라서 우리가 먹을 수 있는 물의 양은 일정하게 유지되어왔다. 그런데 왜 갑자기 물이 부족하다는 걸까?

우선 물을 이용하는 인구가 늘고 있기 때문이다. 2000년 전과 비교해 보면 당시 2~3억이던 인구가 60억으로 30배가 증가했다. 생활용수는 물론 늘어난 인구를 위한 식량생산도 급증했다. 인간이 쓰는 물 중 70퍼센트 정도가 농업용 관개용수인데, 농사를 짓기 위해 이전보다 더 많은 물이 필요해진 것이다. 전 세계적으로 늘어난 공업시설도 주요 원인이다.

우리나라의 물 사정은?

'한국은 국제연합이 정한 물 부족국가' 라는 정부의 자료가 곳곳에서 인용되고 있다. 물 부족국가라는 자료는 어디에서 나온 것일까?

물 부족 여부를 알려주는 지표는 미국의 한 사설 인구연구소인 국제인구행동연구소에서 발표하고 국제연합환경기구가 인용한 것이다. 이는 인구 폭발을 경고하기 위해 사용하는 지표로 '인구 증가에 따라 줄어드는 1인당 이용 가능한 물'을 표시한 것인데, 강우의 유출량을 인구수로 나눠 1인당 물 사용 가능량이 1,700톤 이상이면 물 풍부국, 1,000톤 이상~1,700톤 미만이면 물 스트레스국, 1,000톤 미만이면 물 빈곤국으로 나누고 있다. 이에 따르면 2003년, 한국은 1인당 1,520톤으로 물 스트레스국에 해당한다.

하지만 이를 곧이곧대로 받아들여서는 안 된다는 의견도 있다. 환경단체들은 정부가 댐을 세워 대책을 마련해야 한다는 근거로 물 부족을 내세운다고 지적한다. 강으로 흘러드는 물을 인구수로 나눈 값인 1인당 물 이용가능량으로만 보면 우리나라나 영국, 벨기에처럼 국토 면적이 좁고 인구가 많은 나라는 물이 부족한 국가가 되고, 아프리카의 나라들은 물이 풍부한 국가로 나눠질 수 있기 때문이다. 최근에는 물 공급시설과 사회경제여건을 종합해서 평가한 물빈곤지수를 참고하는 경우가 많다. 2006년 기준으로 한국의 물 사정은 147개국 중 43위, 비교적 양호하다는 평가를 받고 있다. 그러나 안심할 수 있는 상황은 아니다.

자동차 한 대를 생산하기 위해선 40만 리터의 물이 필요하다. 여기다가 환경오염으로 인해 이용 가능한 물은 점점 줄고 있다. 이용할 수 있는 물이 점점 적어진다는 것은 그만큼 물을 차지하기 위한 경쟁이 치열해진다는 것을 의미한다. 특히 물이 귀한 건조지대일수록 상황은 심각하다.

성서에 나오는 요단 강, 즉 요르단 강은 갈등의 최전선이다. 실제 강폭은 3미터밖에 안 되지만 연중 물이 흐르기에 주변의 이스라엘과 시리아, 요르단, 팔레스타인해방기구PLO 모두가 놓치지 않으려 한다. 강줄기가 곧 생명줄이기 때문이다.

이스라엘은 요르단 강 상류 지류
인 갈릴리 호수의 수자원에 의지
한다. 1948년 시리아가 그 지역에
댐을 건설하려고 하자 수자원 유
입이 차단될 것을 우려한 이스라
엘은 이를 저지하기 위한 공격에
나섰다. 이것이 제3차 중동전쟁의
시작이었다.

거슬러 올라가면, 제3차 중동전쟁의 중심에도 요르단 강이 있었다. 1967년 시리아가 요르단 강 상류지역에 댐을 건설하려 하자, 자국으로 물이 흘러오지 않을 것을 우려한 이스라엘은 공격에 나섰고, 6일간의 전쟁 결과 이스라엘은 갈릴리 호수의 물줄기가 시작되는 수원지 골란고원을 차지했다. 전쟁이 끝난 뒤 이스라엘은 시리아와 평화협정을 맺고 골란 고원을 돌려주겠다고 약속했지만 이는 그저 말로만 그칠 뿐, 요르단 강 수자원은 지금까지 이스라엘이 독점하고 있다.

각국에서 물을 차지하려는 움직임은 갈수록 치열해지고 있다. 세계

지도를 펴놓고 보자. 하나의 강줄기가 한 국가만을 지나는 경우는 드물다. 2개국 이상을 지나는 물줄기는 전 세계에 241개에 이른다고 한다. 중동의 요르단 강 외에도 티그리스-유프라테스 강, 인도의 갠지스 강, 이집트의 나일 강 역시 강줄기가 시한폭탄의 도화선과 같다.

물로 인한 갈등은 단지 지형적인 원인에서만 오지 않는다. 물의 상품화 문제를 파헤친 『블루 골드』의 저자 모드 발로Maude Barlow와 토니 클라크Tony Clarke는 "세계 주요 하천에서 흘러나오는 물의 4분의 3은 지구 북반구의 도시들을 가동하는 데 사용된다"며 물의 불공평한 분배를 지적한다. 세계물정책연구소의 샌드라 포스텔Sandra Postel 소장 또한 선진국의 물 과소비와 제3세계의 수자원을 둘러싼 갈등이 조정되지 않으면 군사분쟁으로 비화될 수 있다고 경고하고 있다.

국제연합은 1972년 스웨덴 스톡홀름에서 개최된 국제연합인간환경회의를 시작으로 1990년대에 들어서 '세계 물의 날'을 제정하는 등 물

분쟁을 막기 위한 국제적 노력을 지속해왔다.

현재 전 세계적으로 물을 공정하게 분배하려는 조약 및 협정은 2천여 개에 이른다. 그러나 안타깝게도 그 약속들이 물 분쟁을 실제로 해결하는 데는 큰 도움을 주지 못하고 있다.

케네디John F. Kennedy 미국 전 대통령이 이미 40여 년 전 "물 문제를 해결하는 사람은 두 개의 노벨상, 즉 노벨평화상과 노벨과학상을 타게 될 것이다"라고 했듯이 물 부족 사태와 이로 인한 다툼은 지구촌 전체가 풀어야 할 중대한 과제로 다가와 있다.

마시는 물? 사고파는 물!

물 부족 시대, 물 기근은 인류에겐 위기이지만 기업들의 입장에서는 기회가 될 수 있다. 검은 황금Black Gold 석유에 이어 물은 또 하나의 황금, 블루골드다. 기업들은 물을 산업화의 범주에 끌어들여 물 산업을 만들었다. 물 산업은 깨끗한 물을 찾아 이를 가공해서 공급하고, 사용한 물을 처리하는 일로, 생수 제조업, 바닷물 담수화사업, 상하수도 정비사업을 주로 가리킨다.

LG경제연구원에 따르면 물 산업은 매년 6퍼센트씩 성장하고 있다. 세계적으로 물시장은 2005년 2,500억 달러에서 2012년엔 두배 가까운 4,950억 달러에 이를 전망이다. 미국의 경제전문지 『포춘Fortune』은 21세기엔 물 산업이 석유 산업의 규모를 넘어설 것이라고 예측했다.

물 산업의 현주소는 어떤가? 국내에서 1995년 〈먹는물관리법〉의 제정과 함께 판매가 시작된 생수 시장은 매년 급격하게 몸을 불리고 있다.

누군가가 깨끗하고 몸에 좋은 물을 찾아 비싼 돈을 주고 사 마실 때, 지구 반대편에서는 수인성 질병으로 20초마다 1명의 어린이가 죽어가는 현실. 우리는 어떻게 해석할 수 있을까?

샘물이나 정수기로 거른 물에 미네랄을 첨가해 병에 담아 파는 생수 시장은 매년 10% 이상 고속 성장을 거듭, 그 규모가 2009년에는 5000억 원을 넘어섰다. 하나의 상품이 된 물은 이제 단순히 갈증을 채우는 것을 넘어 프리미엄 생수와 같은 건강을 위한 고급 음료수라고 자신을 소개한다. 이미 서울 강남지역에서는 와인처럼 물맛을 감별하는 전문가, 워터 소믈리에의 추천 하에 세계 각국의 다양한 물을 전문적으로 판매하는 물 카페까지 문을 열었다.

　1970년대부터 선진국들은 햇빛이 도달하지 않는 수심 200미터 아래 깊은 바다에 있는 바닷물, 천연 미네랄이 풍부한 해양심층수에 주목했다. 국내에서도 지난 2000년부터 해양심층수 개발사업을 국책사업으로 진행 중이다.

물 산업 가운데 기업들이 가장 주목하는 것은 전체의 80퍼센트를 차지하는 상하수도 정비사업이다. 프랑스의 베올리아^{Veolia}와 수에즈 ^{Suez}, 독일의 지멘스^{Siemens} 등 물이 황금알을 낳을 만한 상품임을 일찍이 눈여겨 본 선진국의 몇몇 대기업이 이 분야에 진출해 있는데, 현재 세계 물 시장의 70퍼센트가 이들 기업의 손에 좌지우지되고 있다.

1980년대 초 영국이 물의 소유권을 민간에 넘긴 것을 시작으로 기업들의 물 관리 마케팅 공세는 1990년대 들어서면서 거세졌다. 당시 아시아와 개발도상국의 산업화가 속도를 내면서 안정적인 물 공급에 대한 요구가 늘어나자 다국적기업들이 '안전하고 효율적인 물 관리'를 앞세우며 큰 목소리를 내기 시작한 것이다.

여기에 세계은행, 세계무역기구, 국제통화기금 같은 국제금융기구도 물 기업 편에 섰다. 세계은행은 자신들에게서 돈을 빌려가는 제3세계 국가들에게 돈을 빌려주는 조건으로 기업들에게 물 서비스를 맡길 것을 제안했다. 돈을 빌리는 나라 입장에서 보면 이는 협박과 다름없는 것이었다. 국제기구와 다국적기업들의 합작 공세 속에서 10년 정도가 지난 2001년, 전 세계의 물 시장은 4조 날러가 넘는 비즈니스의 장이 되었다.

물 민영화 흐름은 1999년 국내에서도 물꼬를 텄다. 〈사회간접자본 시설에 관한 민간투자법〉이 만들어지면서 해외기업이 들어와 상하수도 시설을 운영하는 것이 가능해진 것이다. 2008년 프랑스의 비벤디워터 ^{Vivendi Water}는 서울, 대산, 여천, 청주, 구미 등에 사업장을 두고 지자체 상하수도 서비스 위탁사업에 적극 참여하고 있고, 2001년 수에즈는 한화건설과 함께 양주군에 하수종말처리장 3곳을 건설하고 20년간 운영권을 보유하기로 했다. 앞으로 물 서비스의 민영화는 가속될 전망이다.

세계무역기구를 중심으로 한 다자간 협상이나 국가간 자유무역협정을 통해 물 서비스 시장을 개방하라는 압력이 거세질 것으로 예상되면서 산업 관계자들은 국내 물 산업의 경쟁력 강화가 절실하다고 주장하고 있다. 정부 역시 물 산업을 미래 전략산업의 하나로 집중 육성한다는 방침을 세우고 '물 산업 육성 5개년 세부 추진계획'을 내놓았다.

물은 '우리 모두의 것'입니다

2001년 7월, 캐나다 밴쿠버에서는 물의 상품화를 반대하는 세계 최초의 모임이 결성됐다. 단체 이름은 '푸른 지구 운동Blue Planet Project'. 세계화국제포럼의 모드 발로Maude Barlow 국장과 캐나다 폴라리스 연구소의 토니 클라크Tony Clarke가 중심이 된 푸른 지구 운동은 물은 '인류 공동의 재산'임을 선언했다. 이들은 물의 민영화를 '물의 사유화'라고 생각한다.

'지구의 벗Friends of Earth' 리카르도 나바로Ricardo Navarro 전 의장은 "다국적 물 기업, 세계은행, 국제통화기금 같은 국제금융기구, 이들이 바로 세상의 물을 가지고 장사를 하는 '물의 악의 축'이다"라고 비난하면서 물의 사유화, 상품화가 물 공급의 불공평을 낳고 있다며 일침을 가한다. 물 장사를 하는 대기업들이 한 해 2천억 달러(약 3백 20조 원) 이윤을 남기는 동안, 이들에게 물 관리를 맡긴 나라들에서는 비싼 수도요금을 내지 못해 오염된 물을 마시고 죽음에까지 이르는 사람들이 나오고 있다는 것이다.

현재 상수도 민영화는 대표적으로 영국식과 프랑스식 두 가지로 나

BLUE PLANET **PROJECT**

Water Justice Now! The Blue Planet Project is a global initiative working with partners around the world to achieve the goal of water justice now. Water justice is based on the right to water and on the principles that water is a public trust and part of the global commons.

Right to Water
Securing the right to water is critical for our future and the future of the planet. Join the movement for the right to water and for water justice.

Alternatives
Sustainable solutions to the global water crisis are possible. Support innovation and positive alternatives with public water under community control.

Movement Building
We are stronger together and we stand in solidarity. See how we are working collectively to build a strong water justice movement and to achieve our common goals.

Get Involved
Here's how you can help! The struggle to defend our water is fought every day in communities around the world. Your support is necessary.

TAKE ACTION

Visit:
RightToWater.ca

Secure the Human Right to Water:
Join Friends of the Right to Water. This

물의 상품화를 반대하는 세계 최초의 모임인 '푸른 지구 운동'의 홈페이지

뉘는데, 어떤 방식을 채택하더라도 상수도요금은 필연적으로 오르게 된다. 1990년대 상반기, 민간의 손에 맡겨진 프랑스와 영국의 수도요금은 두 배 이상 올랐으며, 인도네시아는 상수도의 민영화 이후 매년 수도요금이 30퍼센트가량 상승했다. 남아프리카공화국에서 2년 만에 수도요금이 7배 가까이 폭등한 것도 상수도 관리권을 기업에게 넘긴 결과였다.

상하수도 사업을 민간기업에 넘기면서 수도요금이 인상돼 물을 제대로 공급받지 못한 사람들의 분노는 지구촌 곳곳에서 치솟고 있다. 볼리비아의 경우를 보자. 1998년 세계은행은 볼리비아에 2천5백만 달러(약 244억 원)를 빌려주면서, 코차밤바Cochabamba 시의 물 서비스를 민영화하라는 조건을 내걸었다. 결국 코차밤바 수도사업은 미국 물 기업 벡텔Bechtel에 넘어갔고, 그 뒤 수도요금은 최고 200퍼센트까지 급등했다.

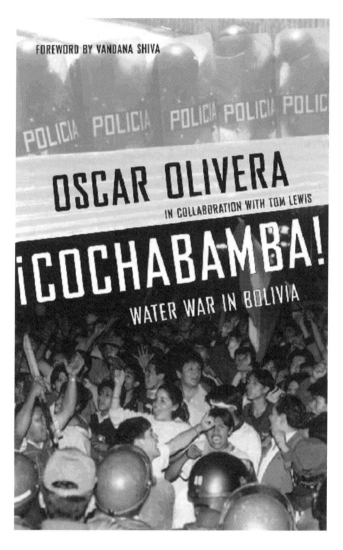

■■
오스카 올리베라, 톰 루이스, 반다나 시바가 볼리비아의 물 투쟁에 대해 쓴 『코차밤바-볼리비아 물 전쟁』.
2000년 4월 8일 볼리비아의 코차밤바 시에서는 다국적기업을 대상으로 공동체의 자산인 물을 지켜내기 위
한 투쟁이 벌어졌다.

■■
물은 특정한 기업이나 국가의 소유물이 아니다. 물은 인류가 함께 소유하는 공공재이므로 사유화가 되어 돈을 주고 사고파는 상품으로 여겨져서는 안 된다.

한 가족 수입의 4분의 1 수준까지 오른 것이다. 물값 인상에 항의하는 수만 명이 거리로 쏟아져 나오면서 시작된 시위는 결국 벡텔 사를 철수시켰고, 대통령을 권좌에서 끌어내렸다.

　문제는 민영화의 부작용이 단순히 물값이 오른 것에 그치지 않는다는 데 있다. 값은 비싸지면서 수질이나 서비스가 나아지지 않고 있다는 불만이 터져나오는 것이다. 세계물위원회가 물 민영화 이후 물 기근, 수인성 전염병 등의 증가를 우려한 것과 일치하는 결과다.

　상하수도 운영을 민간기업에게 맡겼던 나라들은 지금 어떤 선택을 하고 있는가? 볼리비아에 이어 에스파냐, 아르헨티나도 막대한 위약금을 물어주고 다시 국영화했고 두 개 지역에서 상하수도 운영이 민간기업의 손에 맡겨진 뒤 물값이 10배 이상 오르는 것을 경험한 우루과이는 아예 법으로 민영화를 금지시켰다.

물 민영화의 초창기를 주도했던 프랑스의 최근 변화도 주목된다. 파리 시는 2009년 12월, 민간기업의 계약기간이 끝나고 나면 상수도 공급도 과거처럼 공공부문에 맡기겠다고 발표했다. 영국에서도 정책에 대한 비판 여론이 쏟아지고 있다. 영국 의회의 물 관련 연구그룹이 발표한 보고서는 민영화 이후 요금 상승, 심각한 누수, 민간기업의 비리 등으로 민영화에 대한 부정적 시각이 늘고 있다고 지적했다.

석유와 달리 그 무엇으로 대신할 수 없는 물을 인류는 어떻게 관리해 나가야 할까? 2001년 푸른 지구 운동에서 작성한 〈지구 공동재산인 물을 공유하고 보호하기 위한 선언문〉이라는 긴 이름의 선언문은 인류가 물을 어떻게 대해야 할지 그 중심을 이렇게 잡아주고 있다.

"세계 모든 정부는 자국의 영토 안에 있는 물이 공공의 소유임을 천명하고 이를 보호할 강력한 규제장치를 발동하기 위한 즉각적인 행동에 들어간다. 그러나 지구의 물은 세계 공동재산이므로 그 어떤 기구, 정부, 개인 또는 기업도 이윤 추구를 목적으로 이를 매매해서는 안 된다."

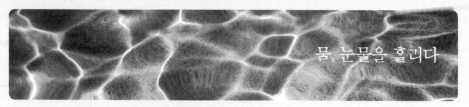

물, 눈물을 흘리다

prologue | **blog** | photolog

목록보기 | blog

프로필▶ 쪽지▶ 이웃추가▶

category

■ 물 산업, 다국적 기업의
  횡포를 고발한다
■ 물 아껴 쓰는 나만의 노하우

tags

볼리비아 물 전쟁 | 에비앙 | 페리에
푸른 지구 운동 | 블루 골드
헨리 데이비드 소로 | 댐 건설 | 벡텔 사

이웃 블로거

• 물 민영화, 결사 반대!
• 요즘 트렌드는 물 카페

이전글

◀ 역사 속 인물 대화방
  〈물을 물로 보지 마시오!〉

다음글

▶ 〈퀀텀 오브 솔러스〉 Review

나도 할 말 있다

　나, 기억나요? 내가 누구냐구요? 당신이 생명을 가지게 된 순간
부터 난 당신과 함께했습니다. 난 물입니다.

　당신이 엄마 뱃속에 있을 때도 그랬듯 지금도 당신들은 내가
없으면 살기 어려워요. 그런데 아직도 이런 나를 '물'로 보시다
니요? H_2O. 당신네 인간들은 이런 화학방정식은 세울 수 있지
만 물은 절대 못 만들어요.

　나는 하늘로 올라가 맑은 공기를 안고 땅으로 내려오는 긴 여행
을 하기 때문에 이 세상에서 안 가본 곳이 없어요. 산을 타고 내려
가기도 하고 강을 따라 흐르기도 하고 때론 사막 한가운데를 힘겹
게 통과하기도 해요. 이런 모든 역경과 여정을 거쳐 당신과 만나는
거죠. 나 물은 곧 무수한 세월, 긴 여행길의 우여곡절이 응축된 결
정체입니다.

　산전수전 다 겪어 모질다 생각했는데, 이런 내가 요즘 부쩍 눈물
이 많아졌어요. 나를 마시지 못해 어린 생명들이 세상과 이별하고
있는 현실이 내 가슴을 아프게 합니다. 물 만난 듯 신나게 물장사
해서 돈 버는 사람들 생각하면 또 한편 가슴에 불이 나구요.

　우주비행을 했던 유리 가가린이 '지구는 푸르다!'라는 말을 남겼
죠? 지구가 푸르게 보인 이유는 바로 나 물 때문입니다. 지구가 푸
른 별로 빛나기 위해선 나를 깨끗하게 지켜주고, 소중히 여겨야 해
요. 그러니 나의 자유로운 영혼을 가두려 하지 마세요. 난 플라스
틱 생수병에도, 콘크리트 댐에도 함부로 가둘 수 없는 존재입니다.
난 어느 누구의 것이 아니라 여러분 모두의 것입니다!

▼ **덧글 17개** | 엮인 글 쓰기 | 공감 4개

참 고 자 료

📖 Books

◉ 『물전쟁』 반다나 시바 저, 이상훈 역, 생각의나무, 2003

인도에서 저명한 물리학자로 일하다가 환경 문제에 눈을 떠 환경학자로 변신한 반다나 시바의 저서. 세계 여러 지역에서 벌어지고 있는 갈등과 분쟁이 인종전쟁과 종교전쟁으로 위장되지만, 실제로는 수자원 같은 자연자원을 둘러싼 충돌임을 설명한다.

◉ 『블루 골드』 모드 발로, 토니 클라크 공저, 이창신 역, 개마고원, 2002

'물의 민영화와 상품화'를 촉진하는 근래의 국제무역협정으로 인해 빠르게 성장하는 물 산업의 현주소를 진단한다. 물 산업을 둘러싼 다국적기업들의 횡포를 고발하고, 공공재로서의 물에 대한 올바른 이용을 위해 해야 할 일들에 대해 제시한다.

🎬 Movies

〈007 퀀텀 오브 솔러스Quantum of Solace〉 마크 포스터 감독, 2008

스파이 영화의 대명사 '007'의 2008년 버전이다. 첫사랑 베스퍼의 죽음으로 복수심에 휩싸인 제임스 본드는 진실을 밝히기 위해 단서를 쫓다가 관련된 비밀조직의 이름이 '퀀텀'이며 중요한 배후 인물이 사업가 도미닉 그린임을 알게 된다. 도미닉 그린은 환경을 생각하는 사업가인 양 포장하지만 이는 볼리비아의 천연자원인 '물'을 독점하기 위한 한 계략일 뿐이다. 영화에서 자원으로서의 물의 중요성, 물을 둘러싼 정치사회적인 동향이 잘 드러난다.

1961년
소련, 첫 유인우주선
보스토크 1호 발사
가가린 우주 비행 성공

1957년
소련, 첫 인공위성
스푸트니크 1호 발사

1967년
국제연합,
우주의 군사적 이용을 금지하는
우주 조약 제정

1969년
미국, 암스트롱과 올드린이
인류 최초로 달 착륙

1981년
미국, 첫 우주왕복선
콜럼비아호 발사

1986년
우주왕복선
챌린저호 폭발

2008년
한국인 최초의
우주인 탄생

1996년
미국, 우주공간을
군사적 목적으로 사용할
우주군사계획
〈비전 2020〉 수립

우 주 개 발 의   역 사

누구를 위한
'스타워즈' 인가

"우리의 관심을
지구라는 작은 행성에
묶어두는 것은
인간의 영혼을 묶어두는
것과 다를 바 없다."

_ 영국의 물리학자, 스티븐 호킹 Steven Hawking

우주,
우주인

★ 우주

모든 천체, 모든 물질과 복사가 존재할 수 있는 공간.

우주의 개념은 시대와 과학의 발달에 따라 변해왔다. 서양에서 우주의 어원인 그리스어 코스모스(kosmos)는 질서를 뜻하는 말로, 혼돈을 뜻하는 카오스(kaos)에 반대되는 개념이었다. 동양에서는 공간, 사방상하(四方上下)를 '우(宇)'라 했고, 시간, 즉 고왕금래(古往今來)를 '주(宙)'라고 해서 '우주(宇宙)'라고 이름 붙였다. 천문학적인 의미에서 우주는 천체와 중력장, 여러 형태의 복사로 구성되어 있다. 인류가 우주 크기의 무한함을 인식하기 시작한 건 16세기 이후의 일이다.

★ 우주인

우주여행을 하는 사람.

'외계인'과는 다르다. 국제항공연맹은 100킬로미터의 고도를 비행했을 때를 우주비행이라고 한다. 이 기준에 따라 지금까지 우주인 대열에 오른 사람은 1961년 유리 가가린의 첫 우주비행 이후 34개국 442명으로 꼽힌다. 이소연 씨는 2008년 세계 475번째 우주인, 49번째 여성 우주인이자 한국 우주인 1호가 됐다.

"지구는 푸른빛이었다"

유리 알렉세예비치 가가린 Yurii Alekseevich Gagarin
국적 : 구 소련
비행일자 : 1961년 4월 12일, 우주비행 후 귀환.
특이사항 : 인류 최초로 우주를 비행했음.

소련의 유리 가가린이 보스토크 1호를 타고 우주비행에 성공한 후 지구로 무사히 귀환했을 때 세계인들은 모두 놀랐다. 소설과 영화에서만 꿈꿔 오던 우주여행이 현실이 된 것이다. 유리 가가린이 대기권을 벗어나 지구 상공에 머문 시간은 108분. 그는 "지구는 푸른빛이었다"라는 유명한 말을 남겼다.

인류 최초로 우주비행에 성공한 유리 가가린은 소련에 귀환한 후 일약 영웅이 되었다. 소련의 우주 기술은 무중력 상태에서, 시속 2만 8,000 킬로미터라는 초고속 비행 환경에서 인간이 어떻게 생존할 수 있는가를 증명해 보였다. 가가린 이후 인류는 지구에서 우주를 바라보던 시선에

■■ 세계 최초로 우주 공간을 비행한 구 소련의 유리 가가린

서 우주로부터 지구를 바라볼 수 있는 새로운 시선을 획득할 수 있었다.

소련 당국은 당시 중위였던 가가린을 소령으로 특진시켰고, 이후 가가린은 우주비행사 대장까지 지냈다. 그러나 안타깝게도 가가린은 34세의 나이에 1968년 제트연습기 충돌사고로 사망했다. 소련 당국은 우주 영웅을 기리기 위해 그의 이름을 딴 가가린 우주인 훈련센터를 설립했다.

"야 차이카(나는 갈매기)"

발렌티나 테레슈코바 Valentina Tereshkova
국적 : 구 소련
비행일자 : 1963년 6월16일~1963년 6월19일
특이사항 : 지구 궤도를 돈 최초의 여성 우주인.

■■
세계 최초의 여성 우주인, 발렌티나 테레슈코바. 테레슈코바는 1963년 보스토크 6호를 타고 우주비행에 성공했다.

세계 최초의 여성 우주인은 소련의 발렌티나 테레슈코바다. 테레슈코바는 보스토크 6호를 타고 70시간 50분 동안 지구를 48바퀴 돌고 지구로 귀환했다.

방직공장을 다니던 테레슈코바에게 우주비행의 꿈을 심어준 이는 가가린이었다. 이후 아마추어 낙하산 클럽에서 활동했고 26살의 나이에 우주비행을 할 수 있는 자격을 얻게 된 그녀는 우주에 막 도착하는 순간 "나는 갈매기, 기분 최고. 하늘색과 남색의 줄무늬가 보입니다. 지구예요! 어쩜 이렇게 아름답죠?"라고 외쳤다. 테레슈코바의 한마디는 전 세계에 생생하게 전해졌고 큰 인기를 끌었다.

당시 최초의 우주비행사를 탄생시키며 우주계획에서 한발 앞서갔던 소련이 여성 우주비행사를 탄생시켜 주도권을 다지려고 한 것과 맞물려 그녀는 일약 소련의 영웅이 되었다. 소련은 테레슈코바의 성공을

대대적으로 선전했고, 이후 테레슈코바는 소련 공산당에 진출해 요직을 맡았다.

"이것은 한 사람에게는 작은 걸음이지만, 전 인류에게는 위대한 도약이 될 것이다"

닐 암스트롱 Neil. A. Armstrong
국적 : 미국
비행일자 : 1969년 7월 20일, 달에 도착.
특이사항 : 인류 최초로 달에 착륙함.

1961년 미국 대통령에 취임한 존 F. 케네디는 "10년 내에 인간을 달에 보내겠다"는 야심찬 선언을 한다. 이른바 '아폴로 우주계획 Apollo Project' 이다.

이제 미국과 소련, 두 나라의 자존심을 건 경쟁은 누가 먼저 달 표면에 착륙하는가로 이어졌다. 케네디의 선언 이후 8년 만인 1969년, 미국은 아폴로 11호를 달에 쏘아올렸고, 인류 최초로 달에 도착한 첫 우주인을 탄생시켰다. 지구를 흥분시킨 우주인은 닐 암스트롱과 버즈 올드린 Buzz Aldrin, 마이클 콜린스 Michael Collins였다.

당시 미국의 닉슨 Richard. M. Nixon 대통령은 이들 세 명을 백악관 만찬에 초대해 대통령 훈장을 수여했다. 특히 달에 첫발을 내딛은 닐 암스트롱은 스포트라이트를 받았다. 자유진영에 속한 국가들은 앞다투어 영웅이 된 암스트롱을 초대했는데 우리나라도 예외가 아니었다. 1971년 8월

■■

아폴로 11호를 타고 우주비행을 한 암스트롱 일행은 인류 최초로 달에 착륙했다. 닐 암스트롱은 "이것은 한 사람에게는 작은 걸음이지만, 전 인류에게는 위대한 도약"이라는 유명한 말을 남겼다.

닐 암스트롱의 방한은 큰 화제를 낳았다.

　인류의 달 탐사는 미소 냉전이 극에 달했던 케네디 정권 이후 두 나라가 앞다투며 진행해 6차례 이뤄졌으며 1972년 아폴로 17호를 마지막으로 우주 개발에 지나치게 돈을 쓴다는 비판이 쏟아지면서 중단됐다.

" ...... "

크리스티나 매컬리프 Christina McAuliffe
국적 : 미국
비행일자 : 1986년 1월 28일 이륙, 그리고……
특이사항 : 최초의 민간인 우주 탑승, 챌린저 호 폭발 사고로 숨짐.

　원래 과학자들은 우주왕복선에 관심이 많았다. 하지만 가시적인 성과에 매달리다보니 우주왕복선 개발은 뒷전으로 밀리기 일쑤였다. 일회

용 우주선을 쏘아올리는 데 열을 올렸던 미국과 소련이 우주왕복선 연구에 골몰한 결과, 드디어 1981년 우주왕복선이 첫선을 보일 수 있었다. 1981년 4월 12일 미국은 2명의 우주인을 실은 우주왕복선 컬럼비아 Columbia 호를 발사했다.

이후 1986년까지 5년간 챌린저Challenger호, 디스커버리Discovery 호, 아틀란티스Atlantis 호 등이 잇따라 탄생하면서 우주왕복선 전성시대가 열렸다. 사람들은 곧 우주선을 타고 자유롭게 우주를 활보할 수 있으리란 꿈에 부풀었다.

1986년 우주왕복선 챌린저 호의 비행은 어느 때보다 화제를 모았다. 최초로 민간인이 우주비행사로 탑승하게 됐기 때문이다. 주인공은 미국 뉴햄프셔의 한 고등학교에서 역사를 가르치던 여교사 크리스티나 매컬리프였다. 미국항공우주국NASA은 우주에서 선생님이 수업하는 모

■ ■ ■
우주비행에 앞서 무중력 적응 훈련을 받고 있는 크리스티나 매컬리프. 크리스티나 매컬리프를 비롯한 챌린저 호에 탑승한 7명의 승무원들은 발사 후 74초 만에 일어난 폭발사고로 전원 사망했다.

습을 지구 상으로 중계하겠다는 계획을 세웠다.

드디어 1월 28일, 차가운 공기를 가르며 하늘 위로 솟는 챌린저 호를 보며 미국인들은 뜨겁게 열광했다. 그러나 환호는 곧 충격으로 바뀌었다. 이륙 74초 만에 공중 폭발해버린 것이다. 탑승한 7명 전원이 희생된 '우주 개발 최악의 대참사' 였다. 갑작스레 몰아닥친 한파에 우주선이 폭발할 수 있으니 발사계획을 연기하라는 성고를 무시한 결과였다. 챌린저 호 사고 이후 우주왕복선 비행은 2년 동안 중단되었다.

우리나라도 우주 강국으로!

이소연
국적 : 한국
비행일자 : 2008년 4월 11일, 우주정거장에 도착함.
특이사항 : 한국 최초의 우주인.

국내에서 우주인 탄생은 지난 2000년 12월 우주개발 중장기 기본계획의 하나로 추진된 '한국 최초의 우주인 배출사업'으로 시작됐다. 이후 2006년 4월 21일 과학의 날을 맞아 우주인 선발공모가 국민적 관심 속에서 진행됐으며, 공모 결과 3만 6,206명의 지원자 중 이소연 씨와 고산 씨가 최종 우주인으로 선발되었다. 러시아 가가린 우주인 훈련센터에서 훈련을 거쳐 최종 탑승할 우주인으로 고산 씨가 결정됐지만 발사를 한 달 앞두고 이소연 씨로 전격 교체됐다.

2008년 4월 8일 소유즈 로켓이 지축을 흔들며 우주로 날아올랐다.

■■
이소연 씨는 3만여 명의 경쟁률을 뚫고 한국인 최초의 우주인으로 선발됐다. 오른쪽은 한국 최초의 우주발사체(KSLV-1) 나로 호.

한국인 최초의 우주인이 탄생하는 순간이었다. 이소연 씨가 9박 10일간의 국제우주정거장 생활을 비롯해 12일간의 여정에 성공적인 마침표를 찍음으로써 우리는 35번째 우주인 배출국이 되었다.

현재 우리나라는 세계 10번째 위성발사국으로서의 진입을 앞두고 있다.

누구를 위한 '스타워즈' 인가?

등장인물 : 이태백, 조지 루카스, 쥘 베른, 칼 세이건
배경 : 천문대 앞에서

칼 세이건 아, 이태백 님이시군요.

이태백 칼 세이건 박사 아니시오? 당신이 보여준 우주의 모습은 내가 생각했던 것 이상으로 아름다웠소.

칼 세이건 그렇게 보셨다니 감사합니다. 하지만 저는 이미 이태백 선생께서 마음에 그리고 있던 것을 과학적으로 드러낸 것뿐입니다.

이태백 그건 그렇고, 나 불만이 하나 있소이다. 우주를 좀 가만히 내버려둘 수는 없소? 알고 싶으면 그냥 밤하늘을 쳐다보면서 감탄하고 즐기면 되는 것이지 그걸 굳이 이상한 비행 물체를 만들어서 가야 하는 것이오? 이 지구 하나 제대로 건사하지 못하면서 말이오.

쥘 베른 두 분 말씀하시는데 저도 한 말씀 드리고 싶습니다. 전 『달세계 여행』을 쓴 쥘 베른입니다.

이태백 아, 그 유명한 베른 선생이시군요. 그런데 어떻게 가보지도 않고 그런 책을 쓸 수 있었습니까?

쥘 베른 작가야 다 이태백 선생님처럼 상상의 선수들 아닙니까? 저도 사실 이태백 선생님과 같은 생각입니다. 제가 소설에서는 포탄에 몸을 싣고 달로 가는 이야기를 썼지만, 오늘날 스타워즈다 뭐다 해서 우주가 좀 시끄러워야지

이백(701~762)
'달아 달아 밝은 달아. 이태백이 놀던 달아' 라는 노래로 유명하다. 중국 최대의 시인이며, 시선이라 불린다. 술에 취하여 강물 속의 달을 잡으려다가 물에 빠져 인생을 마감했다는 전설이 전해온다.

조지 루카스(1944~현재)
미국의 영화감독이자 프로듀서, 각본가이다. 〈스타워즈〉가 세계적으로 크게 히트하면서, 계속해서 〈스타워즈〉 시리즈를 제작하고 있다.

요. 저도 일말의 책임을 느껴서 여기에 나온 것입니다.

조지 루카스 이거 우주에 대해선 선수들이 다 모이셨는데, 제가 한 말씀 드리자면……. 스타워즈 어쩌구 하시던데 혹시 제 영화를 보셨습니까? 껄껄, 그거 꽤 괜찮은 작품이지요.

칼 세이건 아, 그런 이야기가 아니었고 이태백 선생이나 쥘 베른 선생 모두가 우주전쟁이니 뭐니 하지 말고 우주 좀 그냥 내버려두라, 이런 요지의 말씀이었는데…….

조지 루카스 뭐 그럴 법도 합니다만, 사실 우주는 우리가 모르는 외계의 질서가 지배하고 있는지도 모릅니다. 선과 악의 세계가 서로 보이지 않게 대립하면서 지구의 운명을 좌우할 수도 있는 것입니다. 전 그걸 경고하면서 우주를 새롭게 잘 지켜내자, 이런 주장을 하고 싶었을 따름입니다.

칼 세이건 그런 점에서 보면 강대국들이 우주를 서로 차지하기 위해 경쟁을 벌이는 것은 위험천만한 것이 아니겠습니까?

이태백 칼 세이건 선생, 선생은 그렇게 말하지만 당신이 자문위원으로 있는 미국항공우주국도 결국은 군사적인 목적으로 세워진 것 아닙니까?

조지 루카스 어차피 누군가가 선한 의지를 가지고 우주를 지켜내야 하니까 우

쥘 베른(1828~1905)
공상과학 소설의 선구자. 『해저 2만리』 『80일간의 세계 일주』 『15소년 표류기』 『달세계 여행』 등을 집필했다. 그가 1865년에 발표했던 『지구에서 달까지』는 사람이 포탄에 몸을 싣고 지구에서 달나라로 날아가는 내용을 다루고 있다. 그는 당시 상상조차 어려웠던 원자력 잠수함과 달 여행을 소설에서 그려냈는데 이는 모두 100년 안에 실현됐다.

칼 세이건(1934~1996)
우주과학의 대중화를 선도한 세계적인 천문학자 미국 우주계획의 시초부터 지도적인 역할을 해왔다. 1950년대부터 미국항공우주국의 조언자로서, 또 여러 행성 탐사계획의 실험관으로서 활동했다. 대표적인 저서로 『코스모스』, 소설 『콘택트』가 있다. 외계문명 탐사계획인 SETI의 후원자로도 유명하다.

주적 대결이 없을 수 없지요. 안 그렇습니까? 쥘 베른 선생?

쥘 베른 난 잘 모르겠어요. 저는 저 바닷속에는, 저 멀리 우주에는 어떤 세상이 있는 걸까? 궁금했을 뿐인데, 그래서 이 지구별이 더 시야를 넓히고 살기를 바란 것인데. 과학 기술의 발전이 지구별에 해가 된 듯합니다.

이태백 그러게 말이오. 지상의 싸움도 지겹지 않소? 나 이거 참. 우주에서까지 싸우자고 하니. 빛나는 별, 환히 떠 있는 달, 거기 그렇게 존재해서 빛을 발하는 신비를 느낄 수는 없소이까?

칼 세이건 맞습니다. 별의 운행을 점치며 인간의 운명을 점치던 인류가, 별의 운명을 좌지우지하겠다는 건 우스운 일입니다.

이태백 별유천지비인간 別有天地非人間이라……

칼 세이건 아임 쏘리, 무슨 소리?

이태백 어허, 이 인간 세상과는 다른 선경이로세. 저 은하수를 보시오!

(모두 밤하늘 물끄러미 쳐다보는데, 멀리 별똥별 떨어진다.)

미국항공우주국(NASA)

1958년에 미국의 우주개발 계획을 추진하기 위하여 설립된 정부 기관으로 본부는 미국 워싱턴에 있다. 당초 우주 공간의 평화적 사용만을 추구한다는 바탕에서 만들어진 기관이었고 지도부 역시 군으로부터 독립을 유지하려고 애썼지만 미국항공우주국의 우주계획은 미국 국방부 주도의 군사적 계획 아래 추진돼 왔다.

다른 행성을 찾아라

　달을 다녀온 인류는 다른 행성의 개척에도 나섰다. 미국과 소련이 관심을 가진 행성은 지구와 가장 가까이 있는 화성이었다. 인류가 화성에 탐사선을 보내기 시작한 것은 50여 년 전, 1960년 소련이 마르스1호를 띄우면서부터였다. 맨처음 화성탐사에 성공한 것은 1965년, 매리너 4호를 보내 화성에 가까이 접근하는 데 성공한 미국은 이로부터 11년 뒤 바이킹 1, 2호를 화성에 연착륙시켰다. 이 쌍둥이 로봇은 화성 표면을 찍은 사진과 각종 지질 정

화성을 탐사하고 있는 바이킹 호의 모습

달

달에는 희귀 자원이 대량으로 매장되어 있다고
한다. 그 가운데 헬륨3은 핵융합 발전의 핵심
원료로 에너지 효율이 석유의 1,000배에 이르
는 꿈의 에너지다. 이뿐만이 아니라 과학자들
은 헬륨3을 발판으로 달을 중간 기지 삼아 더
먼 우주로 나아갈 수 있다는 사실에 주목하고
있다.

화성

화성은 태양의 네 번째 궤도, 즉 지구의 바깥 궤
도를 도는 외행성 중에서 지구와 가장 가까운
별이다. 또 생명체가 존재할 가능성이 가장 높
고 자연환경도 태양계 행성 중 지구와 가장 비
슷하다고 한다. 인류는 화성을 먼 훗날 지구인
들이 이민 갈 행성으로 가장 적합하다고 생각
한다. 먼 미래에는 화성의 기지를 발판 삼아 제
2의 지구를 찾고, 태양계 안의 다른 행성에도
유인 우주선을 보낸다는 계획도 세우고 있다.

보를 지구로 전송했는데 이로써 인류는 베일에 가려 있던 화성에 대한 두
가지 사실을 알게 된다. 화성은 붉은 바위로 이루어져 있으며, 생물이 살
기 어려운 환경이라는 것이다.

전쟁의 신 마르스^{Mars}로 상징되는 화성은 동서양을 막론하고 예로부
터 불길한 징조를 드러내는 행성이었다. 그러나 현대에 들어서면서 사
람들은 화성에 살아 있는 생명체가 있을 것이라고 기대해왔다. 이는
1877년 이탈리아의 천문학자 스키아파렐리^{G. V. Schiaparelli}의 발견에서 뿌

리를 찾을 수 있다. 그는 화성의 표면에 '줄' 모양이 있음을 관측했는데 보도과정에서 'canali'(이탈리아어로 '줄'이라는 뜻)를 'canal'(영어의 '운하')로 잘못 번역되면서 "화성 표면에 인공적으로 만든 운하가 있다"라고 기사화됐고 "화성인이 살고 있다"라는 생각으로까지 확대된 것이다. 더욱이 화성인의 지구 침략을 소재로 한 조지 웰스H. G. Wells의 소설 『우주전쟁』이 화성인의 모습을 문어처럼 표현했는데, 이런 모습을 인상 깊게 본 사람들은 외계인을 이상한 모습으로 상상하게 됐다. 지금도 여전히 인류는 화성에 생명체가 존재하지 않을까 하는 궁금증을 가지고 있다.

지난 40년 동안 미국 등 각국이 화성에 각종 궤도위성과 무인로봇, 착륙선 등을 보낸 것은 50여회, 그 가운데 성공한 것은 절반에도 미치지 못했다. 그러나 성공한 20여 차례의 탐사를 통해 인류는 화성의 운석 안에서 미생물이 존재할 가능성을 높여주는 탄화수소 분자를 발견해냈다. 그리고 2003년 유럽이 쏘아올린 무인 화성탐사선 마르스 익스프레스 Mars Express 호를 통해 화성에 물이 있다는 사실도 알아냈다. 더욱이 최근에는 화성에 지표면 아래로 깊이 파인 동굴이 여러 개 발견돼 사람들을 흥분시키고 있다. 이 동굴들이 생명체의 존재 가능성을 높이고 있는 것이다. 그러나 안타깝게도 지금까지 등장한 근거들은 모두 가능성을 암시할 뿐, 결정적인 단서가 되지 못했다.

얼마간의 공백 끝에 2012년 미국은 화성무인탐사선 '큐리오시티'를 화성에 보냈다. 큐리오시티는 2년에 걸쳐 화성에서 생명체가 과거에 존재했는지, 앞으로 인류가 화성에서 살 수 있을지 탐사활동을 할 계획이다.

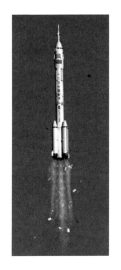

스타워즈 시즌 2

2003년 10월, 우주개발 역사에 한 획을 긋는 일대 사건이 벌어졌다. 중국이 세계에서 세 번째로 유인우주선 선저우神州 5호 발사에 성공한 것이다. 이는 미소 냉전이 종식된 이후 주춤했던 우주 전쟁에 새로 불을 붙였다. 이후 미국, 러시아, 일본, 유럽 등 우주 강국들은 일제히 우주개발 계획을 쏟아냈다. 제2의 우주전쟁 시대가 개막된 것이다. 1960년대 미국과 소련 사이의 달 탐사 경쟁이 체제의 우위를 선전하려는 군사 외교전이었다면, 최근의 탐사 경쟁은 미래를 위한 투자라는 경제전의 양상을 띠고 있다 그 핵심은 '달 영구기지 건설'과 '화성 탐사계획'에 있다.

미국—화성 유인탐사 계획

오바마 정부는 2010년, 부시 행정부에서 추진한 '컨스탈레이션(별자리)' 프로젝트를 중단시켰다. 이는 2020년까지 달에 유인 우주선을 다시 보내고, 이후 화성 같은 태양계 행성까지 탐사를 확대하자는 우주 계획이다. 하지만 현실성이 없다는 이유로 오바마 정부는 2010년 4월, 화성 유인탐사를 목표로 하는 새로운 계획을 발표했다. 우주인을 2025년까지 소행성에, 2030년대 중반까지 화성에 보낸다는 것이다. 달 재착륙 대신 화성 유인탐사를 새 우주 계획으로 내놓은 셈이 됐다.

러시아-앙가라 개발

러시아는 우주 항공산업을 국가 우선과제로 선정, 우주 개척자의 옛 명성을 되찾기 위해 전력을 쏟고 있다. 우주왕복선 앙가라 개발을 주축으로 한 러시아의 '연방우주프로그램'은 화성 유인 우주선 탐사와 우주 정거장 건설을 비롯해, 특히 2025년까지 달에 사람을 보내 영구 기지를 건설한다는 프로젝트에 방점이 찍혀 있다. 세계적인 성능을 자랑하는 발사체인 소유즈와 프로톤Proton에 만족하지 않고 우주 강국의 면모를 확고히할 수 있도록 모든 과학기술을 총집결시키겠다는 러시아의 의지를 담은 것이다.

중국-창어공정

제2의 우주전쟁 시대, 중국은 우주탐사에 있어 선두 주자로 달려나가고 있다. 2003년에는 아시아에서 최초이자 유일하게 유인우주선(선저우 5호)을 발사했고 2007년에는 아시아에서 일본에 이어 두 번째로 달 탐사선인 창어嫦娥 1호도 발사했다. '창어공정嫦娥工程'은 창어 1호를 발사해 달의 자원 분포 현황을 조사하고 2010년 달에 무인우주선을 착륙시킨 후 2017년까지는 달에 사람을 보낸다는 계획을 담고 있다. 더 나아가

지난 2007년 10월 발사한 중국 최초의 달 탐사선 창어 1호의 모습

2020년까지 독자적인 우주정거장을 건설하고 위성 100여 기를 발사하며 화성 탐사를 한다는 계획을 갖고 있다. 중국은 우주전쟁에 대비해 '톈쥔天軍'이라고 이름 붙인 우주군도 만들 것이라고 한다.

일본－셀레네 프로젝트

일본이 관심을 쏟는 분야는 달 탐사다. 중국의 유인우주선 발사 성공에 자존심이 상한 일본은 우주를 선점하기 위한 전세 역전 카드로 '셀레네Selene 프로젝트'를 내세웠다. 그리고 그 첫 단계로 달 탐사 위성 가구야Kaguya를 발사했다.

일본은 앞으로 5년 내에 달 표면을 탐사할 로봇을 개발하고, 이후 10년간 인간이 달에 장기 체류하는 데 필요한 물과 에너지를 확보하는 기술을 개발할 예정이다. 2025년에는 유인우주선 발사뿐 아니라 태양에너지를 이용한 발전 시설도 개발할 계획이다.

■■
일본의 달 탐사 위성 가구야가 달의 궤도를 돌고 있는 모습을 시뮬레이션한 그림

유럽－오로라 계획

유럽은 유럽우주기구를 중심으로 우주개발에 박차를 가하고 있다. 유럽이 특히 관심을 갖는 것은 화성 탐사다. 미국, 소련에 비해 달 탐사는 늦었지만 화성 탐사에서는 유럽이 세계 최고의 기술을 자랑하고 있기 때문이다. 화성에 물이 있을 것으로 추정된다는 데이터를 보낸 우주

유럽은 화성 탐사 및 태양계의 위성들을 중심으로 유인우주선을 발사할 계획을 세우고 있는 오로라 프로젝트를 추진 중이다.

선도 2003년 유럽이 쏘아올린 무인우주선 마르스 익스프레스호였다. 유럽우주기구는 2025년까지 화성에 유인우주선을 착륙시키고, 2033년까지 태양계의 모든 위성에 유인우주선을 보낸다는 '오로라 계획'을 의욕적으로 추진하고 있다.

인도 - 우주강국 프로젝트

인도는 2008년 최초의 무인 달 탐사위성인 찬드라얀Chandrayan 1호를 발사하는 데 성공했다. 일본, 중국에 이어 아시아에서 달 탐사위성을 발사한 세 번째 나라가 된 것이다. 인도는 찬드라얀 1호 발사를 계기로 인도의 우주과학 기술을 전 세계에 알리고 후발주자로서 일본과 중국의 뒤를 쫓겠다는 야심찬 포부를 드러내고 있다. 인도는 현재 찬드라얀 2호를 제작중이며 2014년 발사를 목표로 유인우주선 개발에 전력을 다하고 있다.

2008년 1월 인도 최초의 달 탐사 우주선인 찬드라얀 1호의 발사를 홍보하는 포스터

1999년 우리나라 최초의 다목적 실용 위성인 아리랑 1호가 발사되는 모습(오른쪽)과 우주에서 아리랑 1호가 궤도를 돌고 있는 모습을 상상한 그림(왼쪽)

그럼 우리는?

우리나라는 1987년 12월 〈항공우주산업개발촉진법〉을 발효한 이후 1992년 우리별 1호 발사를 시작으로 아리랑위성, 과학기술위성 등 11개의 인공위성을 쏘아 올렸다. 우주 강국이 갖춰야할 3대 요건으로 인공위성, 우주센터, 발사체를 꼽는데, 그 가운데 첫 번째 조건을 충족시킨 셈이다.

이후 2008년 우주개발의 전초기지인 나로우주센터를 전남 고흥군에 세웠고, 2009년 8월에는 최초로 우주 발사체 나로 호(KSLV-I)를 쏘아 올렸다. 러시아와의 합작을 통해 과학기술위성 2호를 실은 나로 호는 발사에는 성공했지만 위성을 궤도에 올리는 데는 실패함으로써 절반의 성공으로 마무리됐다. 재도전에 나선 건 이듬해인 2010년 6월, 1차 때의 시행착오에 대한 철저한 분석을 바탕으로 각고의 준비 끝에 나로호가 다시 발사대에 섰다. 하지만 나로 호는 하늘로 솟은 지 137초 만에 원인

모를 고장을 일으켜 공중에서 추락하고 말았나.

　나로호 1, 2차 발사가 무위로 돌아감으로써 세계에서 발사체 기술을 가진 10번째 나라가 되겠다는 계획은 유보됐다. 한국항공우주연구원은 오는 2018년까지 국산화된 나로호 2호인 'KSLV-II'를 개발하겠다는 구상을 발표한 바 있지만 우리 기술로 새로운 한국형발사체를 개발하겠다는 계획도 전면 수정이 불가피한 것 아니냐는 지적이 나오고 있다. 나로호 1, 2차 발사 실패의 교훈을 바탕으로 우리나라는 우주개발진흥 기본계획을 더욱 면밀하게 추진해야 할 과제를 안게 됐다.

공격적인 우주개발

　"우주 공간을 군사화하지 말라. 우주무기 경쟁을 내버려둔 채 국제 안보를 말하는 것은 의미가 없다."

　러시아와 중국의 이같은 제안에 미국 부시 행정부는 이렇게 답했다.

　"우주에 대한 자유로운 접근은 누구도 막아선 안 된다. 우주무기 경쟁을 막는 방법은 국제적 신뢰를 구축하고 우주개발의 투명성을 보장하는 것뿐이다. 현실 가능성이 없다."

　우주 공간을 둘러싼 신경전의 이면에는 국가 간의 치열한 우주개발 경쟁이 숨어 있다. 중국과 러시아의 우주개발에 자극 받은 미국은 최근 노골적으로 우주를 군사화하겠다며 공격적으로 나서고 있다. 미국의 우주군사계획은 미국의 우주사령부가 1996년에 작성한 〈비전 2020〉에 따른 것이다. 이 문서에는 다음과 같은 내용이 담겨 있다. "우주 공간을 장악하는 것은 수세기 전 세계 각국이 자국의 이익을 보호하고 증진하기 위해 해군을 강화한 것과 마찬가지다."

과거 유럽이 바다를 장악해 세계를 지배할 수 있었던 것과 같이 미국도 우주를 장악해서 패권적 지위를 굳혀야 한다고 강조한 것이다. 이후 부시 행정부 들어서 '국가안보를 위한 우주 공간 관리 및 조직 평가 위원회(럼즈펠드 위원회)'를 구성하고 미사일 방어를 중심으로 우주 이용계획을 세우는 등, 미국은 우주개발을 철저하게 안보 차원에서 접근하고 있다. 실제로 부시 행정부는 2005년 10월 우주무기를 금지하는 조약을 추진하는 표결에서 표결에 참가한 국제연합 회원국 162개국 가운데 160개국이 찬성한 가운데 유일하게 반대표를 던졌다.

미국과 함께 일본은 미사일 방어체제를 추진 중이다. 일본은 중국군의 현대화와 북한의 탄도미사일 공격에 대비한 기술 개발을 서두르고 있다. 일본 정부는 2008년 우주 공간을 군사적 목적으로 사용할 수 있는 내용의 개정된 우주기본법을 마련했고, 우주 정책이나 전략 수립을 모두 맡을 우주개발 전략본부를 발족시켰다.

중국은 일본의 움직임에 우려를 표시하면서 우주 공간에서 독주체제를 구축하고 있는 미국에 대해 불만을 표출하려는 듯 지난해 탄도미사일을 이용해 약 800마일 상공에 있는 자국의 노후한 기상위성을 파괴하는 실험을 실시했다. 이는 우주 군비 경쟁 가능성에 대한 논쟁을 불러일으켰다.

중국의 위성 요격에 가장 위협은 느낀 나라는 어디였을까? 바로 위성이 가장 많은 나라, 미국이었다. 미국은 현재 전체 위성 845개 가운데 53퍼센트에 해당하는 443개를 보유하고 있다. 중국의 요격 실험은 미국 내 우주무기 개발론자들에게 힘을 실어주게 됐다.

우주탐사에 참여하는 과거 모든 나라들의 목석은 과학탐사였다. 일본도 우주 공간의 평화적 이용을 '비군사적non-military' 보다는 '비공격적non-aggressive' 이라는 의미로 포장해왔고, 미국, 러시아, 중국, 일본 외에 유럽, 인도, 브라질, 이란 등까지 위성을 발사하며 우주 경쟁에 뛰어들면서 우주 군비 경쟁 논란이 달아올랐다.

이런 기운데 2010년 오바마 정부는 국제 협력을 강조하는 새 우주 정책을 발표했다. 이전 부시 정부의 일방주의적 우주 노선이 막을 내렸다면서 우주에서 적대적인 경쟁보다 평화적인 협력을 증진하는 것에 주력하겠다고 밝힌 것이다.

우주헌장과 우주법

이제 인류는 '우주 군비 경쟁을 어떻게 막을 것인가' 라는 중대한 과제를 안고 있다.

국제연합은 1959년 '우주 공간의 평화적 이용을 위한 위원회' 를 만들고, 우주 공간을 평화적으로 이용하자는 논의를 시작하려 했다. 1979년에는 달에 관한 협정을 별도로 채택했다. 이에 따르면 달과, 달에 매장된 천연자원은 인류 공동의 유산이다. 그러나 미국과 러시아 등 주요국은 비준을 거부했다.

군비경쟁이 치열했던 냉전 시절에는 우주를 평화적으로 이용하자면서 1967년 우주 조약Outer Space Treaty을 만들기도 했다. 정식 명칭은 '달과 그 밖의 천체를 포함하는 우주 공간의 탐사 및 이용에서의 국가 활동을 규제하는 원칙에 관한 조약' 이다. 이는 가장 기본적인 우주헌장

1967년 우주 조약 체결을 위해 모인 각국 대표들. 당시 체결된 우주 조약은 기본적인 우주헌장으로 세계 각국이 우주무기 개발을 추진하고 있는 현 상황에서는 새로운 국제 조약의 필요성이 커지고 있다.

인 셈이다. 이 조약은 전문과 본문 17조로 되어 있는데, 이 조약은 대단히 추상적이고 모호하다. 우주 공간에 대량살상무기 배치를 금지하고, 달을 비롯한 천체를 군사적 용도로 사용하는 것을 금지하고 있을 뿐이다. 위성 파괴무기와 같은 우주무기 개발을 금지하는 국제조약은 존재하지 않는다. 새로운 국제조약이 필요하다는 목소리가 높아지고 있는 것도 이러한 배경에서다.

이에 따라 제네바 국제연합 군축회의에서는 '우주 군비 경쟁 금지협약'을 논의해왔다. 러시아는 군축회의에서 우주무기 배치금지 조약 초안을 내놓고 65개국에 검토를 제안했다. 중국과 러시아는 적극 찬성하고 있지만, 미국은 일방적으로 반대 의사만을 고집해왔다. 하지만 오바마 정부가 우주에서 무력 위협을 멈추고 새로운 형태의 평화적인 합의를 도출해낼 수 있는 방향을 제시하면서 우주에 평화의 기운이 싹틀지 새로운 기대를 낳고 있다.

제2의 스타워즈

prologue | **blog** | photolog

목록보기 | blog

I 나도 할 말 있다

나는 우주입니다. 제가 어떻게 생겼는지 정말 궁금하시지요? 그 심정 이해해요. 사실 저도 저를 잘 모른답니다. 아인슈타인 선생은 제가 굽어 있다, 휘어 있다, 그렇게 짐작했는데 그런 것 같기도 하고 아닌 것 같기도 하고.

저에 대해 당신네 인간들이 알아보겠다고 우주선을 쏘아올리고 하는 걸 봤습니다. 달에도 가보고 카메라 장치를 단 우주선을 이곳저곳에 보내기도 하고 바쁘시던데요. 그런데 안타깝게도 저를 알기에는 턱없이 부족한 시도들입니다. 게다가 요사이는 스타워즈다 뭐다 해서, 우주를 전쟁터로 만들려는 이들도 있어 불안해 죽을 지경이에요.

우주는 지구촌의 하늘입니다. 낮에는 태양이 내리쬐고, 밤에는 온갖 별들이 반짝이지 않습니까? 그러면서 인간은 에너지를 얻고 꿈을 꾸고 상상력의 날개를 펴는 것입니다. 인간의 마음, 그 크기도 우주만 하다고 하지 않나요? 제가 대우주라면 인간은 소우주인 셈이에요. 괜한 돈 쏟아붓는 대신 지구촌 자체를 위해 썼으면 해요. 지구촌이 잘되는 것이 이 우주가 잘되는 일이기도 합니다.

앞으로도 무수한 세월을 인간이 바라보고 즐기며 힘을 얻고 살아야 할 이 우주를 아끼는 마음이 사람들에게 있었으면 합니다. 여러분들의 후손들도 이 우주의 아름다움과 신비에 취해 살 권리가 있는 것 아니겠습니까? 우주는 우리 모두의 진정한 고향이자, 돌아갈 미래입니다. 부디 저를 살게 해주십시오.

▼ 덧글 34개 | 엮인 글 쓰기 | 공감 7개

참고 자료

📖 Books

○『우리는 이제 우주로 간다』채연석 저, 해나무, 2005
전 한국항공우주연구원장이자 로켓박사로 유명한 저자가 우주개발의 역사에 대해
전해준다. 다양한 사진자료들이 눈길을 끈다.

🎬 Movies

○〈스페이스 침스〉커크 드 믹코 감독, 2008
인간보다 한 수 위인 침팬지들이 사라진 우주탐사기를 찾기 위해 펼치는 모험담.
실제로 1961년 미국은 최초의 유인우주선인 머큐리 호에 침팬지 햄을 태워 보냈
다. 영화에서는 주인공들이 햄의 후손이기 때문에 미국항공우주국의 긴급 프로젝
트에 투입된다고 설정했다.

○〈아폴로 13〉론 하워드 감독, 1995
1970년 4월 우주비행 도중 산소 탱크 폭발로 맞은 절망적 위기를 극복하고 기적적
으로 귀환한 아폴로 13호의 실화에 바탕으로 한 영화이다. 1967년에 시작된 미국
의 달 탐험 프로그램인 '아폴로 계획'은, 1969년 7월 아폴로 11호 발사를 통해, 달
에 인간의 발자국을 새기는 감동을 인류에게 선사했다. 1972년 12월 아폴로 17호
발사를 마지막으로 막을 내린 아폴로 계획은 5년 동안 총 255억 달러의 예산이 투
입된 엄청난 규모의 국가사업이었다. 냉전 기간 당시 미국은 천문학적인 예산을 쏟
아 부으며, 소련과의 자존심을 건 우주개발 경쟁을 벌였다.

지은이 이인경

고등학교 시절, 헌책방에서 마주친 혁명가 체 게바라의 눈빛에 빠져, 그는 세상을 어떻게 바라봤던가를 추적해 들어간 것이 최초의 '자발적인' 역사 공부의 시작이었다. 역사에서 비켜나지 않은 문학을 일깨워준 체의 영향으로 국문학을 선택했고, 대학교 2학년 때부터 라디오 다큐멘터리와 인연을 맺었다. 환경 문화 관련 다큐멘터리를 출발점으로 해서 시사프로그램 〈봉두완의 SBS 전망대〉〈안녕하십니까 정관용입니다〉〈라디오정보센터 백지연입니다〉〈EBS 생방송 토론카페〉〈KBS 열린 토론〉 등을 거쳐 현재 MBC 라디오 〈타박타박 세계사〉와 〈변창립의 세상 속으로〉에서 인류의 역사와 오늘날 사람살이를 잇는 고리를 찾아내고 있다. 일생의 프로젝트를 '사람 지도 그리기'라고 여기며 경계를 뛰어넘는 '통섭'의 실현을 꿈꾼다. 소박하게 말하면 누구와 누가 만나면 보다 세상이 재미있어질지 새로운 소통의 끈을 엮는 일을 하는 것이 삶의 좌표라고 생각한다.

역사 in 시사

ⓒ이인경 2009

1판	1쇄	2009년 10월 5일
1판	5쇄	2012년 8월 17일

지 은 이	이인경
펴 낸 이	김정순
기 획	김소영
책 임 편 집	한아름 김소영
디 자 인	최윤미
마 케 팅	김보미 임정진 전선경

펴 낸 곳	(주)북하우스 퍼블리셔스
출 판 등 록	1997년 9월 23일 제406-2003-055호
주 소	121-840 서울시 마포구 서교동 395-4 선진빌딩 6층
전 자 우 편	editor@bookhouse.co.kr
홈 페 이 지	www.bookhouse.co.kr
전 화 번 호	02-3144-3123
팩 스	02-3144-3121

ISBN 978-89-5605-386-8 03810

이 도서의 국립중앙도서관 출판시도서목록(CIP)은 e-CIP 홈페이지(http://www.nl.go.kr/cip.php)에서 이용하실 수 있습니다. (CIP제어번호: CIP2009002872)

* 본문에 포함된 사진 및 통계, 기사, 인용문 등은 가능한 한 저작권과 출처 확인 과정을 거쳤습니다. 그 외 저작권에 관한 문의사항은 북하우스 편집부로 해주시기 바랍니다.